Colour & Bones
Teil 3: Einklang
Luna Cathedras

AF286785

Das Buch:

Nachdem Toni entführt wurde und der Kreis der Begnadeten endlich sein wahres Gesicht offenbarte, wird Johanna in ihrem alten Zuhause von Greta festgehalten. Ausgerechnet ihr Beschützer Preston ermöglicht ihr die Flucht.

Gemeinsam mit ihm taucht Johanna unter und sucht nach einer Möglichkeit, ihren besten Freund zu befreien. Schnell wird klar: Sie braucht Adams Unterstützung, um in den gesicherten Trakt einzudringen, in welchem Toni gefangen gehalten wird.

Doch wenn sie die Hilfe des anonymen Erpressers annimmt, um Adams Adresse zu erbitten, wird sie von der Organisation für vogelfrei erklärt…

Die Autorin:

Die im Jahrgang 1989 in der Schweiz geborene Luna Cathedras wohnt und arbeitet mit ihrem Partner und zwei Katzen zurzeit in einer Kleinstadt in Brandenburg. Sie schreibt ihre Bücher in Begleitung von C-Drama und K-Drama OST und mit steter Unterstützung ihrer Vierbeiner. Sie liebt die fernöstliche Dramatik in den entsprechenden Serien und lässt die ein oder andere dadurch inspirierte Handlung in ihre Bücher miteinfliessen.

LUNA CATHEDRAS

COLOUR & BONES

EINKLANG

Bibliografische Information der Deutschen Nationalbibliothek: Die Deutsche Nationalbibliothek verzeichnet diese Publikation in der Deutschen Nationalbibliografie; detaillierte bibliografische Daten sind im Internet über dnb.dnb.de abrufbar.

1. Edition, 2024
Copyright © 2024 by Luna Cathedras
Alle deutschsprachigen Rechte vorbehalten.

Verlag: BoD · Books on Demand GmbH, In de Tarpen 42, 22848 Norderstedt, bod@bod.de
Druck: Libri Plureos GmbH, Friedensallee 273, 22763 Hamburg

Umschlaggestaltung: Sabine Pöstinger von inspirited books Grafikdesign | www.inspiritedbooks.at
Charakterillustrationen: Anna Lavellan | https://www.annalavellan.de
Lektorat & Korrektorat: Luna Cathedras

ISBN: 978-3-7597-2416-8

Dieses Buch ist auch als E-Book erhältlich.

Inhaltshinweis

Solltest du als Leser:in mit den nachfolgenden Schlüsselwörtern aus irgendeinem Grund Probleme haben, steht es dir frei, das Buch zurückzulegen und weiterzugehen. Denn diese Geschichte, auch wenn frei erfunden und zu keinem Zeitpunkt gewollt auf Ereignisse und Personen (lebendig oder tot) in der realen Welt bezogen, wird all diese Schlüsselworte in irgendeiner Weise verarbeiten.

Du musst selbst entscheiden, wie und ob du dem gewachsen bist.

Meine empfohlene Altersgrenze für dieses Buch ist 18+.

Schlüsselworte:
- Explizite Sexszenen
- Folter
- Tod
- Mentale Manipulation
- Gefährliche, tödliche Handlungen ohne Einverständnis

Hier oder dort,
ob zuhause oder fort,
Fantasie eröffnet uns den Weg zu neuen Welten.

Was bisher geschah

Die Verletzung und der Verlust von Adam hatten Johanna McGibbon als Wrack zurückgelassen. Verfolgt von Zornes- und Panikattacken, stolperte sie durch das erste halbe Jahr ohne ihren Liebsten an ihrer Seite. Nur dank der tatkräftigen Unterstützung ihres besten Freundes Toni gelang es Johanna, ein neues, einigermaßen stabiles Leben aufzubauen.

Toni überschritt mehr und mehr die Grenzen der Freundschaft und schließlich offenbarte er ihr seine Liebe. Johanna selbst gestand sich ein, dass sie zwei Männer liebte: Sowohl Adam als auch Toni – der sie im Sturm eroberte und ihr bewies, dass er an ihrer Seite stand, egal was sie vorhatte. Dank ihm vermochte Johanna sich selbst neu zu finden, die *Zeremonie der Befreiung* durchzustehen und somit den ursprünglichen Plan der Infiltration voranzubringen, den sie mit den Cadeeshs vor einem Jahr geschmiedet hatte.

Während der Zeremonie lernte Johanna die Anwärterin Taima Mohave kennen, die sich als weitere Verbündete herauskristallisierte. Diese wurde allerdings nach der Veranstaltung aus unerfindlichen Gründen von den Mitgliedern des *Kreises der Begnadeten* gejagt – bis sie schlussendlich unter mysteriösen Umständen verschwand.

Kurz darauf wurde Johanna offiziell ihr neuer Beschützer Preston Kirk zugewiesen. Gemeinsam mit ihm begab sie sich auf ihre erste eigene Mission und musste feststellen, dass nicht nur sie selbst ein Opfer der Intrigen der Organisation war; auch Preston und alle anderen Beschützer schienen dem Kreis ausgeliefert.

1

Als Taima sich schlussendlich meldete und Johanna offenbarte, dass ihr geliebter Toni sie all die Zeit über angelogen hatte, was Adams Aufenthaltsort betraf, floh jene blindlings in den Wald, um dem wiederauflodernden Herzschmerz zu entkommen.

Dort wurde sie allerdings bereits vom Kreis erwartet …

Prolog

Gelegentlich dachte sie, dass sie in jener Nacht gestorben war und es bloß noch nicht realisiert hatte. Dann wieder war sie davon überzeugt, dass die anhaltenden Schmerzen ein Zeichen dafür darstellten, dass sie in der Hölle gelandet war – was deren Existenz bewahrheiten würde.

Eine Sache jedoch erschien so klar wie nichts mehr sonst in ihrem Leben: Immer wenn der CEO des *Kreises der Begnadeten* den Raum betrat, würde sie leiden müssen.

»Nimm es mir nicht übel«, hauchte er nah an ihrem Ohr.

Die Härchen auf ihrem Körper stellten sich auf. Am Hals entlang über ihre Schultern, die Arme hinab und in ihre Magengrube jagte das ohnmächtige Gefühl, nichts tun zu können. Angst pumpte durch ihre Adern. Zähflüssig schwappte sie um ihre Knochen und lähmte sie zusätzlich. Was gar nicht nötig gewesen wäre, denn die Pistole lag lässig in seiner linken Hand. Die darin eingelegte Ampulle, die noch vor zwei Minuten eine grüne Flüssigkeit enthalten hatte, war inzwischen leer.

»Wir brauchen noch mehr Material, und du bist nun mal die Einzige, die es uns geben kann.« Leichtfertig zuckte er mit den Schultern und sein gesamter Oberkörper bewegte sich mit. »Sieh es als eine Ehre, dem Kreis mit vollem Körpereinsatz zu dienen.«

Jede Unze Hass, den sie verspürte, legte sie in ihren Blick. Zu mehr war sie nicht fähig – ihre Glieder hatten ihr den Dienst versagt, kurz nachdem das Gift sich in ihr ausgebreitet hatte.

Er registrierte ihren Blick und seine Mundwinkel zuckten amüsiert nach oben. »Hach, wir hätten so toll zusammen arbeiten können, weißt du.« Gemächlich streckte er die freie Hand aus und strich ihr beinahe zärtlich die Haare aus den Augen, die ihr nach dem unsanften Sturz auf den Fußboden kreuz und quer über das Gesicht gefallen waren.

»Aber du musstest ja unbedingt rebellieren«, sagte er mit einem theatralischen Seufzen. Er schüttelte tadelnd den Kopf. Als er auf ihren Blick traf, war der Ausdruck in seinen Augen hart geworden. »Na ja, zumindest kannst du so keinen weiteren Schaden anrichten, nicht wahr? Ganz wie dein netter Toyboy Toni.«

Das Fingerschnippen seiner freien Hand hallte im Raum nach. Gleich darauf öffnete sich die Tür und Thomas Kon betrat das Zimmer, ein metallenes Köfferchen in der bereits behandschuhten Hand. Seine Miene drückte Missbilligung aus, als er sie auf dem Boden liegen sah, und seine Augen flitzen von ihr zu seinem Arbeitgeber und wieder zurück.

Jener erhob sich in diesem Moment, stieß sie mit der Schuhspitze an, dann meinte er über die Schulter: »Nimm diesmal bitte alles, was du brauchst, Thomas. Ich verspüre je länger je mehr den Drang, sie zu Brei zu zerquetschen, wenn sie so da liegt.«

Kon nickte und machte sich stumm an die Arbeit. Mit fließenden Bewegungen kniete er sich neben ihr hin, öffnete das Köfferchen und offenbarte ein Sammelsurium an medizinischen Gerätschaften.

Lass es enden.
Lass es diesmal einfach zu Ende sein.
Doch das tat es nicht. Das tat es nie.

1

Eisige Kälte klatschte ihr ins Gesicht und Johanna schreckte nach Luft schnappend aus einem Traum auf.

»Wasch dich und zieh dich an!«

Gretas distanzierter Befehlston drang in ihren traumvernebelten Verstand. Sofort kam der nötige Schwall Realität: Sie befand sich weiterhin in Haft. Ihr altes Zuhause, das Kinderzimmer – seit der Nacht, in der sie versucht hatte, vor Toni und Preston wegzulaufen, diente das Haus ihres Ziehvaters Gelleroy als ihr Gefängnis.

Und Greta war ihre Wächterin.

Rund zwei Monate waren seit jener Nacht vergangen, und sie hatte weder den Hauch einer Ahnung, ob Preston noch lebte, noch ob die Geschichten über Toni wahr waren, die ihr Thorn Borthertorn – der CEO des *Kreises der Begnadeten* – bei jedem seiner Besuche lang und breit erzählte. Laut ihm wurde Toni mit derselben Droge kampfunfähig gemacht, wie sie Johanna mittlerweile auch jeden Morgen injiziert wurde: einer Mischung aus Narkotikum und Obstruktion, welche ihre Fähigkeiten zum Erliegen brachte und ihren Verstand dermaßen träge werden ließ, dass Johanna die Tage an sich vorüberziehen sah, ohne großartig daran teilzuhaben.

Melanies Vater ließ keine Gelegenheit aus, um ihr haarklein zu erzählen, wie Toni regelmäßig in einer Zelle des Hochsicherheitstraktes des Circle Towers gefoltert und gequält wurde – nur um ihn anschließend ruhen zu lassen, damit seine

Seele sich regenerieren konnte. Was genau diese Monster von Mitarbeitern sich davon versprachen, bei diesem Prozess anwesend zu sein und ihn dabei zu beobachten, wie er schlief, war Johanna schleierhaft.

Aber mein Gehirn ist sowieso eine einzige Matschepampe, seitdem ich diesen Scheiß in mein Blut gepumpt bekomme. Da ist es nicht weiter verwunderlich, dass ich keine Zusammenhänge erkenne.

Schwer seufzend griff sie nach dem nasskalten Waschlappen, den ihre ehemalige Beschützerin ihr vorhin ins Gesicht geklatscht hatte und richtete sich in ihrem alten Bett auf. Ohne ihre Ziehmutter eines Blickes zu würdigen, begann sie, sich mühsam das Oberteil ihres Pyjamas über den Kopf zu ziehen.

Greta schnaubte demonstrativ und ließ die Tür derart hinter sich ins Schloss fallen, dass die Wände zitterten.

Johanna runzelte nachdenklich die Stirn, derweil sie mit vorsichtigen Bewegungen aus ihrer Kleidung stieg. Jeder Millimeter ihres Körpers schmerzte. Ihre Haut war mit Flecken überzogen, alle Farben des Regenbogens schillerten darauf, und manche Blessuren zierte ein sattes Schwarz.

Behutsam ließ sie ihre Finger über die neuste Misshandlung wandern: ein knapp halber Zentimeter breiter Einstich in ihren Oberschenkel. Eine hauchzarte Schorfschicht hatte sich bereits darauf gebildet – nichtsdestotrotz brannte die Stelle bei jeder Bewegung wie Feuer.

Zum gefühlt tausendsten Mal zerbrach sie sich den Kopf darüber, warum ausgerechnet sie als Selbstbedienungsbuffet für die Wissenschaftler des *Kreises der Begnadeten* herhalten musste.

Was haben sie mit meinen Proben vor? Wozu das Ganze?

Doch wie jeden Tag seit ihrer Gefangennahme schien Johanna ein solides Stück Holz vor den Kopf gehämmert worden zu sein, das den Einsatz ihres Verstandes blockierte.

Erneut griff sie nach dem Lappen, atmete zischend ein und begann ihre Katzenwäsche. Ihre Glieder begannen zu zittern, die ersten Wimmerlaute kamen über ihre Lippen. Als Johanna den Lappen beiseitelegte, rannen Tränen über ihr vor Schmerzen verkniffenes Gesicht. Mit einem wütenden Schnauben pfefferte sie den nun mehr blutigen Waschlappen gegen die Zimmertür, wo er am Holz abprallte und auf dem Teppich liegenblieb.

Nachdem sie sich umgezogen hatte, setzte sie sich in den neuen Drehstuhl, den Preston sich während seiner Zeit als ihr neuer, offizieller Beschützer zugelegt hatte.

Ungehalten presste sie die Lippen aufeinander. Ja, Preston und sie hatten nicht gerade einen friedvollen Start hingelegt, nachdem sie sich offiziell vorgestellt worden waren. Trotzdem machte sie sich Sorgen um ihren Beschützer. Er war in jener Nacht auf der Lichtung niedergeschlagen worden und sie hatte weder von Thorn Borthertorn noch von Greta erfahren, wie es ihm ging – oder ob er tot war. Und Johanna würde sich hüten, entsprechende Nachfragen zu stellen. Damit gäbe sie diesen Monstern nur weitere Angriffsfläche, um sie emotional zu brechen.

Nicht, dass das noch nötig wäre, murrte sie innerlich. *Die allgegenwärtige Sorge um Toni lässt mich nachts von Albtraum zu Albtraum wandern… Und wenn ich einmal klar genug im Kopf werde, um einen Fetzen Gehirnschmalz einsetzen zu können, folgt umgehend eine Panikattacke.*

Die Ellenbogen auf die Armlehnen des Drehstuhls gestützt, ließ Johanna seufzend ihre Stirn in die Handflächen fallen.

Ihr Smartphone vibrierte kaum hörbar in ihrem Kissen. Johannas Kopf ruckte hoch und sie bemühte sich, so schnell wie möglich zu ihrem Bett zu gelangen. Doch bevor sie nach dem Kopfkissen griff, hielt sie inne und lauschte angespannt.

Dass sie das Versteck ihres Smartphones vor den Mitgliedern des Kreises hatte geheim halten können, lag allein daran, dass sie es bei der erstbesten Gelegenheit dorthin verstaut hatte, wo sie früher ihr Tagebuch aufbewahrt hatte: im Futter ihres Kissens. Schon seitdem Johanna sieben Jahre alt geworden war, hatte sie ihr Bett selbst frisch beziehen müssen, und da sie wusste, dass Greta die üblich offensichtlichen Verstecke regelmäßig absuchte, die ein Kind in einem Zimmer eben so haben konnte, hatte Johanna kurzerhand ihr eigenes Kissen um ein Versteck erweitert: Ein winziges Täschchen mit Reißverschluss steckte seit ihrem neunten Geburtstag im Inneren.

Genau nach dieser Tasche kramte sie jetzt vorsichtig und zog ihr Smartphone daraus hervor. Der Bildschirm war gesprungen, ein Riss zog sich quer von einer Seite auf die andere und verästelte sich an manchen Stellen. Trotzdem – dieses Gerät stellte ihre einzige Verbindung zur Außenwelt dar. Namentlich zum anonymen Erpresser.

Nach ihrer Gefangennahme hatte Johanna die Nachricht erhalten, dass der oder die Unbekannte den aktuellen Aufenthaltsort von Adam Cadeesh mit ihr teilen würde. Der Haken an der Sache: Sie, Johanna, würde in derselben Sekunde zur Organisationsfeindin Nummer eins mutieren.

Abgesehen vom anonymen Erpresser hatte sie niemanden, den sie um Hilfe bitten konnte. All ihre Freunde waren ebenfalls hinter Schloss und Riegel – oder in einem anderen Land. Klar, da war noch Franky, ihre Cliquenfreundin von früher, aber diese war hochschwanger und Johanna würde sie niemals einer solchen Gefahr aussetzen.

Mit gerunzelter Stirn blickte sie auf den Bildschirm.

Wer also würde mir schreiben?

Die Nachrichten-App öffnete sich – und ihr Atem stockte.

Preston (09:41): Mach dich bereit und zieh dich warm an, McGibbon.

Das Hämmern ihres Herzens dröhnte in ihren Ohren und übertünchte selbst das wattige Rauschen, welches sich mit dem Lesen der Nachricht dort eingenistet hatte. Am Rande realisierte sie, dass ihre Finger zitterten. So eisern wie möglich unternahm sie den Versuch, sich zu beruhigen und nachzudenken.

Ist diese Nachricht wirklich von Preston? Und wenn ja: Was will er mir damit sagen?

Zögernd steckte sie das Smartphone in den Rucksack, den sie in jener Nacht gepackt hatte.

Es könnte auch eine List sein, studierte sie weiter. Ihre Hände griffen mechanisch nach dem Rest ihrer persönlichen Gegenstände.

Der Kreis könnte sein Smartphone benutzt haben, um herauszufinden, ob ich meines noch bei mir habe ...

Beiläufig band sie sich einen Zopf und warf die roten Locken über ihre rechte Schulter, während sie mit starrem Blick das Bücherregal musterte, das die Wand vor ihr zierte.

Zum Glück hat Adam damals die Einstellungen so geändert, dass niemand sieht, ob ich eine Nachricht gelesen habe. Ich werde vorsichtshalber nicht antworten.

Einer alten Angewohnheit folgend drückte Johanna die Knöchel ihrer Finger so tief in ihre Oberschenkel, dass es schmerzte. Nachdenklich zog sie die Unterlippe zwischen die Zähne und biss darauf herum. Schließlich entließ sie ihre Lippe der Tortur und schob die Schultern hoch. Mit dem nächsten Gedanken ließ sie diese wieder fallen.

Trotzdem... Es schadet ja nicht, vorsichtshalber alles gepackt zu haben.

Sie erhob sich mit einem qualvollen Winseln und griff nach dem Henkel des Rucksacks.

Der Boden unter ihr bebte. Keine Sekunde später folgte ein donnerndes, splitterndes Krachen. Stimmen schrien in heilloser Verwirrung durcheinander.

Johanna blieb an Ort und Stelle stehen, die Hand nach dem Griff ihres Rucksacks ausgestreckt, die Augen weit aufgerissen.

Was ...!

Ihr Verstand konnte sich keinen Reim darauf machen, was gerade passierte. Ihr Körper pumpte bereits Adrenalin durch ihre Adern und verursachte eine Unruhe in Johannas Bewusstsein, die dazu führte, dass sie sich endlich den Rucksack schnappte und ihn sich über die Schulter warf.

Was auch immer da unten geschieht, ich muss die Chance nutzen und entkommen!

Ihre schmerzenden Glieder ignorierend eilte Johanna in Richtung Tür.

»Haltet ihn auf!« Gretas giftige Stimme schrillte durch das Holz hindurch. Wieder erstarrte Johanna, diesmal lauschte sie.

Ein Kreischen: »Erschieß ihn!«

Im gleichen Moment knallte ihre Zimmertür auf und ein dunkel gekleideter Mann in Sturmhaube stürmte den Raum. Sein Kopf zuckte im Gleichtakt mit einem Maschinengewehr von links nach rechts. Er entdeckte ihre erstarrte Gestalt vor dem Bettende.

»Los, los, los!«, rief er gehetzt.

Mit zwei ausgreifenden Schritten war er bei ihr, packte Johanna am Ellenbogen und riss sie entschieden mit sich auf den Flur hinaus. Ihre wunden Stellen protestierten und sie schrie auf. Die Sturmhaube drehte nicht einmal den Kopf in ihre Richtung.

Helles Sonnenlicht stach sich in Johannas Augen und sie blinzelte heftig die Tränen weg, die ihr die Sicht nahmen. Stolpernd versuchte sie, mit ihrem neuen Entführer mitzuhalten.

Ihre Sicht klärte sich – und sie riss fassungslos die Augen auf. Johannas altes Zuhause glich einer Abrisshalde. Der Boden des Erdgeschosses war mit Schutt und Möbelresten verunstaltet. Und dort, wo einst das Wohnzimmer gewesen war, klaffte ein riesiges Loch im Gemäuer. Über alledem lag grauer Staub, verdickte die Luft dort unten und ließ die Wachen würgen und husten. Orientierungslos wankten drei Personen umher. Einer hielt sich den Kopf, ein anderer hinkte stark. Greta lag halb begraben unter den Resten des Sofas, ihre Arme wild rudernd, um sich zu befreien.

»Knall ihn ab!«, gellte ihr Keifen durch den Lärm, der immer noch um sie herum herrschte.

Woher kommt dieser Krach?

Der Fremde zerrte an ihrem Arm und Johanna stürzte beinahe, das Gesicht immer noch gen Erdgeschoss gerichtet.

»Pass doch auf!«, zischte sie zwischen zusammengebissenen Zähnen. Seine Behandlung war nicht gerade sanft, und ihre Blessuren begehrten dagegen auf.

Sturmhaube neigte den Kopf ein Stück weit zu ihr, damit sie ihn verstehen konnte.

Aber nicht nahe genug, um ihm die Fresse zu polieren, stellte Johanna enttäuscht fest.

»Wir nehmen einen anderen Weg«, sagte er bestimmt. »Folge mir und lauf auf keinen Fall in die andere Richtung. Das wäre dein Tod.«

Es lief ihr eiskalt den Rücken hinunter, und in dem Augenblick, in dem sie fragen wollte, was er meinte, krachte es in ohrenbetäubender Lautstärke hinter ihr. Johanna wirbelte herum. Mit vor Entsetzen geweiteten Augen starrte sie auf die Treppe, die ins Erdgeschoss führte. Eine Detonation hatte das unterste Drittel weggerissen, und der Rest des Geländers hing frei in der Luft.

»Scheiße«, entschlüpfte es ihr. Zum ersten Mal seit langer Zeit fühlte sie etwas anderes als die endlose Leere in ihrem Innern: Angst.

Gleichzeitig setzte das in den letzten zwei Monaten vertraut gewordene Prickeln in ihrem Nacken ein, welches verkündete, dass die Wirkung des Mittels nachließ, das ihr in der Regel jeden Morgen neu injiziert wurde.

Ihr Entführer verlor keine Zeit: Mit der Linken gab er einen Warnschuss in Richtung Wohnzimmer ab, und Gretas Keifen verstummte für einen Augenblick. Danach riss er Johanna mit sich und stürmte auf das Gästezimmer zu.

Aber dort sitzen wir in der Falle!

Die breite Schulter des Fremden ließ das dünne Holz der Tür zersplittern, als er mit voller Wucht damit kollidierte.

»Öffne den geheimen Raum, während ich dir Rückendeckung gebe«, bellte er und ließ ihren Arm los, aber nicht, bevor er ihr einen kräftigen Schubs gegeben hatte.

Johannas träge Gedanken kamen langsam in Fahrt.

Wenn ich ihn jetzt von hinten niederschlage, dann... Aber ich wollte die ganze Zeit über hier raus, und er ist sozusagen mein Freifahrtsschein ...

Ihre Beine bewegten sich, bevor sie die Gedankengänge zu Ende führen konnte. Mit zitternden Fingern tastete sie hinter dem Heizkörper nach dem Schalter, legte ihn um und eilte zum Bettgestell, wo der Unbekannte bereits auf der Plattform stand, die Waffe gen Tür gerichtet. Mit einem leiderfüllten Wimmern stieß Johanna den Bettpfosten an und sie drehten sich im Kreis. Lautlos rastete die Wand ins Gemäuer ein. Sie waren allein.

»Okay, McGibbon.« Der Entführer zog sich Brille und Ski-maske vom Kopf.

»Preston?!«, keuchte sie ungläubig.

Er grinste breit, die braunen Augen strahlten vor Freude über ihr Wiedersehen.

All ihre Sorgen um ihn waren unbegründet gewesen. Erleichterung durchströmte sie und sie konnte das trockene Schluchzen nicht unterdrücken, das ihr bei seinem Anblick über die Lippen kam. Ohne großartig darüber nachzudenken, rannte sie ihm entgegen und Preston schloss sie herzlich in seine Arme.

»Wie?«, krächzte sie an seiner Brust.

»Hmm?«

Johanna trat zurück und wischte die Tränen fort, die ihr gekommen waren. »Wie hast du das angestellt?«, fragte sie und machte eine ausladende Geste, die das Haus und das Chaos mit einschloss.

»Oh, weißt du…« Preston verlagerte das Gewicht auf einen Fuß und stemmte die freie Hand in die Hüfte. Dabei grinste er breit. »Ich habe Vorkehrungen getroffen, nachdem ich eingezogen bin. Schließlich war ich echt viel allein.«

Johanna zog misstrauisch die Augenbrauen hoch. »Wusstest du etwa, dass der Kreis mich hier einsperren wollte?«

Sofort winkte er ab. »Nein, natürlich wusste ich nichts davon. Ich habe die Vorkehrungen getroffen, falls wir von Jägern angegriffen werden, während wir beide hier im Haus sind.«

Langsam schüttelte sie den Kopf und starrte auf seine Stiefel. »Du bist echt auf alles vorbereitet.«

Ein Schnauben entrang sich seiner Kehle und sie blickte zu ihm auf. Das Lächeln war aus seinen Zügen verschwunden und er musterte sie aufmerksam.

»Das muss ich, denn ich bin dein Beschützer.« Zögernd trat er einen Schritt nach vorn. »Wie stark bist du verletzt? Kannst du rennen?«

Johanna dankte ihm im Geiste dafür, dass er nicht nachgefragt hatte, ob es ihr gut ging. Es war allzu offensichtlich, dass ihr Körper ein Wrack darstellte.

»Rennen wird schwierig«, gab sie zu. Dann runzelte sie die Stirn und nickte mit dem Kinn in den Raum hinein. »Aber hier lässt sich sowieso schlecht ein Spurt hinlegen.«

Preston lächelte schwach, trat an ihr vorbei und neben den runden Tisch, an dem Johanna einst tagein und tagaus gesessen und Recherche über ihre Herkunft betrieben hatte.

»Ich sagte doch: Wir nehmen einen anderen Weg«, eröffnete er ihr amüsiert.

Johannas Stirnrunzeln vertiefte sich.

Wie meint er das? Will er aus dem winzigen Fenster aufs Dach klettern? Oder gar den direkten Weg nach unten nehmen?

Doch Preston wandte sich ab, sank auf ein Knie und machte sich am Tischbein zu schaffen. Der runde Tisch hatte exakt eines davon, welches nach unten hin in sechs massive Klauen ausartete und so die Platte stabil hielt. Das Möbelstück war seit Generationen in ihrer Familie. Weshalb Johanna ungläubig die Augen aufriss, als sich direkt links neben Preston eine Bodendiele anhob.

»Was!«, echote sie ihre Gedanken hinaus.

Preston stand auf, zog die Bodendiele hoch und eröffnete ihr die Sicht auf eine Treppenstufe, die sich nach unten wand.

»Unser Fluchtweg«, informierte er sie.

Da sie sich nicht rührte, ließ Preston sich dazu herab, weiter auszuholen. »Das hier ist ebenfalls von mir eingebaut worden. Ich habe angenommen, dass die Wahrscheinlichkeit hoch sein könnte, dass wir hier drin sein werden, falls etwas geschieht.« Er zuckte lieblos mit den Schultern und betrachtete den schmalen Abstieg. »Also habe ich einen Mechanismus in den Tisch eingebaut, der die Falltür anhebt. Sobald wir drin sind, werde ich sie wieder zuziehen und die Soldaten damit verwirren.« Mit einem Seitenblick auf das Fensterchen über dem Tisch fuhr er fort: »Wir könnten für zusätzlichen Wirbel sorgen, wenn ich das Fenster da weit aufstoße.«

Sein Blick wanderte zurück zu Johanna. »Aber wenn wir erst mal draußen sind …«

Sie beendete den Satz an seiner statt. »Dann müssen wir die Beine in die Hand nehmen.«

Preston nickte langsam. »Bist du dazu in der Lage? Es wird nicht lange dauern – wir werden nicht weit von hier rauskommen. Ich habe ein Auto ganz in der Nähe des Ausgangs geparkt.«

Unschlüssig zog sie die Unterlippe zwischen die Zähne. Nach ein paar Sekunden sagte sie: »Aber was ist mit der Villa der Cadeeshs? Meine Sachen …«

Er schüttelte entschieden den Kopf. »Habe ich gepackt. Zusätzlich alles andere, was ich für nützlich erachtet habe. Es ist alles im Wagen.«

Erneut kam ihr die Frage über die Lippen: »Wie? Wie hast du das alles vorbereiten können, ohne aufzufliegen?«

Ein neuerliches Lächeln zeigte sich auf Prestons Miene. »Das erkläre ich dir, sobald wir in Sicherheit sind, okay?« Die braunen Augen flitzten zur Plattform. »Wir sollten jetzt wirklich gehen, wenn wir nicht doch noch erwischt werden wollen.«

Als hätte er es heraufbeschworen, ertönten auf der anderen Seite der Plattform laute Stimmen.

Irgendwie haben es die anderen nach oben geschafft! Sie werden gleich hier sein!

Preston streckte stumm die Hand nach ihr aus und Johanna hastete so leise wie möglich zu ihm. Mithilfe seiner Hand in ihrer balancierte sie auf dem Treppenabsatz. Zwei Dinge wurden ihr klar, sobald sie nach unten schaute: Das war eine verflucht enge Wendeltreppe, und sie würde ihren Rucksack andersherum tragen müssen.

»Sie müssen hier sein«, ertönte eine kühle Stimme.

Johanna erstarrte. Ihre Atmung setzte aus, genauso wie ihr Herzschlag. Die Haare in ihrem Nacken und auf ihren Armen stellten sich auf und sie spitzte automatisch die Ohren.

»Greta! Komm hierher und sag uns, was wir nicht wissen!«

Thorn Borthertorns mühsam beherrschte Stimme ließ erste Schweißperlen auf ihrer Stirn entstehen.

Da drückte Preston ihre Finger mit mehr Härte und Johanna schnellte zurück ins Hier und Jetzt. Hektisch fummelte sie ihren Rucksack über die Schulter, entzog Preston ihre Hand und raste die Treppenstufen hinab, so schnell sie konnte.

Sie hörte, wie Preston hinter ihr stehen blieb. Einen Moment später wurde es dunkel um sie herum. Ein leises Klicken drang zu ihr durch und der Lichtstrahl einer Taschenlampe folgte.

»Hier«, murmelte Preston direkt hinter ihr und reichte sie ihr. »Ich hab noch eine. Und jetzt beeil dich – und keinen Mucks.«

Augenblicklich kamen Johanna die eigene aufgewühlte Atmung und der hämmernde Herzschlag viel zu laut vor. Sie zog so leise wie möglich die Luft ein und befahl sich, sich zu beruhigen.

Panik kannst du auch später noch schieben, wenn wir in Sicherheit sind, McGibbon!

Mit grimmiger Entschlossenheit stieg Johanna die Stufen hinab, stets darauf bedacht, so wenig Lärm wie nur menschenmöglich zu verursachen. Bald schon kam ihr Zeitgefühl in der Dunkelheit durcheinander und sie beschlich das Gefühl, schon seit Stunden in die Finsternis hinabzuwandern. Zusätzlich gestaltete es sich zunehmend schwieriger, den Schwindel zu ignorieren, den Wendeltreppen in ihr auslösten.

Mit einem Mal endete die Treppe und Johannas zitternde Beine sackten beinahe unter ihr weg. Sie lehnte sich an die

Mittelsäule, an der die Stufen entsprangen und schnaufte, bekämpfte die aufkommende Übelkeit.

Preston folgte ihrem Beispiel und setzte sich mitten auf den Treppenabsatz.

»Also eins steht fest«, murmelte er nach einigen Sekunden des Verschnaufens. »Nie wieder werde ich Wendeltreppen als Fluchtmöglichkeit verbauen.«

Trotz ihres Zustands grinste Johanna. Sie sah an ihm vorbei und studierte die Umgebung. Die Stufen endeten auf einem ebenerdigen, schmalen Absatz und führten in einen von Gestein flankierten Gang, der das Licht ihrer Taschenlampe verschluckte.

Beim Anblick des Wegs hätte sie am liebsten laut aufgestöhnt und sich neben Preston gesetzt. Jedes ihrer Glieder schmerzte und protestierte gegen die ungewohnt lange Bewegung. Johanna wusste, würde sie sich einmal hinsetzen, dann würde sie nicht so schnell wieder aufstehen – egal wie hartnäckig Preston sein würde. Aus diesem Grund räusperte sie sich und flüsterte: »Lass uns weitergehen, bevor mein Körper mir den Dienst versagt.«

Er studierte sie von Kopf bis Fuß mit kritischem Blick, nickt dann jedoch stumm und ließ Johanna den Vortritt.

»Der Gang steigt gegen Ende etwas an – das wird das Zeichen für dich sein, mich vorzulassen und abzuwarten, bis ich dir das Okay gebe«, instruierte er sie unterwegs im Flüsterton.

»Gut«, bestätigte sie. »In welche Richtung renne ich?«

»Geradeaus. Es ist ein überwucherter Waldpfad, also pass auf deine Füße auf. Aber ich werde direkt vor dir sein, also halte dich einfach an mich.«

Na super, grollte sie. *Ich kann die Treter jetzt schon kaum mehr anständig heben. Wie soll ich denn da über Gestrüpp hüpfen?*

Irgendwo hinter ihnen grollte es lautstark.

Johanna und Preston fuhren gleichzeitig herum.

»Hier ist ein Geheimgang, Boss!«, schallte es zu ihnen herunter.

Ihr Blick glitt von der Wendeltreppe zu Prestons Gesicht, das sich in diesem Moment wieder ihr zuwandte. Sein Mund formte ein einziges Wort: »Lauf!«

Sie hetzte los, nahm dabei keinerlei Rücksicht mehr auf ihre Lautstärke und schob sich im Rennen den Rucksack wieder über die Schultern nach hinten.

Nach wenigen Sekunden bemerkte Johanna, dass der Gang leicht anstieg. Sie griff blind hinter sich, fand Prestons Hand und zog ihn an sich vorbei nach vorn. Zur gleichen Zeit erstrahlte ein erster Lichtschein vor ihnen, und sie schalteten die Taschenlampen aus.

Der Ausgang wurde von Ranken und Pflanzen verdeckt. Nichtsdestotrotz schien ausreichend Licht herein, um ihre Augen an die Veränderung zu gewöhnen.

Im nächsten Augenblick stürmte Preston aus dem Tunnel, die Waffe schussbereit nach vorn gerichtet.

Sie folgte ihm auf dem Fuße, darauf vertrauend, dass er mögliche Gegner umgehend ausschalten würde. Sie keuchte, ihre Seiten stachen heiß und brennend und jeder Atemzug fühlte sich an, als würde flüssige Lava durch ihre Lungen schwappen und ihr die Kehle verätzen.

Sie ließ nicht zu, dass sich ihr Verstand von dem Gedanken löste, ihrem Beschützer zu folgen. Fokussiert rannte sie, sprang über den mit Dornenbüschen überwucherten Pfad, und als sie einen kurzen Blick nach vorn wagte, sah sie ihn: Ein mattschwarzer Geländewagen stand wenige Meter vor ihnen. Eine wasserdichte, grüne Plane deckte die Ladefläche ab und mehrere Kratzer am Lack ließen erahnen, dass der Wagen schon so einiges durchgemacht hatte.

»Da sind sie!« Gretas Stimme durchschnitt die idyllische Stille des Waldes.

Keine drei Sekunden später zischte etwas an Johanna vorbei und ein lauter Knall folgte.

Oh. Mein. Gott! Hat sie etwa grade echt auf mich geschossen?!

»Nein! Ich will sie lebend!«, donnerte Borthertorns Stimme durch das Unterholz.

Preston war am Auto angekommen, riss die Tür der Fahrerseite auf und drehte sich auf dem Absatz um. »Los! Rein mit dir!«, rief er ihr entgegen, die Waffe auf die Gegner hinter ihr gerichtet.

Die Kugeln schwirrten an ihr vorbei und das Getöse, das folgte, ließ Johanna die Ohren schmerzen. Sie biss die Zähne fest aufeinander und spurtete an Preston vorbei, schwang im Neunziggradwinkel herum und landete auf dem Fahrersitz des Geländewagens. Sofort kletterte sie über die Mittelkonsole, immer darauf bedacht, den Kopf unten zu halten.

Die Fahrertür knallte zu und ihr Beschützer schrie: »Festhalten!«

Der Wagen knurrte wie ein wildes Tier, als Preston ihn startete und unverzüglich aufs Gaspedal trat.

Kugeln prallten vom Chassis ab und diejenigen, die auf die Frontscheibe trafen, hinterließen ebenfalls keine sichtbaren Spuren.

Johanna packte verzweifelt nach dem Griff am Dach der Fahrerkabine. Mit Schrecken realisierte, welche Richtung ihr Beschützer eingeschlagen hatte und sie kreischte: »Du fährst direkt auf sie zu!«

»No shit, Sherlock!«

Preston riss das Lenkrad herum, der Wagen schlingerte über Laub und Sträucher, dann fanden die Räder festen Grund. Gleichzeitig zerrte er eine winzige Fernbedienung aus seiner

Brusttasche, drückte auf den einzigen, großen Knopf – und die Höhle, aus der sie vor wenigen Minuten gekommen war, fiel in sich zusammen wie ein Kartenhaus.

2

»Wie sieht's aus, brauchst du noch mehr Verbandszeug?«

Johanna sass am Esstisch der kleinen Wohnung, in die Preston sie gebracht hatte, und schüttelte den Kopf.

Ausgehungert, wie sie gestern gewesen war, hatte sie drei Teller Spagetti verdrückt und war dann am Tisch eingeschlafen, woraufhin er sie in eines der Zimmer getragen hatte.

Als sie viel später aufgewacht war, hatte ein Notfallset neben ihr auf dem Nachttisch gelegen, zusammen mit einem Glas Wasser. Sie hatte sich daraufhin ins Bad zurückgezogen, wo sie erst geduscht und im Anschluss alle wunden Stellen verarztet hatte, die sie erreichen konnte.

»Für die am Rücken benötige ich deine Hilfe«, antwortete sie Preston verspätet.

Er nickte und trat neben sie. Doch als sie ihr T-Shirt mit einer leidgeplagten Grimasse hochgezogen hatte, zog er scharf die Luft ein und starrte auf ihren Oberkörper.

»Was? Noch nie ein wandelndes Wrack gesehen?«, spöttelte sie zwischen zusammengepressten Zähnen und funkelte ihn angriffslustig an.

Preston schüttelte fassungslos den Kopf und griff nach der Wundsalbe. Wortlos trug er sie auf und klebte anschließend Gaze auf die betroffenen Stellen. Nach der gefühlt zwanzigsten Wunde murmelte er: »Ich bereue es, nicht früher eingesehen zu haben, was für Monster sie sind.« Seine Stimme bebte vor unterdrücktem Zorn.

Johanna lächelte traurig. »Aber dafür kannst du nichts. Du wurdest von Kindsbeinen an indoktriniert.«

Er bückte sich und hob die Wolldecke hoch, die bei der Aktion zu Boden geglitten war. Seine Augen waren hart wie Stahl, als er sie ihr entgegenstreckte. »Wir müssen das für die Zukunft verhindern. Neue Kinder, die dem Kreis beitreten, sollen nicht so enden wie ich.«

Johanna nahm den Stoff und zog ihn sich langsam über die Schultern. »Dafür bräuchten wir mehr Leute, Preston«, sagte sie mit einem Seufzen in der Stimme.

Er nickte. »Toni wird im Hochsicherheitstrakt gefangen gehalten. Ich kann dir genaue Beschreibungen liefern, wie es dort aussieht und in was für Intervallen die Wachen ändern.«

Das Herz rutschte ihr in die Hose. »Und wie kommen wir hinein?«, entgegnete sie bissig.

Preston stutzte.

Sie stöhnte leise und ließ den Kopf in die Hände fallen. »Wir brauchen einen IT-Crack – einen Hacker – der uns reinbringt. Aber den einzigen, den wir an unserer Seite hatten, habe ich verjagt, weil ich meine Fähigkeiten nicht im Griff hatte.«

»Du meinst Adam Cadeesh?«, bohrte er nach. »Dein Ex?«

»Ja.« Sie sah auf und blickte in sein nachdenkliches Gesicht.

»Und du weißt nicht, wo er ist?«

Stumm schüttelte sie den Kopf, stoppte jedoch gleich darauf und murmelte: »Ich könnte es herausfinden. Aber dann würden mich die Mitglieder der Organisation tot sehen wollen.«

»Inwiefern unterscheidet sich das vom jetzigen Zustand?«, wollte Preston wissen. Er verschränkte die Arme vor der Brust und musterte sie mit prüfendem Blick. »Bis jetzt wurdest du langsam zu Tode gefoltert, indem sie dich auseinandernahmen. Immerhin ist die Alternative schnell und schmerzlos.«

Wo er recht hat ...

»Bringst du mir mein Smartphone aus dem Schlafzimmer, bitte?«, bat Johanna.

Preston ging und holte es ihr. »Darf ich fragen, was genau du vorhast? Ich möchte auf alle Eventualitäten vorbereitet sein und uns heil aus der Sache rausbringen.«

Obwohl ihr vor Nervosität der Magen brannte, hoben ihre Mundwinkel sich zu einem schwachen Lächeln und sie nahm das Smartphone entgegen, legte es allerdings erst einmal auf die Tischplatte ab und schenkte ihrem Beschützer die volle Aufmerksamkeit.

»Setz dich«, bat sie ihn. »Sonst bekomme ich noch Nackenstarre.«

Gehorsam ließ Preston sich auf den Stuhl rechts von ihr sinken und legte die Arme auf den Tisch. Stumm wartete er darauf, dass sie fortfuhr, weshalb sie zittrig durchatmete und ihm ihr Geheimnis gestand. »Seit ungefähr zehn Monaten werde ich von einer anonymen Nummer erpresst.«

Die braunen Augen weiteten sich und sein gesamter Körper spannte sich an. Doch Johanna hob beschwichtigend die Hände und fuhr hastig fort: »Zuerst kam ein Spionagefoto von Adam mit dem Befehl, dem *Kreis der Begnadeten* beizutreten. Zu jenem Zeitpunkt hatte ich mit der Idee gespielt, nicht an der Zeremonie teilzunehmen und normal weiterzuleben.« Sie schnalzte sarkastisch mit der Zunge. »Reine Fantasievorstellungen… Jedenfalls bin ich beigetreten, und der oder die Unbekannte schwieg. Aber dann kamen weitere Drohungen: Die Person würde Adam umbringen, wenn ich nicht das tat, was von mir erwartet wurde.«

»Wieso erzählst du mir das?«, grollte er mit vor Unmut verzogenen Lippen.

»Weil es ebenjene Person ist, die mir den Aufenthaltsort von Adam verraten kann«, informierte Johanna ihn. »Im Gegenzug werde ich in der Organisation für vogelfrei erklärt.«

Als er daraufhin schwieg, schaute sie ihn fragend an. Doch er schüttelte sich bloß die dunkelbraunen Wellen ins Gesicht und brütete vor sich hin.

Sie nutzte die Stille, um die Wohnung näher in Augenschein zu nehmen, jetzt, da sie frei von Drogen und ausgeschlafen war. Das Ambiente aus warmen Holzmöbeln und sandfarbener Tapete ließ vermuten, dass das hier Prestons Privatwohnung war. Allerdings hätte sie nicht gedacht, dass er neben ihrem alten Kinderzimmer noch einen Wohnort besitzen würde… Und dann erst noch eine Vierzimmerwohnung!

Er musste ihre Gedanken erraten haben, denn er seufzte leise und sagte: »Es ist nicht meine. Sie gehört einem Kumpel.«

Ihr Blick wanderte von den Möbeln zurück zu seinem Gesicht.

»Und nein, er weiß nicht, dass wir hier sind«, fügte er hinzu. »Er ist zurzeit auf einem längeren Einsatz im Ausland.«

Mit einer fahrigen Geste strich Preston sich die Haare aus der Stirn. »Na gut, dann lass uns deinen Erpresser kontaktieren. Zur Sicherheit habe ich noch zwei Smartphones aus Adams Serverraum mitgehen lassen. Richte erst eines davon ein und dann fahren wir los. Sobald du die Adresse hast, lassen wir das alte Smartphone zurück.«

»Verfolgungsfilme-Einmaleins, Grundwissen«, entgegnete Johanna trocken.

Preston schmunzelte, indes er sich erhob.

»Dann bleiben wir also nicht hier?«

»Nein.« Seine linke Hand fuhr über sein Gesicht, und sie realisierte viel zu spät, dass ihr Beschützer im Gegensatz zu ihr keinen Schlaf gefunden hatte. Die dunklen Ringe um seine Augen verrieten ihn.

»Dann solltest du erst eine Mütze Schlaf kriegen, bevor wir losfahren«, erwiderte sie sanft.

Preston blickte überrascht auf sie herab. Sie lächelte warm und nickte in Richtung der aneinandergrenzenden Schlafzimmer. »Geh schon. Ich passe auf – und ich stelle keinen Blödsinn an, versprochen!«

Das Zögern in seiner Miene versetzte Johanna einen feinen Stich. Missmutig zogen sich ihre Brauen zusammen.

Glaubt er, ich bin nicht dazu in der Lage, auf meinem Arsch zu sitzen und nichts zu tun, während er schläft oder was?

»Weißt du, ob sie dir ein Ortungsgerät injiziert haben?«

Diese Frage ließ ihr auf einen Schlag die Haare zu Berge stehen. Ihr Herz begann aufgewühlt doppelt so schnell zu schlagen und ein feines Fiepen setzte in ihren Ohren ein. »Ortungsgerät? Injiziert?«, wiederholte sie mit auf einmal trockenem Mund.

Er seufzte schwer und konkretisierte: »Sie haben diese mikroskopisch kleinen Dinger, die sie mit den Injektionspistolen unter die Haut stecken können, wenn sie wollen.«

Der fragende Ausdruck in seinen Augen wurde ihr plötzlich zu viel. Johanna ließ den Kopf sinken und starrte auf ihre Hände, drehte die Arme und betrachtete jeden Zentimeter Haut, als wäre es nicht länger ihr Körper, in dem sie steckte, sondern der einer Fremden.

»Ich … weiß nicht«, gab sie nach wenigen Sekunden flüsternd zu. »Die Drogen haben mich so benebelt, dass ich alles nur wie durch Watte wahrgenommen habe.«

Zögerlich richtete sie den Blick erneut auf seine südländischen Züge. Preston hatte eine Hand in den Nacken gelegt und massierte diesen nervös, während er sagte: »Tja, also… Bevor ich überhaupt an Schlaf denken kann, müssen wir sichergehen.«

Johanna nickte stumm, fuhr sich mit den Fingern über die Arme und Schultern, dann Stück für Stück über jeden Millimeter Haut, den sie erreichen konnte. Im Anschluss meinte sie: »Du musst den Rücken machen.«

Sein Kopf ruckte derart heftig von links nach rechts, dass sie erstaunt innehielt.

»Habe ich vorhin schon gemacht«, nuschelte er undeutlich und wich ihrem Blick dabei aus. »Als ich dich verarztet habe.«

Ihre Erwiderung kam schlapp. »Oh… Danke.« Hastig räusperte sie sich und fuhr fort: »Also ich habe jetzt nichts gespürt, was sich so anfühlt wie ein Fremdkörper unter der Haut.«

»Gut.« Er entspannte sich sichtlich. »Dann werde ich jetzt schlafen gehen und du richtest das neue Smartphone ein.« Nach dem ersten Schritt gen Schlafzimmer hielt er inne und schaute über die Schulter auf sie zurück. »Aber noch nicht benutzen – und lass dein Altes aus!«

»Ja, Chef«, gab sie mit einer zynischen Grimasse zurück.

Sobald Preston die Tür hinter sich zugezogen hatte, sackte Johanna erschöpft im Stuhl zusammen. Mit einem unterdrückten Stöhnen stand sie auf und entsorgte die Reste des Verbandsmaterials wieder in das Notfallset. Die Verpackungen und benutzten Tupfer warf sie in einen leeren Müllbeutel, zusammen mit den alten Klamotten, die sie gestern getragen hatte. Im Anschluss schlurfte sie zu dem hellbraunen Sofa herüber, das im Zentrum des Wohnzimmers stand, und ließ sich mit äußerster Vorsicht in die Kissen sinken. Trotzdem durchzuckte sie der Schmerz an mehreren Stellen und Johanna verzog das Gesicht.

Bevor sie einen weiteren klaren Gedanken fassen konnte, driftete ihr Bewusstsein auch schon in den Schlaf.

3

»Sag mir, was ich wissen will, du elendes Miststück!«, schrie Borthertorn ihr ins Gesicht. Winzige Speicheltröpfchen trafen sie und sie schloss angewidert die Augen. Ihre Lippen blieben fest verschlossen.

Die Hand des CEOs war in ihren roten Locken vergraben, dicht über ihrem Schädel hielt er sie fest. In diesem Moment zog er grob an ihren Haarwurzeln und sie verzog den Mund.

»Ich sagte«, bellte er so laut, dass es in ihren Ohren klingelte, »dass du mir sagen sollst, wieso ich nicht an deine beschissene Fähigkeit komme!«

»Ich weiß einen Scheiß«, hätte sie am liebsten gebrüllt – doch sie blieb stumm. Wenn es eines gab, was Borthertorn noch mehr hasste als sie selbst, dann war es ihr Schweigen. Und daran hielt sie fest. Diesen winzigen Sieg verbuchte Johanna immer wieder für sich – auch wenn es sie manchmal mehr kostete, als ihr lieb war.

»Thomas!«, rief der CEO und ließ von ihr ab, indem er sie mit aller Kraft von sich stieß.

Johanna landete unsanft auf dem Holzboden, wo sie mit den Ellenbogen aufschlug. Der Aufprall fuhr ihr durch den ganzen Körper.

»Schon hier, Thorn, schon hier«, antwortete Thomas Kon seinem Vorgesetzten beim Eintreten in aller Seelenruhe. Seine linke Hand umfasste den Griff des Köfferchens, das er stets mit sich brachte.

Johanna erfasste ein ängstlicher Schauder. Dieser vermaledeite Koffer und sein Inhalt stellten das sichere Versprechen dar, ihr Leid zuzufügen. Und sie würde dabei nur stumm und wehrlos daliegen können, weil einer von beiden sie vorher lähmen würde.

Ihr Wille und ihre Angst bäumten sich auf. Nein, diesmal nicht! Diesmal überrumple ich sie und komme frei!

Thomas Kon ließ den Koffer auf die Matratze plumpsen, öffnete die metallenen Schnallen und kramte darin herum, bis er die medizinische Pistole hervorzog. Sie war bereits mit einer Ampulle gefüllt.

Johannas Herz zog sich vor Furcht zusammen und kalter Schweiß brach ihr aus. Ihr Körper realisierte ohne ihr Zutun, was ihr bevorstand.

Der Wissenschaftler trat näher, sein Gesichtsausdruck ruhig und gefasst. Johannas Muskeln spannten sich unwillkürlich an. Er beugte sich über ihren Kopf, um ihr die Pistole in den Nacken zu rammen – und sie reagierte. Ihre Faust schnellte vor wie der Kopf einer Schlange bei einem Angriff. Sie traf ihn an der Schläfe und die Pistole klackerte nutzlos zu Boden. Gleich darauf folgte Thomas Kon ohnmächtig ihrem Beispiel.

Johanna gewährte sich keine Zeit für Triumphgefühle, sondern schnellte herum und nahm Borthertorns Beine in einen Klammergriff ihrer eigenen, wobei sie die Füße ineinander verhakte. Wüst fluchend versuchte er, sich freizutreten, doch ohne Erfolg.

»Du kleine, miese –!« Borthertorn schwang sich herum und kam frei. Im selben Augenblick sprang Johanna auf die Füße und spurtete auf das Fenster zu. Sie würde ihr Glück nicht mit diesem Wahnsinnigen versuchen, nein: Ihr einziger Ausweg formte das Fenster, das im ersten Stock lag. Vielleicht würde ihr der Sprung ein paar Knochen brechen ... aber das war *besser als auch nur einen Tag länger vom CEO gepeinigt zu werden.*

Sie erreichte das Fensterbrett, streckte die rechte Hand nach dem Griff aus – und wurde ruckartig zurückgezerrt.

Ihr Kopf explodierte in schierer Panik. Wild geworden schlug sie um sich und hieb blind nach hinten aus. Ein erstickter Schmerzenslaut verriet ihr, dass sie getroffen hatte.

Die Arme ihres Widersachers legten sich schraubstockartig um ihre Mitte und um ihren Kopf. So gefangen konnte Johanna zwar noch austeilen, aber an ein Fortkommen war nicht mehr zu denken. Trotzdem teilte sie weiter aus, schlug ihm auf geschätzter Höhe der Nieren in die Seiten und trat mit den Beinen rückwärts aus in der Hoffnung, seine Weichteile zu zertrümmern.

Thomas Kon rührte sich. Ein erstes, schmerzerfülltes Stöhnen drang aus seiner Kehle, dicht gefolgt von einem zaghaften Kopfschütteln.

Verzweiflung überkam sie. Wenn der Wissenschaftler erst wieder bei klarem Verstand war, stand eine weitere, qualvolle Foltersession bevor, bei der sie stückchenweise bei lebendigem Leib seziert wurde. Borthertorn würde das Ganze mit seinen üblichen Tritten und Hieben abrunden, sobald Thomas Kon gegangen war.

»Nein«, flüsterte sie verzweifelt. Dann schrie sie wild: »Lass mich los!«

Die Panik verlieh ihr neue Kraft und Johanna trieb ihren linken Fuß in sein Knie. Borthertorn sackte mit einem Schmerzensschrei zusammen und ließ sie los. Sofort stürmte sie erneut aufs Fenster zu, packte den Griff und zog es auf. Mit einem beherzten Hochziehen war sie auf dem Sims – und starrte hinab auf das Stück überwucherten Gartens, das gefühlte Kilometer unter ihr lag. Zögerlich schluckte sie, wandte den Blick ab und sah stattdessen nochmals zurück.

Nein... Der Sprung ins Ungewisse ist tausendmal besser, als hier drin gefangen zu bleiben!

Sie nahm einen tiefen Atemzug, lehnte sich nach vorn –

»Oh nein!«, keuchte der CEO in ihrem Rücken. Seine Hand grabschte in ihre Haare und er riss daran, bis Johanna schreiend erst den Kopf, dann den gesamten Oberkörper nach hinten bog. Ihre Hände flogen an ihren Schädel, um die Qual zu beenden.

»Du bleibst schön hier, Dreckstück«, zischte Borthertorn.

Unnachgiebig zerrte er sie vom Fenstersims hinunter. Wieder prallte Johanna auf den Holzboden und wieder zuckte der Schmerz durch ihre Ellenbogen und ihren ganzen Körper. Diesmal konnte sie den Schrei nicht unterdrücken, der ihren Hals hinaufschnellte.

»Thomas!«, rief Borthertorn schwer atmend. »Thomas, wach auf!«

Er stieß den Wissenschaftler mit der Stiefelspitze in die Seite, worauf sich jener zur Seite rollte und die Augen aufschlug. Keine zwei Wimpernschläge später hatte er sich so weit aufgerappelt, dass er nach der Pistole langen konnte, die unters Bett geschlittert war.

»Lähme sie endlich«, grunzte der CEO unter großer Anstrengung, indes er Johanna an den Haaren mit sich zerrte.

»Nein, bitte«, brach es aus ihr heraus.

Thomas Kon legte die Nadel an.

»Bitte nicht!«

Das vertraute Zischen der Injektion wummerte durch ihren Kopf.

»NEEEIIIIIN!«

Irgendwo rappelte es. Die Tür zum Schlafzimmer wurde aufgerissen und ein dunkler Umriss erschien im Wohnzimmer.

»Was! Was ist?« Prestons alarmierte Stimme riss Johanna letztendlich zurück in die Gegenwart. Verstört starrte sie seiner Gestalt entgegen, deren Schultern sich hektisch hoben und senkten. Dann verschwamm ihre Sicht und ein erster Schluchzer löste sich aus ihrer Brust. Reflexartig griff sie sich an den Kopf, um die ziependen Stellen zu befühlen.

Nur ein Traum ...

Prestons schwere Schritte näherten sich zögerlich. »Johanna? Was ist passiert?«

Das war nur ein Traum. Es ist vorbei.

Seine Stimme war unendlich sanft geworden. »Hey.« Er hatte sie erreicht und die Hand bereits nach dem Lichtschalter ausgestreckt, doch ihre Hand schnellte vor. »Nicht«, brachte sie mit bebender Stimme hervor.

Er zögerte. »Okay.« Sein Arm sank herab. »Was kann ich dann für dich tun?«

Bevor sie sich ernsthaft Gedanken darüber machen konnte, sprudelte es aus ihr heraus: »Kannst du mich halten? Damit ich weiß, dass es nicht echt war.«

»Klar«, antwortete er prompt. Johanna machte ihm Platz und er setzte sich neben sie aufs Sofa, wandte sich ihr zu und breitete die Arme aus. Froh über seine stillschweigende Akzeptanz ihres Wunsches ließ sie sich hineinfallen.

Die Minuten verstrichen, keiner von ihnen sagte ein Wort. Preston hielt sie einfach nur fest, während ihr Herzschlag sich normalisierte und die Tränen versiegten.

»Ich wette, *diese* Erinnerungen würdest du nur zu gern verlieren«, flüsterte er irgendwann ins Dunkel des Zimmers.

Sie lachte bitter auf. »Allerdings.«

»Keine Sorge, McGibbon«, meinte er leise. »Wir stehen das zusammen durch. Wann immer du mich brauchst: Ich bin da. Und ich bin ein echt toller Umarmer.«

Ihr Mund verzog sich zu einem echten Lächeln. »Das bist du«, erwiderte sie. »Danke.«

Er schnaubte. »Nicht dafür.«

Wieder schwiegen sie für eine Weile, doch dann wollte Preston wissen: »Wie steht es um deine Fähigkeiten? Tut sich da irgendetwas?«

Mit schwerem Herzen deutete sie ein Kopfschütteln an. »Es ist wie ein Flimmern – ab und zu erhasche ich kurze Momente, in denen sie in mir hochkochen, aber eine Sekunde später sind sie fort.«

Nach kurzem Zögern sagte er: »Das wird schon wieder. Eventuell heilt auch dieser Aspekt von dir mit der Zeit, genau wie deine Wunden.«

Johanna hatte den Glauben an eine baldige Rückkehr ihrer Fähigkeiten verloren, als die Wirkung des Lähmungsmittels heute Mittag vollständig nachgelassen und ihre Kräfte ihr nicht wie selbstverständlich zur Verfügung gestanden hatten. Die neue Ansicht, dass ihre Fähigkeiten sich verhalten sollten wie eine Wunde, die erst den Schock und das Trauma verarbeiten und heilen mussten, erstaunte sie gleichermaßen, wie sie ihr neue Hoffnung gab. Vielleicht war noch nicht alles verloren …

Ein Lichtstrahl schien über den oberen Rand ihrer Sonnenbrille hinweg in ihre Augenwinkel und sie blinzelte hektisch, bevor sie den Blendschutz über dem Beifahrersitz neu ausrichtete.

Seit acht Tagen waren sie nun schon unterwegs. Preston hatte immer noch nicht das Okay dafür gegeben, Johannas Smartphone einzuschalten und dem anonymen Erpresser zu schreiben. Langsam aber sicher brachte sie die Gesamtsituation zur Weißglut.

Ist es zu viel verlangt, eine Nacht lang nicht in diesem verdammten Auto zu schlafen? Oder für zwei Stunden an einem Waschsalon anzuhalten?

Es war nicht so, dass sie knapp bei Kasse waren – Preston hatte ein geheimes Konto, auf das er regelmäßig seinen Lohn eingezahlt hatte, seitdem er sechzehn Jahre alt gewesen war. Und Johanna hätte über den gesicherten Zugang ihres Smartphones ebenfalls Zugriff auf die eigenen Ersparnisse und das geteilte Konto der Cadeeshs für den Haushalt der Villa.

Missgelaunt stierte sie aus dem Fenster. Nachdem sie gemeinsam die Wohnung von Prestons Kumpel verlassen hatten, hatten sie den Kofferraum mit Nahrungsmitteln und Campingausrüstung befüllt. Seitdem fuhren sie durch dieses Niemandsland aus Flachland und Landstraßen, durchbrochen von der ein oder anderen Kuh- oder Schafherde. Unendlich weit zogen sich die Felder und Wälder am Straßenrand.

Johanna seufzte und schloss die Augen.

»Wir sind gleich da«, verkündete er wie zur Antwort.

Überrumpelt öffnete sie die Augen, ließ die Beine von der Konsole gleiten und setzte sich aufrecht hin. Plötzlich achtsam geworden, strengte sie ihre Augen an und studierte die Umgebung. Weiterhin nichts als Landstraße.

»Wo genau?«, bohrte sie deshalb verständnislos nach. Sie warf einen Seitenblick auf Preston und erhaschte ein Schmunzeln auf seinen Zügen.

»Den Ort, an dem du Kontakt aufnehmen wirst«, gab er zurück. »Wird ja auch langsam Zeit, was?«

Ihr Puls beschleunigte sich mit einem kribbeligen Gefühl der Vorahnung.

Endlich! Wer weiß, wie viel Zeit Toni noch bleibt.

Wie von selbst drifteten ihre Gedanken zu Adam. Ein Jahr lang hatte sie jetzt nichts mehr von ihm gehört, geschweige denn, ihn gesehen.

Wie es wohl sein wird, ihn zu wiederzusehen?

Wieder und wieder hatte Johanna sich seit ihrem Aufbruch den Kopf darüber zerbrochen, woran sie in der Zwischenzeit bei ihm war.

Sind wir noch zusammen? Haben wir automatisch Schluss gemacht, als ich ihn verletzt habe? Wie definiert man so etwas? Warum ist das alles so kompliziert!

Frustriert presste sie die Zähne zusammen. Sie war so in ihre Gedanken vertieft, dass sie erst bemerkte, dass der Wagen hielt, als Preston seinen Sicherheitsgurt löste und die Fahrertür aufstieß. Hastig folgte sie seinem Beispiel und staunte nicht schlecht. Das Auto stand auf einem Hügel, der sie hinab in ein Tal blicken ließ, welches mit Wiesen und kleinen Wäldern bespickt dalag. Über all die Natur zog sich der Bodenfrost des frühen Morgens, die Bäume glitzerten im Schein der Sonne. Ein ungreifbares Gefühl von Frieden streckte seine Fühler nach Johanna aus, und sie wäre zu gern darin versunken, hätte die Szenerie betrachtet und über Gott und die Welt sinniert.

Preston trat neben sie und der feine Vorhang der trügerischen Seligkeit verpuffte ins Nichts. Er reichte ihr ihr altes Smartphone und sagte: »Jetzt oder nie, McGibbon.«

Wortlos griff sie nach dem Gerät und schaltete es ein.

»Sobald du die Adresse weißt, machen wir uns auf den Weg«, fügte ihr Beschützer hinzu. »Ab jetzt gibt es keine Verschnaufpausen mehr.« Sein Tonfall klang zwar ernst, doch es schwebte auch ein Bedauern darin mit, was Johanna zu ihm aufsehen ließ.

»Du musst nicht mitkommen«, gab sie mit sanfter Stimme zurück. »Du kannst auch hierbleiben und irgendwo untertauchen. Oder ich kontaktiere die Jäger und —«

»Nein.« Amüsiert schüttelte er den Kopf und lächelte schwach. »Du vergisst andauernd, dass wir ein Team sind, McGibbon.«

Johanna schnaubte zynisch. »Ich will im Nachhinein nicht hören, dass du auch nur eine Minute hiervon bereust.«

Er zwinkerte. »*Das* kann ich dir nicht versprechen. Das Leben mit dir ist einfach unglaublich anstrengend.«

»Ha ha!«, machte sie und fokussierte sich auf ihr Smartphone. Der Bildschirm zeigte, dass sie noch 10 Prozent Akku hatte.

Jetzt oder nie ...

Mit einem tiefen Luftholen öffnete sie den SMS-Verlauf mit dem anonymen Erpresser und schrieb:

Ich (08:04): Gib mir die Adresse.

Keine zehn Sekunden später kam die Antwort. Johanna notierte diese in ihr neues Smartphone und streckte Preston ihr altes hin. »Was hast du dafür geplant?«

Ein Grinsen huschte über sein Gesicht, er griff nach dem Gerät und holte aus. Es flog in hohem Bogen in einen riesigen Brombeerbusch unweit des kleinen Baches.

»Steig ein«, bat er und tat genau das.

Sie ließ sich ins Polster des Beifahrersitzes sinken und fragte: »Werden die das nicht verdächtig finden?« Mit gerunzelter Stirn sah sie nochmals zum Fenster hinaus. »Hier draußen ist nichts, also warum sollten wir ausgerechnet an diesem Ort unser Lager aufschlagen?«

Ihr Beschützer startete den Motor und meinte: »Bis vor zwei Jahren war hier eine kleine Hütte. Auf Google Maps und einigen Satellitenbildern ist sie noch immer abgebildet.«

Mit hochgezogenen Augenbrauen und einer ehrlich beeindruckten Miene wandte sie sich ihm zu. »Du scheinst an alles zu denken, Preston Kirk!«

Seine rechte Schulter zuckte. »Einer von uns beiden muss das ja tun.«

Sie lachte und schlug ihm spielerisch auf den Oberarm, während er den Gang einlegte und sie auf ihr Ziel zusteuerte: den Flughafen.

4

Johanna beschlich bereits jetzt schon der Eindruck, dass sie sich nie wieder von all den Strapazen erholen würde, die sie seit ihrer Festnahme hatte durchleben müssen. Der Flug nach London Heathrow war bloß der neuste, nervenaufreibende Abschnitt gewesen.

Preston hatte Wort gehalten und sie auf direktem Weg zum Flughafen gefahren. Fünf Stunden nach der Kontaktaufnahme waren zwei Flugtickets am Schalter gekauft und die Sicherheitskontrolle durchquert. Nach einem kurzen Mittagessen hatten die beiden die Maschine bestiegen und waren knapp eine Stunde später ohne Zwischenfälle in Heathrow gelandet.

Die Ungewissheit an der Situation jedoch hatte Johanna in permanente Anspannung versetzt. In unregelmäßigen Abständen hatte sie sich umgesehen, weil sie ein Kribbeln im Nacken gespürt oder eine verdächtige Gänsehaut sich über ihre Arme ausgebreitete hatte.

Widerstrebend hatte sie eingestehen müssen, dass Preston der Situation besser gewachsen war als sie selbst. Er hatte nach außen hin tiefentspannt gewirkt, sich jedoch mindestens ebenso oft umgesehen wie sie – nur tausendmal weniger amateurhaft.

Und nun standen sie da, in der Eingangshalle des Flughafens London Heathrow, und starrten hinaus in den wolkenbedeckten Himmel, dessen Tore sich soeben geöffnet hatten. Dicke Regentropfen prallten auf die unzähligen Dächer von Autos und Bussen. Innerhalb weniger Sekunden bildeten sich überall Pfützen auf dem zerrissenen Teer. Doch die Londoner schienen sich nicht daran zu stören; Regenschirme wurden aufgespannt und der Parkplatz versank in schwarzgrauen Unifarben.

Bewegung kam in ihren Begleiter. Johanna wandte sich von der Szenerie ab und beobachtete Preston dabei, wie er zielstrebig auf ein Taxi zuhielt. Rasch heftete sie sich an seine Fersen. Der Taxifahrer antwortete gerade auf seine Frage, als sie neben Preston zum Stehen kam. »Das ist in Camden Town«, sagte er auf Englisch und warf einen prüfenden Blick auf seine Armbanduhr. »Da sind die Straßen zurzeit dicht wegen eines Filmdrehs. Ich kann euch in die Nähe bringen – oder ihr nehmt den Underground.«

»Danke, wir fahren mit Ihnen.« Er gab Johanna mit einem Wink zu verstehen, zuerst auf dem Rücksitz Platz zu nehmen. Kaum hatte sie es sich bequem gemacht, da schlüpfte er selbst auf seinen Sitzplatz, das Gesicht grimmig nach vorn gerichtet.

»Halt die Augen offen, wenn wir aussteigen«, murmelte er. Seine braunen Augen trafen auf ihre eigenen, und sie erkannte die Sorge darin.

Also ist er doch nicht so entspannt, wie er sich gibt.

»Denkst du, wir werden gleich nach dem Verlassen des Taxis angegriffen?«, witzelte Johanna. Sie deutete mit dem Zeigefinger ihrer rechten Hand an Prestons Brust vorbei aus dem Fenster auf die vorbeiziehende Umgebung. »Hier? Mitten in London?«

»Ich bin lieber übervorsichtig, als es im Nachhinein zu bereuen, nicht genug aufgepasst zu haben«, gab er zurück, indes er ihren Arm hinab drückte. »Vergiss nicht, dass der *Kreis der Begnadeten* mittlerweile eine weltweite Organisation ist.«

Unruhig schob er den Rucksack auf seinem Schoss hin und her und fluchte leise. »Scheiße! Dass wir unsere gesamte Ausrüstung zurücklassen mussten, ist schlimm genug – ich fühle mich geradezu auf dem Präsentierteller.«

Johanna schaute ihm einen Moment länger dabei zu, wie er am Rucksack herumwerkelte, dann griff sie entschlossen nach seiner Hand und drückte sie. Preston sah perplex zu ihr herab.

»Es wird schon werden«, sagte sie bestimmt. Um ihre Worte zu untermauern, übte sie nochmals Druck auf seine Finger aus. Dann ließ sie ihn los und stierte ihrerseits aus dem Fenster. Ihr Puls begann zu rasen, sobald sie sich des Faktes bewusst wurde, dass Adam Cadeesh von Minute zu Minute in greifbarere Nähe rückte als das ganze vergangene Jahr über.

Was werde ich sagen, wenn er die Tür aufmacht? Wird er überhaupt aufmachen? Wie er wohl inzwischen aussieht?

Sie seufzte lautstark, ließ das Kinn in ihre aufgestützte Hand fallen und schloss die Augen, um sich sein Aussehen in Gedächtnis zu rufen.

»Fang jetzt bloß nicht an zu träumen, McGibbon«, drohte ihr Beschützer murmelnd.

Ihre Lider flatterten auf und sie blinzelte ihren Beschützer mürrisch an. »Ich *träume* nicht«, fauchte sie beleidigt.

Ihre Entrüstung schien Preston völlig kaltzulassen. Er verzog keine Miene, sondern taxierte sie mit distanziertem Ausdruck in den Augen. Mit reserviertem Tonfall meinte er: »Wir sind erst in Sicherheit, wenn Adam uns empfangen hat und wir einen neuen Unterschlupf gefunden haben.«

Perplex schob Johanna die Augenbrauen nach oben. »Neue Unterkunft? Ich dachte, wir bleiben bei ihm.«

Er schüttelte kaum wahrnehmbar den Kopf. »Ich kenne die Taktiken der Organisation, McGibbon. Sie werden uns entweder auf dem Weg zu ihm auflauern oder uns folgen und dort zuschlagen. Wenn wir Pech haben sogar beides.« Er stieß die Luft aus und wuschelte sich gedankenverloren durchs Haar.

»Wir müssen so bald wie möglich mit dem älteren Cadeesh-Bruder fliehen. Und wir dürfen dabei nicht gesehen werden.«

»Hmm«, machte Johanna nachdenklich. Ihr Blick heftete sich auf den Verkehr vor ihnen, während sie angestrengt ihre Möglichkeiten durchging. Prestons Anmerkungen basierten allesamt auf seiner jahrelangen Erfahrung plus gesundem Menschenverstand, das wusste sie. Doch wie sollten sie den vielen Augen der Mitglieder des Kreises entfliehen, nachdem sie Adam gefunden hatten? Weder Preston noch sie konnten sich so einfach in Luft auflösen …

Siedend heiß fiel es ihr wieder ein. *Aber Toni konnte es an jenem Tag!*

Ihr Atem ging schneller bei der Erinnerung an jenen Moment vor knapp einem Jahr, als Adam von Toni aus der Villa teleportiert wurde.

Und wenn er es konnte, dann verfügt Adam eventuell ebenfalls über diese Fähigkeit!

»Ich habe da möglicherweise eine Idee«, informierte sie ihren Beschützer mit gedehnter Stimme.

Als er die Augenbrauen fragend hochzog, schüttelte sie allerdings schweigend den Kopf. Dieser Teil ihres Plans würde erst Sinn ergeben, wenn Adam sie hereingelassen hatte – *falls* er sie denn überhaupt in sein neues Zuhause einlud.

Den Rest der Fahrt verbrachten sie in angespanntem Schweigen. Prestons Kopf schwang hin und her, die braunen Augen unentwegt auf die Umgebung gerichtet. Sein Körper blieb die gesamte Zeit über angespannt und er knackte gefühlt alle zehn Minuten mit den Knöcheln.

Johanna war sich sicher, dass sie ihn beim nächsten Mal hochkant aus dem Wagen treten würde. Seine permanent alarmierte Art ging ihr auf die Nerven. Da sie es nicht riskieren wollte, in einem öffentlichen Taxi einen Zornesanfall zu erleiden, in welchem sie alle beteiligten verletzen könnte, biss sie fest die Zähne aufeinander und funkelte Preston finster an.

»Näher werden wir Camden Town nicht kommen«, meldete sich der Taxifahrer plötzlich vom Fahrersitz aus.

Ihr Kopf fuhr überrascht herum und sie betrachtete die Welt außerhalb ihres fahrbaren Untersatzes. Tatsächlich: Auf den Bürgersteigen zu beiden Seiten der Straße hatten sich kleine Menschentrauben angesammelt. Die Leute standen auf Zehenspitzen und reckten die Hälse.

Wenige hundert Meter vor ihnen waren rotweiße Absperrdreiecke aufgestellt worden und einige Menschen in Signalwesten standen dazwischen, jeder von ihnen mit einem Funkgerät ausgestattet, die Hände vor dem Körper verschränkt. Ihre Mienen wirkten nicht unfreundlich, bloß wachsam.

Ihr Beschützer zog bereits einen passenden Schein aus seinem Portmonee und murmelte: »Passt so.«

Der Taxifahrer nickte, ließ ein Lächeln aufblitzen und meinte dann: »Zu der Adresse gelangt ihr am besten, wenn ihr den Typen da sagt, dass ihr hier wohnt.« Er nickte gen Sperrbereich. »Es ist die dritte Straße links, zwei Quergassen rein.«

»Danke, Mann«, sagte Preston und die beiden nickten sich zum Abschied zu.

Johanna stieß bereits die Tür auf und hievte sich aus dem Wagen. Ihre Beine kribbelten vom langen Sitzen, und sie fühlte sich immer noch nicht wieder ganz fit.

Diese bescheuerten Drogen... Die letzten zwei Monate unter ihrem Einfluss haben mich schwach werden lassen. Ich muss so schnell wie möglich wieder mit meinem Training anfangen, sonst kann ich mir sämtliche Rettungspläne für Toni sonst wo hinschmieren.

Unterdessen war Preston neben sie getreten und wartete geduldig darauf, dass sie sich in Bewegung setzte. Wortlos machte sie eine Geste, dass er losgehen sollte, und folgte ihm.

Ihr Beschützer übernahm die Führung, lotste sie durch die Menge und an den Wachleuten vorbei. Zielstrebig und mit schnellen Schritten näherten sie sich der dritten Einfahrt. Er warf nochmals einen prüfenden Blick über die Schulter, dann wies er sie an, voranzugehen.

Johannas Herz hämmerte in ihrer Brust – und das hatte nichts mit dem Marsch zu tun.

In wenigen Minuten werde ich Adam wiedersehen.

Der Satz kreiste durch ihr Bewusstsein wie ein Mantra. Ohne großartig auf ihre Umgebung zu achten, setzte sie einen Fuß vor den anderen und verlor sich darin, verschiedene Szenarien eines Wiedersehens mit Adam durchzuspielen.

»Johanna! Pass auf!«

Ihr Kopf ruckte hoch, ihre Sinne schnellten auf Alarmbereitschaft – doch es war bereits zu spät. Ein scharfer Schmerz durchzuckte ihre linke Schulter, gefolgt von einem gedämpften Geräusch. Heillos verwirrt presste sie die rechte Hand auf die schmerzende Stelle, indes sie sich umschaute. Mini-Vorgarten reihte sich an Mini-Vorgarten. Müllsäcke und -container türmten sich vereinzelt neben Gartentoren und Auffahrten. Nichts schien auf einen Anschlag hinzudeuten.

Hinter einem Set Müllcontainern hervor, die linke Hand um eine Waffe mit Schalldämpferaufsatz geklammert, trat ihre Ziehmutter in voller Kampfmontur. Ihr Gesicht war wutverzerrt.

Das Pochen in ihrer Schulter wurde lauter, lästiger. Es tat verdammt weh. Erst nachdem sie Greta einige Sekunden mit ratloser Miene angestarrt hatte, begriff Johanna. »Du hast mich angeschossen!«

Die Mundwinkel ihres Gegenübers schoben sich nach oben, ein hämisches Lächeln erschien. »Bist wohl immer noch etwas plem-plem, *Tochter*.« Das letzte Wort spie sie Johanna voller

Hass entgegen. »Oder bist du einfach zu abgelenkt, um dich auf deine Fähigkeiten zu konzentrieren?«

Ein heißes Gefühl der Scham kroch Johannas Kehle hinauf. Greta hatte in jeder Hinsicht recht: Ihre Gedanken waren dermaßen von Adam eingenommen gewesen, dass sie nicht einmal darüber nachgedacht hatte, die Sicht zu wechseln, um sich zu schützen. Die Tatsache, dass ihre Sicht ihr eventuell gar nicht gehorcht hätte, ließ sie dabei außen vor. Ihre Ziehmutter hatte sie eiskalt erwischt.

Sie ließ den unterdessen brennenden linken Arm schlaff an ihrer Seite hängen und entgegnete gereizt: »Das wirst du noch bereuen.«

Schon während sie sprach, wechselte Johanna die Sicht. Anstandslos beugte sich die Fähigkeit ihrem Willen. Greta stand als giftgrüne Silhouette vor ihr, die Pistole in ihrer Hand ein einziger, grellroter Leuchtfleck. Mit einem Mal waren all die Zweifel, ihre letzte Zurückhaltung gegenüber dieser Frau, verschwunden.

Ich werde ihr dasselbe Leid antun, das sie mir zugefügt hat! Nein, ich werde es ihr tausendfach vergelten!

Fest entschlossen hob sie die rechte Hand.

Preston zischte an ihr vorbei, seine Gestalt nicht mehr als ein weißes Flirren in ihrer grüngesprenkelten Sicht.

Was ...?

Sein Umriss kollidierte mit Gretas. Hektisch wechselte Johanna zurück in die normale Sicht, um den Überblick über die Szene nicht zu verlieren.

Greta holte gerade weit aus, um Preston einen Schwinger zu verpassen. Dieser duckte sich geschickt unter ihrem Arm hindurch, drehte sich und griff mit einer Hand um ihre Mitte. Mit der anderen langte er nach der Waffe. Greta stieß ihren Hinterkopf mit aller Kraft nach hinten.

Johanna hörte ein knackendes Geräusch. Zischend sog sie die Luft ein. Sie musste ihrem Beschützer helfen!

Aber wie? Ich kann meine Kräfte nicht entfesseln, solange die beiden so eng beieinanderstehen! Wer weiß, ob sie mir zu hundert Prozent gehorchen. Ich könnte ihn treffen!

Ihr Beschützer taumelte für den Bruchteil einer Sekunde. Blut floss aus seiner Nase und er verzog das Gesicht zu einer schmerzerfüllten Grimasse.

Greta nutzte die Gelegenheit, holte mit dem Schuh aus und trat ihm mit voller Wucht gegen das Schienbein. Prestons Griff um ihre Mitte lockerte sich. Doch es schien auszureichen, denn Greta wirbelte herum und hielt ihm den Lauf der Waffe direkt vors Gesicht.

Johannas Herz schien stillzustehen. Sie wagte es nicht zu atmen.

Ihre Ziehmutter verblüffte sie, indem sie nochmals mit dem Stiefel ausholte, anstatt direkt abzudrücken. Preston jedoch packte ihren Knöchel mitten in der Bewegung, verdrehte ihn und ließ gleichzeitig das Bein seitlich an sich vorbeischnellen. Greta schrie überrascht auf. Aus dem Gleichgewicht gebracht taumelte sie unbeholfen einen Schritt nach vorn – direkt in Prestons Arme.

Ein Kräftemessen um die Pistole begann.

Johanna bemerkte, wie die Szene langsam vor ihren Augen verschwamm, gleich darauf jedoch wieder in den Fokus rückte. Die Schulter brannte nicht mehr, der Schmerz erreichte sie abgestumpft, war wie in weite Ferne gerückt. Ihr Verstand begann zu schlingern, die einzelnen Gedanken kamen ihr vor wie in Watte gepackt und als kämen sie verspätet.

Das muss dann wohl der Blutverlust sein... Aber ich kann immer noch kämpfen! Um Greta meine Faust ins Gesicht zu rammen, brauche ich nicht den vollen Einsatz meiner Kräfte!

Mit neu gefundenem Elan konzentrierte sich Johanna auf ihre Ziehmutter und leitete einen winzigen Teil ihrer Fähigkeiten so um, dass sie deren nächsten Zug vorausahnen konnte. Gleichzeitig näherte sie sich den beiden Kämpfenden.

Gretas Bein leuchtete alarmierend rot auf. Johanna holte aus und trat ihr mit voller Kraft in die Kniekehle. Das Bein knickte ein, ihre Gegnerin stieß einen hasserfüllten Schrei aus – und ließ die Pistole los.

Preston wankte überrascht zwei Schritte rückwärts, schnappte sich die Waffe und richtete den Lauf auf Greta.

»Geh, McGibbon. Du solltest das nicht sehen«, sagte er schwer atmend. Sein Blick zuckte für einen Moment zu ihr und Johanna realisierte, was er meinte.

Er würde Greta töten. Hier und jetzt.

Galle wanderte ihr die Kehle hinauf. Ein bitterer Geschmack breitete sich in ihrem Mund aus und sie schluckte krampfhaft, um davon loszukommen.

»Geh!« Diesmal war es ein Befehl.

Schwankend trat Johanna zur Seite. Ihr linker Arm war kaum mehr zu spüren. Die Schmerzen waren so dumpf, dass sie den Eindruck hatte, vollkommen neben sich zu stehen.

»Warte!« Ihre Stimme war zu einem Nuscheln verkommen. »Ich will ihr noch etwas mitteilen.«

Preston reagierte erst nicht. Der kühle Blick, mit dem er Greta bedachte, kombiniert mit der Pistole, die er auf sie gerichtet hielt, flackerte keine Sekunde. Schließlich sagte er mit stählerner Stimme: »Aber beeil dich. Und danach verschwindest du von hier, kapiert?«

Sie nickte. Dabei schien ihre Welt erneut ins Wanken zu geraten und sie konzentrierte sich mit aller Kraft darauf, nicht aus dem Gleichgewicht zu geraten.

Ihre Ziehmutter kauerte noch immer griesgrämig auf dem Boden, die rechte Hand umfasste ihr offenbar schmerzendes

Knie. Ihre Augen blitzten vor Hass, als Johanna einen Schritt in ihre Richtung machte. Sofort blieb sie stehen.

Warum mache ich das? Ich kann mich ebenso gut einfach umdrehen und weggehen. Hat sie meine letzten Worte überhaupt verdient?

In der nächsten Sekunde schüttelte sie den Kopf und nuschelte: »Ich weiß, dass du nicht meine Mutter bist. Schon lange.«

Gretas Gesicht verzog sich zu einer Grimasse, als sie ein hochmütiges Lächeln aufsetzte. »Das interessiert mich einen Scheiß«, zischte sie giftig. Der Hass in ihren Augen vervielfachte sich. »Alles, was du jemals für mich gewesen bist, war eine Last. Aber er hat mich ausgewählt, weil er wusste, dass er niemandem sonst vertrauen konnte.«

Greta erhob sich langsam, verlagerte das Gewicht auf das intakte Bein und spie: »Wärest du nicht gewesen, hätte ich die ganzen verschwendeten Jahre an seiner Seite verbringen können!«

Die Rede war unmissverständlich von ihrem geliebten Boss, Thorn Borthertorn. Johanna – und auch ihr Ziehvater Gelleroy – hatten beide unabhängig voneinander den Eindruck gewonnen, dass Greta in den CEO des Kreises der Begnadeten verschossen war – und das krankhaft.

»Die ganzen Jahre zusammen haben dir nichts bedeutet«, stellte Johanna mit leiser Stimme fest. Die Abneigung, die ihre Ziehmutter ihr entgegenschleuderte, tat trotz des Wissens darum weh.

Greta lachte einmal laut und gekünstelt auf. »Natürlich haben sie das nicht. Du bist nichts, Johanna McGibbon! Nichts, außer die Spenderin für die Zukunft der neuen Rasse.«

Sie ist völlig übergeschnappt ...

Johanna presste verbittert die Lippen zu einem dünnen Strich zusammen und wandte sich ohne ein weiteres Wort ab.

Genug der letzten Worte. Alles, was gesagt werden musste, ist gesagt.

Sie tat einen ersten, langsamen Schritt weg von Preston und Greta. Und sie wusste, dass sie mit ihrem Fortgang das Todesurteil über ihre Ziehmutter verhängen würde.

Wieso tut dieses Wissen so weh? Diese Frau hasst mich mit jeder Zelle ihres Körpers.

Johanna senkte hastig den Kopf. Keiner der beiden sollte die Tränen sehen, die ihr über die Wangen rannen.

Es zu wissen und zu hören zu bekommen sind zwei völlig verschiedene Dinge. Im ersten Stadium klammert man sich an die Hoffnung, die wahnwitzige Vorstellung, dass alles ein blödes Missverständnis sein könnte. Und dann kommt Stadium zwei und rammt dir die Luft aus den Lungen, reißt dir das Herz aus der Brust. Mit Herzschlag und allem.

Sie hatte die erste Querstraße erreicht. Für den winzigsten Augenblick zögerte sie. Dann trat sie hinein und somit um die Ecke. Ihr Kopf war mit einem Schlag wie leer gefegt. Alles, was sie spürte, war das Pochen ihres Blutes, das wie ein Presslufthammer durch ihre Adern spülte. Ihre Ohren spitzten sich, ohne dass sie es bewusst gewollt hätte.

Der Schuss war kaum zu hören. Greta hatte einen ausgezeichneten Schalldämpfer an ihre Waffe angebracht. Trotzdem dröhnte das Aufkrachen des getroffenen Körpers auf dem Pflaster der Straße regelrecht in Johannas Ohren nach. Das Herz in ihrer Brust spielte zu einem ohrenbetäubenden Stakkato auf, weshalb sie irritiert zusammenzuckte, als Preston um die Ecke hastete und ihre heile Schulter umklammerte.

»Kannst du laufen?«, war alles, was er fragte. Kein *»Es ist getan«* oder *»Sie ist tot«*. Dafür würde sie ihm auf ewig dankbar sein.

Mit einem stummen Nicken ließ Johanna es zu, dass ihr Beschützer ihren gesunden Arm um seine Schulter legte und sie an der Hüfte packte, um sie näher zu sich zu ziehen. Derart gestützt setzten sie den Weg fort.

Nach vier Schritten sackten ihr die Beine weg. Schwarze Punkte tanzten vor ihren Augen. Die Stecknadelgrossen Flecken wurden größer und größer, bis sie ineinander verliefen und ihr die Sicht raubten.

»Scheiße!«, hörte sie Preston neben sich fluchen. »Johanna! Bleib bei mir, ja? Wir sind gleich da!«

Der Winkel, in der er neben ihr stand, änderte sich, und Johanna begriff träge, dass er ihr in die Kniekehlen griff, um sie auf seine Arme zu laden.

Die Geräusche um sie herum verschwanden in Wattebällchen. Falls er ihr weitere Zusicherungen zuflüsterte, konnte sie es nicht hören.

»Preston…« Johannas Mund fühlte sich mittlerweile so kraftlos an wie ihre verletzte Schulter. »Ich glaube, ich sterbe.«

5

»– können hier nicht bleiben!« Prestons aufgebrachte Stimme drängte sich in Johannas benebeltes Bewusstsein und holte sie aus ihrer Ohnmacht. Mit ihrem Erwachen kehrten allerdings auch die Schmerzen zurück.

»Und wohin willst du sie bringen, in diesem Zustand?«

Ein Seufzen entfuhr ihren Lippen und sie schauderte. Diese tiefe, wohl klingende Stimme gehörte keinem anderen als Adam Cadeesh.

Keiner der beiden Streithähne schien ihr Aufwachen bislang bemerkt zu haben. Preston echauffierte sich in diesem Moment: »Hast du denn gar kein Mitgefühl, Mann? Sie ist durch die Hölle gegangen, um dich zu finden.«

»Was sie nicht hätte tun sollen«, zischte Adam mit gefährlich leiser Stimme zurück. Die Missbilligung darin war nicht zu überhören.

Johanna verdrehte innerlich die Augen. Ihr Wiedersehen mit ihrem Ex fing ja blendend an. Demonstrativ hustete sie, öffnete die Lider und sah sich um. Viel ließ sich in der Dunkelheit nicht ausmachen, doch sie registrierte, dass sie sich innerhalb eines Gebäudes befand.

Das muss Adams Wohnung sein.

Neugier brannte in ihrem Inneren, doch sie bemühte sich um einen stoischen Gesichtsausdruck, als sie sich auf dem Sofa aufsetzte. In ihren Gedanken herrschte reinstes Chaos, das Blut rauschte in ihren Ohren und ihr Herz pumpte einen Marathon.

Sie war maßlos aufgeregt darüber, Adam endlich wiederzusehen.

Du musst bloß den Blick heben, McGibbon... Sei kein Angsthase, bring es hinter dich.

Also tat sie es. Wie in Zeitlupe suchten ihre Augen nach dem schmerzlich vertrauten Umriss von Adam Cadeesh.

Eine einzige, warme Lichtquelle spendete einen Hauch von Helligkeit in der Finsternis der Wohnung. Es erschien ihr fast so, als *wollte* Adam aus irgendeinem ihr unerfindlichen Grund kein Licht in seinen vier Wänden und als wäre dieser Lichtschein alles, was er um ihretwillen zu geben bereit war.

Prestons breiter Rücken erhob sich wenige Meter vor ihr und versperrte ihr die Sicht. Ihr Beschützer hatte die Arme vor der Brust verschränkt, die Beine waren hüftbreit gespreizt und er trug immer noch seine Stiefel. Der Rucksack, den er bei sich getragen hatte, lehnte gegen das Sofa, auf dem Johanna sass.

»Am besten ihr verschwindet, sobald sie aufgewacht ist.« Wieder rieselte ihr ein Schauer den Nacken hinab über den Rücken. Das war eindeutig Adams Stimme, da war sie sich sicher. Aber irgendetwas daran war … anders.

»Das ist sie bereits«, schalt sie sich ein. Die Worte kamen lascher heraus, als sie gehofft hatte, doch sie reckte trotzig das Kinn.

Preston wirbelte herum und kniete sich vor sie hin. Gezielt nahm er ihr Handgelenk und prüfte den Puls, doch Johannas Augen klebten an dem Mann, den die Abwesenheit von Prestons Gestalt freigelegt hatte. Alles an Adams Anblick ließ sie verstört die Luft anhalten. Keine legere Kleidung mehr, sondern ein schwarzer Pulli. Dazu schwarze Kampfhosen und Kampfstiefel. Die Hände waren mit fingerfreien Handschuhen überzogen. Und sein Gesicht …

Johanna kniff die Augen zusammen, um ihn genauer anzuschauen. Er trug eine Maske vor dem Gesicht, die von den

Tiefen seines Pullis bis zu den Augen reichte. Die Kapuze war hochgezogen, doch einige Strähnen seines schwarzen Haares waren zu sehen. Sie waren struppig und kürzer als früher. Trotz dieser einzigen erkennbaren Änderung ... stimmte etwas an ihm nicht. Das spürte sie ganz deutlich.

Exakt in dem Moment, in dem sie ihm in die Augen sehen wollte, senkte er die Lider und inspizierte betont gelangweilt seine Finger. »Hast du mich jetzt genug angestarrt?«

»Entschuldige«, murmelte Johanna und senkte den Blick auf ihre Schulter, wo Preston ihr gerade großzügig Salbe über die Schusswunde schmierte, als wäre das Gelenk darunter ein Butterbrot.

Stille breitete sich aus, während er sie verarztete und ihr am Ende ein Lächeln schenkte, das sie wohl hätte aufmuntern sollen. Es erreichte jedoch nicht seine Augen.

Mit einem Seufzen erhob er sich und verstaute das Verbandszeug zurück in den Rucksack. »Er weigert sich, uns zu helfen, weil er den Grund nicht kennt«, sagte er leise in ihre Richtung. Seine Verbitterung darüber war nicht zu überhören.

Johanna nickte und wandte den Kopf zurück zu Adam, atmete tief durch. Dabei mied sie noch immer den Blick in seine Augen und fokussierte sich stattdessen auf seinen Pulli. »Wir brauchen deine Hackerskills, um Toni aus dem Hochsicherheitstrakt des Circle Towers zu befreien.«

Sein Körper versteifte sich. Das Leder um seine Finger knirschte deutlich, die Hände ballten sich zu knackenden Fäusten. Zorn triefte aus jeder seiner Poren und ließ seine Stimme erzittern, als er erwiderte: »Du hast ihn ausgeliefert?«

Als wäre seine Wut auf sie übergesprungen, ballte auch Johanna die heile Hand zur Faust. Ihr Kopf schnellte hoch. »Das würde ich niemals tun«, zischte sie.

Im selben Atemzug wurde ihr klar, dass sie ihm in die Augen schaute.

Aber das hier waren nicht *seine* Augen. Da war kein grünes Schimmern, kein Smaragdgrün, keine Neonfarbe. Nur noch ein schmieriger Grauton, umrandet von einem Ring aus dunklerer Farbe.

Adam musste ihre Verwirrung bemerkt haben, denn er verlagerte das Gewicht unruhig von einem Bein aufs andere. Wie zufällig zupfte er an den Strähnen vor seinem Gesicht, fasste sich anschließend mit Daumen und Zeigefinger an die Nasenwurzel. Dabei rutschte die Maske vor seinem Gesicht, doch anstatt sie hochzureißen, drehte er den Kopf nach links und ließ die Hand sinken. »Ich bin nicht länger der, den du einst kanntest, Johanna«, flüsterte er und suchte ihren Blick. Das Gesicht hielt er weiterhin abgewandt.

Und was sie darauf entdeckte, erschreckte sie zutiefst.

Die Haut schien unweit seines Augenwinkels in Knochen überzugehen. Die Wange war beinahe frei von Sehnen und Muskeln – nichts schien die einzelnen Partien zu verbinden. Und doch konnte er sprechen und das Gesicht bewegen, als hätte er noch all die nötigen Stränge. Kurz vor dem Mundwinkel stoppte die knöcherne Stelle, zog sich weiter übers Kinn unter die Maske.

»Was …?«, stammelte sie entgeistert.

Das sieht aus wie Tonis Hyperfokus!

»Ah«, meldete sich Preston zynisch, »das erklärt dann wohl den düsteren Look.«

Sprachlos sah sie ihn an, dann wanderte ihr Blick wie von selbst zurück zu Adams Antlitz. Dass das hier das Resultat ihres Ausbruchs war, daran hegte sie keine Sekunde lang Zweifel.

Aber was habe ich ihm noch angetan? Wie viele weitere Verletzungen verbirgt er unter seiner Kleidung, unter seiner Haut – in seinen Knochen?

Schweren Herzens senkte sie den Blick und starrte auf ihre Hände, die in ihrem Schoss lagen. »Es tut mir leid.«

»Das muss es nicht«, gab er zurück. Doch es klang nicht echt.

Da wurde Johanna klar, was sie so an seiner Stimme gestört hatte, und es traf sie wie ein Blitz: Da war keine Wärme mehr. Ja, es lag Emotion darin, doch sie war verblasst, als würde er sich bloß noch daran erinnern, wie die Emotionen sich anfühlten – sie nicht länger selbst empfinden.

Mit kalten Fingern und einem schrecklichen Verdacht im Herzen verschränkte sie die Finger ihrer Hände ineinander. Sie biss die Zähne fest zusammen, um nicht aufzuschluchzen.

Ist er etwa auf dem besten Weg, gar nichts mehr zu fühlen?

Adam schnalzte entnervt mit der Zunge und riss sie aus ihren Gedanken.

»Wenn du ihn nicht ausgeliefert hast, wieso ist er dann dort?«, forderte er barsch. »Toni würde niemals freiwillig mit dem Kreis zusammenarbeiten.«

Enttäuschung machte sich in ihr breit, doch sie schob die Emotion zurück, wies sie ab.

Ich werde mich nicht von ihm als Schuldige anklagen lassen!

Also schnaubte sie und schüttelte den Kopf, bevor sie den Kopf hob und ihn fest ansah. »Wir gerieten in einen Hinterhalt. Preston wurde niedergeschlagen, ehe er helfen konnte. Toni wurde sofort gelähmt. Der Kreis hat da so eine Droge entwickelt, die die Fähigkeiten lahmlegt – und den ganzen Bewegungsapparat gleich mit.«

Adams Augenbraue schob sich arrogant in die Höhe. »Und du? Wo warst du? Wieso hast du ihm nicht geholfen?«

Erneut zuckte rasende Wut durch sie hindurch wie der Schlag einer Peitsche. Aber auch dieses Gefühl versuchte Johanna zu unterdrücken. Stattdessen presste sie hervor: »Ich war abgelenkt… Dieser skurrile Baum auf der Lichtung hat irgendeine seltsame Magie auf mich gewirkt.«

In Adams Zügen war keinerlei Regung zu erkennen. Ein Klumpen bildete sich in ihrer Kehle, und sie fügte hastig hinzu: »Und direkt darauf haben sie mich ebenfalls kaltgestellt.«

»Also bist du doch schuld«, stellte er in seelenruhigem Ton fest.

Preston machte eine schneidende Geste. »Niemand ist schuld an Tonis Gefangennahme!« Er machte einen Schritt auf Adam zu und seine Miene wurde eindringlich. »Johanna war zwei Monate lang ihre Gefangene, Adam.« Seine Hand deutete auf Johanna, während er sein Gegenüber anstarrte. »Sie haben sie als Selbstbedienungsbuffet benutzt, ihr Haut, Knochenmark und anderes Zeug abgenommen und sie danach sich selbst überlassen – wieder und wieder.«

Stille senkte sich über die drei. Die unvertrauten, grauen Iriden ihres Ex' studierten erst Preston, dann sie.

»Wer ist der Typ nochmal?«, fragte er unvermittelt. »Und wo hast du den Spinner aufgegabelt?«

Obwohl ihre Lage ernst war, musste Johanna lachen. Ihr Beschützer hingegen taxierte sie mit ungläubigem Missmut, streckte die Hand aus und stellte sich Adam vor. »Preston Kirk. McGibbons Beschützer.«

Nun gesellte sich die zweite Augenbraue zu der ersten und Adam wiederholte: »Ihr Beschützer?« An Johanna gewandt fragte er: »Hast du nicht bereits zwei davon? Drei scheinen mir beinahe übertrieben verschwenderisch bei deinen Fähigkeiten.«

Sie nickte und wollte antworten, als es an der Wohnungstür klopfte. Alarmiert tauschten sie alle gegenseitige Blicke aus. Adam schüttelte den Kopf, dann bedeutete er ihnen, ihm zu folgen. So leise es ihre Schuhe erlaubten, schlichen sie durch die zwielichtigen Zimmer. Er stoppte schließlich in der Küche, wo er entschlossen nach dem Griff eines Unterschrankes langte und ihn aufzog.

Johanna wusste nicht, was sie erwartet hatte, auf jeden Fall *nicht* Nudelpakete und Fertigsauce im Glas. Doch bevor sie auch nur einen Piep von sich geben konnte, hatte Adam die Regale bereits mit einem kräftigen Schwenk seines rechten Arms leer gefegt. Die Gläser kullerten über den Boden, die Nudelpakete stapelten sich zu einem Haufen.

»Preston räum das woanders hin«, befahl Adam flüsternd.

Jener schnappte sich die Teigwaren und stopfte sie wahllos in einen Hängeschrank. Johanna bückte sich nach einem Glas, hielt jedoch augenblicklich inne. Schmerz raste durch ihre Schulter, und sie sog scharf die Luft ein.

»Du nicht, McGibbon«, kam der geflüsterte Tadel aus Prestons Richtung.

Sie verdrehte entnervt die Augen und bemerkte erst danach, dass Adam sie eingehend musterte.

Mittlerweile war das Klopfen an der Tür zu einem Hämmern geworden. Besorgt zog Johanna die Stirn kraus und unterbrach den Blickkontakt zu ihrem Ex.

Wenn die so weitermachen, brechen sie jeden Moment durchs Holz.

Preston kehrte an ihre Seite zurück und Adam nickte stumm. Mit einem letzten Wink, der ihnen befahl, ihm zu folgen, kroch er in den Unterschrank. Erstaunt folgte Johanna dem Prozedere mit den Augen. Adam lehnte sich mit der linken Schulter gegen die Rückwand des Schranks … und diese öffnete sich in stockdunkle Finsternis. Keine drei Sekunden später wurde er davon verschluckt, als er weiterkroch.

»Los!«, scheuchte Preston sie wispernd auf. Seine Hand legte sich auf ihren unteren Rücken und gab ihr einen sanften Schubs. Johanna stolperte ungelenk auf den Schrank zu.

Es knirschte und knackte verdächtig aus Richtung der Wohnungstür. Erschrocken hielt sie inne und lauschte. Auch ihr Beschützer war zur Salzsäule erstarrt.

Ein weiteres, krachendes Hämmern – und das Holz zersplitterte.

»Los, los!«, hetzte Preston.

Sie verlor keine Zeit mehr, achtete nicht länger auf ihre Verletzung, sondern warf sich umgehend in den Schrank und kroch, so schnell sie konnte, durch ihn hindurch.

Eine Hand schoss plötzlich aus dem Nichts hervor und umfasste ihr Handgelenk. Mit aller Macht unterdrückte Johanna den aufkommenden Schrei in ihrer Kehle und redete sich gut zu.

Es ist nur Adam. Nur Adam ...

In ihrem Rücken ihr erklangen Geräusche, und sie war sich sicher, dass Preston durch den Unterschrank gekrochen kam.

»Ich habe die Klappe wieder zugezogen«, meldete sich sein Flüsterton. »Kein Weg zurück.«

»Dann lasst uns gehen«, murmelte Adam zurück.

Einen Herzschlag später zischte es vor ihnen und ein fahler Lichtschein tanzte unruhig auf und ab. Er hatte ein Streichholz angezündet, und sie verfolgte, wie er die Finger nah an den Docht einer Öllampe führte, die auf einem Holzbalken thronte. Umgehend züngelte eine feine Flamme daran hervor. Mit einem Schwenk seines Handgelenks ließ Adam das Streichholz erlöschen und stellte den Regler der Lampe so ein, dass nicht mehr als ein winzig kleines Flämmchen die Umgebung erhellte.

»Wo sind wir?«, meldete sich Preston hinter ihr.

Die Frage schien Johanna aus einer Art Trance zu reißen. Das wilde Pochen in ihrer linken Schulter verriet ihr, dass die Wunde wieder aufgerissen war. Etwas Warmes lief ihren Arm hinab.

Wahrscheinlich Blut.

»Zwischen den Wänden«, antwortete Adam gelangweilt. Er sah sich weder nach ihnen um, noch fragte er, ob sie okay waren. Zielstrebig griff er nach einer Tasche, die unter der Lampe am Boden stand und schlang sie sich um die Schultern. Dann folgte ein ebenso schwarzer Rucksack, und zum Schluss nahm er die Lichtquelle in die Hand und ging los.

»Mist, McGibbon!«, stieß Preston gepresst aus. »Deine Wunde –«

»Kann warten«, warf Johanna entschieden ein.

Adam knurrte: »Still jetzt!«

In nervösem Stillschweigen stapften sie im Gänsemarsch durch die enge Gasse, die beidseitig von Wohnungsmauern flankiert wurde. Zum Teil mussten sie sich seitlich hindurchschieben und Preston kam dabei des öfteren in Bedrängnis. Sein Oberkörper war durch das ewige Training ausladend geworden und die Balken standen zu eng, als dass er problemlos hindurchschlüpfen konnte.

Gerade zerrte Johanna ihn ein weiteres Mal durch die Seite-an-Seite stehenden Holzbalken, als Adam, der stehengeblieben war und ihnen unbeteiligt zusah, meinte: »Der Stollen wird ein ganzes Stück Arbeit für dich, Mann.«

»Kinderspiel«, keuchte Preston. »Wenn McGibbon mir noch einmal helfen muss, kugelt sie mir sowieso den Arm aus.«

»Hey!«, gab sie entrüstet zurück.

Seine Hand legte sich auf ihren Scheitel und er zerstrubbelte ihr das Haar. Dabei grinste er frech. »Nur ein Scherz.«

Johanna schnaubte. Sie machte sich nicht die Mühe, sich die Haare zu richten, schließlich starrten ihr Beschützer und sie vor Dreck. Da kam es auf die paar Strähnen auch nicht mehr an.

Eine sanfte Berührung an ihrer Schläfe ließ sie überrascht zusammenzucken. Adams Fingerspitzen strichen ihr eine verirrte Strähne aus der Stirn. Zum ersten Mal seit sie bei ihm auf dem Sofa gesessen hatte, stand er ihr näher als einen Meter.

Seine grauen Augen fixierten ihre eigenen.

Im nächsten Moment senkte er die Lider und trat zurück. »Weiter«, krächzte er, diesmal hörbar heiser.

Was ist bloß los mit ihm?

Johanna rieb sich abwesend über die Stelle, an der ihr Herz pochte. Schmerzlich wurde ihr bewusst, dass sie seit ihrem Aufwachen auf dem Sofa ihre Gefühle unterdrückte. Unbewusst hatte sie sich auf Adam eingependelt, seine Zurückhaltung und Distanz kopiert.

Dabei sollte mir doch das Herz beinahe aus der Brust springen vor Freude darüber, ihn endlich vor mir zu haben.

Mit gerunzelter Stirn folgte sie ihrem mürrischen Führer zahlreiche schmale Treppenstufen hinab.

Und ich sollte alles daranlegen, ihn zurückzugewinnen. Das ist doch, was ich mir vorgenommen habe? Fühlt sich vielleicht deshalb alles gerade so falsch an? Überstürze ich die Sache womöglich zu sehr?

Ihr Schuh blieb an etwas hängen und Johanna schwankte bedenklich. Sie konzentrierte sich wieder auf das Hier und Jetzt und stellte fest, dass sie in einem Haufen Geröll steckengeblieben war. Vorsichtig zog sie den Fuß heraus, immer darauf bedacht, keine lauten Geräusche zu verursachen.

Wieder überraschte sie Adam, indem er ihr seine Hand entgegenstreckte, Handfläche nach oben. Sein Kopf war leicht zur Seite geneigt, und diese unnatürlichen Augen glitzerten fragend im Schein der Lampe. Mit einem inneren Luftholen legte sie ihre Hand in seine. Ihre Finger verschränkten sich wie von selbst. Johannas Puls beschleunigte sich, und eine zarte Wärme kroch über ihre Wangen.

Doch Adam achtete nicht darauf. Fachmännisch stellte er sich seitlich hinter den Geröllhaufen, zog Johanna mit einem

Ruck an sich heran und löste ihre ineinander verschlungenen Finger. Stattdessen platzierte er die Hand an ihrer Hüfte und hob sie über den Schutt hinweg, als wöge sie nicht viel mehr als ein Sack Federn. Hinterher lösten sich seine Hände von ihrem Körper, er wandte sich mit gleichgültiger Miene ab und setzte seinen Weg fort.

Oh ...

Die Enttäuschung schwappte über Johanna hinweg wie eine Welle, die sich an einer Küste brach.

Er wollte mir nur darüber hinweg helfen.

Wenn das so weitergeht, bricht mein Herz innerhalb der nächsten Stunden in tausend kleine Stücke. Mehrmals.

All ihre Hoffnungen, ihre Vorsätze, was das Wiedersehen mit Adam betrafen, schienen mit einem Mal unsinnig und kindisch. Sie hatte ihn angegriffen – willentlich oder nicht sei dahingestellt – und damit verursacht, dass er sich veränderte.

Wie konnte ich nur denken, dass wir noch dieselben Menschen sein würden wie vor einem Jahr?! Ich bin so dumm ...

Sie schob die Unterlippe zwischen ihre Zähne und biss darauf, um nicht laut loszuflennen.

Es wird eine Zeit geben, in der wir reden können. Bis dahin ist noch nichts verloren, versuchte sie sich selbst Mut zuzusprechen.

Neue Entschlossenheit festigte sich in ihrer Bauchregion und Johanna blinzelte die Tränen fort, die sich bereits in ihren Augenwinkeln gebildet hatten. Sie würde nichts überstürzen – auch nicht ihr Urteil darüber, ob sie noch eine Chance bei Adam hatte. Zudem hatten sie jetzt echt andere Sorgen als ihr verkorkstes Liebesleben.

Langsam aber stetig wanderten sie hinab. Johanna überkam die Ahnung, dass sie längst nicht mehr über der Erdoberfläche waren, und als sie die Sicht wechselte, bestätigte sich diese

Vermutung. Das gelbliche Blinken eines mit Strom versorgten Geräts blinkte weit entfernt über ihren Köpfen.

Im selben Moment schaute Adam über die rechte Schulter und sagte: »Es ist nicht mehr weit.«

Preston antwortete mit meinem Laut, der seinen Unmut über die beengte Situation zum Ausdruck brachte.

»Keine Sorge«, fügte Adam belustigt hinzu. »Der Weg wird gleich breiter.«

Und tatsächlich: Nach nur wenigen Metern verbreiterte sich der schmale Durchgang und stieg stetig an. Bald darauf blieb Adam stehen, direkt vor etwas, das aussah, wie ein Stück solides Mauerwerk. Wortlos reichte er ihr die Lampe und lehnte sich hinterher mit der Schulter gegen die Wand. Geräuschlos schob sich ein Teilstück des Gemäuers auf.

»Ich gehe vor und prüfe, ob dieser Ort aufgeflogen ist«, verkündete er und verschwand im Dunkeln.

Preston und Johanna blieben im Schein der Öllampe zurück und wagten es nicht, sich zu rühren, bis ihr Gefährte aus der Finsternis auftauchte und stumm das Okay zum Weitergehen gab.

Preston war derjenige, der die Geheimtür wieder an Ort und Stelle schob, während sie sich umschaute.

Sie waren in einem Keller gelandet, der mit Ziegelsteinmauern gesäumt war und den Eindruck vermittelte, mindestens doppelt so alt zu sein wie Johanna. Dicke Spinnweben hingen wie Stalaktiten von der Decke, und irgendwoher ertönte das stete Tropfen von Wasser. Außer ein paar antik aussehenden Fässern und Kisten war der Raum leer – und eiskalt.

Preston pfiff leise durch die Zähne und inspizierte die Wände genauer. »Das hier ist ein alter Kühlkeller«, stellte er beeindruckt fest. Auf Johannas verständnislosen Blick hin erklärte er: »Früher, als es noch keine Kühlschränke gab, haben die Menschen tief unter der Erde Kellergewölbe gebaut, in denen sie ihre Waren mithilfe von Eis aus dem Fluss kühlen konnten – selbst im Sommer war es dort unten kalt genug, sodass das Eis nicht wegschmolz.«

Johanna zog eine Grimasse. »Ja, ganz toll. Es gibt nichts Schöneres, als auf der Flucht in einem antiken Kühlkeller in London zu erfrieren.«

Adams leises Räuspern ließ sie beide herumfahren. »Wir sollten weitergehen.«

»Nach dir«, blaffte Johanna. Sie zitterte bereits wie Espenlaub und musste sich zusammenreißen, um nicht mit den Zähnen zu klappern.

Er warf ihr einen unergründlichen Seitenblick zu, wandte sich schweigend ab und steuerte auf den einzig sichtbaren Ausgang des Kellers zu.

Nach einigen Schritten räusperte sich Preston leise und fragte: »Hast du hier keine Fallen aufgebaut, für den Fall, dass du verfolgt wirst?«

»Natürlich«, gab Adam zurück.

»Und warum nutzt du sie nicht?«

Ihr Ex warf einen Blick über die Schulter zurück, seine Augen so gruselig distanziert wie zuvor. »Und dich dabei rösten? Netter Vorschlag.«

Preston schüttelte den Kopf, blieb jedoch stumm, was Adam dazu brachte, von sich aus weiterzureden. »Ich habe die … Hindernisse für den Keller deaktiviert, bevor wir ihn betreten haben.«

Sie erreichten den Durchgang. Ein einzelner, breiter Weg führte auf eine Öffnung zu, die nach oben führte. Links von ihnen plätscherte es fröhlich und Johanna realisierte erstaunt, dass hier unten ein Gewässer floss.

Adam blieb einen Moment lang stehen und betrachtete Preston mit vielsagendem Blick. »Und wenn wir ihn verlassen, aktiviere ich sie wieder. Also beeilt euch. Nicht, dass die, die uns verfolgen hier ankommen, bevor wir das tun können.«

Sie alle setzten zum Marsch an. Johanna biss die Zähne mittlerweile nicht nur aufgrund der Kälte zusammen – auch ihre Schusswunde machte ihr erneut zu schaffen.

Wenn wir nur einen Moment stehen bleiben könnten! Dann wäre ich in der Lage, mich selbst zu heilen.

Prüfend blickte sie zurück ins Gewölbe, aus dem sie gekommen waren.

Aber ich will nicht riskieren, dass sie uns einholen. Ergo heißt es durchhalten.

Adam ließ ihr den Vortritt, indem er wortlos mit dem Kinn gen Aufgang nickte. Sie erklomm die ins Erdreich gezimmerten Stufen aus Gestein, stets gefolgt von ihrem Beschützer.

Die Treppe schien kein Ende zu nehmen. Johanna keuchte schwer, jeder Schritt war eine Qual, und sie hatte das Gefühl, dass jeder weitere Tropfen Blut, der aus ihrer Wunde sickerte, ihr letzter sein könnte. Schwarze Fetzen schlingerten um ihr Bewusstsein und ihre Sehkraft. Das leichte Ohrenklingeln war zu einem Tosen angestiegen. Ihre Zunge schien aus einer Palette Moos zu bestehen und jegliche Flüssigkeit aufzusaugen, die sie ihr zuführte.

»Stopp«, murmelte Adam plötzlich viel näher, als sie ihn erwartet hätte. Sein Arm war ausgestreckt, um sie zurückzuhalten. Johanna tat wie geheißen und hob mühsam den Kopf. Sie standen vor einer weiteren Geheimtür aus Stein.

»Ist es danach noch weit?«, wollte Preston hinter ihnen wissen. Er klang besorgt, und für einen Moment war sie ihm unendlich dankbar.

»Nein.« Adam schob sich bereits aufs Neue mit der Schulter gegen die Wand. »Nur noch diese Tür.«

Lautlos schob sich der Stein über die festgetretene Erde. Frische, warme Luft waberte in den Gang hinein und bildete

62

eine Gänsehaut auf Johannas Armen. Sie schloss vor Erschöpfung die Augen und malte sich aus, irgendwo in dieser fremden Wohnung auf ein Sofa zu fallen und ewig zu schlafen.

»Soll ich dich tragen?«

Sie zog die Augenbrauen hoch und öffnete mit größter Mühe die Lider. Adams Augen bohrten sich in ihre. Sie schienen nach etwas zu suchen, doch sie war zu weggetreten, um sich darum zu scheren. Da fiel ihr ein, dass er sie etwas gefragt hatte. Ihre trockene Zunge schmirgelte über ihre Lippen, als sie sie befeuchten wollte. »Was?«

»Schaffst du es allein, oder soll ich dich tragen?«, wiederholte er.

»Geht schon«, nuschelte sie zurück. »Brauche nur ein wenig Zeit und Ruhe, dann geht's mir gleich wieder gut.«

»Mhmm«, machte Preston ironisch, der näher gekommen war. »Und ich bin Mutter Theresa.« Er stützte die Hände in die Hüften. »Hey, McGibbon, prüf mal, ob die Luft rein ist, dann schleppen wir deinen Dinosaurierkadaver zur nächsten Ablagefläche.«

Ihre Mundwinkel zuckten, und sie unternahm einen kläglich kraftlosen Versuch, ihn auf den Arm zu schlagen. Dass sie viel zu weit entfernt war, fiel ihr erst auf, als sie bereits gescheitert war. Die Besorgnis in Prestons Blick wuchs.

Mit einem tiefen Atemzug wechselte Johanna die Sicht und studierte das Haus. Die einzelnen Umrisse von Möbeln und Elektrogeräten schienen zu verwachsen und zu verschwimmen, doch sie war sich zu einhundert Prozent sicher, dass sie allein waren.

»Die Luft ist rein«, nuschelte sie.

Preston machte einen Schritt auf sie zu, doch Adams Arm schoss vor und hielt ihn zurück. »Ich nehme sie. Du gibst mir Rückendeckung und schließt die Tür.«

»Okay«, brummte Preston und zuckte mit der rechten Schulter. Damit zog er die Pistole aus den Tiefen seiner Jacke und drehte sich so, dass er die Treppe im Blick hatte.

Nein, das ist nicht okay!

Johannas Augen zuckten zwischen Adams Arm und Prestons Rücken hin und her.

Er kann mich nicht einfach so tragen! Was, wenn etwas geschieht, sobald er mich berührt? Wenn ich ihn erneut verletze?

Doch keine Minute später lag sie in seinen Armen. Kein Höllentor öffnete sich und ihre Fähigkeiten spielten genauso wenig verrückt. Ein erleichtertes Seufzen kam über ihre Lippen, was Adam dazu verleitete, sie zu mustern.

Da Johanna immer noch die Lampe umklammerte, identifizierte sie neue Details an seinem ungewohnten Anblick. Der dunkle Ring um das Grau seiner Iriden schien ab und zu breiter zu werden. Die schwarzen Haare, die ihm sonst so elegant ins Gesicht gefallen waren, schienen zerzaust. Und wenn sie nicht alles täuschte, schimmerte etwas Weißes unter der Kapuze.

Mit langen Schritten eilte Adam durch die Wohnung. Es war Johanna beinahe so, als würde er das Licht gar nicht brauchen, und sie hätte wetten können, dass wenn sie sie ausmachte, er im gleichen Tempo weitergehen würde.

Sie war zu entkräftet, um die Stirn zu runzeln. Allgemein bemerkte sie, wie ihre Gedanken wild von einem zum anderen Thema hüpften, wie sie es im Normalfall taten, bevor sie einschlief. Die innere Anspannung, die sie während der Flucht verspürt hatte, löste sich Stück für Stück. Ob es die seltsam vertrauten Arme ihres Exfreundes waren, die sie sich in Sicherheit wägen ließen oder die Tatsache, dass niemand hier war – Johannas Lider senkten sich wie tonnenschwere Scheunentore und ließen sich nicht wieder heben.

6

In ihren Träumen rannte Johanna seit Neustem immerzu. Entweder sie rannte vor ihren Häschern davon oder sie rannte auf etwas zu, das sie im schummrigen Zwielicht nicht genau erkennen konnte. In jeder Version hatte eine dermaßen tief greifende Furcht von ihr Besitz ergriffen, dass sie kopflos handelte und komplett vergaß, dass sie nicht schutzlos oder gar machtlos gegen das war, was im Traum auf sie wartete.

Diesmal war es eine abstruse Kombination aus beiden Varianten ihrer Träume gewesen, die sie mit einem erschrockenen Aufschrei aus dem Schlaf riss. Mit zittrigen Fingern rieb Johanna sich über das Gesicht. Ihr Puls hämmerte und ihre Stirn war mit einer eisigen Schweißschicht überzogen.

Zwar litt sie seit ihrer Gefangenschaft an allerhand Albträumen, die Vertrautheit tat dem Schrecken allerdings keinerlei Abbruch.

Johanna stöhnte leidgeplagt auf. Ihre Schulter hatte sie beinahe vergessen, doch nun riss der Schmerz an ihrem Bewusstsein und verkantete sich hartnäckig darin, als wolle ihr Körper ihr einen Vorwurf darüber machen, dass sie sich noch nicht darum gekümmert hatte.

Vorsichtig wand sie sich aus ihrem T-Shirt und löste den Verband, der bereits blutgetränkt herab hängte. Wimmernd unterdrückte sie ihre Schreie, als das Material sich millimeterweise von ihrer Haut löste. Die gesamte Fläche war verkrustet und verschorft. Bunte Punkte tanzten vor ihren Augen, ihre

Ohren begannen zu klingeln. Sie atmete kontrolliert ein und aus, um der Ohnmacht entgegenzuwirken, die sie zu übermannen drohte.

Erst als die Tortur vorbei und Johanna sich sicher war, dass sie nicht plötzlich umkippen würde, konzentrierte sie sich auf ihre Farbensicht. Sie machte einen Schritt in die Richtung, aus welcher der goldene Horizont schimmerte – und beobachtete, wie auf ihrer Schulter goldene Ranken entstanden. Sie wanderten, sprossen auseinander und bedeckten die Verletzung unter sich, als die Efeublätter aufsprangen und vor sich hin glitzerten.

Der Schmerz verging. Nicht ohne Stolz verfolgte Johanna den Prozess, während dessen sich die Wunde zu schließen begann. Nichtsdestotrotz speicherte sie ausreichend Magie in der Tätowierung, damit sich die Fleischwunde in den nächsten Tagen von selbst zu regenerieren vermochte.

Gerade, als sie ihr T-Shirt wieder über den Oberkörper gezogen und den Verband zu einem Knäuel zusammengebauscht hatte, klopfte es an der Tür.

Ich hatte noch gar keine Chance, mich richtig umzuschauen, und schon geht's weiter ...

»Ich weiß, dass du wach bist.« Adams gleichgültige Stimme drang durch das Holz.

Ihr Herz krampfte sich zusammen. Sie räusperte sich, um den plötzlichen Kloß loszuwerden, der sich in ihrer Kehle festzusetzen drohte. »Komm rein«, sagte sie.

Die Tür öffnete sich und Adam trat herein. Sein großer Körper brach sich als dunkle Silhouette im Schein des Tageslichts, das hinter ihm ins Zimmer fiel.

»Willst du, dass ich die Vorhänge ziehe?«, fragte er.

Er gibt mir freiwillig die Gelegenheit, ihn bei Tageslicht zu sehen und denkt ernsthaft, ich würde ablehnen?

Aufgeregt schluckte sie und krallte die Finger in ihre Bettdecke. »Wenn es dir nichts ausmacht.«

Er schnaubte, durchquerte in wenigen Schritten den Raum und zog an den Vorhängen, die sie unterdessen im Zwielicht ausmachen konnte. Blendendes Tageslicht flutete das Zimmer. Johanna blinzelte heftig und brauchte einen Moment, um sich an die Veränderung zu gewöhnen, dann nahm sie ihre Umgebung in sich auf. Das Mobiliar ihres Zimmers war in modernen Grautönen gehalten und bestand aus einem Schreibtisch, einer Kommode und dem Bett, in welchem sie geschlafen hatte. Auf dem Stuhl des Schreibtisches lag die Ersatzkleidung, die sie vor dem Flug nach London in Prestons Rucksack gestopft hatte.

Sie wappnete sich und schaute zu ihm hinüber. Adams linke Schulter lehnte gegen den Fensterrahmen, seine Augen waren unvermittelt auf sie gerichtet. Er trug immer noch die Maske vor dem Gesicht und die Kapuze verdeckte den Rest seines Kopfes in Schatten. Auch der Rest seiner Kleidung schien sich nicht verändert zu haben, was Johanna stutzen ließ.

»Wie lange habe ich geschlafen?«, fragte sie und suchte seinen Blick.

»Ungefähr einen Tag.«

Ihre Brauen zogen sich irritiert zusammen. »Dann trägst du jetzt immer diese Sachen?«

Er nickte. Seine stumme Präsenz machte sie nervös. Sie kannte ihn als warme Person, stets offen für ihre Gedanken und Wünsche, selbst wenn er fuchsteufelswild gewesen war vor Zorn. Diese Version von Adam Cadeesh jedoch war zurückgezogen, lauernd und vorsichtig wie ein wildes Tier im Käfig. Er wirkte regelrecht bedrohlich.

Eilig wehrte sie diese Überlegung ab.

Adam steckt immer noch irgendwo in diesem Menschen, davon bin ich überzeugt. Vielleicht ist er anders und mög-

licherweise muss ich ihn neu kennenlernen – aber er ist immer noch hier. Und wer weiß, vielleicht ist das Teil seiner Verteidigung; schließlich war ich diejenige, die ihn angegriffen hat, wenn auch unwillentlich. Ich sollte mich nicht von seinem Benehmen abschrecken lassen.

»Wirst du Maske und Kapuze abnehmen, wenn ich dich darum bitte?«, wollte sie wissen.

»Nicht, wenn es sich vermeiden lässt«, gab er zurück.

Johanna seufzte. »Immer noch derselbe Dickschädel«, murmelte sie, mehr zu sich selbst als zu ihm. Adam neigte den Kopf zur Seite und konterte: »Das Kompliment gebe ich zurück.«

Die Maske vor seinem Gesicht machte es ihr unmöglich zu sehen, ob eine Regung darunter stattfand. Wenn sie nicht alles täuschte, war der dunkle Ring um seine grauen Iriden breiter geworden, als er die Worte ausgesprochen hatte, doch sie war sich nicht sicher.

Seufzend gab sie sich geschlagen.

Irgendwann werden wir über das reden müssen, was passiert ist. Aber jetzt ist nicht der Zeitpunkt dafür.

Ein Stich fuhr durch ihre Brust. Sie ignorierte es. Baute bereits haushohe Mauern um ihr Herz, um diese neue Art des Umgangs mit Adam zu bewältigen.

»Ich würde gern duschen«, informierte sie in mit aller Distanziertheit, die sie aufbringen konnte.

Seine Arme verschränkten sich vor seiner Brust, und Johanna durchzuckte ein weiterer, quälender Stich. Er schüttelte den Kopf. »Deine Verletzung sollte erst verheilen.«

»Das tut sie bereits.«

Seine Augen weiteten sich in Erstaunen, dann kniff er sie zusammen. »Wie?«

Sie gab sich gleichgültig, als sie ihm eröffnete: »Ich lerne stetig dazu, seitdem du gegangen bist.«

Ihre Worte lösten einen tosenden Sturm der Gefühle in ihm aus und er wandte rasch das Gesicht ab. Doch sie hatte es gesehen.

So viel zu der Theorie, er könne nichts mehr fühlen!

Triumphierend schmunzelte sie, drängte es allerdings sofort zurück und erhob sich umständlich. »Also?«, forderte sie ihn auf.

»Die erste Tür rechts.« Seine Stimme kam gepresst. »Zu deiner Information: Wir sind vorerst in Sicherheit. Niemand hat den Geheimgang gefunden. Preston ist im Zimmer gegenüber und schläft.«

Er ließ ihr keine Chance, ihn nochmals zu adressieren. Mit zu Fäusten geballten Händen stampfte er an ihr vorbei, hinaus auf den Flur.

Eine Anspannung, von der sie nicht gewusst hatte, dass sie da gewesen war, fiel von ihr und sie stieß hörbar die Luft aus. Mit einem Mal fühlte sie sich ausgelaugt, erschöpft auf eine Weise, die nichts mit ihrer physischen Verfassung zu tun hatte. Das hier … diese Sache mit Adam war verzwickter, als sie angenommen hatte. Die vergangenen Monate über war sie davon ausgegangen, dass er nebst den Verletzungen einen verletzten Stolz vorschob, um sich nicht mit ihr in Kontakt zu setzen. Die Begegnung mit ihm hatte ihr jedoch unmissverständlich klargemacht, dass der Adam, wie sie ihn gekannt hatte, nicht länger existierte. Der Mann, den sie angetroffen hatte, war in Dunkelheit gehüllt. Er trug sie wie einen wärmenden Mantel, nicht geneigt, ihn und damit die Finsternis, allzu bald abzulegen.

Wieder zuckte es in ihrer Herzgegend. Ein schwerer Seufzer löste sich und sie schüttelte den Kopf über sich selbst.

Ich sollte wirklich aufhören, darüber nachzudenken. Wir sind in einer absoluten Notsituation. Der Kreis wusste, wo wir waren, sie haben Greta geschickt ...

Ohne dass sie es wollte, bildete sich ein fetter Klumpen in ihrer Kehle. Sie schluckte mehrfach, um ihn loszuwerden. Ein Hauch Verbitterung kam in ihr auf, verbiss sich in ihren Eingeweiden und sie krallte die Fingernägel ihrer rechten Hand in die Handfläche, sodass es weh tat.

Und Preston hat sie erschossen. Um mich zu retten. Das werde ich ihm nie vergessen.

Gedankenverloren schnappte sie sich ihre Klamotten und trat auf den Flur hinaus. Dessen Wände waren in seidigem Grau gestrichen und weder Fotos noch Bilder zierten die kahlen Mauern. Jede der Türen stach als schwarze Blockade daraus hervor.

Johanna wandte sich nach rechts und öffnete die erste Tür. Ein geräumiges Badezimmer mit ebenerdiger Dusche, einem Doppelwaschbecken, einem mannshohen Spiegel und moderner Toilette erstreckte sich über die marmornen Fliesen. Der einzige Wandschrank im Raum stand direkt neben den Waschbecken, und sie machte sich daran, dort nach einem Handtuch zu suchen. Danach entledigte sie sich ihrer schmutzigen Klamotten und musterte sich mit missbilligendem Blick im Spiegel. Die Einstiche, Aufschürfungen und Einschnitte, welche ihr von Thomas Kon zugefügt worden waren, waren zwar inzwischen verschwunden, aber sie hatte trotzdem Narben davongetragen. Und es waren viele.

Zu viele, dachte sie bitter. *Ich sollte die Narben als Zeichen dafür ansehen, was mir angetan wurde; sie mit Stolz tragen, weil ich sie überlebt habe. Aber manchmal ist es schwierig, das positiv zu sehen.*

Ihre Augen wanderten von einer weißlichen Linie zur nächsten. Rücken, Nacken, Rippen, Oberschenkel … überall glitzerten die verräterischen Spuren dessen, was geschehen war.

Eventuell könnte ich sie mithilfe meiner Fähigkeiten ver-schwinden lassen ...

Wenig überzeugt furchte sie die Stirn.

Aber will ich das? Will ich alles verschwinden lassen?

Zwei, drei Herzschläge lang starrte Johanna ihr Spiegelbild an, dann wandte sie sich entschieden ab und ging duschen.

7

»Walter Nickle? Dein Ernst?« Prestons Stimme zitterte vor unterdrücktem Gelächter.

Adam mass ihn mit einem eisigen Blick, nahm den dicken Umschlag entgegen, den Preston ihm hinhielt, und wandte sich stumm von ihm ab.

Johanna sah fragend von ihrem Smartphone auf. »Wer ist Walter Nickle?«

Ihr Beschützer wandte sich ihr zu und deutete mit dem Daumen über die Schulter. »Offenbar dein Ex.«

»Ich kann hier ja schlecht als Adam Cadeesh wohnen«, gab Adam bissig zurück, schritt jedoch bereits auf die Anrichte zu, wo er einen Brieföffner zur Hand nahm und das Kuvert an der langen Kante aufschlitzte. Eine Aktenmappe kam zum Vorschein.

Er ließ den Umschlag auf der Anrichte zurück, legte den Stoß Papiere auf dem Küchentisch ab und begann im Stehen, jedes Einzelne eingehend zu studieren.

»Was hast du da?«, wollte ihr Beschützer wissen. Er näherte sich dem Tisch, doch Adam streckte den rechten Arm aus, ohne den Beschützer auch nur anzusehen, ballte die Hand zur Faust – und Preston erstarrte. Er hustete, röchelte und griff sich an die Kehle, als würde er ersticken.

Johanna reagierte, ohne nachzudenken: Sie wechselte in die düstere Sicht, fasste mit ihrer Hand in den Strom an schwerfälligen Grüntönen und richtete ihre Rechte auf ihren Exfreund.

Grünschwarze Schwaden waberten um ihre Hand, kräuselten sich um ihre Finger. »Lass ihn sofort in Ruhe!«, zischte sie.

Adam hob den Kopf, die grauen Augen auf ihre Hand gerichtet. Der Ausdruck darin war teilnahmslos wie immer. Dennoch öffnete er seine Faust wie in Zeitlupe und ließ den Arm sinken. Preston schnappte keuchend nach Luft und schob sich auf dem Hintern in Johannas Richtung.

Ihre Eingeweide brodelten vor Zorn über Adams Attacke. »Wenn du noch ein einziges Mal deine Fähigkeiten gegen ihn richtest, stirbst du«, presste sie hervor und ließ ihre Kräfte ihrerseits verschwinden. »Egal, was zwischen uns war.«

Ihre Brust zog sich schmerzhaft zusammen bei diesen Worten, aber sie meinte jedes davon bitterernst. Preston hatte oft genug gezeigt, dass er auf ihrer Seite stand. Und sie hatte Verbündete dringend nötig. Der neue Adam war eine unbekannte Variabel in ihrem Gefüge, die sich erst noch als positiv bestätigen musste. So lange mussten sie auf der Hut sein. Vielleicht sogar noch länger.

Adams Augenbraue schob sich arrogant in die Höhe. Für einen unendlich langen Moment studierte er ihre Miene, dann glitt sein Blick zu Preston hinab. »Verzeih«, sagte er reserviert. »Meine Selbstbeherrschung gibt seit dem Unfall nicht mehr viel her. Ich wollte nur noch eine Minute Ruhe, um den Abschnitt fertigzulesen. Mir war nicht klar, was ich tat.«

Ihr Beschützer nickte, rieb sich die Kehle und schwieg. Da er keinerlei Anstalten machte, aufzustehen, stellte Johanna sich rasch neben ihn und forderte Adam auf: »Sag uns, was du da liest.«

Er ließ die Akte mit einem Schwenk aus dem Handgelenk herumschnellen und schubste sie in ihre Richtung. »Post von deinem Ziehvater.«

Irritiert trat sie an den Küchentisch heran und betrachtete das Papier, das offen vor ihr lag. Ein pinkes Post-it war darauf geklebt worden. Darauf stand in Gelleroys Handschrift geschrieben: Es geht ihm den Umständen entsprechend. Er lebt. Das ist alles, was momentan zählt.

Mit gerunzelter Stirn und Ohrensausen widmete sich Johanna dem Blatt darunter, indem sie das Post-it davon ablöste.

Codename: Projekt Darvin
    Sicherheitsstufe: 7 – streng geheim
    Leitung: Thorn Borthertorn, CEO KdB
    Erforderliche Fachgebiete:
        • Nanotechnologie (Sandra Grütter)
        • Gentechnik & Biologie (Juliette Forster) ✓
        • Chirurgie & Transplantationsmedizin (Hyung Lee)
        • Fachabt. Mag. Erbkonstruktionen (Welsie Grant) ✓
        • Fachabt. 117 (Sergej Konevski) ✓
        → unter der Leitung von: Thomas Kon
    Gewünschte Teilnehmer:
        • Meghan McGibbonn (Frühjahr 1891†)
        • Marianne McGibbon (24.02.2002†)
        → Ersatz: Taima Mohave
        • Johanna McGibbon
        → unter Miteinbeziehung des bisher gesammelten, magischen Bestands.

»Was soll das sein, *Projekt Darvin*?«, fragte Johanna. Ihr Magen flatterte beunruhigt, denn sie erkannte wohlan den Namen der Ärztin für Biologie: Ihre erste Mission für den *Kreis der Begnadeten*.

»Ich weiß es nicht«, erwiderte Adam. »Gelleroy schickt mir alles, was er in die Finger kriegt – was dieser Tage leider immer weniger wird.«

»Gelleroy schickt dir Unterlagen?« Johanna schaute auf und in seine Augen.

Er zuckte mit der Schulter. »Schon seitdem ich fortgegangen bin, erhalten Toni und ich Intel von deinem Ziehvater.« Seine Stirn runzelte sich das erste Mal, seitdem sie ihn wiedergesehen hatte, und Besorgnis zeichnete sich darauf ab. »Unsere Vereinbarung lautete, dass er alles über Toni weitergibt. Da mein Bruder nicht mehr zur Verfügung steht, muss er es an mich geschickt haben. Ich wusste allerdings nicht, dass er die Adresse eines meiner Safehouses kennt.«

»Hmm«, machte sie und blätterte gedankenverloren in der Akte herum.

Projekt Darvin... Evolutionsforschung also. Was könnte eine Organisation wie der Kreis der Begnadeten mit Evolutionsforschung zu tun haben?

»*Projekt Darvin* ist auf der untersten Ebene des Circle Towers angesiedelt«, warf Preston mit rauer Stimme ein.

Johanna wandte sich ihm zu und observierte, wie er sich aufrappelte und ein letztes Mal den Hals rieb.

»Es ist keinem Beschützer gestattet, nach Level 43 hinabzufahren.«

»Und woher weißt du davon?«, hakte Adam skeptisch nach.

Ein feines Grinsen breitete sich auf Prestons Zügen aus. »Ich hatte nicht nur Freunde in den Beschützerkreisen.« Sein Blick richtete sich auf Johanna. »Ich bin in diesen Einrichtungen aufgewachsen, schon vergessen?«

Sie lächelte steif zurück. »Und du weißt, was unter diesem Codenamen geschieht?«

Er machte eine hilflose Geste, indem er die Schultern hob und beim Sprechen wieder sinken ließ. »Nur so viel, dass gelegentlich *Berührende* dorthin gebracht wurden – und als brabbelnde, leere Puppen wieder zurückkehrten.« Seine Mundwinkel verzogen sich nach unten. »Die Beschützer dieser *Berührenden* wurden allesamt hinterher abgezogen.«

Er wechselte einen besorgten Blick mit Johanna.

»Ich war nicht auf Level 43«, besänftigte sie ihn sogleich. Allein die Erinnerung an ihren letzten *Besuch* im Circle Tower ließ ihr die Haare auf den Armen und im Nacken zu Berge stehen. Für den Bruchteil einer Sekunde war ihr, also ob sie den Einstich der Nadelpistole in ihren Hals und das Ausbreiten der lähmenden Kälte in ihrem Körper spürte.

Ein Schauder durchlief ihren Körper und sie brach den Blickkontakt zu ihrem Beschützer ab, bevor er die Angst in ihren Augen ausmachen konnte. Stattdessen wandte sie sich an Adam, der aufmerksam zwischen ihr und Preston hin und her schaute.

»Sie haben gegen meinen Willen Proben meines Körpers genommen«, informierte sie ihn schlicht. »Als ich dort war, meine ich.« Sie hoffte, dass ihr Tonfall sachlich genug klang, sodass das Zittern ihres Inneren nicht nach außen trug.

»Preston hat so etwas erwähnt, als er in meine Wohnung geprescht ist«, meinte Adam langsam. Er verschränkte die Arme vor der Brust und fixierte Johanna mit seinen grauen Augen. »Vielleicht solltet ihr mir das erklären.«

»Vielleicht«, warf Preston ein, »sollten wir uns dafür hinsetzen.« Ohne zu zögern kam er zu ihnen und zog den Stuhl neben Johanna zurück, ließ sich darauf niedersinken und sah sie abwechselnd an. »Er hat 'ne Menge verpasst. Es wird eine Weile dauern, ihn auf den neusten Stand zu bringen.«

Sie ließ sich seine Erklärung einen Augenblick lang durch den Kopf gehen. »Da hast du allerdings recht«, gab sie schlussendlich zu, zog ihrerseits den Stuhl vor sich hervor und setzte sich.

Adam rührte sich nicht von der Stelle, informierte sie allerdings mit einem Nicken darüber, dass er einverstanden war.

Je näher der Zeitpunkt rückte, desto mehr wünschte Johanna sich, dass sie die letzten zwei Monate in dieser detaillierten Auffrischungsrunde einfach weglassen könnte. Aber Preston berichtete bereits davon, dass er die ersten zwei Wochen in eine Zelle gesteckt und jeden Tag mehrmals befragt worden war. Nur durch die durch ihn perfektionierte Technik, keinerlei Reaktion auf eine Lüge zu zeigen hatte ihn die Tests bestehen lassen. Das hatte dazu geführt, dass er wieder in den aktiven Dienst als gemeiner Soldat aufgenommen worden war. Drei Wochen später hatte er das erste Mal wieder außerhalb des Circle Tower Dienst getan, und die Chance genutzt, Infos darüber zu sammeln, wo sein Schützling gefangen gehalten wurde. Der Plan zu ihrer Rettung hatte sich nach und nach von selbst in seinem Kopf gefestigt, und – wie er nicht ohne selbstgefälliges Schmunzeln äußerte – er hatte einwandfrei funktioniert.

Adam hörte schweigend zu. Nichts an dem schmalen, sichtbaren Ausschnitt seines Gesichts zeigte, was er fühlte oder dachte. Die grauen Augen bohrten sich kalt in Prestons Gesicht.

»Meine Kumpels haben mir allerdings nicht verraten, dass McGibbon vom Scheitel bis zur Sohle mit irgendeinem Mittel zugedröhnt wurde, um sie stillzuhalten«, berichtete Preston. Seine Miene verzog sich zu einer Grimasse. »Das hat die Flucht ein winziges Bisschen verkompliziert.«

Johanna brummelte: »Da konnte ich ja so viel dafür.«

Er grinste. »Mach dir keinen Kopf, McGibbon, wir haben es ja geschafft. Aber…« Sein Blick wurde fragend. »Was *haben* die dir da eigentlich gegeben? Was ist genau mit dir passiert? Hättest du nicht einfach deine Fähigkeiten benutzen können?«

Sie stöhnte theatralisch auf und presste die Stirn auf die Tischplatte, um den Blicken der beiden auszuweichen. Da keiner von ihnen ein Wort sagte, sammelte sie sich nach ein, zwei Herzschlägen. Nach einem Mal tief durchatmen begann sie, ihren Teil beizutragen. »Erinnerst du dich noch an den letzten Besuch im Circle Tower?«, fragte sie Preston.

Dieser nickte. »Du warst ganzkörpergelähmt, konntest nicht mal sprechen. Hinterher meintest du, dass deine Kräfte ebenfalls gelähmt worden sind.«

»Mhm«, stimmte Johanna zu. »Sie haben dieses Mittel innerhalb kürzester Zeit perfektioniert.«

Und als Testobjekt haben sie Toni benutzt.

Aber das würde sie nicht aussprechen.

Wer weiß, wie Adam darauf reagieren würde.

»In den ersten Tagen kam Thomas Kon allein zu mir.«

»Woah, stopp! Wieso ausgerechnet der Zeremonienmeister?«, unterbrach Preston verwirrt.

Johanna zuckte mit der rechten Schulter. »Keine Ahnung. Er war es auch, der mich im Circle Tower in die Illusion geschickt und mir Proben abgenommen hat. Entweder Borthertorn hat es ihm befohlen, oder Thomas Kon ist nebst der Stelle als Zeremonienmeister noch etwas anderes.«

»Er ist ein Wissenschaftler«, warf Adam ungerührt ein.

»Na dann«, gab Johanna zynisch zurück. Als wäre sie darauf nicht schon längst selbst gekommen.

»Auf jeden Fall lief es jeden Morgen gleich: Vier Soldaten kamen herein, stellten sicher, dass ich mich nicht wehren konnte, dann kam Greta und hat mich mit der Nadelpistole gelähmt. Danach sind alle gegangen und wenig später ist Thomas Kon auf der Bildfläche erschienen.«

Er war höflich... Er hat mich jedes Mal aufs Bett gelegt, bevor er die Proben nahm... Und er hat sich nach jeder Entnahme für die entstandenen Blessuren entschuldigt ...

Johanna schluckte. »Die Wirkung hielt vierundzwanzig Stunden an, sodass sie mir nur einmal am Tag was spritzen mussten.« Mit einem kurzen Aufschauen versicherte sie sich, dass Adam und Preston noch zuhörten. Beider Blicke waren auf sie gerichtet.

»Nach vierzehn Tagen war ich immun gegen die erste Version des Mittels.«

Ein kaum wahrnehmbares Zischen aus Adams Richtung war zu hören. Johanna sprach schnell weiter, wollte sich die Angelegenheit von der Seele reden. »Sie haben die Dosis verändert, nachdem ich zwei Soldaten mittels meiner Fähigkeiten bei einem Überraschungsangriff getötet habe.«

»Gute Arbeit«, brummte ihr Beschützer leise und tätschelte ihr aufmunternd den Arm.

Mit einem Nicken fuhr sie fort: »Ab diesem Zeitpunkt kam Borthertorn höchstpersönlich, um mir jeden Morgen vor dem Frühstück die Fresse zu polieren, damit er mir das Mittel in den Hals rammen konnte.«

Zur Untermauerung schob Johanna den Pulli, den sie sich übergezogen hatte, ein Stück weit der Schulter entlang, um die entsprechenden Einstichnarben offenzulegen. Preston schluckte hörbar. Sie warf ihm einen Seitenblick zu und erkannte, dass seine Kiefer fest aufeinander mahlten, die braunen Augen brannten vor Hass.

Hastig ließ sie den Pulli zurückschnellen und sah statt ihm Adam an. Seine Unberührtheit verschaffte ihr im Moment eine seltsame innere Ruhe, und die brauchte sie dringend, wenn sie den Rest der Geschichte ohne Heulkrämpfe erzählen wollte.

»Thomas erschien ab dann erst, wenn Borthertorn ihm das Okay gab. Dieser Mistkerl hat mich fixiert, während Kon mir ins Fleisch geschnitten und mir in die Rückenknochen gebohrt hat.« Sie schnaubte und starrte auf die Tischplatte, wo ihre Hände sich ineinander verkrampften. »Als ob ich mich hätte wehren können. Ich konnte nicht einmal die Augen bewegen!«

Ein Glas Wasser schob sich über den Tisch. Johanna schaute überrascht auf. Schwarze, halb behandschuhte Finger ließen in derselben Sekunde von dem Trinkgefäß ab. Adam ließ sich nichts anmerken, als er sich wieder in seine ursprüngliche Position begab. Sie nahm ein paar Schlucke.

»Nachdem die beiden gegangen waren, brauchte ich immer *Stunden*, um mich überhaupt wieder rühren zu können.« Inzwischen war ihre Stimme leiser geworden. »Greta hat mich zweimal am Tag aus dem Zimmer ins Bad gelassen. Den Rest über war ich in dort eingeschlossen, mit meinen Fähigkeiten gelähmt und so träge im Kopf, dass ich keinen klaren Gedanken fassen konnte.«

Stille legte sich über die Runde. Prestons Klamotten raschelten, als er sich zurücklehnte und mit eisiger Bestimmtheit sagte: »Zeig es ihm.«

Johannas Herz setzte aus, nur um sogleich dreifach so schnell zu pochen. »Wie bitte?«, flüsterte sie und starrte ihn entgeistert an.

Er nickte in Richtung ihres Körpers und bat, diesmal voller Mitgefühl: »Zeig Adam, was sie mit dir gemacht haben.« Er wandte den Kopf zu Adam. »Ich habe das Ausmaß ihrer … *Arbeit* bereits gesehen, als es noch viel schlimmer ausgesehen hat. Aber er muss es sehen, damit er begreift.«

Adam zog die Augenbrauen hoch. »Muss ich das?«

Preston nickte ernst. »Es ist eine Sache, es zu hören. Aber es ist eine ganz andere, es mit eigenen Augen zu sehen.«

»Ähm«, machte Johanna verlegen. »Was, wenn ich es ihm nicht zeigen *will*? Es ist ja auch nicht so, als hätte ich es unbedingt dir zeigen wollen, aber einer musste den Kram ja verbinden.«

Preston explodierte. Im einen Moment sass er noch neben ihr, seine Miene voller Mitgefühl, im nächsten war er hochgeschossen, die Züge von Wut erfüllt. Er streckte den Arm aus und deutete anklagend auf Adam, während er Johannas Blick mit seinem festhielt. »Und das hätte *er* sein müssen! Er hätte dich retten sollen, dich verarzten und pflegen müssen, McGibbon! Er war dein scheiß *Freund*!« Sein Kopf wirbelte zu Adam herum. »Aber er hat es vorgezogen, seinen verfickten Schwanz einzuziehen und sich zu verstecken, während die Liebe seines mickrigen Daseins gefoltert und Stück für Stück zerpflückt worden ist!«

Ihr Unterkiefer sackte fassungslos herab. Verunsichert sah sie zu Adam hinüber. Sein Ausdruck hatte sich verfinstert, der dunkle Kreis um die grauen Iriden war eindeutig breiter geworden – *und etwas darin schien sich zu bewegen.*

Doch Preston ließ sich davon nicht beeindrucken. Schwer atmend vor Zorn presste er zwischen zusammengepressten Zähnen hervor: »Du hättest da sein müssen. Sobald dir klar war, dass dein Bruder nicht mehr zu Besuch kommt, hättest du zurückkommen müssen! Warum hast du dich stattdessen hier in London verschanzt wie der hinterletzte Loser?«

Adams Brust hob und senkte sich in merklich schnellerem Tempo als noch vor wenigen Minuten. Johanna observierte die beiden mit angehaltenem Atem, jederzeit bereit, ihre Fähigkeiten einzusetzen, um sie wenn nötig voneinander fernzuhalten – oder Adam entgegenzutreten.

»Wenn ich du wäre, würde ich jetzt die Fresse halten«, gab er beinahe knurrend zurück.

Preston öffnete den Mund zu einem Vergeltungsschlag, doch sie rupfte wie wild an seinem Shirt und er sah irritiert zu ihr herab.

»Ich glaube, es ist besser, wenn du dich erst mal abreagierst«, äußerte sie in ruhigem Ton.

Entgeisterung zeigte sich auf seiner Miene. »Aber…! Er … du …!«

Sie konnte die Enttäuschung in seinen Augen erkennen. Konnte sehen, dass er kochte vor Wut, und es nicht auf sich beruhen lassen wollte.

»Ich kann meine eigenen Gefechte austragen, Preston«, erinnerte sie ihn, diesmal mit bereits deutlich härterer Stimme.

Endlich gab er auf. Seine Schultern sackten sichtbar herab, die Arme hingen schlaff an seinen Seiten, die Hände zu Fäusten geballt. Mit grimmiger Miene raunzte er: »Ich geh' pennen.«

Johanna blickte ihm hinterher, bis er in seinem Schlafzimmer verschwunden war, dann atmete sie tief und lautstark aus.

»Ich finde, er hatte recht«, ertönte Adams Stimme in diesem Moment leise.

»Mit was genau?«, hakte sie nach.

»Na ja, eigentlich mit allem.«

Ihre Augen schnellten hoch. Er sah sie unverwandt an. »Aber gerade meinte ich seinen Vorschlag, dass du mir zeigen solltest, was sie dir angetan haben.« Wieder dieses gleichgültige Schulterzucken. »Kann nicht schaden, das volle Ausmaß zu sehen. Was meinst du?«

Ein Teil in Johanna schrie ihr aus vollem Hals entgegen, dass sie die Beine in die Hand nehmen und rennen sollte. Sich vor *diesem* Adam bis auf die Unterwäsche auszuziehen, behagte ihr nicht besonders. Der andere, weitaus mächtigere Teil jedoch verknotete sich zu einem aufgewühlt nervösen Knoten in ihrem Magen und ließ zögerlich ein paar Schmetterlinge darin aufsteigen, die ihr auf direktem Wege in die Kehle flogen und sich dort zu einem Kloß verwoben, der im rasenden Marathon ihres Pulses zu pochen schien.

»Keine Sorge, da ist keine Attraktivität mehr für mich«, fügte er verspätet hinzu.

Der Kloß mutierte zu Galle, die Schmetterlinge sackten niedergeschossen herab und verwandelten sich in Übelkeit. Maßloses Elend schob sich in ihr Herz. Ohne ein weiteres Wort stand sie auf, trat ein paar Schritte zurück und riss sich Pulli und T-Shirt über den Kopf, knallte sie neben sich auf den Boden. Mit zornigem Blick starrte sie ihn zwei Sekunden lang an. Adams Augen waren unverwandt auf ihr Gesicht gerichtet. Dann schob sie die Hose runter und sein Blick senkte sich auf ihre immer noch abgemagerte Gestalt.

Er setzte sich in Bewegung, die Arme vor seiner Brust senkten sich herab. Wie ein Tier begann er, sie zu umrunden, die grauen Augen inspizierten jeden Zentimeter freigelegte Haut.

Die kühle Luft, in Kombination mit seiner Musterung, stellten die Härchen auf ihren Armen auf. Es war absolut still, nicht einmal seine Kleidung raschelte, als er sich fortbewegte.

Johanna hielt es nicht länger aus – sie senkte die Lider, um sich auf ihre Atmung zu konzentrieren. Denn obwohl sie bis in die Haarspitzen von Verbitterung, Trauer und Herzschmerz erfüllt war, wollte sie sich hier und jetzt nicht die Blöße geben, vor ihrem Ex in Tränen auszubrechen.

»Keine Sorge, da ist keine Attraktivität mehr für mich.«

Seine Worte brannten sich tiefer und tiefer in ihre Seele, schienen Fetzen davon herauszureißen. Um dagegen anzukämpfen, stählte sie sich und sammelte so viel Langeweile, wie sie aufbringen konnte, in ihrem Ton. »Hast du mich jetzt genug angestarrt?«, wiederholte sie seine eigene Frage von früher.

»Oh, ich denke nicht«, gab er leise zurück. Beinahe sanft.

Johanna öffnete die Augen. Adam stand zwei Schritte entfernt neben ihr und hielt ihren Pulli in der ausgestreckten Hand.

»Aber wenn ich es mir noch länger ansehe, könnte es durchaus passieren, dass ich mich vergesse.«

Ihre Augen flackerten zweifelnd zu seinem Gesicht hoch. Das Grau in seinen Iriden brannte regelrecht vor Emotionen. Ihre Vermutung, dass der Rand darum gelegentlich dicker wurde, bestätigte sich, denn er nahm inzwischen beinahe die Hälfte der grauen Iriden ein. Darin zuckten helle, glitzernde Punkte. Fasziniert beobachtete Johanna diese Veränderung.

Adam seufzte entnervt auf und stieß ihr mit Nachdruck ihren Pulli in die Rippen und wartete, bis sie die Kleidung in der Hand hielt. Umgehend wandte er sich ab und zog sich hinter den Esstisch zurück. Mit einer schnellen, fahrigen Bewegung verschränkte er die Finger auf dem Hinterkopf und stieß einen undefinierbaren Laut aus, der irgendwo zwischen Frust, Hilflosigkeit und Wut rangierte.

»Wenn du so aussiehst, will ich mir gar nicht vorstellen, was sie mit Toni angerichtet haben«, raunte er.

Es gab keinen Grund für den Stachel, der sich in ihre Eingeweide grub und Tropfen nach Tropfen der Eifersucht in sie hineinpumpte. Trotzdem war die Emotion allumfassend, und Johanna hielt es nicht länger aus. Sie wusste, dass ihre Gefühle falsch waren – dass diese Aussage doch zeigte, wie wichtig Toni seinem besten Freund war. Aber dass er die Spuren ihrer Qualen nicht mit einer netten Geste kommentieren konnte, war plötzlich zu viel für sie.

»Fick dich«, fauchte sie und stürmte davon.

8

Die Stimmung in ihrer neuen Bleibe war, milde gesagt, unter-
kühlt. Johannas Verstand kämpfte zwischen den Erinnerungen
an den alten Adam und der Tatsache, dass der Mann, den sie
und Preston hier in London wiedergefunden hatten, ein gänzlich anderer war.

Zudem schienen sich ihr Beschützer und Adam von Tag zu
Tag besser zu verstehen, während Johanna in eine trotzige
Ablehnungshaltung verfiel, wann immer die beiden sie von
einer neuen Idee oder einem weiteren irrwitzigen Plan überzeugen wollten. Und je mehr Zeit sie in dieser Wohnung verbrachte, desto weniger konnte sie sich aufgrund ihrer kindi-
schen Gefühle selbst leiden.

Mittlerweile war ihnen allen klar, dass *Projekt Darvin* der
Grund für Johannas Gefangennahme gewesen war. Die Einzel-
heiten ließen sich noch nicht ganz zusammenfügen, boten
nichtsdestotrotz ausreichend Material für Spekulationen. So
sassen sie nach rund drei Wochen abends zu dritt am Esstisch.
Preston hatte einen fantastischen Kartoffelauflauf gezaubert
und auf jedem ihrer Teller dampfte eine riesige Portion davon
vor sich hin.

»Wir müssen jemanden finden, der uns mehr Intel über *Projekt Darvin* liefern kann«, verteidigte Preston auch heute
wieder seine Meinung. Er vertrat die Ansicht, dass sie so
schnell wie möglich zurückkehren und Toni befreien sollten

(*so weit so gut*), um danach mit kollektiver Kraft Thorn Bort-hertorn zu stellen (*einfach nur größenwahnsinnig*).

Wie jedes Mal schüttelte Adam den Kopf. Zu ihrer Überra-schung hatte er bereits nach drei Tagen damit aufgehört, allein zu essen. So sass er auch heute mit heruntergezogener Maske am Tisch – immer darauf bedacht, ihnen ausschließlich die heile Seite seines Antlitzes zu zeigen.

»Wenn wir warten, verschaffen wir Gelleroy möglicher-weise Zeit, um tiefer zu graben.« Er legte die Gabel ab und stützte die Ellenbogen locker auf dem Tisch ab, indes er gestikulierte. »Denk doch nach, Mann. Momentan sind alle aus dem Häuschen, weil du Johanna befreit hast. Die erwarten jederzeit einen Gegenschlag – oder einen Befreiungsversuch für Toni.«

Preston musterte ihn skeptisch.

»Wenn wir also ein wenig warten, werden sie ihren geplan-ten Trott wieder aufnehmen. Das ist der Zeitpunkt, an dem wir zuschlagen werden.«

Das klingt logisch.

Johanna sah auf ihren Teller hinab und stocherte im Kar-toffelauflauf herum.

Aber es heißt auch, dass wir Toni für bestimmt drei weitere Wochen im Stich lassen müssen.

Ihr Magen zog sich unangenehm zusammen und sie seufzte. Der Appetit war ihr soeben vergangen.

Sie vermisste ihn. Sorgte sich zu Tode um ihn. Und sie hoffte jede wache Sekunde, dass er die Folter durchhielt, heil zu ihnen zurückkehren würde …

Aber das ist Schwachsinn!

Entnervt ließ sie die Gabel fallen und verschränkte die Arme.

Niemand übersteht Borthertorn, ohne sich zu verändern. Toni wird genauso wenig derselbe sein, wie ich es noch bin – oder Adam.

Wenn sie ehrlich zu sich war, war genau das ihre größte Angst: Dass Toni sich von ihr abwenden könnte, weil er sich zu sehr verändert hätte.

So wie Adam es getan hat ...

Prompt schob sie den Gedanken von sich. Seit jenem Abend, an welchem er sie gebeten hatte, ihre Narben zu sehen, stopfte sie jegliche Gefühlsregung in Richtung des älteren Cadeeshs in sich hinein und rammte ihnen einen Riegel vor.

Anscheinend habe ich seine Seele dermaßen gemartert, dass er ein komplett anderer geworden ist – und dieser Jemand liebt mich nicht länger.

Seufzend ließ sie den Kopf hängen. Schon wieder hatte sie gegen ihre eigenen Regeln verstoßen. Wenn ihre Gedanken bei den beiden Brüdern weilten, schien ihr Verstand ein Eigenleben zu entwickeln, das sie nie ganz zu beherrschen vermochte.

Dabei wäre genau das extrem wichtig. Arissa hat auch gesagt –

»Was ist, McGibbon?«, meldete sich Preston.

Johanna schreckte zusammen und erinnerte sich an ihre Umgebung. Hastig setzte sie sich aufrechter hin und griff nach ihrer Gabel. »Nichts, nichts«, versicherte sie ihm und lächelte.

»Weißt du, es geht mir echt auf den Piss, dass du uns dauernd vormachen willst, dass das alles hier…« Er machte eine ausladende Bewegung mit der Hand über den Tisch, die Adam und sie inkludierte. »Dich keinen Dreck schert.«

In seinen Augen lag passiv-aggressive Herausforderung, doch Johanna ignorierte sie.

»Können wir einfach weiteressen bitte«, erwiderte sie und schob sich demonstrativ eine Ladung Kartoffelauflauf in den

Mund. Gleichzeitig vibrierte ihr Smartphone, das auf dem Tisch lag.

Mit freudiger Erwartung in der Stimme nahm sie den Anruf entgegen. »Taima! Wie geht's dir? Was macht das Leben bei den Jägern?«

Ohne auf den neugierigen Blick von Preston und den heillos verwirrten seitens Adam zu achten, schob Johanna sich vom Stuhl hoch, nahm ihr Abendessen und tappte in ihr Zimmer, wo sie die Tür hinter sich schloss.

»Hey Rotschopf«, erklang die Stimme ihrer Freundin. »Ich kann mich nicht beschweren, danke der Nachfrage. Aber was ist mit dir? Wie ich gehört habe, haltet ihr zurzeit brav die Füße still?«

Johanna setzte sich an den Schreibtisch, schluckte einen weiteren Bissen herunter und überlegte, was sie sagen sollte.

Zwei Tage, nachdem sie sich hier niedergelassen hatten, hatte Johanna zum ersten Mal in knapp drei Monaten Taimas Nummer gewählt. Kaum war deren Stimme am anderen Ende der Leitung zu hören gewesen, hatte Johanna ihr unter Schluchzern alles erzählt, was vorgefallen war. Taima hatte anerboten, umgehend nach London zu fliegen, um ihr beizustehen – und Adam zu vermöbeln – aber Johanna hatte abgelehnt.

Vielleicht hätte ich das nicht tun sollen… Eine Verbündete gegen diese beiden Sturköpfe zu haben, wäre manchmal wirklich schön.

Was sie zu ihrer Antwort brachte. »Adam will drei Wochen warten, bevor wir Toni befreien.« Ihr verbitterter Ton reichte aus, um Taima mitzuteilen, was sie davon hielt.

»Hmm«, machte sie und schwieg für ein paar Sekunden, in denen Johanna eine neue Ladung Essen auf die Gabel packte. »So leid es mir tut, Rotschopf – aus rein strategischer Sicht hat dein Ex einen Punkt«, gab sie dann zu bedenken.

Johanna schnaubte gekünstelt. »Und da dachte ich, ich hätte eine Freundin, die bedingungslos hinter mir steht.«

»Hey, ich sagte ja *aus rein strategischer Sicht*!« Sie konnte das Grinsen förmlich in Taimas Stimme hören. »Emotional betrachtet ist das einfach nur Bullshit.«

Zustimmend nickte Johanna und kaute.

»Und wie läuft es an der Lover-Front?«

»Permafrost«, erwiderte Johanna.

»Autsch.«

»Jepp.«

»Besteht wirklich gar keine Hoffnung auf Besserung?«, hakte ihre Freundin nach.

Das Thema brachte ihre Frustration zum Kochen und Johanna schob schwer seufzend den Teller von sich, um sich auf die Konversation zu konzentrieren. »Ich wüsste nicht, wo ich ansetzen könnte. Er bietet mir null Ansätze.«

Taima schnalzte missbilligend mit der Zunge. »Dieser Typ scheint ein echt harter Brocken zu sein. Sorry, das sagen zu müssen, aber das macht Tonis direkte Art echt sympathisch.«

Johanna konnte nicht anders: Aus einem anfänglichen Grinsen wurde ein Kichern. Nachdem sie sich ein wenig beruhigt hatte, sagte sie: »Hach, ich wünschte, du wärst hier. Das wäre so viel einfacher, als immer auf deine Anrufe warten zu müssen.«

»Sorry dass ich eine viel beschäftigte Frau bin«, konterte Taima gespielt empört.

»Vor allem bist du eine tolle Freundin«, komplimentierte Johanna wahrheitsgemäß.

»Ich weiß, ich weiß.« Sie hielt einen Moment inne. »Okay, du hast mich überredet, Rotschopf! Ich sehe, was sich machen lässt, und melde wieder, ja?«

Johannas Herz machte einen freudigen Hüpfer. »Danke, danke, danke, danke!«, rief sie.

»Ja ja« Taima lachte. Dann erklang eine Stimme im Hintergrund und sie sagte: »Ich muss los. Lass dich nicht unterkriegen okay? Zeig deinem Ex, was in dir steckt. Er hat wirklich ein Brett vor dem Kopf, wenn er nicht bald einsieht, was er an dir hat.«

»Okay. Viel Erfolg!«

»Ciao, Rotschopf!«

Die nachfolgende Stille brachte eine Art friedlicher Normalität mit sich, die Johanna schmerzlich vermisst hatte und sie beinahe vergessen ließ, was gerade alles in ihrem Leben vor sich ging. Der Moment erinnerte sie an die Zeit an der Uni, als sie in engeren Kontakt mit ihrer Freundin Francesca getreten war. Sie vermisste die unbeschwerten Tage. Und sie vermisste Franky … aber sie hatte Tonis Rat schlussendlich beherzigt und den Kontakt mehr und mehr versanden lassen mit der Begründung, dass sie Zeit bräuchte, um ihr Leben zu sortieren – was ja nicht unbedingt gelogen war.

Wieder lenkten sie ihre Überlegungen zu Arissa. Und ohne weiteres Zögern trat Johanna in die Farbenwelt ein. Das farbenfrohe Strahlen des Seelenfäden-Flusses begrüßte sie, und wie von selbst entspannte sie die versteiften Muskeln. Gedankenverloren ließ sie ihre Hand über den Farben schweben. Sie musste nicht lange warten.

»Du hast Redebedarf«, stellte Arissas vertraute Stimme schräg links hinter ihr fest.

Johanna nickte, sah jedoch nicht von ihrer Betrachtung auf, was ihre Mentorin dazu verleitete, neben sie zu treten und ebenfalls die rechte Hand über den Seelenfäden auszustrecken.

»Ich muss lernen, wie ich Adams Seelenleid lindern kann«, verlange Johanna nach einigen stummen Momenten.

Arissa schwieg noch etwas länger, dann meinte sie: »Hat er uns nicht verboten, ihn ohne seine Erlaubnis zu heilen?«

90

Siedend heiß fiel es Johanna wieder ein. Peinlich berührt murmelte sie: »Stimmt, da war ja was …«

Die Dame drehte ihre Gestalt nun Johanna zu. Diese sah endlich auf und begegnete ihrer Mentorin mit unsicherem Blick. Ein sanftes Lächeln lag auf den Zügen ihrer Vorfahrin. »Vertraue mir, wenn ich dir sage, dass weder er noch sein Herz gänzlich verloren sind.«

Ihr Herz geriet ins Stocken.

»Du musst nur den passenden Ansatz finden, um seine Emotionen zu wecken.« Arissa griff nach Johannas Hand und hielt sie fest. »Wenn mich nicht alles täuscht, dann hast du bereits gesehen, dass er durchaus noch dazu im Stande ist, zu fühlen.«

Langsam nickte Johanna.

»Dann halte das aufrecht. Bring ihn zur Weißglut, lass ihn kochen vor Ärger – bring ihn um den Verstand. Adams Problem besteht darin, dass er mit seinen neugewonnenen Eigenschaften weder ein noch aus weiß. *Er* hat keine Seelenteile, die ihm mit Rat und Tat zur Seite stehen, denn seine Fähigkeiten stammen von anderen *Berührenden*. Deswegen braucht er dich, Johanna.«

Mich? Er braucht … meine Hilfe? Seine … neuen …

»Fähigkeiten?«, wiederholte sie, »welche neuen Fähigkeiten?«

Arissas Lächeln wurde breiter. »Ich bin vielleicht in deinen Augen eine fähige Mentorin, aber keineswegs eine Hellseherin. Du musst ihn schon danach fragen. Und falls er es selbst nicht wissen sollte, kannst du ihm helfen, indem du an seiner Seite bist und Geduld zeigst – und den ein oder anderen Trick, wie man seinen Zorn im Zaum hält, eventuell.«

Arissas kryptische Art, sich auszudrücken, ließ Johanna stutzen.

Ich soll ihm zeigen, wie man seinen Zorn im Zaum hält?
Aber wieso –

Nein... Das kann nicht sein... Oder?

Doch anstatt noch weiter zu werweißen, ließ sie ihrer Vermutung freien Lauf. »Willst du damit sagen, dass es möglich wäre, dass er die dunkle Welle aus Magie, die aus mir herauskam ... absorbiert hat?«

Ihre Mentorin zuckte mit den Schultern, ließ von Johanna ab und begann auf und ab zu wandern.

»Wenn wir die zeitliche Abfolge in Zusammenhang mit seinen Charaktereigenschaften und körperlichen Veränderungen stellen ... besteht durchaus Anlass zur Annahme, dass er sie nicht bloß aufgenommen hat ... sondern auch anwenden kann.«

Fassungslos und mit offenem Mund starrte Johanna ihre Vorfahrin an.

»Das würde zumindest erklären, warum er sich zeitweilen nicht im Griff hat«, fuhr Arissa sachlich fort.

Jetzt erst entdeckte diese Johannas entgeisterten Blick. Sie hielt abrupt im Wandern inne, eilte zu ihr und umfasste ihre Schultern. »Erinnere dich daran, was sie dir ganz zu Beginn gesagt haben, Johanna: Sie haben Meghans Magie nach und nach aufgenommen. Warum also dann nicht auch deine?«

Das wäre eine echt grausame Ironie des Schicksals. Erst die Entführerin, dann die Nachfahrin ...

»Aber nun zu anderen Dingen.« Arissas Stimme nahm einen leichteren Ton an. Sie trat zurück und verschränkte die Hände vor ihrem Körper. »Du wolltest wissen, wie du jemanden mental heilen kannst.«

Johanna ließ das vorherige Thema nur zögerlich los. Die Wahrscheinlichkeiten, die ihre Mentorin ihr aufgezeigt hatte, wühlten sie mehr auf, als sie geahnt hätte. Doch dann riss sie sich am Riemen und nickte entschlossen.

»Das ist die Königsdisziplin deiner Fähigkeiten, und natürlich musst du die Grundlagen beherrschen, wenn du dich weiterhin mit den Cadeeshs umgeben möchtest«, eröffnete ihre Mentorin ihr streng. »Der goldene Horizont dient allen Dingen, die mit Heilung zu tun haben. Dorthin wendest du dich inzwischen, wenn du körperliche Verletzungen heilen möchtest.«

Wieder nickte Johanna zustimmend. Sie hatte angenommen, dass die Psyche in etwa gleich funktionieren würde, aber so, wie Arissa die Sache aufrollte ...

»Der Geist eines Menschen lässt sich jedoch nicht so simpel einordnen wie ein Schnitt oder eine Verbrennung«, bestätigte die Dame ihre Befürchtungen.

Wäre ja auch zu einfach gewesen ...

»Geistiges Leid entsteht aus vielen verschiedenen Faktoren«, führte ihre Vorfahrin weiter aus. »Und es kann sich deshalb auch in körperlichen Schäden äußern.« Mahnend hob sie einen Finger. »Was nicht heißt, dass wenn man das Körperliche heilt, der Geist automatisch gelindert wird.«

Johanna neigte verstehend den Kopf leicht zur Seite. »Es hilft nur vorübergehend, die Symptome zu bekämpfen.«

Ein stolzes Lächeln zeigte sich auf den Zügen ihrer Mentorin. »Exakt. Die Wurzel des Übels sitzt weit tiefer versteckt.« Sie tippte an ihre Schläfe. »Weshalb du nicht einfach hierherkommen und auf den goldenen Horizont zulaufen kannst, wenn es um mentale Gesundheit geht. Warum wohl?«

Sie hob bereits zur Antwort an, stockte jedoch plötzlich verunsichert. Ja warum? Nachdenklich zog sie die Brauen zusammen und runzelte die Stirn.

Wenn ich jemanden mental heilen will ... woher weiß ich denn, was das Problem ist?

Ihre Züge glätteten sich und sie schmunzelte. »Ich muss erst herausfinden, was los ist. Und das ist Erkenntnis, nicht Heilung«, antwortete sie.

Arissa nickte zustimmend, ging aber nicht darauf ein, sondern stellte die nächste Frage. »Aber gleichzeitig willst du doch heilen?«

»Das ist… Hmm …«

Ihre Mentorin deutete mit ausgestrecktem Arm auf den Seelenfäden-Fluss. »Vielleicht hilft die bildliche Unterstützung?«

Mit bedächtigen Schritten näherte sich Johanna dem Strom an Farben. Sie fixierte mit zusammengekniffenen Augen den goldenen Horizont, dann drehte sie den Kopf und betrachtete nachdenklich den silbernen.

Sollte ich zuerst die körperlichen Symptome lindern, um hinterher die mentale Krankheit zu heilen? Oder umgekehrt? Aber Arissa sagte ... gleichzeitig!

Der Groschen fiel und ihre Augen weiteten sich ungläubig.

»Man muss die Balance finden«, flüsterte sie. Aufgeregt drehte sie sich zu ihrer Mentorin um und sagte: »Man geht den schmalen Grat der Ausgeglichenheit zwischen den Horizonten.«

Ihr Gegenüber nickte mit einem strahlenden Lächeln. »Sehr gut.«

Johannas Herz begann vor Aufregung zu klopfen. »Das heißt, ich muss nur –«

»Nein«, warf Arissa entspannt ein.

Perplex hielt Johanna inne. »Aber –«

Ihre Mentorin schüttelte den Kopf. »Hast du gerade nicht zugehört?«

Johannas Irritation wuchs und ein Stück Verärgerung mischte sich hinein, die in ihrer Stimme erkennbar war, als sie zurückgab: »Natürlich habe ich zugehört!«

Arissa ließ sich von ihrem Tonfall nicht beirren. »Wir haben von mentalen Leiden gesprochen, Johanna«, informierte sie sie.

»Ja …?«

Ein missbilligendes Schnalzen folgte. »Adam und Toni Cadeesh hadern nicht mit mentalen Problemen, sondern mit –«

»Seelenqualen«, gab Johanna rau zurück.

Sie begriff, was die Dame sagen wollte, aber gleichzeitig verstand sie es auch wieder nicht. »Warum hast du mir dann davon erzählt?«, wollte sie wissen.

Ihre Mentorin seufzte. »Weil dieses Wissen der zweite Schritt zum Verständnis ist.« Wieder begann sie, belehrend auf und ab zu schreiten. »Die erste, simpelste Stufe ist die Heilung des Körpers. Diese hast du ohne Probleme gemeistert. Danach folgt Stufe zwei: mentale Heilung. Über zwei Drittel der Berührenden schafft es nicht, diese Schwelle zu überschreiten, weil ihnen die nötige Empathie fehlt, um zu begreifen, was tatsächlich hinter einer solchen Krankheit steckt.« Sie hielt einen Moment inne und betrachtete Johanna eingehend. »Ich hege keinerlei Zweifel daran, dass du diese Stufe in Nullkommanichts meistern wirst.«

Johanna schluckte. Ihre Kehle war mit einem Mal wie ausgetrocknet. »Und die dritte Stufe?«

»Die dritte Stufe…« Einen Augenblick zögerte Arissa, doch dann gab sie sich einen sichtlichen Ruck und eröffnete: »Die dritte Stufe ist die Verbindung von Heilung, Erkenntnis, Balance und … Akzeptanz.«

Ungläubig lachte Johanna einmal auf. »Akzeptanz? Inwiefern?«

»Der oder die *Berührende* muss akzeptieren, dass nicht jede Seele geheilt werden kann – oder gar geheilt werden *will*.«

Ein eisiger Schauer rieselte ihr der Wirbelsäule entlang. Doch sie hielt den Mund, um auch wirklich jedes Wort ihrer Mentorin mitzukriegen.

»In manchen Fällen helfen weder Fähigkeiten noch Magie«, stellte Arissa neutral fest. »Oder Liebe.«

In der Stille, die daraufhin folgte, hämmerte Johannas Puls in ihren Adern und ein Gefühl von Hilflosigkeit überkam sie, wie sie es noch nie gespürt hatte. Ein Zittern breitete sich in ihren Gliedern aus und brennender Zorn tröpfelte in ihren Verstand.

»Soll das heißen«, presste sie mit zusammengebissenen Zähnen hervor, »dass ich akzeptieren muss, dass Menschen bei dem Versuch sie zu heilen sterben können?«

Arissas Reaktion bestand aus einem stummen Nicken.

Alles in Johanna erstarrte zu eisiger Kälte.

Das kann doch nicht ihr Ernst sein!

»Und es gibt keine Garantien? Keine hundertprozentige Chance?«, hakte sie nach.

Ein stummes Kopfschütteln.

Tränen drohten in Johannas Augen aufzusteigen, und sie schloss mit einem tiefen Einatmen die Lider. Fassungslos flüsterte sie: »Dann ist die Fähigkeit mit der größten Heilpotenz auch gleichzeitig die labilste und tödlichste? Das ist doch ein schlechter Witz.«

»Es ist schlicht die Einsicht, dass gewisse Dinge im Universum sich nicht beeinflussen lassen«, erklärte Arissa.

Johanna schnaubte abfällig. »Das Universum? Was für ein Schwachsinn!«

»Johanna, du kannst nicht in jede Seele hineinblicken«, versuchte ihre Vorfahrin, sie zu beschwichtigen.

»Aber damit russisch Roulette spielen kann ich?!«

»Es ist nicht meine Aufgabe, dir Sinn und Unsinn deiner Fähigkeiten aufzuzeigen …«

Doch!, wollte sie schreien. *Es ist genau das, was du mir zeigen solltest!* Sie stutzte. *Was ist dann ihre Aufgabe? Warum erzählt sie mir all diese Dinge immer genau dann, wenn ich sie zu brauchen scheine?*

Ein grausamer Verdacht keimte in ihr und sie lachte zynisch auf. »Nicht deine Aufgabe? Du sollst mir bloß alles zeigen, damit ich es einsetze – wie eine brave, gehirnlose Marionette, hab ich recht?«

»Woher kommt das jetzt?« Inzwischen war auch Arissas Ton schärfer geworden.

Johanna taxierte ihre Mentorin mit scharfem Blick. »Warum durftest du mir nichts erzählen, bevor die *Zeremonie der Befreiung* stattgefunden hat?«

»Was hat das mit der dritten Stufe zu tun?«, fragte diese verwirrt.

»Alles«, gab Johanna zischend zurück. »Einfach alles. Also?«

Der Dame stieß ein Seufzen aus und schüttelte tadelnd den Kopf. »Es war uns nicht erlaubt.«

»Wie meinst du das?«, brauste Johanna auf, eilte auf Arissa zu und stieß ihr den Zeigefinger in die Brust. »Was soll das heißen? Und denk ja nicht daran, mich zu belügen.«

Zum ersten Mal, seitdem sie ihre Vorfahrin kennengelernt hatte, entdeckte Johanna Furcht in den Augen der anderen Frau. Furcht vor ihr.

»Es ist das Siegel«, wisperte Arissa mit vor Schreck geweiteten Augen. Sie lehnte sich so weit wie möglich vor Johanna zurück, ohne einen Schritt zu machen. »Es liegt ein Siegel auf unseren Seelen, das uns verbietet, ausschließlich zu unseren eigenen Gunsten zu handeln.«

»Und bist du diejenige, die vom Kreis der Begnadeten auserwählt wurde, um mit mir zu arbeiten?«, hakte Johanna in eisigem Ton nach.

Das würde so einiges erklären... Das Auflauern des Kreises im Wald zum Beispiel. Oder wieso Borthertorn und sein Hampelmann Thomas Kon meine Fähigkeiten geheim gehalten haben. Weil sie von Anfang an Bescheid wussten und nur

97

darauf gewartet haben, dass ich alles der Reihe nach einsetze, um ihnen ... ja, was zu bieten? Was sollte das?

Arissa schluckte merklich und erwiderte: »Die anderen sind alle hinter das Siegel verbannt worden. Ich bin die Einzige, die sich dir zeigen kann.«

Mit einem erzürnten Beinahe-Knurren ließ Johanna von ihrer Mentorin ab. »Wofür?«, forderte sie.

Als Arissa sie fragend anstarrte, präzisierte Johanna: »Wofür das alles?«

»Für deine Magie natürlich«, gab sie verdutzt zurück.

»Meine Magie?«

»Das Siegel wurde direkt nach deiner Geburt gesetzt, Johanna. Dem *Kreis der Begnadeten* war damals bereits bewusst, was für einen endlosen Vorrat an Magie du besitzt. Sie mussten nur auf den Zeitpunkt warten, bis sie aus dir herausbrach und sich in Form unvergleichlicher Fähigkeiten manifestierte. Um sicherzustellen, dass du die Kräfte nach ihren Wünschen einsetzt, haben sie mich geschickt. Ich sollte dir die Dinge genauso zeigen, wie du sie einzusetzen hast, um dem Kreis dienlich zu sein.«

Johanna schüttelte ungläubig den Kopf, doch bevor sie weitere Fragen stellen konnte, fuhr Arissa fort. »Das eine Mal, als du Taima retten wolltest – das ist *deine* Magie, Johanna.«

Sie sah auf und traf auf ihren mitfühlenden Blick. »Ich sagte es dir bereits: Du bist außergewöhnlich. Du könntest das Siegel jederzeit brechen und auf das gesamte Wissen deiner Ahnen zurückgreifen. Aber damit wärst du eine zu große Gefahr für die Pläne des Kreises.«

»Was weißt du noch?«, verlangte Johanna.

»Nichts. Ich weiß nur vom Siegel und dass sie deine Magie sowohl fürchten als auch beneiden. Sie wollen sie für etwas nutzen, das alles verändern wird. Aber was...« Die Dame zuckte hilflos mit der Schulter.

»Ich verstehe.«

Hastig trat Arissa einen Schritt vor. »Nein, das tust du nicht.« Ihre Stimme hatte einen flehenden Ton angenommen. »Die anderen – deine anderen Seelenteile …«

Johanna winkte betont gelangweilt ab. »Ich werde das Siegel brechen, sobald ich weiß, wie ich das anstelle.«

Die Schultern ihrer Mentorin sackten herab und sie stieß erleichtert die Luft aus. »Danke«, murmelte sie.

»Arissa…« Johanna seufzte und fuhr sich aufgewühlt mit den Fingern ihrer rechten Hand durch die Haare. »Ich weiß, dass du dazu gezwungen wurdest, okay?«

Die Frau schaute auf und Johanna erkannte die Entschuldigung, die Unsicherheit in ihren Augen.

»Ich bin momentan einfach unfassbar wütend auf dich. Ich dachte, wir hätten eine Freundschaft geschlossen, die auf blindem Vertrauen basiert. Dass das eine Farce war …«

»Es tut mir leid«, entgegnete Arissa, dann stahl sich ein entschlossener Ausdruck in ihre Augen. »Ich werde um die Gunst deiner Freundschaft kämpfen.«

Johanna nickte, wandte sich endgültig ab und öffnete die Augen in ihrem Schlafzimmer – wo Adams Umriss sich drei Schritte vor ihr abzeichnete.

»Willkommen zurück«, äußerte er trocken. Die Hände hatte er in der Fronttasche seines Hoodies vergraben, die Maske verdeckte alles außer seinen Augen.

»Hmpf«, gab Johanna restlos entnervt zurück, erhob sich und schüttelte die steif gewordenen Glieder. »Was willst du?«

»Reden.«

Ein ungläubiges Lachen entschlüpfte ihr. »Ha! Ja klar, du und reden.«

Seine Augen verengten sich zu Schlitzen und sein Ton war hart wie Stahl, als er sagte: »Ich habe dir ausreichend Zeit gelassen, dich an die veränderten Umstände zu gewöhnen. Drei

99

Wochen lang sind wir umeinander herumgetänzelt wie auf Eierschalen. Jetzt reden wir.«

Demonstrativ verschränkte Johanna die Arme vor der Brust. »Ich habe gerade echt andere Sorgen, als mit dir über alte Zeiten zu quatschen.«

»Jetzt auf einmal?« Adam klang zwar bissig, doch den überraschten Unterton konnte er nicht vor ihr verbergen.

Und mit einem Mal war ihr Widerstand dahin. Sie wollte mit ihm reden. Sie wollte ihn anschauen, seine Schmerzen kennenlernen – *ihn* neu kennenlernen.

Meine eigenen Probleme können auch Mal hintenanstehen.

Mit einem lauten Ausatmen sank sie auf den Stuhl zurück und bedeutete ihm, es sich auf dem Bett gemütlich zu machen. »Egal. Also, was willst du besprechen?«

Er setzte sich auf die Kante des Bettgestells. »Als Erstes will ich sagen, dass ich von dir und Toni weiß«, sagte er.

Bei dem ganzen Herzrasen käme ein Infarkt nicht länger unvorhergesehen, dachte Johanna sarkastisch, sobald ihr Puls in die Höhe schnellte.

»Und es ist okay. Also ich sehe das nicht als Betrug oder so«, beeilte er sich, seinen Standpunkt klarzustellen.

»Äh, okay.« Johanna wusste nicht, wie sie reagieren sollte. Schlussendlich entschied sie sich dafür, was Toni ihr erzählt hatte. »Bevor wir zusammen kamen, meinte Toni zu mir, dass es für dich okay wäre, weil ihr beide in mich verliebt seid. Und dass wir auch zu dritt funktionieren könnten.« Sie zog die Schultern hoch und ließ sie wieder sinken. »Aber das hat sich ja jetzt sowieso erledigt.«

Adam erwiderte nichts, sondern sah ihr aufmerksam in die Augen. Mit einem kribbeligen Flattern im Magen wandte sie den Blick ab und betrachtete stattdessen die Hände in ihrem Schoss. »War das alles?«

»Nein.«

Natürlich nicht.

Sie hörte, wie es vor ihr raschelte, doch Johanna wollte nicht hinsehen, wollte nicht wissen, was er gerade tat oder ausheckte, um weitere Pflöcke ins Herz zu rammen.

»Könntest du mich wenigstens ansehen?«, fragte er leicht gereizt.

Sie schüttelte trotzig den Kopf.

Ein tiefes Atemholen war durch die Maske vor seinem Mund zu hören, dann wurde es still.

»Sieh mich an.« Diesmal klang seine Stimme weniger hart – und um einiges weniger gelangweilt. Beinahe schien er sie anzuflehen.

Johannas Kopf ruckte hoch.

Adam hatte sich den Pulli vom Kopf gezogen, und als sie seinem Blick begegnete, löste er die Maske und ließ sie auf die Matratze fallen.

»Komm her zu mir und schau dir an, was du angerichtet hast.«

Das verräterische Herz in ihrer Brust hörte verdammt nochmal einfach auf zu schlagen.

9

Ihr Atem stockte.

Das ist jetzt nicht sein Ernst oder?

Adam stieß einen ungeduldigen Laut aus und zog die Augenbraue hoch. »Komm. Her. Zu. Mir.« Jedes Wort ein Befehl.

Johanna konnte nicht anders. Sie hatte sich ein Jahr lang den Kopf darüber zerbrochen, was sie ihm wohl angetan, wie sehr sie ihn verletzt hatte. Es jetzt mit eigenen Augen zu sehen, könnte den Heilprozess beginnen, den sie so dringend brauchte – oder aber es würde sie vollends zerstören.

Widerstrebend setzte sie sich in Bewegung, setzte einen Fuß vor den anderen, die Augen atemlos auf Adams Gestalt gerichtet.

Sie erreichte ihn schneller, als ihr lieb gewesen wäre. Ihr Blick geriet ins Wanken, glitt von der bereits bekannten Stelle an seiner rechten Wange übers Kinn hinweg den Hals entlang. Am Schlüsselbein zeigte sich der nächste betroffene Abschnitt, und als Johannas Augen weiter an Adams Oberkörper hinabsahen, erkannte sie noch drei weitere davon.

Sie blinzelte mehrfach, konzentrierte sich und schnellte zurück zu seinem Gesicht. Leicht sarkastische Belustigung lag in seinen Zügen. »Ist es so schlimm anzusehen?«

Heftig schüttelte sie den Kopf. »Nein, es… Das sieht aus, wie…« Sie schluckte, um nicht länger peinlich herum zu stammeln. »Diese Veränderung ähnelt Tonis Hyperfokus.«

Er wirkte ziemlich vor den Kopf gestoßen und die grauen Augen weiteten sich verblüfft. »Er hat dir davon erzählt?«

»Nicht bloß erzählt«, konkretisierte Johanna. Beim letzten Wort kletterte ihre Stimme eine Oktave höher und ihre Feststellung wurde zu einer Halbfrage.

Adam sog scharf die Luft ein und Johannas Wangen brannten vor Hitze. Er fixierte sie mit seinen sonderbaren Augen und schien zu begreifen. Ein winziges Schmunzeln zeigte sich auf seinen Lippen. »Toni, Toni. Lässt nichts mehr anbrennen, wie ich sehe.«

Wo ist das Erdloch, in das ich versinken kann?

Ihr Kopf war heiß vor peinlicher Berührtheit. Sie wollte dem Schalk in seinen Augen nicht länger ausgesetzt sein, also senkte sie den Blick auf seinen Oberkörper. Eine Frage lag ihr auf der Zunge und da sie sowieso dringend einen Themenwechsel brauchte, stellte sie sie. »Heißt das, dass du jetzt permanent im Hyperfokus bist?«

»Könnte man so sagen, ja«, gab er zurück.

Johanna wusste, dass sein Blick weiterhin auf ihr lag, die Gänsehaut auf ihren Armen verriet es ihr. Dennoch vermochte sie die Augen nicht von seinem Oberkörper abzuwenden. Dort, wo die Haut in Knochen überging, schimmerte es silbern – als würde seine eigene Kraft versuchen, den Fleck zu heilen, dabei allerdings scheitern.

»Meine Sinne sind permanent bis zum Anschlag angespannt«, ließ er sie murmelnd wissen. »Ich trage Handschuhe, um beim Anfassen eines Gegenstandes nicht komplett auszuflippen.«

»Aber sie sind fingerlos…«, argumentierte Johanna, ohne großartig nachzudenken.

Adam lachte leise. »Minimalste Berührungspunkte – und ich brauche meine Finger nun mal.«

»Und die Maske und der Hoodie?«, hakte sie nach.

»Die Maske ist doch offensichtlich, Kätzchen.«

Es schien, als hätte sie auf einer Achterbahn gesessen und in dem Moment, in dem er ihren Kosenamen aussprach, fiel sie in die Tiefe, ein Schrei auf den Lippen, die Adern voller Adrenalin und Hochspannung.

»Den Hoodie trage ich, weil mich bereits kleinste Luftzüge aus dem Konzept bringen können.« Adam seufzte, hob eine Hand und lenkte Johannas Aufmerksamkeit damit wieder auf sein Gesicht. Leichte Irritation zeichnete sich darin ab, und er fuhr sich mit den Fingern durch die Haare.

»Was ich mit dieser Aktion…« Er ließ den Blick auf seine Brust hinab- und wieder zurückschnellen. »Eigentlich bezwecken wollte, war, dass du keine Angst vor mir zu haben brauchst. Du hast mich zwar voll erwischt – aber ich bin dabei zu lernen, mein neues Ich zu beherrschen anstatt es weiterhin von mir zu stoßen. Ich werde weder nachtragend sein noch dir deswegen Vorwürfe machen.«

»Das… Das ist… Danke«, stammelte Johanna.

Aber auch wenn du es nicht tust, ich werde mich bis ans Ende meiner Tage selbst geißeln.

Adams Braue schob sich nach oben. »Das klingt nicht ganz ehrlich.« Er ließ seine Hände auf die Matratze fallen, stützte sich damit ab und lehnte den Oberkörper zurück. Stellte ihn ihr zur Schau – und verfehlte dabei seine anziehende Wirkung auf Johanna auf keinerlei Weise. Sie zog die Unterlippe zwischen die Zähne und bearbeitete sie, um nichts Unüberlegtes zu sagen.

»Kätzchen«, murmelte Adam.

Sie hielt die Luft an.

»Ich kenne dich. Du denkst, du hast eine Strafe verdient, und dass es die gebührt, zu leiden.« Ein Ruck ging durch ihn hindurch und er richtete sich wieder auf. Die grauen Augen wirkten ehrlich, als er sie eindringlich musterte. »Aber das musst du nicht, okay?«

Langsam stieß Johanna den Atem aus, legte den Kopf in den Nacken und schloss die Augen für einen Moment, um sich zu sammeln.

»Adam… Versteh das nicht falsch, aber…« Sie neigte den Kopf, um ihn direkt anzuschauen. »Ich habe dir Seelenqualen bereitet; etwas, das ich niemals tun wollte. Trotzdem ist es passiert. Du kannst tausende überzeugende Argumente vorbringen… Meine Einstellung dazu wird sich nicht ändern.« Sie seufzte. »Ich glaube, mir selbst zu verzeihen ist etwas, das einfach extrem viel Zeit brauchen wird.«

Er sah sie schweigend an, studierte ihre Züge und nickte schließlich. Mit trägen Bewegungen griff er nach seinen Klamotten und zog sich das schwarze T-Shirt wieder über den Kopf. Als er den Kopf nach vorn neigte, fiel Johanna etwas auf. »Deine Haare …«

Sein Blick bohrte sich in ihren, als er stumm den Hoodie überzog. Die Kapuze rührte er allerdings nicht an, und die Maske stopfte er in die Bauchtasche. Wortlos erhob er sich und trat an sie heran. Eine Handbreit vor ihr blieb er stehen.

Ja, jetzt wo sie die einzelnen Strähnen aus der Nähe sah, war sie sich absolut sicher. »Sie sind …«

»Weiß, ja«, gab er gepresst zurück. »Es ist schwierig, sich die Haare im Nacken ohne Hilfe zu färben. Und es ist etwas länger her, seitdem ich das letzte Mal Gelegenheit dazu hatte.«

»Warum tust du es dann?« Die Frage entschlüpfte ihr, bevor sie darüber nachdenken konnte.

Adams Augen weiteten sich aufs Neue. Diesmal trat ein eindeutiges Schmunzeln auf seine Lippen. »Du willst mir weismachen, dass du auf einen Typen abfahren würdest, dessen Haare weiß sind und der die Augen eines Toten hat?«, stellte er amüsiert die Gegenfrage.

Sie zuckte mit den Schultern. »Klar, es ist eine Umstellung, aber ich glaube, es hat durchaus seine Reize.«

Adam brach in Gelächter aus. Ein ehrliches, lautes Lachen, das von Unglauben durchsetzt war. Johannas Brust zog sich bei diesem Geräusch in einer Mischung aus Sehnsucht und Freude zusammen.

Nachdem er sich wieder im Griff hatte, meinte er: »So langsam gewinne ich den Eindruck, dass ich mich niemals vor dir hätte verstecken müssen, nachdem klar war, dass ich es überlebe.«

Das Herz rutschte ihr in die Hose, und doch jagte ihr Puls wie Donnerschlag durch ihren Körper und ließ sie erschaudern.

»Das hättest du tatsächlich nicht tun sollen«, entgegnete sie, während sie in seinen Augen zu lesen versuchte.

»Du hast recht.« Seine Stimme klang weich, entschuldigend und voller Reue. »Das vergangene Jahr war reine Tortur für mich – aber ich habe dabei nicht erkennen wollen, dass es auch für dich schlimm war.«

Tausende Fragen stoben in ihrem Bewusstsein auf wie ein Schwarm Tauben, eine anklagender als die andere. Ein tiefes Luftholen seitens Adam hielt sie davon ab, sie zu stellen.

»Verzeih, dass ich dich verlassen musste und erst so spät realisiert habe, dass das der falsche Weg gewesen ist.«

Ihr gesamter Körper schien zu kribbeln, zu ziehen, schmerzhaft zu pochen. Aber ihr Kopf war wie leer gefegt. Johanna sah ihn an, inspizierte seinen Gesichtsausdruck und entdeckte tief in seinen Augen verborgen die rohe Natur seiner Gefühle. Sie waren immer noch da, verbarrikadiert hinter den Mauern, die er innerhalb der vergangenen Monate um sich aufgebaut hatte. Gleichwohl war er soeben einen Schritt auf sie zugegangen. Trotz seines labilen Zustandes und angesichts der ungewissen Zukunftsaussichten hatte er es gewagt, die Hoffnung nicht zu verlieren.

Genau wie ich hat er tief im Inneren niemals aufgegeben, daran zu glauben, dass wir einen Weg finden werden.

Diesmal hielt Johanna die Tränen nicht zurück. Mit bebenden Gliedern schob sie sich auf die Zehenspitzen und presste ihre Lippen auf Adams Mund, indes sie nach seinen Händen fingerte, um daran Halt zu finden.

Sie spürte seine Zurückhaltung in der Anspannung seines Körpers, seines Kiefers. Und tatsächlich zog er sich einen Augenblick später zurück. Die Ringe um seine grauen Iriden bedeckten über die Hälfte der Fläche und zum ersten Mal identifizierte sie sie als eine Mixtur aus dunklen Grüntönen, die darin herumwirbelte, durchzogen von silbernen Fäden.

»Kätzchen, ich...«, begann er mit brüchiger Stimme. »Ich kann nicht länger voraussehen, wie ich auf deine körperliche Nähe reagieren werde. Das macht mir Angst, verstehst du? Ich will nicht, dass jemand dabei verletzt wird.«

Das Herz klopfte schmerzhaft in ihrer Kehle, doch Johanna nickte. Sie wollte sich aus ihren verschränkten Händen lösen, doch Adam hielt ihre Finger fester und zog sie gänzlich an sich. Die feste Umarmung, in der sie sich einen Moment später wiederfand, brach endgültig den Damm, und sie begann zu schluchzen. Erleichterung, Trauer, Freude, Unsicherheit, Wut... Alles auf einmal stürzte auf sie herein und brach in Form eines Heulkrampfes aus ihr heraus.

Adam hielt sie fest, raunte ihr beruhigende Worte zu und ließ ihr die Zeit, die sie brauchte, um sich auszuweinen. Immer wieder hörte sie seine gemurmelten Entschuldigungen. Und irgendetwas daran ärgerte sie.

Er soll sich nicht dafür entschuldigen, vorsichtig sein zu wollen! Das, was er sagte, heißt nicht, dass wir nicht wieder zusammen sein können!

Schlussendlich schniefte Johanna und krächzte trotzig: »Ich will es trotzdem versuchen.«

»Was willst du versuchen?«, hakte er nach. Seine Stimme so nah an ihrem Ohr zu hören, brachte ihr weiche Knie ein.

»Mit dir zusammen zu sein«, präzisierte sie. »Wir machen es halt nur … langsam. Schritt für Schritt.«

Fest entschlossen löste sie sich aus seiner Umarmung, um ihn anzuschauen. »Ich weiß, dass du mich noch liebst, genau so, wie ich dich liebe, Adam. Wir beide…« Sie deutete von sich auf ihn. »Wir geben nicht einfach auf. Schließlich haben wir so lange darauf gewartet, endlich zusammen zu sein …«

Obwohl er sich Mühe gab, konnte er ein verräterisches Zucken in seinen Mundwinkeln nicht unterdrücken. Mit einem amüsierten Glitzern in den Augen fragte er: »Und das bestimmst du so einfach für uns beide, ja?«

Johanna nickte. »Ja. Das bestimme ich.«

Er ließ sie los, trat einen Schritt zurück und vergrub die Hände in der Fronttasche seines Hoodies. Mit einem Grinsen bemerkte er: »Also gut. Aber sei auf alles gefasst, Kätzchen.«

Die warme Art und Weise, wie er diese Worte aussprach, ließen ihr abwechselnd heiß und kalt werden.

»Und vor allem: Halte dich zurück. Wenn ich dir sage, dass es zu viel wird, dann …«

Sie zog die Brauen zusammen und verschränkte angriffslustig die Arme vor der Brust. In spöttischem Ton verkündete sie: »Hey, Mister, halt mal die Luft an. Ich bin ebenfalls durch die emotionale Vorhölle gegangen, um meine Fähigkeiten in den Griff zu kriegen.«

Leise Verunsicherung machte sich in seinem Gesicht breit. »Bist du das?«

»Mhm«, erwiderte Johanna. »Und ich weiß, dass Toni dir davon erzählt hat, also streite es gar nicht erst ab.«

Adam sah sie mit undeutbarer Miene an. »Toni hat mich zwar oft besucht… Aber wahrhaftig etwas von dem aufgenommen, was er gesagt hat, habe ich nicht.«

Perplex blieb ihr der Mund offen stehen. Er schien zu realisieren, was in ihr vorging, denn er sprach rasch weiter. »Meine Welt war mit einem Schlag komplett anders, Kätzchen – so düster... Und du warst nicht mehr bei mir...« Er fasste sich mit der rechten Hand verlegen in den Nacken. »Erst als er nicht mehr zu mir kam, begriff ich, dass ich mich selbst am Riemen reißen musste. Also habe ich geübt, Tag und Nacht.«

Johanna senkte verwirrt den Blick.

Erst als Toni nicht mehr zu ihm kam...? Das würde bedeuten ...

»Wann hat er aufgehört, dich zu besuchen?«, wollte sie wissen.

Adam zuckte mit der linken Schulter und ließ die Hand wieder in seinem Hoodie verschwinden. »Keine Ahnung; könnte vier, fünf Monate her sein, vielleicht auch weniger. Er meinte, er hätte es satt, mir beim Leiden zuzusehen und dir gleichzeitig zu versichern, dass er weiterhin auf der Suche nach mir ist. Er wollte dir alles erzählen, soweit ich weiß.«

Ja, das hat er gewollt. Aber zu diesem Gespräch ist es nie gekommen.

»Ach Toni«, seufzte Johanna bekümmert. Ihr Herz wurde wieder schwer – diesmal, weil sie sich in Erinnerung rief, wo er war und was mit ihm geschehen könnte, während sie hier in London festsaß.

»Du vermisst ihn.« Eine Feststellung, keine Frage.

Sie sah auf und traf seinen ehrlich besorgten Blick. »Natürlich tue ich das«, erwiderte sie leise. »Ich liebe ihn. Genau wie dich.«

Habe ich das gerade ernsthaft laut gesagt?!

»Keine Sorge, Kätzchen«, sagte er sanft. »Wir holen ihn da raus. Er wird zu dir zurückkommen.« Er überwand die Distanz zwischen ihnen mit zwei weitausgreifenden Schritten. Sanft legte sich seine Hand an ihre Wange und er murmelte: »Und ich für meinen Teil hoffe, dass ich dich irgendwann wieder genauso bedingungslos lieben kann wie früher. Ohne die andauernde Angst, dass ich dabei durchdrehen und uns alle umbringen könnte.«

Sie suchte in seinem Gesicht nach etwas, wusste jedoch nicht genau, was sie zu finden hoffte.

»Ist das der Grund?«, flüsterte Johanna. »Warum du nicht … zurückgekommen bist?«

Wortlos nickte er, beugte sich herab und hauchte einen Kuss auf ihre Lippen, sanft und flattrig wie die Berührung eines Schmetterlings. Dann wandte er sich ab und verließ ihr Zimmer, ließ sie mit endlos vielen Fragen und weichen Knien zurück.

10

»An erster Stelle steht Adams fehlende Kontrolle über seine Fähigkeiten«, grübelte Preston vor sich hin. Er lümmelte auf dem Sofa und pellte eine Mandarine.

Johanna nickte geistesverloren. Sie wanderte jetzt schon gefühlt Stunden vor besagtem Sofa auf und ab.

Ein Wunder, dass noch keine Furchen im Teppich entstanden sind.

Ihr Stirnrunzeln vertiefte sich, ihre Augen erforschten das Muster im Gewebe unter ihr.

Wir müssen Toni so schnell wie möglich aus dem Hochsicherheitstrakt befreien. Dafür brauchen wir Adam, aber der hat sich noch nicht im Griff und fürchtet sich davor, uns alle zu verletzten, so, wie ich es vor einem Jahr getan habe. Gretas Ableben wird sicher bereits Wellen in der Organisation geschlagen haben. Es ist bloß noch eine Frage der Zeit, bis sie uns hier finden ...

Johanna hatte das ungute Gefühl, als würden ihre logischen Schlussfolgerungen sich im Kreis drehen. Sie hielt in ihrer Wanderung inne, stieß einen frustrierten Laut aus und ließ sich neben Preston in die Polster fallen. Sofort hielt er ihr einen Schnitz Mandarine hin. Sie griff danach und schob ihn sich mit grimmiger Miene in den Mund.

»Also, wenn du mich fragst…«, unterbrach Preston ihre Grübeleien, »dann sollten wir keine Zeit mehr verlieren.«

»Mhm«, machte sie zustimmend.

»Soll heißen, du musst ihm helfen, seine Kräfte in den Griff zu kriegen. Und zwar pronto.«

Sie schielte zu ihm hinüber, schluckte den Bissen hinunter und meinte zweifelnd: »Du meinst jetzt? Sofort?«

Ihr Beschützer nickte und schob einen weiteren Schnitz zwischen seine Lippen. »Ich kann währenddessen auch in mein Zimmer verschwinden, wenn es euch zu peinlich ist«, schlug er vor.

Johanna schnaubte. »Na ja, ich kann mir nicht vorstellen, dass Adam so schnell dazu bereit ist …«

Die Aussprache, die sie gestern Abend geführt hatten, war schön gewesen – und dringen notwendig. Nichtsdestotrotz machte Adam nicht den Eindruck, als wolle er sich heute bereits Kopf voran in das volle Potenzial seiner Fähigkeiten stürzen. Im Gegenteil: Vor wenigen Stunden hatte er mit grimmiger Miene und wenigen Abschiedsworten das Haus verlassen und war erst vor wenigen Minuten zurückgekehrt.

Ihn dermaßen zu drängen, könnte genau den umgekehrten Effekt auslösen, den wir erreichen wollen.

Preston hingegen gluckste amüsiert vor sich hin und meinte: »*Ich* glaube, er ist durchaus bereit, hat aber schlichtweg zu viel Schiss. Du musst ihn aus dem Schneckenhaus herauszerren, in das er sich verschanzt hat, McGibbon.«

Mit diesen Worten erhob er sich, sammelte die Mandarinenschalen zusammen und machte sich auf den Weg in die Küche.

Er könnte recht haben …

Die Stimme ihres Beschützers dröhnte zu ihr herüber. »Und ich habe recht damit, das weißt du genauso gut wie ich!«

Entnervt verdrehte sie die Augen.

Und er sagt, er kann keine Gedanken lesen.

»Euch ist schon klar, dass ich euch hören kann?«

Johanna fuhr mit einem erschrockenen Aufschrei zusammen und Preston ließ irgendetwas fallen, was lautstark ins Spülbecken rummste. »Scheiße verdammt!«, fluchte er und rieb sich theatralisch mit der flachen Hand über die Brust. »Kannst du bitte weniger creepy sein, Mann?«

Adam lehnte lässig mit der rechten Schulter an der Wand im Flur, seinen Hoodie hatte er ausgezogen und die Maske baumelte um seinem Hals. Sein Gesichtsausdruck verriet nichts über seine Emotionen. »Ich kann nichts dafür, dass du schwerhörig bist«, konterte er verspätet.

Er stieß sich von der Wand ab, sah einen Augenblick zu Johanna herüber und dann wieder zu Preston. »Mach 'nen Abgang für die nächste Stunde.«

Ihr Beschützer wischte sich die Hände an einem Geschirrhandtuch ab und studierte Adam ziemlich vor den Kopf gestoßen. »Okay, ich verziehe mich auf mein –«

»Nein«, unterbrach Adam ihn. »Du verdünnisierst in den Kühlkeller und kommst nicht weniger als hundert Meter ran, bis Johanna dich anruft und dir sagt, dass die Luft rein ist.«

Prestons Lippen verzogen sich zu einem spöttischen Lächeln. »Bist also doch ein Schisser.«

»Vielleicht bin ich das«, erwiderte Adam ernst, seine grauen Augen kniffen sich zusammen. »Aber immerhin sorge ich mich dabei um dein Wohlergehen, *Penner*.«

Sie konnte förmlich dabei zusehen, wie der Spott aus dem Gesicht ihres Beschützers fiel. »Touché.« Er hing das Geschirrtuch zurück an den Haken über dem Ofen und ließ den Blick von Adam zu ihr und wieder zurückschnellen, bevor er sich wortlos an ihm vorbeischob, um in die Diele zu treten.

»Während er weg ist, werden wir gemeinsam herausfinden, ob und wie du mir helfen kannst«, wies Adam sie an.

Diesen Befehlston kann ich gar nicht ab… Aber ausnahmsweise sind wir alle mal einer Meinung.

Sie nickte und wartete ab, bis Preston sich Jacke und Schuhe angezogen hatte und im Geheimgang verschwand.

Dann erhob sie sich vom Sofa, um Adam gegenüber zu treten. »Wie fühlt es sich an, wenn du die Kontrolle verlierst?«, fragte sie rundheraus.

»Was meinst du?«, erwiderte er verwirrt.

»Als du Preston die Luft abgeschnürt hattest an jenem Tag, was hast du davor gefühlt?«

Er zog konzentriert die Brauen zusammen und dachte nach. »Ich war … ausgelaugt. Ich wollte meine Ruhe und meine Nerven lagen sowieso schon blank wegen dir.«

Aus dem Konzept gebracht blinzelte Johanna, entschied sich jedoch dagegen, auf diese Aussage einzugehen. »Also ein kleines Gefühlschaos«, stellte sie fest. »Und was geschieht in solchen Fällen?«

Seine Züge verdunkelten sich. »Dann … will ich alles und jeden umbringen.«

»Ah ja«, murmelte sie zynisch und stieß einen abgekämpften Seufzer aus.

Er verschränkte die Arme vor der Brust und sah eingehend auf sie herab. »Das klingt ganz so, als wäre dir dieser Umstand vertraut.«

Sie nickte langsam. »Das stimmt.« Mit einem tiefen Luftholen erzählte sie: »Vor einem Jahr hatte ich meine Emotionen nicht mehr unter Kontrolle – genau wie du. Alles und jeder ließen mich zornig werden, es staute sich regelrecht in mir …«

»Bis es eines Tages herausbrach«, vollendete Adam den Satz.

Johanna schaute auf und begegnete seinem Blick. Verständnis lag darin geschrieben. Dadurch bestärkt fügte sie hinzu: »Arissa meint, dass du an jenem Tag die Kraft, die aus mir herausschoss, aufgenommen haben könntest.«

Seine Brauen zogen sich leicht zusammen und seine Mundwinkel zuckten missbilligend. Er schwieg, während er über ihre Worte nachzudenken schien.

»Also so wie bei Meghan«, sagte er schließlich. »Ein Rauben der Fähigkeiten sozusagen.«

»Das ist alles nur ins Blaue hinaus geraten«, beeilte Johanna sich zu sagen. Sie wollte ihm keine weitere Last aufbürden.

Adam schmunzelte und Erheiterung stahl sich in seine Augen. »Keine Sorge, Kätzchen. Jede erdenkliche Erklärung hilft dabei, das Chaos in meinem Innern zu besänftigen.« Er stieß einen einzigen, halblauten Lacher aus. »Aber auf diese simple, logische Möglichkeit bin ich während all der Zeit tatsächlich nicht gekommen.«

»Tja«, meinte sie mit einem Kopfschütteln, bevor sie sich selbst aufhalten konnte. »Manchmal will man einfach nur die schlimmen Dinge sehen.«

»Wahre Worte«, murmelte er. Dann räusperte er sich, verlagerte das Gewicht und fragte: »Und wie hast du es in den Griff bekommen?«

Sie verzog das Gesicht zu einer entschuldigenden Grimasse. »Toni hat mir dabei geholfen, herauszufinden, was ich tun muss.« Jetzt war es an ihr, sich zu räuspern, denn die Erwähnung ihres besten Freundes sandte Wellen der Sorge und Sehnsucht durch ihren Körper, und ein Kloß setzte sich augenblicklich in ihrer Kehle fest.

»Im Endeffekt…« Sie stieß die Luft aus. »Hilft bloß Ehrlichkeit. Offene Gespräche, plus die Analyse und das Zulassen deiner eigenen Gefühle.« Da Adam weiterhin schwieg, sagte sie: »Je dunkler deine Emotionen, desto verlockender wird der Ruf der düsteren Seite.« Johanna endete mit einem Schulterzucken.

Irgendetwas an seiner Haltung änderte sich, doch sie konnte nicht genau bestimmen, was es war. Er ließ die Arme sinken, trat auf sie zu und blieb erst stehen, als er bloß noch einen Schritt entfernt war.

»Ehrlichkeit, hm?«, sagte er leise.

Er hob die rechte Hand und legte sie ihr an die Wange, streichelte mit dem Daumen über die Haut. Wohlige Schauer durchzuckten sie, und sie musste sich dagegen wehren, genüsslich die Augen zu schließen und in seiner Berührung zu schwelgen.

»Und was mache ich mit dem Teil meiner Seele, der nicht mehr aus der Finsternis herauskommt?«, wollte er sanft wissen. Johannas Augen schossen perplex hoch zu den seinen.

»Der Teil, der dich hier und jetzt an diese Wand rammen und dir meinen Mund auf jegliche erdenkliche Stelle deiner Haut drücken will?« Adams Stimme war zu einem Raunen geworden. »Der Teil, der sich Dinge mit dir ausmalt, die ich noch nie auch nur ansatzweise mit einem Menschen getan habe.«

Sie schluckte. Ihr Mund war wie ausgetrocknet, ihr Puls raste. Und doch konnte sie sich nicht von seinen grauen Augen lösen. »Was für Dinge?«, fragte sie flüsternd.

Sein Mund verzog sich zu einem wölfischen Lächeln. Langsam beugte er sich zu ihr herab, bis seine Lippen an ihrem Ohr kitzelten. »Ich würde dich gern hier und jetzt vollkommen nackt an das Fenster hinter dir pressen«, murmelte er heiser, »und dich lauthals schreien lassen vor Glück. Während die ganze Welt zusieht.«

Zittrig vor Verlangen sog Johanna Luft in ihre Lungen.
Was zur Hölle?!
Wie konnte die Lernstunde dermaßen schnell eskalieren?
Und vor allem: Warum gefällt mir das?

Sein Mund senkte sich herab und traf auf ihren Hals. Mit jedem Kuss, den er auf ihrer Haut hinterließ, intensivierte sich das Kribbeln und sie seufzte wohlig.

»Also, Kätzchen«, murmelte er, »was mache ich mit diesem Teil meiner Seele?«

Sie konnte förmlich spüren, wie seine Lippen sich zu einem Grinsen verzogen.

»Muss ich auch hier ehrlich sein und dazu stehen, was deine bloße Anwesenheit in dieser Wohnung mit mir anstellt?«

Nach Luft schnappend erwiderte sie: »Das wäre eine Option.«

Adam erstarrte. Jedes Härchen auf ihrem Körper stellte sich auf vor Erwartung. Sein Ton war lauernd, dunkel und pure Erotik, als er fragte: »Wäre es das?«

Wieder schluckte Johanna. Ihre Knie drohten ihr wegzuknicken. Fahrig packte sie sein Shirt an der Brust, um daran Halt zu finden.

»Ich bin offen für Neues«, gab sie atemlos zum Besten. Erneutes Schlucken. »Solange es nicht sadistisch ausufert.«

Ein hauchzartes Lachen kam aus seinem Mund. Adam richtete sich so weit auf, dass er ihr ins Gesicht schauen konnte, und sagte: »Du hast dich verändert, Kätzchen.«

Das Verlangen in ihr ebbte kontinuierlich ab, je länger er reglos vor ihr verharrte, was es Johanna erlaubte, klarer zu denken. »Du doch auch.«

Sein Kopf neigte sich leicht zur Seite und er lachte leise in sich hinein. »Punkt für dich.« Dann richtete er sich vollständig auf und ließ den Blick über die Einrichtung des Wohnzimmers gleiten, bevor er zurück zu ihr schnellte.

»Du hast mir erklärt, wie ich es in den Griff bekomme«, begann er, »aber wie wende ich es an?«

Plötzlich verlegen stotterte sie: »Äh ja… Das lerne ich selbst noch.«

Seine Augen weiteten sich vor den Kopf gestoßen. »Deine Seelendingsda … Arissa? Sie hilft dir nicht dabei?«

»Oh, sie *kann* mir nicht helfen«, beeilte sie sich, zu erklären. »Keine meiner Seelenteile hat diese Seite meiner Fähigkeiten je gesehen, geschweige denn angewandt.«

»Wie das?«

Sie zuckte ratlos mit der Schulter, woraufhin er sie mit leicht zusammengekniffenen Augen musterte, bevor er schlussendlich nickte. »Wie funktioniert es bei dir?«

Auch darauf wusste sie keine eindeutige Antwort. Dennoch startete sie einen Versuch. »Ich bewege mich mental in die düstere Farbenwelt und … lasse mich von meiner Intuition treiben.«

Sein Blick war undeutbar geworden.

»A-aber ich wende mich nur dorthin, wenn ich die Fähigkeiten wirklich einsetzen will. Ansonsten mache ich Atemübungen, um mich zu beruhigen und aus der Sicht zu entkommen.«

Eine Zeit lang lag ein erdrückendes Schweigen zwischen ihnen. Johanna wurde von Sekunde zu Sekunde nervöser und fragte sich, ob Adam ihr gleich Beleidigungen an den Kopf werfen und das Weite suchen würde.

Alles, was er tat, war zu lächeln und zu sagen: »Also das … hört sich erstaunlich einfach an.«

»Wie man's nimmt«, murmelte sie und wich seinen Augen aus. »Wenn man sich nicht länger selbst vertraut, ist jedes Fitzelchen Kontrolle ein Abwägen von *Habe ich tatsächlich die Oberhand oder nicht?*«

»Das glaube ich dir aufs Wort«, stimmte er leise zu.

Johanna wollte nicht mehr über ihre Fehler sprechen. Sie hatte Mist gebaut, ja, aber sie waren beide noch hier. Und wenn sie erst herausgefunden hätte, wie sie Adams Seele in die Balance von früher zurückbringen konnte …

Aber das ist Zukunftsmusik! Jetzt geht es erstmal darum, ihn für unsere Befreiungsmission aufzupäppeln.

Sie gab sich einen Ruck und nahm vor ihm Aufstellung. »Am besten beginnst du damit, dich in Kontrolle zu üben.«

Seine Augenbraue schob sich fragend nach oben, und Johanna fuhr fort: »Denk an etwas, das dich normalerweise aus der Bahn wirft. Und dann setzt du die Atemübungen ein, die wir gemeinsam gemacht haben, als ich Panik hatte. Dabei solltest du Gründe finden, wieso die Idee, alle um dich herum zu töten, keine so gute ist und sie im Kopf auflisten.«

»Ich soll mich ins Fegefeuer stellen und währenddessen logische Erklärungen dafür finden, wieso es eigentlich ganz toll ist, zu verbrennen?«, hakte er leicht spöttisch nach.

»Ja, so kann man es natürlich auch ausdrücken.«

Er hob die Schultern und ließ sie fallen. »Okay.«

Okay?! Einfach nur okay?!

Doch bevor sie aus der Haut fahren konnte, lockerte Adam seine Arme, kreiste mit den Schultern und ließ den Kopf kreisen. Dann schloss er die Augen und flüsterte: »Ab ins Fegefeuer.«

11

Während der nächsten Tage zog Johanna akribisch den Plan durch, den sie sich heimlich zurechtgelegt hatte, sobald Adam das erste Mal seinen Zorn unter Kontrolle brachte: Sie verbrachte so viel Zeit wie nur möglich mit ihm und spielte mit seiner Beherrschung. Sie reizte ihn, indem sie ihm während eines Abendessens bei allem widersprach, was er sagte. Klaute seine Kleidung, als er unter der Dusche stand. Vertrat ihm andauernd die Sicht auf den Fernseher, als er und Preston sich einen Film ansahen. Oder sie weckte ihn mitten in der Nacht, nur um ihm mitzuteilen, dass keine Milch mehr im Kühlschrank stand.

Bei jeder Gelegenheit schützte sie ihren Beschützer und sich selbst vorausschauend mit einem unsichtbaren Schild, damit sich der Unfall von vor einem Jahr nicht wiederholen konnte. Und sie tat gut daran – Adams Zündschnur war um einiges kürzer, als ihre eigene es je gewesen war.

Nach und nach jedoch traten die ersten Erfolge ein. Er schien zu erkennen, was Johanna vorhatte, wann immer sie eine ihrer Scherereien ausheckte, und ließ sich davon nicht mehr sofort auf die Palme bringen. Zu dem Zeitpunkt schloss Preston sich ihren Schelmereien an, um eine neue Komponente ins Spiel zu bringen. Und der Spaß ging von vorne los.

Am neunten Tag klopfte es unerwartet an der Haustür. Johanna und Preston wechselten einen überraschten Blick.

Adam zischte: »Ist das wieder einer eurer Tricks? Wenn ja, lasst mich euch sagen: Hier ziehe ich ganz eindeutig die Grenze.«

Beide schüttelten unisono den Kopf, dass die Haare flogen. Also erhob Adam sich und schlich lautlos von der Küche zur Diele. Im Gehen zog er sich die Kapuze über den Kopf und schob die Maske vor sein Gesicht.

»Rotschopf, jetzt mach schon auf! Je länger wir hier stehen, desto höher die Chancen, dass sie uns entdecken!«

»Taima!«, flüsterte Johanna überrumpelt.

Prestons Brauen schossen missbilligend in die Höhe. »Du hast sie hierher *eingeladen*, McGibbon?«, zischte er bitterböse.

»Nein …«, begann sie. Und hielt inne. Rief sich das letzte Telefonat zwischen ihnen in Erinnerung.

»Oder … irgendwie … schon?«, stammelte sie, plötzlich nervös.

Adam seufzte gemartert und warf ihr einen Blick zu, der deutlich sagte: *»Ich bin von Idioten umgeben.«* Mit einem heftigen Ruck zog er die Tür auf und deutete mit dem Zeigefinger auf mich. »Sie ist in der Küche.«

Keine Sekunde später schoss Taimas hochgewachsene Gestalt an ihm vorbei, ihr Gesicht strahlend vor Freude. Sie breitete noch im Marschieren die Arme aus und hob Johanna schlichtweg aus dem Stuhl in eine bärenstarke Umarmung. »Johanna!«, röhrte ihre vertraut tiefe Stimme dabei. »Mensch, es ist Ewigkeiten her!«

Johanna konnte nicht anders, sie lachte glücklich auf und schloss ihrerseits die Arme um ihre Freundin. Dabei erhaschte sie einen Blick auf Preston, dessen Wangenmuskel vor Missbilligung zuckten, und auf Adam, der weiterhin in der Diele stand und etwas mit finsterem Gesichtsausdruck taxierte.

»Und wer ist er?«, fragte er an Taima gewandt.

Hinein trat ein Mann mit weißblonden Haaren, die im Nacken zusammengebunden waren. Er war praktisch gleich groß wie Adam, und er hatte eine derart ausgeprägte Adlernase, dass sie ihn beinahe aristokratisch aussehen ließ.

»*Der* heißt Cainnen. Sehr erfreut«, sagte er in distanziertem Ton und streckte die Hand aus.

Johanna klopfte Taima auf den Rücken, um ihr zu bedeuten, sie runterzulassen. Sie ließ umgehend von ihr ab und drehte sich zu ihrer Begleitung um. »Ach, lass ihn rein, Cadeesh. Cainnen ist mein Kampfpartner«, verkündete sie mit einem breiten Grinsen im Gesicht. An Johanna gewandt sagte sie: »Weißt du noch, die schwarze Kugel auf der Wiese?«

»Natürlich«, erwiderte diese ernst.

Das Grinsen wurde breiter. »Das war Cainnen. Er ist der Beste – wart's ab, bis du ihn mal im Einsatz gesehen hast!«

Mit einem mulmigen Gefühl im Magen schenkte Johanna Taimas Kampfpartner ihre Aufmerksamkeit. Dieser war mittlerweile ebenfalls in die Küche getreten, dicht gefolgt von Adam, der ihn misstrauisch anfunkelte.

Ihr Beschützer erhob sich endlich, als hätte er sich soeben erst seiner Manieren entsonnen und schüttelte den beiden Neuankömmlingen nacheinander die Hand. »Preston Kirk, freut mich.«

Taima strahlte. »Ach, Preston! Bist du etwa noch bulliger geworden?« Sie warf einen vielsagenden Seitenblick auf Johanna und meinte: »Rotschopf, du bist wahrlich mit Glück gesegnet.«

»Warum?«, gab Johanna perplex zurück.

Taima nickte erst zu Adam, dann zu Preston. »Deine Lover sind echte Prachtexemplare. Und dein Beschützer…« Sie fächelte sich Luft zu.

Und Preston lief tatsächlich rot an, was Taima zum Lachen brachte. »Du bist süß, Großer«, sagte sie. »Aber keine Sorge: Männer sind nicht so mein Ding.«

Cainnen seufzte und presste Zeigefinger und Daumen an seine Nasenwurzel, indes er die Augen schloss. »*Niemand* ist dein Ding, Taima. Lass uns lieber direkt zur Sache kommen.«

Sie zwinkerte ihrem Partner zu. »Schon gut, schon gut.«

Johanna erinnerte sich in diesem Moment daran, dass sie mitten beim Essen gewesen waren. Eilig erhob sie sich und holte zwei weitere Teller aus dem Schrank. »Ihr wollt doch sicher mitessen oder?«, fragte sie die beiden.

Zustimmendes Nicken und zwei gemurmelte Dankeschöns und Johanna drapierte Adams neueste Kreation auf die beiden Teller. Adam nahm seinen eigenen vom Tisch und lehnte sich damit gegen die Küchenzeile. So waren Taima und Cainnen dazu in der Lage, nebeneinander am Tisch zu sitzen – was sie auch prompt taten.

»Also«, stellte Johanna die Frage, die ihnen allen auf der Zunge brannte. »Was macht ihr beiden hier?«

Taima schaufelte das Essen regelrecht in sich hinein, ergo war es an Cainnen, ihre Anwesenheit zu erklären. Mit einem leicht angewiderten Blick auf seine Partnerin erklärte er: »Taima hat berichtet, dass ihr Anthony Cadeesh aus dem Circle Tower befreien wollt.«

Johanna nickte. »Das stimmt.«

»Wir, die Jäger, möchten euch in der Sache unsere Unterstützung anbieten. Alle Informationen, die wir über den *Kreis der Begnadeten* gesammelt haben, gehören euch. Die einzige Bedingung dafür: Wir zerstören alles, was nicht niet- und nagelfest ist, während wir im Circle Tower sind.«

»Sowas wie ein finaler Rundumschlag?«, warf Adam ruhig ein.

Cainnen nickte. »All unsere Vorbereitungen sind abgeschlossen, die Truppen stehen bereit. Wir warten nur noch auf euer Zeichen.«

Johanna sah irritiert von einem zum anderen. »Wieso?«

Taima schluckte lautstark. »Die Jäger sind der Auffassung, dass ohne den Circle Tower die gesamte Organisation lahmgelegt oder ausgeschaltet werden könnte.« Sie hob gleichgültig die Schulter und ließ sie wieder sinken. »Und wir sind uns doch alle darüber einig, dass diese Spinner gestoppt werden müssen, bevor sie zu noch krasseren Mitteln greifen, um sich Menschen gefügig zu machen, oder?«

»Was springt für euch dabei raus?«, wollte Adam wissen.

Cainnen sprang ein. »Die Jäger existieren ausschließlich aus dem einen Grund: um die *Berührenden* vor dem *Kreis der Begnadeten* zu retten und zu schützen. Aber…« Er hielt kurz inne, warf Johanna, Preston und schließlich Adam einen eingehenden Blick zu. »Auch uns sind Grenzen gesetzt. Die Globalisierung ist mittlerweile auch im Internet angelangt. Irgendwann wird man jemanden wiedererkennen, den wir gerettet haben. Die *Berührenden* werden nicht mehr lange sicher sein.«

Taima nickte bekräftigend. »Die sozialen Medien machen es nicht gerade leichter, wenn man Leute entweder verschwinden lassen oder verschwunden bleiben lassen will.«

»Deswegen«, sprach Cainnen weiter, »müssen wir den *Kreis der Begnadeten* aufhalten, lieber früher als später, und je mehr Schaden wir anrichten, desto besser. Zur Sicherheit aller Schutzbedürftigen.«

Nachdenkliches Schweigen legte sich über die Runde.

Ein Himmelfahrtskommando waren Preston, Adam und ich ja sowieso schon. Aber sollten wir die Jäger da wirklich mit reinziehen? Falls wir scheitern ... wären sämtliche von ihnen geretteten Personen und deren Familien in Gefahr. Kann ich weitermachen wie bisher, wenn ich dieses Wissen im Hinter-

kopf habe? Was, wenn der Kreis unseren Angriff überstehen und einen Gegenschlag ausüben würde?

Taima ass seelenruhig weiter, und als ihr die Stille zu viel wurde, meinte sie: »Als Sicherheitsmaßnahme würden sämtliche Daten über unsere Schützlinge von all unseren Servern gelöscht werden, wenn wir aufbrechen. Es gäbe eine einzige Kopie – und die würden wir den Cadeeshs hinterlassen.«

Voller Erstaunen sah Johanna ihre Freundin an.

Adam räusperte sich. »Wieso gerade meinem Bruder und mir?«

»Weil ihr einfach nicht totzukriegen seid«, gab sie mit einem Achselzucken zurück. »Und weil ihr lieber sterben würdet, als dem Kreis auch nur einen Hauch von Unterstützung zukommen zu lassen, nach allem, was sie euch und Johanna angetan haben.«

Johanna studierte seine Züge, konnte darin allerdings nicht viel erkennen. Seine Augen waren vom Hoodie beschattet und die Maske verbarg zuverlässig den Rest seines Gesichts. Er verschränkte die Arme vor der Brust. »Ich persönlich empfinde euer Angebot als große Ehre und als Zeichen. Aber…« Er brach ab und schwieg.

Zu ihrer Linken schnaubte Preston. Er imitierte Adams Pose und lehnte sich dabei im Stuhl zurück. »Aber wir wissen einfach noch nicht genug über Borthertorns Absichten, um solch einen Angriff durchführen zu können.«

Cainnen schaute verwirrt drein. »Absichten? Vom CEO? Was hat das mit unserer Sache zu tun?«

»Alles«, antwortete Johanna mit einem erschöpften Seufzen. »Thorn Borthertorn führt etwas im Schilde. Der *Kreis der Begnadeten* existiert nicht grundlos – er arbeitet unermüdlich auf ein Ziel hin. Aber ebendieses haben wir noch nicht entschlüsselt.«

Preston nickte. »Und wenn wir jetzt in den Circle Tower preschen und alles vernichten, was uns unter die Nase kommt, könnte es sein, dass wir etwas übersehen. Etwas, das vielleicht schon im Gange ist … und aufgehalten werden muss.«

Cainnen und Taima tauschten einen bedeutungsschweren Blick. »Das klingt sehr ominös«, meinte er.

Ihre Freundin hob ihre Hand und hieß ihn, zu schweigen. Ihre Augen suchten die Johannas. »Du meinst… Weil dieser verrückte Wissenschaftler dich minimalinvasiv zerhackstückelt hat, schließt ihr daraus, dass sie etwas mit deinen Körperstücken vorhaben? Etwas Bedeutendes?«

Es folgte ein stummes Nicken, woraufhin sie sich im Stuhl zurückfallen ließ. »Uff. Das hört sich tatsächlich nach einem krassen Apokalypsenszenario an, Rotschopf.«

»Völlig ausschließen können wir die Option aber auch nicht«, gab Johanna zu bedenken. »Mein Gefühl sagt mir, dass Thorn Borthertorn einen Masterplan verfolgt. Er – und seine Vorväter, um genau zu sein.«

Cainnen zog die Stirn kraus. »Das hört sich ganz nach *von langer Hand geplant* an. Wenn ihr nichts dagegen habt, würde ich diese Neuigkeit gerne umgehend an die anderen weitergeben.« Er erhob sich bereits und als niemand protestierte, zog er sein Smartphone aus der Hosentasche und entfernte sich in den Flur, um zu telefonieren.

Taima schaute ihm nach, wandte sich gleich darauf wieder an Johanna und grinste breit. »Cainnen regelt das schon. Er ist bei den hohen Tieren der Jäger superbeliebt. Aber jetzt mal zu weitaus akuteren Angelegenheiten.« Mit diesen Worten drehte sie sich um und nahm Adams Erscheinung unter die Lupe. »Ich wusste nicht, dass *shadow daddy* dein Typ ist, Rotschopf.«

Adams Körper versteifte sich. »Bitte was?«

Preston flüsterte kaum hörbar: »Was zur Hölle ist ein shadow daddy?«

Johanna starrte Taimas Hinterkopf konsterniert an, doch jene fuhr ungerührt in Richtung Adam fort: »Dein anderer Loverboy war ja mehr so moralisch verwerflich unterwegs, und das habe ich bei dir echt gesehen. Aber der da…« Ihre Gestalt drehte sich wieder zu Johanna und sie sah, dass sie grinste.

Johanna fühlte, wie ihre Wangen vor Hitze brannten. »Es hat seine Gründe, wieso er sein Gesicht verdeckt«, versuchte sie sich an einer neutralen Erklärung.

»Mhm«, konterte Taima mit hochgezogenen Brauen. »Und der wäre?«

»Das geht dich einen feuchten Dreck an«, zischte Adam, der aus der Küche an den Tisch getreten war und von oben auf Taima hinab stierte.

Selbst von ihrer Position aus konnte Johanna die unverhohlene Wut erkennen, die von ihm ausstrahlte. Dunkle Schwaden traten aus seinen geballten Fäusten hervor und begannen damit, um seinen Oberkörper zu wabern. Sie hielt die Luft an.

Gar nicht gut! Sag jetzt nichts Dummes, Taima! Sag nichts Dummes, bitte, bitte ...

Gleichzeitig machte sie sich daran, einen Schutz um sie alle zu ziehen, doch Johanna fürchtete, damit zu spät zu sein, denn die dunklen Schwaden zuckten ungestüm vor und zurück.

»Taima…« Cainnen hatte sich unbemerkt zu ihnen gesellt und strafte seine Partnerin mit einem warnenden Blick. Jene hob abwehrend die Hände und seufzte theatralisch auf. »Schon gut, schon gut. Ich entschuldige mich für mein vorlautes Mundwerk.«

Cainnen nickte zufrieden, steckte sein Smartphone weg und hob die linke Hand, Handfläche nach oben. Darauf erschien eine winzige schwarze Kugel, die in der Luft schwebte und alles Licht zu verschlucken schien. »Ich werde dich von hier wegteleportieren, wenn du deine Kräfte einsetzt«, sagte er in ruhigem Ton zu Adam.

Langsam, einen Finger nach dem anderen, lockerte Adam seine Hände und die nachtschwarzen Schwaden verblassten. Erst als er kaum hörbar ausatmete, ließ Johanna ebenfalls ihre Fähigkeiten zurückweichen.

Cainnen ließ Adam keine Sekunde aus den Augen, als er meinte: »Ich glaube, wir beide sollten ein Gespräch unter vier Augen führen.«

Niemand widersprach und die beiden verließen die Küche.

Taima schnaufte lautstark und stieß einen zynischen Lacher aus. »Shadow daddy hat man definitiv zu oft in den Kaffee gepinkelt.«

»Was ist das?«, fragte Preston neugierig.

Taima sah erst ihn überrascht an, dann Johanna. Als sie auch dort keinerlei Verstehen erkannte, fasste sie sich an die Stirn und murmelte: »Ach, Mist.« Sie holte einmal tief Luft und erklärte: »Es ist ein Begriff aus der romantischen Fantasy-Literaturwelt. Ein shadow daddy bezeichnet den männlichen love interest der Protagonistin. Meistens ist es ein düsterer, grummeliger aber superheißer Typ mit verkorkster, ultra-düsterer Vergangenheit. Alle Welt fürchtet ihn und meistens verfügt er über eine dunkle Fähigkeit.«

Johanna konnte nicht umhin zu denken: *Erschreckend deskriptiv.* Doch sie würde sich hüten, Taimas Beschreibung zuzustimmen. Stattdessen wechselte sie einen vielsagenden Blick mit Preston, der einmal stumm schluckte und hinterher mit stählerner Miene zu Taima starrte. »Wir sind hier aber nicht in einem deiner Fantasy-Romane.«

Das vertraute Grinsen breitete sich auf ihren Zügen aus. »Aber natürlich nicht.« Überschwänglich schob sie sich aus dem Stuhl und fragte: »Wo gibt's Nachschlag?«

Froh über den Themenwechsel kam Johanna ihrer Freundin zu Hilfe und sobald Taima wieder bei ihnen sass, lenkte Preston das Gespräch in seichtere Gewässer, indem er Fragen über die Jäger zu stellen begann.

Johanna hörte bloß mit halbem Ohr zu. Zu gerne hätte sie gewusst, was Adam mit Cainnen zu besprechen hatte. Und sie konnte nicht umhin, Taimas Beschreibung von Adams Charakter zu überdenken.

»– sagt, dass ich mein Zimmer teilen möchte?«, echauffierte sich Preston in diesem Moment.

Johanna fokussierte sich auf das Hier und Jetzt.

»Also Cainnen wäre bestimmt nicht abgeneigt, mit einem Prachtkerl wie dir das Zimmer zu teilen – und vielleicht sogar das Bett«, erwiderte Taima.

»Danke, aber nein.«

Stimmt. Wo werden wir die beiden noch unterkriegen? Die Anzahl der Zimmer ist ausgeschöpft. Und bei aller Liebe, ich kann mir nicht vorstellen, mit Taima in einem Bett zu schlafen. Da wähle ich tausendmal lieber den shadow daddy.

Ihre Freundin winkte ab. »Okay, dann pennen wir eben im Wohnzimmer. Das Sofa sieht einigermaßen bequem aus, und Cainnen kann sich in den Sessel verkrümeln.«

Die Tür zu Adams Zimmer öffnete sich. Er und Cainnen schlossen sich ihrer Runde wieder an, Adam in gewohnt lässiger Haltung an die Wand gelehnt und Cainnen gegenüber von Preston am Tisch.

»Komm.« Der geflüsterte Befehl an ihrem Ohr ließ Johanna zusammenzucken vor Schreck. Adam war lautlos hinter ihr aufgetaucht, griff nach ihrer Hand und zog sie vom Stuhl hoch. Er nickte den anderen wortlos zu und drehte auf dem Absatz um.

Ihr schlug das Herz bis zum Hals. »Was ist los?«

Über die linke Schulter hinweg warf er einen Blick zurück, und sie hätte schwören können, dass es in seinen grauen Augen schalkhaft funkelte. Dann zog er sie in die Finsternis seines

Zimmers. Mit einem Schlenker des Zeige- und Mittelfingers schloss sich die Tür in ihrem Rücken.

»Ich habe eine neue Zimmerordnung festgelegt«, raunte er. »Du schläfst ab sofort hier bei mir.«

»Was –«

Ohne Vorwarnung ruckte er an ihrer Hand und Johanna stolperte vorwärts, mitten in seine Arme hinein. Sie hob die Hände und versuchte, ihn von sich zu stoßen – ohne Erfolg.

»Lass mich los!«, herrschte sie ihn an.

Das Vibrieren in seiner Brust verriet ihr, dass er lautlos lachte. Aufgebracht schlug sie mit den Fäusten auf seine Arme ein – nicht hart, aber so, dass er es durchaus spüren würde.

»Oh, das Kätzchen fährt die Krallen aus.« Diesmal gab er sich nicht einmal Mühe, das unterdrückte Lachen triefte aus seinen Worten hervor.

»Ich werde bestimmt nicht hier schlafen!«, fauchte sie empört.

Mit der Präzision eines Raubtiers schnappte Adam ihre Handgelenke und hielt sie in der Luft zwischen ihnen fest. »Johanna, wir haben zu wenig Zimmer und auch wenn ich ein Arsch bin – ich lasse bestimmt keine Gäste auf der Couch schlafen.«

Sie schnaubte. »Das ist doch nur ein Vorwand.«

Seine Haltung erstarrte einen Augenblick, dann riss er sie an den Handgelenken zu sich hin. Ihre Gesichter waren sich so nah, dass sie sich beinahe berührten. Johanna erkannte den dunklen Ring um die graue Iris, beobachtete, wie er sich ausdehnte.

»Für was, hm?« Adams Stimme klang kalt und spöttisch. »Denkst du, ich finde es toll, im andauernden Hyperfokus neben der Liebe meines Lebens zu liegen und sie nicht anfassen zu dürfen, weil ich ihr sonst wer weiß was antun könnte?«

Ein wütendes Knurren kam aus ihrem Mund. Bevor sie sich zügeln konnte, zischte sie: »Ich habe mit Toni im Hyperfokus geschlafen – und es war unbeschreiblich. Denkst du wirklich, deine Drohungen machen mir Angst, Cadeesh?«

Mit einem Ruck befreite sie ihre Handgelenke aus seinem Griff. Als er sie weiterhin anstarrte, flüsterte sie kalt: »Der Einzige, der hier Angst hat, bist du.«

Im nächsten Moment drängte er sie vor sich her, bis Johanna das Holz der Tür in ihrem Rücken spürte.

Seine rechte Hand kam neben ihrem Gesicht zu liegen und er beugte sich vor. »Ja, Kätzchen«, murmelte er, indes er die Maske löste. »Ich habe eine Scheißangst. Vor dir.« Mit der freien Hand umfasste er eine Strähne ihres roten Haares und wickelte sie um seinen Finger. Kurz waren seine Augen darauf fokussiert, doch gleich darauf trafen sie wieder auf ihre eigenen. »Du stellst Dinge mit mir an, die mich um den Verstand bringen. Ich kann mir selbst nicht mehr trauen, wenn du in der Nähe bist. Weil ich dich immer noch so verdammt liebe.«

Etwas in ihr zerbarst. Mit einer Wucht, die sie sich selbst nicht zugetraut hätte, warf sie sich ihm entgegen, legte die Arme um seinen Hals und presste ihren Mund auf seinen. Das Stöhnen, das sie ihm damit entlockte, ließ ihren Körper klingeln, sie schien vor erfülltem Glücksgefühl zu zerspringen. Goldene Funken lösten sich von ihrer Haut, die ein paar Zentimeter darüber frei herum schwebten und einen hauchzarten Lichtschein abgaben.

Adam bemerkte die Magiepartikel und seine Augen weiteten sich vor Schreck. Hastig löste er sich so weit, dass er fragen konnte: »Du heilst mich nicht wieder, oder?«

Johanna lächelte. »Nein. Niemals wieder ohne deine Erlaubnis, schon vergessen?«

Seine Augen verfolgten die kleinen Funken für einige weitere Herzschläge, dann sah er sie fasziniert an. »Du bist ein verdammtes Wunder, Johanna McGibbon.«

Seine Lippen fanden die ihren erneut und diesmal war es Johanna, die einen Laut ausstieß, der ihn weiter anfeuerte. Die rechte Hand verkrallte sich in ihren Haaren, die linke wanderte ihrer Wange entlang nach unten, ihrem Schlüsselbein entlang. Seine Mundwinkel zuckten. »Ich kann dein Herzrasen spüren, Kätzchen«, hauchte er.

»Ich wette, deins ist genauso schnell«, konterte sie flüsternd.

Er grinste. »Da könntest du recht haben.«

In diesem Augenblick veränderte sich etwas an ihm. Die grauen Iriden wurden von der Dunkelheit des äußeren Rings übermannt, die grünen und goldenen Punkte und Schlieren darin wirbelten durcheinander. Seine Hände verkrampften sich einen Herzschlag lang. Er starrte sie aus leeren Augen an. Augen, an deren äußeren Winkeln silberne Ranken zu sprießen begannen.

Und dann verschlang er Johanna regelrecht. Als sein Mund auf ihren krachte, war da ein Hunger in ihm, der sie kurzzeitig erschreckte. Seine Hände zerrten an ihren Klamotten, rissen sie ihr förmlich vom Leib.

Der Hyperfokus, fiel es ihr siedendheiß ein. *Sein Hyperfokus hat sich verändert.*

Sie hatte einige Mühe, sich erneut von ihm zu lösen. Als sie es schließlich schaffte, keuchten sie beide außer Atem. »Adam, hör mir zu.«

Aus seinem Mund kam etwas, das einem Knurren glich.

»Ich werde einen Schutzschild um mich legen, ja? Nur zur Sicherheit«, erklärte sie schwer atmend.

Er nickte. Für mehr reichte seine Geduld nicht. Sein Kopf senkte sich an ihre rechte Brust und mit einem gierigen Stöhnen sog er ihren Nippel in seinen Mund. Verzückt schob Johanna die Kapuze seines Hoodies nach hinten, um ihre Finger in seinen Haaren zu vergraben. Dabei fiel ihr auf, dass er sie nicht länger nachgefärbt hatte, und das Weiß schimmerte ihr im Licht der Magiefunken entgegen.

»Du bist so schön«, hauchte sie.

»Nein«, widersprach er grollend und wechselte die Seite. »*Du* bist schön.«

»Obwohl ich vor Narben nur so strotze?«, fragte sie skeptisch.

Ein grollender Laut entrang sich seiner Kehle. »Deine Narben machen dich nur noch schöner, Kätzchen.«

Johanna lachte leise und erleichtert auf. Doch im nächsten Augenblick blieb ihr das Lachen im Halse stecken und wich einem Stöhnen. Adams Hand hatte sich in ihre Leggings geschoben und er streichelte ihre Mitte.

»Ich kann nicht... Es reißt mich mit sich, Kätzchen«, krächzte er halb hilflos, halb grollend.

Sein Oberkörper krachte gegen ihren, er zerrte mit beiden Händen an ihrer Hose.

»Keine Sorge«, beruhigte sie ihn und half ihm dabei, sie beide in Windeseile zu entkleiden. »Ich bin bereit.«

»Das hoffe ich doch«, gab er sarkastisch zurück. Seine Stimme war noch tiefer als sonst, was ihr zusätzliche Schauer über den Rücken jagte.

Ohne sichtbare Anstrengung hob er sie an der Hüfte hoch und klemmte sie zwischen der Tür und seinem Oberkörper ein. Rücksichtslos, beinahe grob, stieß er in sie hinein.

Johannas Welt zerplatzte in Gold und Silber. Ihre Augen taxierten wahllos die silbernen Ranken auf seinem Gesicht, dann die goldenen Magiepartikel. Sie tauchte in ihre Farbensicht und bestaunte das Spektakel, das sich um seine Silhouette herum abspielte. Adam selbst war komplett in Schwärze getaucht, doch um ihn herum waberten dermaßen viele Farben, dass es sie überwältigte.

»Fokus auf mich, Kätzchen«, raunte er. »Du kannst später mit deinem Farbkasten spielen.«

Sie lachte gelöst auf und legte den Kopf in den Nacken, indes Adam hart in sie stieß. Seine Lippen legten sich auf ihre Kehle, knabberten an ihrer Haut und hinterließen ein heiß glühendes Kribbeln, das in ihre Knochen überging und sie von innen heraus erzittern ließ.

Sein Mund hielt an ihrer Schulter inne. Ihr Puls jagte förmlich durch ihren Körper, brachte Welle um Welle der Lust mit sich, bis sie in bodenlosem Verlangen versank.

Er biss zu. Hart. Sie schrie auf, ihr Bewusstsein zersprang in tausend Scherben. Ein zufriedener Laut kam aus seinem Mund, und er packte ihre Pobacken, trug sie zum Bett hinüber und legte sie auf den Rücken ab.

»Das war unser Vorspiel.« Seine Stimme war ein verführerisches Schnurren.

Johanna schloss verzückt die Lider und ließ sich fallen.

12

»Guten Morgen, Kätzchen.«

»Mhh«, grummelte Johanna und schmiegte sich enger an Adams warme Seite.

Das Vibrieren seines Körpers sagte ihr, dass er lachte. »Ich will deine Träume nicht stören, aber ich muss echt aufs Klo.«

Sie zog eine Schnute, rollte sich herum und zog die Decke mit sich. Sein Lachen hallte durch das Zimmer und sie grinste. Ihr Herz machte einen freudigen Satz.

»Dann geh. Aber wehe, du kommst nicht mehr zurück«, murrte sie gespielt.

Er beugte sich über sie und küsste ihre Wange, stand auf und suchte im Dunkeln nach etwas. »Hast du meine Maske gesehen?«, fragte er.

Nun endgültig wach, setzte Johanna sich auf und zog die Decke bis unter die Achseln hoch. »Nein. Wozu brauchst du die denn jetzt?«

»Ich will Cainnen oder Taima nicht zu Tode erschrecken, wenn ich rausgehe.«

Ah, stimmt ... die sind ja auch noch da.

Die Dunkelheit des Schlafzimmers wurde aus heiterem Himmel von einer Lichtquelle erhellt. Sie blinzelte gegen den Schein an und realisierte, dass Adam einen winzigen Ball aus Licht in seiner Hand geformt hatte, während er konzentriert nach seinen Habseligkeiten suchte.

»Was–!«, keuchte sie entgeistert.

Sein Kopf schoss hoch, die grauen Augen taxierten erst sie, dann das Licht in seiner Hand. »Hmm«, machte er und seine Stirn runzelte sich. »Das ist neu.«

Ach, was du nicht sagst!

»Tja…« Sie erkannte, wie er fieberhaft nach einer möglichen Erklärung suchte. Das brachte sie auf etwas zurück, das sie gestern mitbekommen aber in der Hitze des Moments verdrängt hatte. »Als du mich letzte Nacht hier reingeholt hast, da … hast du die Tür mit einem Fingerschwenk geschlossen.«

Adams Augenbraue zog sich nach oben, doch ein Blick auf seinen Gesichtsausdruck verriet ihr, dass er genauso verwirrt war, wie sie sich fühlte. »Es tut mir leid, Kätzchen«, murmelte er. »Das habe ich gar nicht mitbekommen.«

»Könnte es sein, dass du deine Fähigkeiten plötzlich beherrschst?«, fragte sie mit leiser Bewunderung in der Stimme.

Der Ausdruck in seinem Gesicht wurde dunkel. »Ich … weiß es nicht.« Einen Moment lang zögerte er, dann sagte er: »Aber eines ist tatsächlich anders: Die Unsicherheit ist fort.«

Johanna sog scharf die Luft ein. »Seit wann?«

Er richtete sich auf, die Maske in der einen, die Lichtkugel in der anderen Hand und musterte sie nachdenklich. »Seit gestern… Direkt nachdem Cainnen mit mir gesprochen hatte.«

Gleichzeitig wurden ihre Augen groß.

»Meinst du, er hat dir … die Unsicherheit genommen?«, flüsterte sie.

Adam hob ratlos die Schultern und senkte den Blick auf die Maske. Er ließ sie zurück auf den Boden fallen und schaute zu ihr auf. »Ich habe keinen blassen Schimmer, Kätzchen.« Die Lichtquelle versiegte. Sie hielt gespannt den Atem an.

Die Matratze bewegte sich, als er zu ihr kam. Sie spürte einen Luftzug. Seine Stimme fuhr wie ein sanfter Hauch über ihre Lippen. »Aber was ich weiß ist, dass ich keine Angst mehr habe – weder davor, dich zu verletzen, noch meiner Seele gegenüber.«

Später hatten sie sich alle im Wohnzimmer versammelt: Johanna auf Adams Schoss in dem gemütlichen Sessel, Cainnen und Preston auf dem Sofa und Taima hatte es sich auf dem Boden gemütlich gemacht. Es lag etwas in der Luft; ein zum Greifen nahes Gefühl, das Johanna nicht mit einem Wort zu beschreiben vermochte. Sie bestimmte es als eine Mischung aus Aufbruchsstimmung und verbissenem Nachdruck, verquirlt mit unterschwelligem Zorn und Hoffnung.

Cainnen ergriff das Wort als erster. »Wir sollten zurückkehren.«

Allgemeine Überraschung folgte diesem Vorschlag. Umgehend hob er die linke Hand, um die ersten Einwürfe zum Schweigen zu bringen. »Die Jäger stellen Dutzende Safehouses zur Verfügung, die wir nutzen können, und wir hätten leichteren Zugang zum Circle Tower, sobald wir die nötigen Informationen beschaffen konnten.«

Preston schüttelte wenig überzeugt den Kopf. »Wir werden nicht reingehen, bevor wir wissen, was Sache ist – und Adam seine Kräfte beherrscht. Der Typ ist ein laufendes Pulverfass.«

Cainnens Mundwinkel hoben sich amüsiert und er wechselte einen Blick mit Adam, bevor er sagte: »Ich glaube, das Pulverfass hat sich geleert. Nicht wahr?«

Dieser nickte. »Ich weiß nicht, wie du es angestellt hast, aber ich habe mich nicht mehr so ruhig gefühlt, seitdem Johanna mich mit ihren Fähigkeiten getroffen hat.«

Cainnen lächelte und wandte das Gesicht wieder Preston zu. »Gut, dann ist also Punkt zwei auf deiner Liste erledigt.«

»Warte«, warf Johanna ein. »Wie *hast* du es geschafft?«

Er stellte sich ihrem kritischen Blick, das Lächeln auf seinen Lippen breiter. Seine Hand hob sich erneut, diesmal mit der Handfläche nach oben. Darauf erschien eine seiner schwarzen Kugeln. »Meine Fähigkeit besteht darin, den Menschen die negativen Verstimmungen zu nehmen, indem ich sie hiermit aufsauge.« Er zuckte mit der Schulter. »Das braucht natürlich seine Zeit, also muss ich währenddessen mit der betroffenen Person in engerem Kontakt bleiben.«

Jetzt ergibt das alles Sinn!

»Deswegen hast du Adam gestern Abend um ein Gespräch unter vier Augen gebeten«, stellte sie fest. »Weil du nicht von uns allen etwas nehmen wolltest – sondern nur von ihm.«

Cainnen nickte anerkennend. »Seine negative Art ist mir sofort aufgefallen. Und als ich dann mit halbem Ohr mitangehört habe, wie Taima ihn beschrieb und du dabei auf dem Stuhl hin- und hergerutscht bist, da wusste ich: Ich muss ihm helfen.«

Adam brummte zustimmend. »Danke dir.«

Cainnen machte eine abwinkende Geste. Dann betrachtete er die Kugel, die über seiner Handfläche schwebte und sagte: »Aber mit diesem Ding hier kann ich nicht bloß Verstimmungen aufsaugen.«

Johanna und Taima nickten im Einklang, Preston verzog missmutig das Gesicht. »Du kannst Leute damit von einem Ort zum anderen bringen«, stellte er fest.

Adam lachte auf. »Ah, ich verstehe. Auf diese Weise willst du also, dass wir zurückkehren?« Das Grinsen, das sich auf dem Gesicht seines Gegenübers ausbreitete, sprach Bände.

»Ich muss zugeben, ich hatte meine Zweifel«, sprach Adam weiter, diesmal mit mehr Zuversicht in der Stimme. »Wir alle, gemeinsam in einem Flugzeug? Ein zu leichtes Ziel für den Kreis. Aber damit…« Er ließ Johannas Bauch los und deutete auf die Kugel. »Können wir unbeobachtet reisen, wohin wir wollen.«

»Exakt«, stimmte Cainnen zu. »Taima und ich sind auf diese Weise hierhergereist. Und genau so werden wir alle zurückkehren – völlig unbemerkt.«

Taima lachte bellend auf. »Bis die überhaupt bemerken, dass wir weg sind, vergehen bestimmt ein paar Tage.«

Prestons Stirn lag weiterhin in Falten. »Und was dann?«, bohrte er in herrischem Ton nach. »Wir säßen genauso herum, wie wir es jetzt in dieser Wohnung machen. Nichts würde sich ändern.«

Sie spürte, wie Adam sich leicht anspannte. »Eventuell hat Gelleroy bereits Neuigkeiten für uns, Preston. Und die hätte ich auf jeden Fall gern früher als später.« Seine Muskeln waren zum Zerreißen gespannt. »Die Vorstellung, meinen Bruder auch nur eine Minute länger als nötig diesen Bestien zu überlassen, lässt mich wahnsinnig werden.«

Ein Stich zog sich schmerzlich durch ihre Brust, und Johanna legte tröstend ihre Hand auf seine.

Da geht es nicht nur dir so ...

Sofort verschränkte er ihre Finger miteinander. Tonis Abwesenheit in ihrer Runde setzte ihnen beiden mehr zu, als sie zugeben wollten. Alles an ihm fehlte ihr: Seine typisch abfällige, witzelnde Art, seine stürmischen Umarmungen, die spontanen Küsse, mit denen er sie überhäufte ...

Der Kloß in ihrem Hals bildete sich von ganz allein und sie hatte große Mühe, ihn herunterzuschlucken, ohne eine Träne vor versammelter Mannschaft zu vergießen.

Schlussendlich seufzte Preston und wischte sich mit der Hand über sein Gesicht. »Mann, selbst ich vermisse den Penner.«

Johanna gluckste. »Obwohl er dich in Grund und Boden gedisst hat?«, spöttelte sie mit belegter Stimme.

Er feixte für die Dauer einer Sekunde.

Taima erhob sich schwungvoll und klatschte dabei in die Hände. »Okay, dann sollten wir uns schleunigst daran machen, Loverboy zu retten, oder wie seht ihr das?«

»Warum nennt sie ihn dauernd Loverboy?«, raunte Adam dicht an Johannas Ohr, sodass nur sie ihn hören könnte.

Ratlos zuckte sie mit der Schulter.

»Und was bin *ich* dann?«

»Oh, du bist ein shadow daddy«, murmelte sie prompt und drehte sich so, dass sie ihn anschauen konnte.

Seine Augenbraue kroch aufwärts, arrogant wie immer. Zu ihrem Erstaunen fragte er nicht nach, was dieser Ausdruck bedeutete. Stattdessen breitete sich ein wölfisches Grinsen auf seinem Gesicht aus. »Ah, ich verstehe.«

Ihre Wangen begannen umgehend zu brennen. Adam presste seine Lippen auf die eine, dann die andere Wange und schließlich auf ihre eigenen und Johanna vergaß alles um sich herum, ertrank im Moment und dem Glück ihrer wiedergefundenen Liebe.

Das Räuspern ihrer Freundin riss sie zurück in die Gegenwart.

»Dafür ist später ausreichend Zeit, Rotschopf.«

Adam grinste wieder, stand auf und stellte sie sanft auf dem Boden ab, ohne den Blickkontakt zu ihr zu unterbrechen. Das Versprechen, das darin geschrieben stand, ließ ihr Inneres gleichzeitig erzittern und mollig warm werden.

Taima schnalzte mit der Zunge, griff nach Johannas Arm und zog daran, bis sie sich von Adam abwandte.

»Ist ja gut«, maulte sie.

»Los, pack deine Sachen«, befahl Taima ihr. »Abtransport in einer Stunde, falls ihr das nicht mitbekommen habt.«

Mit einem stummen Nicken machten sie sich daran, ihre Habseligkeiten zu packen und im Anschluss die Wohnung auf ihre Abreise vorzubereiten.

13

Sie hatten sich am Ende dafür entschieden, ein Haus nahe der Cadeesh-Villa zu beziehen, welches die Jäger für sie bereit gehalten hatten.

Es kam Johanna immer noch seltsam vor, jeden Morgen auf die weit entfernten Ruinen ihres eigenen Zuhauses zu schauen, wann immer sie aus dem Schlafzimmerfenster blickte. Auch die Cadeesh-Villa war von hier aus zu sehen. Still und unnahbar stand sie in der Ferne, eine uneinnehmbare Festung inmitten der feindlichen Linien.

Adam hatte ihr erzählt, dass er nach ihrer Ankunft in London gewisse Sicherheitssysteme aktiviert hatte, die es den Mitgliedern des Kreises wohl nahezu unmöglich machte, ins Haus einzudringen. Sie hoffte inständig, dass die inzwischen vertrauten Mauern der Villa allen Angriffen der Organisation standhalten würden. Sie alle drei brauchten ein Zuhause, zu dem sie zurückgehen konnten, wenn dieser Albtraum endlich vorbei war.

Aber vielleicht wäre es dann sowieso besser, ganz woanders hinzuziehen.

Sie seufzte und wandte sich vom Fenster ab.

Es bringt nichts, jetzt über so etwas nachzudenken. Wir haben noch nicht einmal ansatzweise damit begonnen, Toni zu retten, geschweige denn, den Kreis der Begnadeten *zu zerschmettern.*

Warme Arme schlangen sich um ihre Mitte und Johanna lächelte.

»Was bringt meine holde Maid an diesem frühen Morgen zu solch einem tiefen Runzeln ihrer Stirn?«, schnurrte Adam und legte sein Kinn auf ihrer Schulter ab.

Sie prustete. »Zukunftspläne, werter Herr«, gab sie anschließend zurück.

»Mhhh«, machte er. »Eine wohlan anstrengende Tätigkeit für diesen jungen Tag.« Sein Mund fand ihre nackte Schulter und sanfte Küsse ließen sie dahinschmelzen.

»Ich hätte einen weitaus wohlmeinenderen Verlauf im Sinn«, raunte er.

Sie konnte spüren, wie seine Hände auseinander glitten: Die Linke wanderte nach oben, die Rechte nach unten. Ein Schauer der freudigen Vorahnung rieselte ihren Bauch hinab und festigte sich in ihrer Mitte zu einer anderen Emotion: Lust.

»Wie wäre es dann mit einem kleinen Stelldichein, holde Träumerin?«, hauchte Adam ganz nah an ihrem Ohr. Seine Stimme löste ein Prickeln in ihr aus, das durch ihre Blutbahnen jagte und ihren Puls beschleunigte.

»Oh«, machte sie, »das klingt wundervoll.«

Sein amüsiertes Lachen drang hauchzart an ihre Ohren. »Ich könnte dir den ganzen Tag dabei zusehen, wie du dich vor Begehren windest, Kätzchen.«

Mit diesen Worten schlüpfte seine linke Hand unter ihren Sport-BH und er nutzte Zeigefinger und Daumen, um ihren Nippel zu streicheln. Die rechte Hand fuhr hinab in ihre Leggins und begann in quälend langsamen Bewegungen um ihren Kitzler zu kreiseln.

Mit einem leisen Seufzen ließ Johanna sich gegen seinen Körper sinken. Sie hatte sich so lange nach ihm gesehnt, dass jede Berührung seinerseits ihr wie eine kleine Sinnesexplosion vorkam – weshalb sie die Augen schloss und sich den Emotionen hingab, die er in ihr hervorrief.

»Spürst du es?«, fragte er heiser. »Wie feucht du wirst, wie du zuckst.«

Sie leckte sich die Lippen. Ihr Atem ging schwer und sie verlor bereits jetzt den Bezug zur Realität. »Ich spüre es.«

»Und weißt du, was ich damit gern anstellen würde?«, fragte er weiter.

Das Kreisen wurde schneller, härter. Einen Augenblick lang vergaß sie alles um sich herum, verlor sich in der Empfindung, und stöhnte verlangend. Doch Adam hielt mit beiden Händen inne. »Beantworte die Frage«, befahl er.

Tatsächlich kostete es Johanna einige Mühe, ihren Verstand zusammen zu kratzen und sich daran zu erinnern, was genau er von ihr wollte. »Nein«, erwiderte sie verspätet. »Aber du kannst mit mir machen, was du willst.«

Seine Zähne bissen sanft in ihr Ohrläppchen. »Kann ich das?«, versicherte er sich. »Meinst du nicht, das ist ein wenig voreilig, Kätzchen?«

Sie schüttelte den Kopf, sehnte sich nach dem Gefühl seiner Bewegungen. Alles in ihr schrie nach Erlösung. »Bitte, mach weiter.«

Wieder erklang das leise Lachen. »Wie ihr wünscht, holde Träumerin.«

Seine Finger fanden einen schnelleren Rhythmus, bewegten sich flink über ihre kribbelige Haut.

»Weißt du noch, als wir uns das erste Mal berührten?« Seine Stimme war heiser.

»Ja«, hauchte sie. Sie erinnerte sich an den Nachmittag in ihrem ehemaligen Schlafzimmer: Sie hatten sich Zeit gelassen und sich sanft berührt. Er hatte es ihr mit den Fingern gemacht und sie hatte ihm einen Blowjob gegeben.

»Wenn ich jetzt daran denke«, raunte er, »dann weiß ich, dass ich bei einem nächsten Mal viel härter mit dir umgehen würde.«

Seine Finger nahmen ein unerbittliches Tempo auf, das Johanna schnell an die Grenzen der Zurückhaltung brachten.

»Wenn ich jetzt daran denke, mich in dir zu versenken«, führte er an, »dann ist es rauer, wilder – und mit grausamem Nervenkitzel verbunden. Macht dir das etwas aus, Kätzchen?« Seine Lippen streiften über ihren Hals. »Zu wissen, dass ich nicht mehr der bin, der dich auf Händen trägt und dich sanft in deine Orgasmen führt?«

Sie drehte das Gesicht in seine Richtung und hob verlangend das Kinn an. Sein Kuss war genauso drängend und unerbittlich wie sein Tempo. Nach wenigen Sekunden löste er sich und fragte: »Schmerzt es dich nicht, zu wissen, dass ich darauf setze, dass du bei allem dabei bist, was ich tun will?«

»Nein«, antwortete sie. »Ich vertraue dir.«

In diesem Moment zog sich alles in ihr zusammen und löste sich in der nächsten Sekunde in einer Erschütterung ihres Denkens auf. Johanna stieß einen stummen Schrei aus, ihre Knie gaben nach und Adams Arm unter ihrer Brust war alles, was sie davon abhielt, auf den Fußboden zu krachen. Das heftige Heben und Senken ihrer Brust und das Trommeln ihrer Herzschläge war alles, was sie wahrnahm. Nach einer gefühlten Ewigkeit zog er seine Hand aus ihrer Leggins und legte die Hände auf ihren Bauch. Sie standen exakt so da wie noch vor wenigen Minuten.

»Hat dir das die nötige Entspannung gebracht, kleine Träumerin?«, fragte er neckend.

Ja, aber nicht die nötige Befriedigung ...

Sie wollte ihn in sich spüren, wollte sich in ihrer Liebe zu ihm verlieren, ihn festhalten und nie wieder gehen lassen.

Doch bevor sie sich umdrehen und ihm entgegenkommen konnte, klopft es nachdrücklich an der Tür. »Hier ist Besuch für euch«, dröhnte Prestons Stimme zu ihnen durch.

Johanna sackte in sich zusammen und stieß enttäuscht die Luft aus. Adams leises Lachen ließ sie herumwirbeln. Er stand in seiner üblich schwarzen Kluft hinter ihr, nur die Kapuze und die Maske waren nicht dort, wo er sie normalerweise hindrapierte.

»Was denkst du?«, wollte er leise wissen, indes er ihre Hand in seine nahm und sie musterte.

»So vieles«, gab sie keck zurück, trat rasch vor und gab ihm einen Kuss.

»Also ich für meinen Teil hoffe, dass es Taima ist, die von den Jägern zurück ist. Alles andere wäre Grund genug, auszurasten«, konterte er mit einem Schmunzeln. »Unsere Ruhe derart zu stören… Unverzeihlich.«

Johanna lachte, stieß mit ihrer eigenen Schulter gegen seine und führte sie beide aus dem Zimmer. Adam vermummte sich auf die gewohnte Weise, bevor sie ins Esszimmer traten.

Gelleroy sass auf einem der Stühle am Tisch und sah von einem Stoß Dokumente auf, als sie sich näherten. Sein Gesichtsausdruck wechselte von vergrämt zu freudig und er eilte ihr entgegen.

»Meine Tochter«, flüsterte er, als er sie in seine Arme zog. »Ich habe mir solche Sorgen um dich gemacht.«

Sie tätschelte ihm tröstend den Rücken und schluckte die Tränen hinunter, die in ihr aufsteigen wollten. Die Freude, ihren Ziehvater wohlauf zu sehen, entlud sich stattdessen in einem nervösen Laut, der als Schluchzer hätte durchgehen können.

Er löste sich von ihr und hielt sie an den Schultern fest, um sie von oben bis unten zu betrachten. »Ist alles noch dran?«, wollte er mit belegter Stimme wissen.

Sie nickte, dachte jedoch, dass das nicht genug sein könnte, und sagte: »Ja, ich bin intakt.«

Ein schweres Ausatmen ließ Johanna realisieren, dass er sich davor gefürchtet hatte, sie hätte schwere Schäden aufgrund der Folter davongetragen.

Dann blickte er über ihre Schultern und kniff ein wenig die Augen zusammen. »Adam…? Das bist doch du oder?«

Jener trat stumm an ihre Seite und zog Kapuze und Maske hinunter. »Ich bin es.«

Gelleroys Gesichtszüge entgleisten ihm. »Mein Gott, was…« Mit einem zischenden Luftholen stoppte er sich und verkündete stattdessen: »Ich bin so froh, euch beide zu sehen. Wir haben vieles zu besprechen. Kommt, ich habe alles hier, wir können direkt anfangen.« Er übte ein wenig mehr Druck auf ihre Schultern aus und sagte: »Tonis Rettung steht kurz bevor, Johanna. Bald ist es vorbei.«

»Du hast uns nichts mehr geschickt«, merkte sie an, während sie ihm zum Esstisch folgte.

Er nickte, bedeutete ihnen, sich zu ihm zu setzen und erwiderte: »Ich konnte es nicht riskieren.«

Adam und Johanna sahen sich an. Zwar bemühte er sich um ein Pokerface, aber sie konnte Hoffnung in den grauen Augen erkennen.

Gelleroy sortierte den Stapel und verschränkte die Finger darüber. Danach sah er zwischen ihr und Adam hin und her, ehe er das Wort ergriff. »Das, was ich euch jetzt sagen werde, gehört zur obersten Geheimhaltungsstufe des *Kreises der Begnadeten*«, sagte er. »Um an diese Informationen zu gelangen musste ich so einiges tun – und ich bin wahrscheinlich inzwischen aufgeflogen.« Sein Gesicht verzog sich zu einer Grimasse. »Aber das ist einerlei. Erinnert ihr euch an das, was ich Adam zuletzt zukommen ließ?«

Johanna nickte. »Dokumente über ein *Projekt Darvin*.«

Ihr Ziehvater imitierte ihr Kopfnicken. »Genau das. Je mehr ich darüber lernte, desto mehr Magenschmerzen bekam ich – also habe ich alles ausgegraben, was ich finden konnte; mit mäßigem Erfolg.«

Gespannt hing sie an seinen Lippen.

»Der Durchbruch gelang mir, als ich als Gretas Ersatz dem persönlichen Schutz des CEO zugeteilt wurde«, führte Gelleroy weiter aus.

Eine kalte Welle der Schuld schlug über ihr zusammen und sie brach den Blickkontakt zu ihm ab. Er schien nichts bemerkt zu haben, denn er sprach hastig weiter. »Ich wurde direkt in den Kern der Sache katapultiert, sozusagen. Und es ist weitaus schlimmer, als ich es mir ausgemalt habe.«

Diesmal hielt er inne, um die obersten Blätter vom Stoß zu nehmen und vor ihnen auszubreiten. Darauf waren Skizzen von Menschen dargestellt, die von Beschreibungen geradezu umzingelt schienen.

»Was ist das?«, fragte Adam und legte die Fingerspitzen auf das Papier, um es näher heranzuziehen. Gelleroy schüttelte den Kopf und Adam ließ sofort davon ab.

»*Projekt Darvin* wurde von Harry Borthertorn ins Leben gerufen, dem ersten Zeremonialmeister.«

»Das ist doch schon über zweihundert Jahre her«, warf Johanna skeptisch ein.

»Korrekt«, stimmte er ihr zu. »Doch das war Teil des Plans. Denn das, was Borthertorn sich in den Kopf gesetzt hatte, *musste* seine Zeit überdauern – und die seiner Nachfahren.«

Ihr lief es eiskalt den Rücken hinab und sie schauderte. Ein ungutes Gefühl setzte sich in ihrer Magengegend fest und ließ sie schwer schlucken. »Das klingt gruselig«, bemühte sie sich trotzdem zu sagen.

Gelleroys Brauen zogen sich zusammen. »Wart's ab, Krümelchen, es wird noch gruseliger.«

Ein zweiter, zusammengetackerter Stapel Blätter landete vor ihnen auf dem Tisch. Diesmal ein Text, dessen Seiten teils geschwärzt worden waren.

»Im Laufe der Jahre – und mit dem Fortschreiten von Technik und Wissenschaft wohlbemerkt – wurden immer wieder Ansätze für *Projekt Darvin* gesucht, die alle im Sande verlaufen sind, weil ein markantes Kernstück fehlte: Die Fähigkeit, Magie zu erkennen.«

Das ungute Gefühl mutierte schlagartig zu einer ausgereiften Übelkeit. Galle stieg Johanna die Kehle hinauf und sie schluckte krampfhaft, um diese loszuwerden. Gelleroy behielt sie zwar im Auge, fuhr jedoch in stählernem Ton mit seinen Entdeckungen fort.

»Als deine Mutter zu Thorn ging und ihm mitteilte, dass sie eine Ahnung hätte, wer in ihrem Umfeld welche Art von Magie einsetzen würde …«

»Fand Thorn, es wäre an der Zeit, *Projekt Darvin* einen Neustart zu gönnen«, beendete Adam den Satz.

Gelleroy nickte bedeutungsschwanger.

Johanna stutzte und sah von einem zum anderen. Sie verstand nicht, was das alles für einen Sinn hatte. Doch sie schwieg und lauschte weiterhin der Stimme ihres Ziehvaters.

»Bei dem Versuch, deiner Mutter die Fähigkeit zu rauben, Magie zu erkennen, starb sie.« Er schüttelte sacht den Kopf und seufzte. »Sobald dein Vater davon erfuhr, wandte er sich gegen den *Kreis der Begnadeten* und wollte Greta und mich eliminieren. Leider hatte er die Rechnung ohne Gretas Fanatismus gemacht …«

Eine kalte Hand griff nach ihrem Herzen und sie würgte hervor: »Also doch… Sie war es! Sie hat ihn ermordet!«

Wieder ein Nicken von ihrem Ziehvater. »Thorn war fuchsteufelswild, weil er diese eine Chance auf die Kernfähigkeit verloren hatte.«

Johannas Irritation wuchs.

Was hat es mit dieser Fähigkeit auf sich? Magie zu erkennen, kann doch nicht so wichtig sein?

Ihre Verwirrung schien sich auf ihrem Gesicht widerzuspiegeln, denn Gelleroy hob die Hand, um ihr zu bedeuten, abzuwarten. »Borthertorn ließ dich am Leben, Krümelchen – weil du seine letzte Hoffnung warst. Er betete, dass du eines Tages dieselbe Kraft in dir tragen würdest wie deine Mutter.«

»Aber –«

»Natürlich, lass mich erklären«, bat er. Als sie nickte, fuhr er fort: »Ein Teil des Plans von Harry Borthertorn sah es vor, dass die Fähigkeiten von *Berührenden* an einem zentralen Ort gesammelt werden sollten; wie eine Art Datenbank, unter der Herrschaft der Organisation.«

Sie begriff und ihre Übelkeit wurde zu ausgewachsenem Grauen. Blind tastete sie nach Adams Hand, und als sie sie fand, drückte sie derart kräftig zu, dass sie ihn qualvoll stöhnen hörte. Sie wagte es noch nicht, die Worte auszusprechen, ihrer Vermutung Raum zu bieten.

Ihr Ziehvater zog ein Papier hervor und legte es auf den wachsenden Stapel vor Johanna und Adam. Über dem Text war quer ein roter Stempel gedruckt worden: *PROJEKT AKZEPTIERT.*

»*Projekt Darvin* war ab diesem Zeitpunkt nicht mehr bloß Wunschdenken«, teilte Gelleroy mit trauriger Stimme mit. »Alle Hoffnung – und später aller Augen – waren auf dich gerichtet, Krümelchen. Bis Taima Mohave während der *Zeremonie der Befreiung* auf die Bühne trat und allen Anwesenden offenbarte, dass auch sie über diese Fähigkeit verfügt.«

Es fiel ihr wie Schuppen von den Augen. Sie schluckte mehrfach um den Galleklumpen herum und flüsterte: »Deshalb der Überfall in ihrem Zuhause. Sie wollten sie nicht umbringen, sondern entführen und ihre Kraft rauben.«

Gelleroy nickte erneut. »Exakt.« Ein winziges Lächeln stahl sich auf seine Züge und er richtete sich ein wenig auf. »Niemand war darauf vorbereitet, dass Taima wie ein waschechter Survival-Profi in der Natur verschwinden und nicht mehr auftauchen würde.«

»Sie ist von den Jägern gerettet worden«, schaltete sich Adam ein.

Diese Neuigkeit schien ihren Ziehvater unerwartet zu treffen, denn seine Augen weiteten sich vor Überraschung und er lachte auf. »Sehr schön. Wirklich, das ist wunderbar.«

Johanna aber blieb ernst und mühte sich, gedanklich die einzelnen Puzzlestücke so zu platzieren, dass alles einen Sinn ergab.

Da sind zu viele Einzelteile, zu viele Aspekte, die es zu berücksichtigen gilt.

Sie seufzte frustriert auf. »Ich verstehe es nicht«, gab sie verbissen zu. »Das Gesamtbild passt einfach noch nicht zusammen. Gib mir mehr Input, Gelleroy.«

Dieser legte ein paar lose Blätter vor ihnen aus. Sie waren neueren Datums und in Ärzte-Fachjargon verfasst worden. Sie erkannte einen spezifischen Namen: Dr. Juliette Forster.

»Harry Borthertorns Plan beinhaltet nicht bloß die Sammlung und Archivierung der Fähigkeiten aller *Berührenden*«, erzählte Gelleroy. »Er geht weit darüber hinaus.«

Adam ergriff das Wort. »Warum sonst bräuchten sie Toni. Unsere Mutation muss eine zentrale Rolle in diesem irrwitzigen Vorhaben spielen.«

»Und warum sonst bräuchten sie Teile meines Körpers«, fügte Johanna hinzu.

Der ältere Mann lächelte, doch es hatte einen verbitterten Zug an sich. »Es ist eigentlich ziemlich logisch, wenn man darüber nachdenkt.«

Sie verdrehte entnervt die Augen. »Jetzt ist keine Zeit für überhebliche Witze, Dad. Spann uns nicht länger auf die Folter.«

Er holte tief Luft, zögerte zwei volle Herzschläge lang und sagte dann: »Die Erschaffung einer neuen, übermächtigen Art des Menschen.«

Stille legte sich über sie, in der sie der Eindruck überkam, ihre Eingeweide würden im nächsten Augenblick aus ihrem Mund gekrochen kommen wie giftige, ätzende Schlangen. »Ich ... glaube, ich verstehe es immer noch nicht ganz.«

Gelleroy mass sie mit einem nachsichtigen Lächeln. »Der Körper eines Unsterblichen, reproduziert...« Er deutete auf Adam. »Die Fähigkeit, Licht und Schatten – gut und böse – in diesem Körper zu kombinieren...« Ein Fingerzeig auf sie. »Und die gesammelten Fähigkeiten jeglicher *Berührenden*, die jemals in die Fänge des Kreises geraten sind, egal ob Licht oder Dunkelheit ...«

Für die Dauer eines endlos erscheinenden Herzschlages überkam Johanna das Gefühl, dass sie in den Boden unter ihnen gesogen würde. Dass ihre Ohren taub, ihre Lippen stumm und ihre Augen blind seien und dass alles, was sie soeben erfahren hatte, dazu führte, sie auf direktem Weg ins Grab zu befördern.

»Das...« Ihr Mund war wie ausgetrocknet. »Das klingt wie ...«

»Science-Fiction?«, Gelleroy neigte den Kopf leicht zur Seite und betrachtete ihr Gesicht mit so viel Mitgefühl, dass ihr noch schlechter wurde. »Es ist die künstliche Kreation einer überlegenen Rasse, die diese Welt von Grund auf verändern würde.«

Adams Hand zuckte in der ihren und ihr Kopf schnellte zu ihm herum. Sein Gesicht war wutverzerrt und schwarze Schlieren waberten bereits aus seinem Körper hervor. Sie handelte umgehend, rief ihre Fähigkeiten und legte einen Schutz über ihren Ziehvater und sich selbst. »Dad, du solltest dich jetzt in eines der Zimmer hier zurückziehen«, warnte sie ihn, ohne hinzusehen. Sie vertraute darauf, dass er richtig handeln würde. Erst als sie das leise Klicken eines Türschlosses hörte, atmete sie erleichtert auf und hob langsam die Hände an Adams Gesicht, legte die Finger sanft an seine Wangen und flüsterte: »Adam? Wir sind jetzt sicher. Lass einfach los.«

Die Wellen trafen sie mit unvorstellbarer Wucht. Eine nach der anderen prallte gegen ihren Schutz und waberte daran entlang, suchte nach Schwachstellen, nach feinen Rissen. Mit jeder Welle, die von ihm ausging, ebbte der Zorn in seinen Augen ab, wurde zu Wut, dann zu Ärger – und verschwand schlussendlich ganz.

Während der ganzen Zeit schaute Johanna ihn an, wandte den Blick keine Sekunde lang ab, streichelte sanft über seine Wangen. Als sie sicher war, dass er sich wieder im Griff hatte, küsste sie ihn sachte und flüsterte: »Ich hoffe, du hast noch Reserven für Thorn Borthertorn übrig gelassen, shadow daddy.«

Seine Lippen verzogen sich zu einem boshaften Grinsen. »Das hier war noch gar nichts, Kätzchen.« Er küsste sie stürmisch und beim nächsten Luftholen murmelte er: »Aber wenn *ich* schon so mächtig bin … was für ein bodenloser See an Kraft ruht dann wohl in dir?«

»Wir werden es herausfinden«, gab sie zurück. Mit zärtlichem Nachdruck löste sie sich von ihm und rief nach ihrem Vater.

Gelleroy kam aus dem nächstbesten Zimmer zu ihnen und lächelte, als er ihre weiterhin verschränkten Finger entdeckte.

»Entschuldige«, meldete sich Adam zu Wort. »Die Kunst, über diese Art von Fähigkeiten zu gebieten, ist noch neu für mich. Selbst wenn ich inzwischen das Gefühl habe, alles im Griff zu haben, passiert manchmal ein Ausrutscher.«

Gelleroy winkte entspannt ab. Er setzte sich wieder zu ihnen und seine Augen funkelten vor Tatendrang, als er nahtlos dort weitermachte, wo sie vorhin aufgehört hatten.

»Was auch immer euch meine Erkenntnisse für Vorteile verschaffen – ich will auf jeden Fall dabei sein, wenn ihr zum finalen Schlag gegen den Kreis ausholt.«

Adam lachte leise in sich hinein und meinte: »Wer sagt denn, dass wir solch einen Schlag überhaupt planen?«

»Ihr wärt schön blöd, wenn ihr es nicht tätet«, griente Gelleroy und Johanna lachte ebenfalls.

»Okay«, erwiderte sie. »Die Jäger unterstützen uns dabei, Toni aus dem Hochsicherheitstrakt zu befreien – und gleichzeitig den Circle Tower dem Erdboden gleichzumachen. Wenn wir dabei noch die ein oder andere essenzielle Datenbank löschen könnten…« Sie hielt inne und grinste verschmitzt.

In Gelleroys Miene spiegelte sich etwas, das sie nicht ganz greifen konnte. Die Emotion war so schnell wieder verschwunden, dass sie sie irritiert zurückließ, aber sie unterließ es, nachzuhaken.

Er nickte entschlossen. »Dann schlage ich vor, ihr teilt die Informationen mit allen, die davon wissen müssen – nicht zu vielen. Und dann vernichten wir das Herz des Kreises ein für alle Mal.«

14

»Konzentrierst du dich auch?«, drang Adams höhnisch gestellte Frage zu ihr durch. »Ich könnte dich jetzt sofort fertigmachen.«

Johanna ballte die Hände zu Fäusten und verengte die Augen zu Schlitzen, um ihre Wut zu bändigen, die bei seinen Worten aufloderte. »Versuch's doch!«

Umgehend schossen nachtschwarze Schatten aus dem Nebel auf sie zu. Doch damit hatte sie gerechnet; mit einem abfälligen Schnauben wartete sie ab, bis die Schwaden von ihrem Schutzschild abgeprallt waren. Dann holte sie zum Gegenschlag aus.

Prestons weiß-glühender Umriss stürmte von rechts auf sie zu. Mit einer einzigen, flinken Drehung wich sie seinem Hieb aus, ließ ihre Handkante niedersausen… Mit einem »Uff« ging ihr Beschützer zu Boden.

Ein wildes Grinsen legte sich auf ihre Züge.

Jetzt nur nicht überheblich werden.

Der magische Nebel, den sie für die Trainingsstunde gewoben hatte, hüllte sowohl Normalsterbliche als auch *Berührende* ein – und hatte zur Folge, dass niemand die Attacken des anderen voraussehen konnte.

Adam und Preston hatten sich beschwert, dass es langweilig sei, gegen Johanna anzutreten. Sie sah jede Attacke ihres Beschützers kommen, bevor er sie auch nur ausführte, und Adams Angriffe prallten nutzlos an ihrem Schild ab.

Vorsichtig befahl Johanna ihren dunklen Schlieren, sich am Boden entlang zu schlängeln und voraus zu spionieren. Ihr Instinkt war auch jetzt richtig gewesen: Adam lauerte ein Stück weit entfernt in den Nebelschwaden, die Sinne nach ihr ausgestreckt und hoch konzentriert.

Mit einem fiesen Lächeln ließ sie ihre Schlieren um seine Füße herum wandern, ehe sie sie zu Ranken formte, die seine Beine entlang glitten und ihn an Ort und Stelle festsetzten.

»Hab ich dich«, flüsterte sie euphorisch.

Adam grinste, steckte die Hände in die Vordertasche seines Hoodies und meinte: »Saug mir nicht wieder die ganze Energie ab, Kätzchen.«

Etwas zischte in ihrem Rücken und sie fuhr herum.

Ein Ablenkungsmanöver?

Taimas Fähigkeit, Magie zu sehen, hatte ihr dabei geholfen, Johannas Standpunkt auszumachen. Nun stand sie ein paar Meter entfernt vor ihr, den rechten Arm immer noch weit ausgestreckt. Das Beil, das sie geworfen hatte, sauste durch den Nebel direkt auf sie zu und verursachte das Zischen, das Johanna gehört hatte. Ihr blieben Millisekunden, dem Wurfgeschoss auszuweichen. Kurzentschlossen ließ sie sich zu Boden fallen. Das Beil flog über sie hinweg und wurde erneut vom Nebel verschluckt.

»Hmm«, machte Taima zerknirscht. »Knapp daneben ist auch vorbei.«

Ungläubig starrte Johanna ihre Freundin an, schockiert über deren Eifer im Training. »Du hast mich beinahe geköpft!«, brach es schlussendlich aus ihr heraus. Sie rappelte sich vom Boden hoch. Mit einem kleinen Wink der linken Hand verzogen sich der Nebel und die Ranken.

Adam sprintete zu ihnen herüber und grollte: »Was zur Hölle?! Du hättest sie töten können, Mohave!«

Taima winkte beiläufig ab. »Hätte ich schon nicht. Mach dir mal nicht ins Hemd, Cadeesh.«

Preston kam angelaufen, seine Hand in den Nacken vergraben und das Gesicht zur Grimasse verzogen. »Das war ein echt harter Schlag, McGibbon«, beschwerte er sich. Erst jetzt schien er die angespannte Lage zu erkennen, denn sein Blick huschte von einer Person zur nächsten. »Was habe ich verpasst?«, wollte er in hartem Ton wissen.

Taima schnalzte mit der Zunge und verschränkte die Arme vor der Brust. »Die beiden sind davon überzeugt, dass ich Johanna abmurksen wollte.« Sie deutete auf das Beil, das weit hinter Johanna auf dem Boden lag.

Jene drehte sich um, um die Waffe zu betrachten. In diesem Moment zerstob das Beil in unzählige Magiepartikel, die glitzernd zu Boden schwebten und verschwanden.

»Wie sollte ich das tun, wenn das Ding nicht mal echt ist?«, kommentierte Taima bissig.

Johanna fühlte sich unfassbar dumm. Schuld knabberte an ihren Eingeweiden und sie wollte bereits das Wort ergreifen, als ihr Beschützer ihr zuvorkam. »Jaaah… Dass deine Fähigkeit dermaßen echt aussieht, hättest du uns ruhig sagen können.«

Ihre Freundin betrachtete erst ihn, dann Johanna und Adam ungläubig. »Und damit meine Taktik verraten? Im Training geht es darum, echte Einsätze zu simulieren, also wieso sollte ich vornerein alles offenlegen, was ich zu bieten habe?«

Sie war wütend, das konnte Johanna aus ihrem Gesichtsausdruck lesen. Und bevor sie etwas sagen konnte, wirbelte Taima auf dem Absatz herum und marschierte davon.

»Ich rede mit ihr«, murmelte Johanna und folgte der Amerindian zurück ins Haus.

Taima hatte sich in der Küche eine Flasche Wasser aus dem Vorratsschrank geholt und schloss gerade die Tür, als Johanna eintrat. Sie warf ihr einen Blick zu, warf ihr die Flasche zu und holte sich selbst eine weitere.

»Ich hätte dich niemals verletzt«, grummelte sie nach ein paar tiefen Schlucken.

Johanna nickte stumm und tat es ihr gleich. Stille breitete sich zwischen ihnen aus und schlussendlich meinte sie versöhnlich: »Ich war nur einen Augenblick lang geschockt. Eine echt coole Fähigkeit hast du da übrigens.«

Sie stieß Taima freundschaftlich mit der Schulter in die Seite. Diese lachte und zwinkerte ihr zu, bevor sie mehr trank.

»Du steckst voller Überraschungen, Taima.«

»Du doch auch.« Ihre Freundin grinste. »Da muss ich doch irgendwie mithalten.«

Der kurzweilige Zwist lag hinter ihnen und sie lachten gemeinsam.

»Ich hoffe wirklich, dass wir deinen Loverboy retten können«, sagte Taima unvermittelt. Sie nestelte an der Kappe ihres Wassers herum und mied Johannas Blick. »Er ist so viel umgänglicher als dein shadow daddy.«

Ein Stich zuckte durch ihre Brust. »Ja«, erwiderte sie leise, »ich hoffe es auch.«

Taimas Augen trafen auf ihre. Sie las den Schmerz in den ihren, als wäre Johanna ein offenes Buch für sie. Seufzend stützte Taima sich mit den Ellenbogen auf dem Tisch ab. »Hand aufs Herz, Rotschopf: Wie oft heulst du dir nachts die Augen aus, weil du Toni vermisst?«

Johanna versuchte sich an einem Grinsen, doch es misslang. »Oft.«

»Und warum sprichst du stattdessen nicht mit mir darüber? Oder mit deinem Schattenfürsten?«

Sie zuckte mit der Schulter und flüsterte: »Was ändert das? Mein Geheule bringt ihn nicht früher zurück.«

»Stimmt«, pflichtete Taima ihr bei, »aber es nimmt den Ballast von deiner Seele. Zumindest für einen Moment.«

Nachdenklich runzelte Johanna die Stirn. »Das… Darüber habe ich noch gar nicht nachgedacht.«

Ihre Freundin neigte den Kopf, und ihre Miene sagte unmissverständlich: *»Was du nicht sagst!«*

Hastig fuhr Johanna fort: »Ich will Adam nicht damit belasten, dass mir im tiefsten Inneren jede Sekunde nach Heulen zumute ist. Und ich möchte mich auf unsere Aufgaben fokussieren. Da ist das Rumgenöle bloß hinderlich.«

»Wenn du dir sicher bist«, sagte Taima langsam, trank den Rest ihres Wassers und stellte die Flasche mit einem lauten Knall auf den Tisch hinter ihnen. »Dann kann ich dir ja endlich den neusten Tratsch mitteilen!«

Überrascht über den abrupten Themenwechsel schossen Johannas Brauen in die Höhe. »Was für Tratsch?«, ging sie trotzdem darauf ein.

Ein Grinsen zeigte sich in den Zügen der Amerindian. »Na ja«, sie wedelte ungeduldig mit der Hand. »Nicht wirklich Tratsch, eher meine eigenen Beobachtungen.«

Sie lehnte sich näher an Johanna heran und flüsterte aufgeregt: »Cainnen steht auf Preston.«

»Was?« Johannas Ausruf entfuhr ihr viel zu laut und um einige Oktaven zu hoch.

Taima besah sie mit einem mahnenden Blick, senkte die Stimme nochmals und flüsterte: »Er ist total hin und weg von deinem Beschützer. Und ich bin zu einhundert Prozent sicher, dass es Preston ähnlich geht. Beobachte sie mal, wenn die beiden zusammen in einem Raum sind – ich sag' dir, da fliegen die Funken.«

So von ihrer Trauer um Toni abgelenkt, stürzte sich Johanna gemeinsam mit Taima in Spekulationen um eine mögliche heimliche Romanze zwischen Cainnen und Preston.

15

Johanna konnte förmlich spüren, wie Spannung in der Luft lag. Es war, als würde die Erde die Luft anhalten, um ihnen eine letzte Verschnaufpause vor dem apokalyptischen Sturm gewähren.

Der Plan, wie sie Toni retten wollten, war besiegelt. Die Vorgehensweise war ihnen allen wieder und wieder eingehämmert worden und Johanna war sich zu hundert Prozent sicher, dass sie jeden einzelnen Zwischenschritt davon selbst im Schlaf herunterleiern könnte.

In den seltenen Momenten, in denen sie allein war, schwankte sie allerdings zwischen blindem Vertrauen in eine lückenlose Strategie und dem nagenden Gefühl in ihrem Hinterkopf, etwas überaus wichtiges übersehen zu haben. Dass alles in sich zusammenfallen könnte wie ein simples Kartenhaus, wenn sie nicht bald herausfände, was es war. Es machte sie wahnsinnig, ständig schob sie in Gedanken die einzelnen Teile herum, bekam das letzte aber nicht zu fassen.

»Hey, hübsche Träumerin«, erklang Adams raue Stimme hinter ihr. Johanna ließ von ihren Grübeleien ab. Sie hatte sich an den Esstisch gesetzt und die Unterlagen über *Projekt Darvin* studiert, die Gelleroy ihnen mitgebracht hatte.

»Hey«, erwiderte sie mit einem sanften Lächeln.

Seine Augen schienen blass zu leuchten, als er sich neben sie stellte und ihr die Hand einladend entgegenstreckte. Ohne zu zögern, legte sie ihre eigene hinein und er zog sie auf die

Füße. Sofort umfing sie eine andere Art der Anspannung – raues Verlangen lag in der Luft, als seine Hände sich umgehend auf ihre Kehrseite legten und zudrückten. Er senkte den Kopf zu ihr herab und berührte ihre Stirn mit seiner. »Ich möchte mit dir wohin gehen, Kätzchen«, murmelte er.

»Ach ja?«, gab sie ebenso leise zurück. »Und wohin willst du mich bringen?«

Die zarten Anfänge eines Lächelns bildeten sich auf seinen Zügen. Seine Augen funkelten vor Tatendrang. »An einen aufregenden Ort, der genau zu meiner momentanen Stimmung passt.«

Neugierig umschlag sie seine Mitte. »Ich habe keine Ahnung, was du damit meinst, aber du weißt, dass ich dir überallhin folge.«

»Mmmh«, raunte er, »und genau das liebe ich so an dir, Kätzchen.« Er gab ihr einen schnellen Kuss und griff erneut nach ihrer Hand. »Wir dürfen nicht gesehen werden, verstanden? Wechsle in deine Farbensicht.«

Johanna nickte und konnte sich ein aufgeregtes Grinsen nicht verkneifen. Gerade wollte sie an ihren Schrank gehen und sich eine Jacke herausnehmen, als er sie kopfschüttelnd davon abhielt. »Keine Jacken. Die werden nachher nur stören.«

Was hat er nur vor? Es ist zwar bereits März, aber draußen ist es eisig und der Boden ist immer noch gefroren.

Doch sie tat wie geheißen, wechselte die Sicht und lotste Adam erst an Taimas Emotionsraster vorbei, dann an Cainnen – der zu ihrem Erstaunen so nah an Prestons Emotionsraster stand, dass sie beinahe miteinander verschmolzen.

Ha! Da geht definitiv etwas zwischen den beiden!

Sie traute sich nicht, eine entsprechende Bemerkung zu machen. Wenn sie ungesehen und ungehört aus dem Haus wollten, war dies der ideale Zeitpunkt. Sie öffnete die Haustür, Adam an der Hand im Schlepptau. Sobald die Tür hinter ihnen leise ins Schloss klickte, übernahm er die Führung. Wenige Schritte später begann er zu rennen und sie sauste hinter ihm her, über die Querstraßen des Viertels und immer weiter hinein in die Kleinstadt.

Ihr Puls raste, ihre Schuhe kamen hart auf dem Asphalt auf, und sie hatte sich schon lange nicht mehr derart beflügelt gefühlt. Es kam ihr vor, als wäre sie seit einer Ewigkeit an der frischen Luft. Eine Sekunde lang durchzuckte sie das Verlangen, in den Wald zu fliehen, der sich hinter ihrem Haus erstreckte. Dann aber erinnerte sie sich an das, was geschehen war, als sie das letzte Mal dorthin geflohen war und verwarf die Idee augenblicklich.

Als sie sich auf den Weg konzentrierte, der vor ihr lag, geriet sie nichtsdestotrotz ins Stolpern. »Adam«, keuchte sie, »da sollten wir nicht hin!«

Er drückte ihre Hand und behielt sein Tempo bei. Ihm war also sehr wohl bewusst, wohin sie gingen.

Was hat er vor?

Je näher er ihrem alten Zuhause kam, desto nervöser sah sie sich um. Zur Sicherheit wechselte Johanna in ihre Farbensicht, um möglichen Angreifern früh genug ausweichen zu können. »Wir laufen ihnen direkt in die Falle«, zischte sie atemlos, als sie auf Höhe der Cadeesh-Villa ankamen.

Adam bog in den Pfad zu seinem Haus ein. »Warte hier«, flüsterte er und ließ sie stehen. »Ich muss die Sicherheitssysteme deaktivieren.« Er ließ sie als komplettes Nervenbündel zurück. Ununterbrochen wandte sie den Kopf von links nach rechts und bildete sich ein, dass jeder Umriss, jeder Schatten ein Mitglied des Kreises sein könnte, das nur auf ihre Ankunft gewartet hatte.

Schließlich winkte er ihr verhalten zu und sie stürmte die letzten Meter zur Tür, die er in diesem Augenblick öffnete. Ohne anzuhalten, preschte sie an ihm vorbei ins Innere der

Villa. Die Haustür fiel ins Schloss und Johanna wirbelte zu ihm herum. »Das hätte echt böse enden können«, flüsterte sie aufgewühlt.

Er lachte leise in sich hinein, trat zu ihr und nahm sie in seine Arme. »Das kann es immer noch. Und könnte es, solange wir hier sind. Aber trotzdem sind wir hier.« Ein befreites Seufzen löste sich aus seiner Kehle. »Endlich allein.«

Sie verstand seinen Drang, auszubrechen und einmal, nur einmal für sich sein zu wollen. Aber irgendetwas sagte ihr, dass das nicht der einzige Grund war, warum sie hier waren.

Als hätte er ihre Gedanken gelesen, sagte er: »Und jetzt zum amüsanten Teil dieses Ausflugs.«

Ohne ihre Reaktion abzuwarten, zog er sie mit sich, quer durch die Eingangshalle und in den Flur, in dem ihr Zimmer lag. Er marschierte daran vorbei und stieß stattdessen die Tür zu seinem Arbeitszimmer auf. »Home sweet home.«

Johanna wollte fragen, was zum Teufel er hier drin wollte, was genau er vorhatte – doch Adam zog sie zu sich, umschlang sie und hob sie hoch, als wöge sie nichts. Erst, als sie am Fenster angelangt waren, setzte er sie wieder ab. Mit einer hastigen Bewegung zerrte er sich die Kapuze vom Kopf und die Maske vom Gesicht. »Schau hinaus, Kätzchen«, bat er in sanftem Ton.

Heillos verwirrt tat sie es – und erstarrte. Ihr ehemaliges Zuhause lag brach vor ihr, die Mauern eingestürzt und Teile davon über den welken Garten verteilt. Das Dach war eingebrochen und Ziegel lagen verstreut überall herum, sogar auf dem Grund der Villa. Das Fenster ihres ehemaligen Schlafzimmers war intakt geblieben. Wie eine einzelne, verbliebene Blüte an einem welken Busch ragte es aus dem kaputten Mauerwerk.

Trauer schlich sich in ihr Herz und Tränen traten in ihre Augen. Verbittert dachte sie daran, was zuletzt hinter diesen

Scheiben passiert war. Sie wandte den Blick ab und drehte sich zurück zu Adam. »Es ist zerstört. Na und?«

Er trat zu ihr, die grauen Augen von einer Intensität erfüllt, die sie unruhig ihr Gewicht nach hinten verlagern ließ. Die Finger seiner rechten Hand glitten ihrer Wange entlang zu ihrem Kinn. Er hielt es fest und sagte mit todernster Miene: »Deine letzte Erinnerung an dieses Haus soll nicht von Terror und Hass bestimmt sein.« Der Druck seiner Finger auf ihr Kinn nahm zu, wurde beinahe schmerzhaft. »Wir gehen da jetzt hin, und ich will, dass du die ganze Zeit über in deiner Farbensicht verbringst, hast du mich verstanden?«

Johanna verstand die Welt nicht mehr. »Wieso?«, stammelte sie.

»Wieso *was*?«, gab er zähneknirschend zurück. Seine Nasenflügel blähten sich und die grauen Augen hatten einen beinahe manischen Ausdruck angenommen.

Zum ersten Mal meldete sich leise Furcht in ihrem Hinterkopf. Sie hatte Angst vor dieser unvorhersehbaren Version Adams, vor seiner Furchtlosigkeit und dem jetzt ganz klar offensichtlichen Drang, sich in gefährliche Situationen zu begeben – und sie auf makabre Art und Weise zu genießen.

»Wieso soll ich nochmal dahin gehen?«, fragte sie zitternd. Die Furcht war deutlich in ihrer Stimme herauszuhören. »Wieso soll ich dort neue Erinnerungen schaffen, wenn der Ort an sich verbrannte Erde ist?«

Sein Gesicht kam ihr so nah, dass ihre Nasenspitzen sich berührten. »Weißt du, Kätzchen, ich selbst habe einmal einen ebensolchen Ort hinter mir gelassen.« Sein Atem strich über ihre Lippen und nahm ihr die Angst. »Und ich habe Jahrzehnte darunter gelitten, dass die letzte Erinnerung eine voller tiefsitzender Angst und Wut gewesen ist. Ich habe endlos lange gebraucht, um darüber hinwegzukommen.«

Endlich lockerte er den Klammergriff um ihr Kinn und strich zärtlich ihrer Kehle entlang nach unten. »Das wird dir nicht widerfahren«, endete er felsenfest.

Er… Er meint die Zeit bei Meghan. Die Höhle und die letzte Erinnerung vor seiner Rettung. Was das wohl gewesen sein mag?

Das letzte Fitzelchen Furcht wich einem heiß brennenden Verständnis, das sich in ihre Seele fraß. Adam tat das hier für sie, für ihr Seelenheil. Er wollte ihr helfen, von ihren Albträumen loszukommen und das Geschehene hinter sich zu lassen. Dankbarkeit durchströmte sie und sie nickte. »Dann lass uns gehen.«

Sein Lächeln war so sanft, dass ihr Herz zu schmelzen drohte.

»Ein letztes Mal«, flüsterte er so leise, dass sie es beinahe nicht gehört hätte.

Und obwohl sie wusste, dass er den Besuch in ihrem ehemaligen Zuhause meinte, lief es ihr kalt den Rücken hinab.

Wie sie es ihm versprochen hatte, wechselte Johanna vor dem Verlassen der Villa in ihre alternative Sicht. Auf diese Weise wären sie beide früh genug gewarnt, falls sie dort drüben ungebetenen Besuch bekämen.

Mit hastigen Schritten traten sie von der Terrasse der Villa hinab auf das umgebende Grün, und sie führte sie beide unbehelligt an die Hintertür ihres alten Zuhauses. Dort angekommen, drückte Adam die Tür ein und sie betraten das Haus. Oder eher: das Trümmerfeld. Denn viel war von der Einrichtung nicht übrig geblieben. Holzsplitter von geborstenen Möbeln vermischt mit weggesprengten Mauern und Schutt bedeckten jeden Zentimeter Fußboden. Große Teile des Laminats waren ebenfalls Prestons wohl überlegt platzierten Bomben zum Opfer gefallen.

Johanna hatte all das bereits einmal gesehen, war live dabei gewesen, als es passiert war. Aber es jetzt nochmals mit klarem Kopf und aus nächster Nähe zu betrachten, drehte ihr beinahe den Magen um.

Adam steuerte auf die Treppe zu, die ins Obergeschoss führte. Dass ein Teilstück ebenjener seit der Explosion fehlte, schien ihn nicht zu interessieren. Er hielt sich am Geländer fest, nachdem er dessen Halt geprüft hatte, und zog sich daran hoch, bis er einen sicheren Stand hatte, dann beugte er sich vor und streckte den linken Arm aus. Sie packte ihn über dem Ellenbogen und ließ sich von ihm auf die Stufen neben sich stellen.

Mit einem Grinsen meinte er: »Die Trainingsstunden zahlen sich wirklich aus.«

Gespielt verärgert gab sie ihm einen Klaps auf den Arm, doch Adam nutzte die Gelegenheit, um ihre Hand zu ergreifen und ihre Finger zu verschränken. »Jetzt geht's nur noch aufwärts, Kätzchen«, sagte er.

Johanna nickte stumm und machte sich wachsam an den Aufstieg. Sie prüfte jede einzelne Stufe vor dem Auftreten und wünschte sich plötzlich, nicht durch das ständige Training an Muskelmasse zurückgewonnen zu haben – denn so läge weniger Gewicht auf den Stufen.

Im nächsten Moment war die Gefahr bereits vorüber und sie standen Hand in Hand am Treppenabsatz. Die Wand links von ihr war eingerissen, hielt allerdings noch stand. Weiterhin Vorsicht walten lassend, nahm sie den letzten Abschnitt in Angriff.

Die Tür zu ihrem Zimmer war aus den Angeln gebrochen worden, als Preston sie gerettet hatte. Der Rest des Raumes sah noch genauso aus, wie sie ihn in Erinnerung hatte: Das karge Wandregal mit ein paar von Prestons CDs, Johannas Bett, der Schreibtisch rechts neben der Tür… Alles schien so zu sein wie immer.

Ein eisiges Frösteln überkam sie und sie senkte den Blick. Doch das war eindeutig die falsche Entscheidung gewesen; ihre Augen schienen sich regelrecht am Fußboden festzusaugen. Die Stelle, der in den zwei Monaten der Folter mehr als genug mit ihrem gelähmten Körper Bekanntschaft gemacht hatte. Der endlos viel Blut und Sabber ihrerseits geschluckt und einige der Schläge ihrer Peiniger abgefangen hatte.

»Genau das«, erklang Adams Stimme neben ihrem Ohr. »Dieses Gefühl, das du in diesem Moment in dir spürst…« Er hob ihr Kinn mit unendlicher Zärtlichkeit an, sodass sie ihm in die grauen Augen sehen musste. »Ich werde machen, dass es verschwindet, Kätzchen. Wann immer du an dieses Haus zurückdenken wirst, werden die besten Erinnerungen die von Toni und mir darin sein. Das verspreche ich dir.«

Johanna bemühte sich, den aufsteigenden Tränen keinen Raum zu bieten, und krächzte: »Und wie willst du das anstellen? Die Folter überschattet einfach alles, was jemals in diesem Zimmer passiert ist.«

Seine Antwort war ein Knurren. »Nicht mehr lange.« Und mit voller Wucht riss er sie an sich und küsste sie. Küsste sie mit einer Intensität, die an Verzweiflung grenzte.

Die Bilder der jüngsten Vergangenheit begannen in ihrem Verstand zu schwanken. Sie kollidierten mit der rauen Realität von Adams Lippen auf ihren, mit seinen warmen Händen auf ihrer Haut und wurden davon in eine Ecke ihres Bewusstseins verdrängt. Sie klammerte sich an diese Veränderung wie eine Ertrinkende an eine Holzplanke.

»Mehr«, flüsterte sie in einer Atempause.

Er stieß einen Laut aus, der als animalisch hätte durchgehen können. Er schob sie vor sich her, bis sich das Fensterbrett in ihren Hintern drückte. Kaltes Glas presste sich gegen ihren Rücken und durchdrang die dünnen Schichten ihrer Kleidung. Es war ihr egal. Alles, was im Hier und jetzt zählte, waren seine Berührungen. Seine Küsse ließen das kalte Zittern verschwinden und entfachten ein Feuer in ihrem Innern, das innerhalb weniger Minuten zu einem Inferno mutierte.

»Vergiss nicht, was du mir versprochen hast«, raunte er, indes er sich Pulli samt T-Shirt vom Kopf zog.

Sie nickte, aufs Neue fasziniert vom ungewohnten Anblick seines Körpers. Über die letzten Wochen hinweg hatte er jeden Tag mehrere Stunden mit ihnen allen trainiert, was die Muskeln noch definierter herausstechen ließ. Die knöchernen Stellen schreckten sie nicht – sie fuhr den Übergang einer solchen mit den Fingern nach und flüsterte: »Ich werde einen Weg finden, dir den Hyperfokus zu nehmen, ohne dich zu heilen.«

Seine Stirn legte sich an ihre. Schwer atmend und mit geschlossenen Augen antwortete er: »Du glaubst nicht, was das für eine Erleichterung für meinen Alltag wäre, Kätzchen.« Die Finger seiner linken Hand fanden ihre Wangen und sie schmiegte sich hinein. »Aber das kann warten bis nach dieser verrückten Kamikaze-Aktion.«

»Okay«, hauchte sie und ihre Lippen fanden sich zu einem neuerlichen Kuss.

Johannas Hände wanderten seine Rippen hinab zum Bund seiner Kampfhose. Mit fliegenden Fingern öffnete sie Knopf und Reißverschluss und zerrte sie mitsamt Unterwäsche hinab.

»Man könnte glatt meinen, dir würde es gefallen, in dieser gefährlichen Umgebung mit mir Sex zu haben«, sagte er mit einem Heben der Mundwinkel. Seine vor Lust verhangenen Augen funkelten belustigt.

»Ich muss sagen, es ist furchtbar aufregend«, gab sie außer Atem zu. Sie packt sein bestes Stück und begann damit, mit den Fingern auf und ab zu fahren. »Der Hintergedanke, dass jederzeit jemand hier auftauchen und uns entdecken könnte, ist geradezu berauschend«, fügte sie hinzu.

Adams Augenbraue kroch arrogant in die Höhe, doch er grinste und zog eine Spur aus Küssen ihrer Kehle entlang nach unten, während er mit seinem Daumen ihr Kinn nach oben forcierte. »Und doch liebst du diesen Nervenkitzel«, stellte er fest.

Sie stöhnte zur Antwort und betrachtete seine weißen Haare, die in ihrer Sicht Funken sprühten. »Ich wünschte, du könntest durch meine Augen sehen.« Sie griff in die zerstrubbelte Mähne und beobachtete das Farbenspiel aus Rot und Gold, das dabei um ihre Finger herum entstand. »Es ist wunderschön.«

»Ach ja?«, fragte er neckend. »Und wie sieht es aus, wenn ich das hier mache?« Mit einem Ruck schob er Hose und Unterhose bis zu ihren Knöcheln hinab, ging dabei in die Knie und leckte einmal grob über ihre Mitte.

Das kribbelnde Ziehen wanderte tiefer und Johanna zog heftig die Luft ein.

»Was passiert mit den Farben, Kätzchen«, bohrte er nach. Sein heißer Atem fegte über ihre Scham hinweg, gefolgt von seiner Zunge.

Sie konzentrierte sich auf den Punkt, an dem er sie leckte, und flüsterte: »Gelbe Tupfer.«

»Was noch?«

Ein weiteres Stöhnen entfuhr ihr, als er zu saugen begann. »Hellgrün«, keuchte sie, »definitiv Hellgrün.«

Einer seiner Finger fuhr ihrer Scham entlang. »Noch eine Farbe?«, fragte er. Dann glitt er in sie hinein und Johanna verlor jegliches Interesse daran, zu reden. Die Farben zerflossen zu einem Meer, immer mal wieder sprang eine davon ins Auge, wie die Brandung an einer Klippe zerschellten sie und formten sich neu.

Sie war so kurz davor, selbst in eine Farbexplosion zu mutieren, als Adam in einer geschmeidigen Bewegung aufstand und sie mit reiner Begierde musterte. »Entweder du ziehst dich komplett aus oder du hebst alles bis an den Hals an.«

»Warum?«, wollte sie immer noch benebelt wissen.

Das Grinsen, das in seinen Zügen erschien, war teuflisch. »Weil du die Kälte der Glasscheiben fühlen sollst, während ich dich ficke, Kätzchen.«

Ihr Herz setzte einen Schlag aus, bevor es noch härter zu hämmern begann. Sie hinterfragte seine Aussage nicht, sondern beeilte sich, die Kleidung von ihrem Körper zu zerren. Erwartungsvolle Wellen schoben sich in Form eines Zitterns durch ihre Adern und sie hielt den Atem an, als sie schlussendlich nackt vor ihm stand.

Das Grau in seinen Augen verschwand. Der dunkle Rand übernahm die Vorherrschaft und seine Stimme wechselte zu dem tiefen Bariton, der seinen Hyperfokus verriet. Kribbelige Vorfreude setzte sich in ihrem Bauch fest.

»Umdrehen.«

Kaum hatte Johanna sich dem Fenster zugewendet, presste sich Adams Hand unnachgiebig zwischen ihre Schulterblätter. Derart gezwungen, sich nach vorn zu beugen, lehnte sie über das schmale Fensterbrett, bis ihr Gesicht Millimeter von der Scheibe entfernt verharrte.

»Nein«, knurrte er und es klang, als wäre er mehr als nur verstimmt über diesen Ungehorsam. Seine Hände packten ihre Hüften und zerrten sie rückwärts. Gleich darauf drückte er sie wieder gegen das Glas. Ihr Kopf würde mitsamt ihren nackten Brüsten dagegen gepresst, wenn sie ihm nachgab.

»Du scheust die Kälte?«, grollte er hinter ihr. »Dan zwinge ich dich eben, Gefallen daran zu finden.«

Und mit einem einzigen, harten Stoß drang er in sie ein, trat unnachgiebig nach vorn und drückte die Hand in ihren Rücken, bis sie flach gegen die Scheibe gepresst wurde. Der Schock der kalten Fläche gegen ihren heißen Körper sandte kleine, stechende Blitze durch ihre Adern und ließ ihren Atem stocken. Im nächsten Moment stieß er erneut zu, und süße Erfüllung paarte sich mit irritierender Kälte. Ihre Sinne spielten verrückt, alle erdenklichen Farben flossen in Wellen um sie herum. Jeder weitere Stoß ließ sie zerfließen, nur um sogleich wieder zu erstarren, sobald ihre harten Nippel gegen das eiskalte Glas trafen. Dieser Wechsel von heiß und kalt, von Feuer und Eis betörte Johannas Sinne auf eine gänzlich neue Weise.

»Gefällt es dir jetzt?«, drang Adams abgehakte Nachfrage langsam in ihr Bewusstsein.

»Ja«, seufzte sie. »Es ist unglaublich.«

Sein leises, selbstgefälliges Lachen befeuerte ihre Leidenschaft nur noch mehr.

»Hör noch nicht auf«, bettelte sie, als er innehielt und sich aus ihr zurückzog. Er schnaubte und es klang beinahe beleidigt. »Dreh dich um.« Er klatschte auf ihre rechte Pobacke und Johanna wandte sich ihm mit wabbeligen Knien zu. Ohne Umschweife zog er sie an sich, hob sie hoch und ging die paar Schritte zum Schreibtisch, wo er sie absetzte. Seine Hände fanden ihre unterkühlten Brüste, und er begann sie sanft zu massieren, bis das vertraut heiße Kribbeln darin zurückkehrte.

»Bitte«, flüsterte sie und sah zu ihm auf.

Die dämonisch finsteren Augen betrachteten ihr Gesicht, als wäre es ein Kunstwerk, das es zu enträtseln galt. Dann schlossen sie sich und er schauderte, während er langsam erneut in sie eindrang. »Wir haben nicht mehr viel Zeit«, raunte er.

Er wirkte, als müsse er sich selbst davon überzeugen, dass dem so war. Sein Mantra, um nicht völlig dem Hyperfokus zu verfallen und sie stundenlang in diesem Zimmer festzusetzen, um mit ihr anzustellen, was auch immer ihm gerade in den Sinn kam.

Deshalb küsste sie ihn schnell und hauchte: »Wir sollten gehen, sobald …«

»Ja«, knurrte er, halb zornig, halb verzweifelt. »Das sollten wir. Lass uns…« Die Muskeln an seinem Hals traten sichtbar hervor. Er presste die Zähne zusammen. Die Finger seiner rechten Hand schossen herab, an die Stelle, an der sie sich trafen. Mit unerbittlichem Nachdruck kreiste er über ihren Kitzler. »Lass uns nachher gehen«, beendete er den Satz. Diesmal definitiv voller Zorn. Sein Mund presste sich auf ihren, seine Zähne bissen in ihr Fleisch und sie teilte bereitwillig ihre Lippen, um sich seiner Zunge für einen letzten, hitzigen Tanz entgegenzustellen.

Johanna vermochte nicht zu bestimmen, was in diesem Moment in Adam vorging. Zuzusehen, wie er gegen seinen Hyperfokus ankämpfte, sich aber gleichzeitig darin verlor, erfüllte sie selbst mit einem Gefühl der bittersüßen Zerrissenheit, welches sie mit einem Mal über die Schwelle katapultierte.

Mit einem Aufschrei in seinen Mund zersprang die Realität. Die Welt schien für einen Augenblick innezuhalten und die Farbenwelt zerschellte in krassen Neonfarben, welche ihr schmerzhaft ins Bewusstsein stachen.

Sein Grollen folgte zwei Stöße später, und sein Höhepunkt ließ weitere Farbnuancen hinzukommen, die über sie hinweg schwemmten.

Schweigend und schwer atmend verharrten sie, eng umschlungen und lauschten dem rasenden Herzschlag des jeweils anderen. Schauder um Schauder ließ seinen Körper erzittern und seine Finger krallten sich viel zu fest in ihre Haut. Doch Johanna hörte nicht auf, über seinen Rücken zu streichen.

Als sie gefühlt Minuten später endlich die Augen aufschlug, waren seine teuflisch schwarzen Iriden dem mittlerweile vertrauten Grau gewichen. Ein verschmitztes Lächeln umspielte seine Lippen und er studierte eingehend ihr Gesicht. »Willst du länger bleiben?«, fragte er und neigte den Kopf ein Stück weit nach rechts.

Johanna grinste und gab ihm einen schnellen Kuss. »Was ich will und was wir tun müssen sind zwei völlig verschiedene Dinge in dieser Situation.«

»Wie wahr«, seufzte er. Sanft zog er sich zurück und gab ihr einen letzten Kuss.

Sie schaute ihm dabei zu, wie er ihre Kleidung vom Boden klaubte und sich anzog. Immer wieder trafen sich ihre Blicke, und die Funken, die zwischen ihnen flogen, verhießen etliche weitere Gelegenheiten wie diese.

Nur eben nicht jetzt. Und nicht hier. Wer weiß, wann sich eine neue Chance bieten wird.

Mit einem schweren Seufzen kleidete Johanna sich an. Die harte Wirklichkeit hatte sie wieder. Bereits morgen würden sie aufbrechen, um Toni aus den Fängen der Organisation zu befreien. Keiner von ihnen wusste, wer lebend zurückkehren würde – *ob* jemand zurückkehren würde. Der heutige Tag war gänzlich den letzten Vorbereitungen gewidmet, und sie realisierte mit einer ungewohnten Härte, dass dies hier gut und gerne ihre letzten zärtlichen Stunden mit Adam sein könnten. Die Wehmut dieser Erkenntnis rammte sie wie ein Güterzug. Plötzlich wünschte sie sich, dass er nicht aufgehört hätte – dass sein Hyperfokus ihn übermannt und sie beide für den Rest des Tages hier festgesetzt hätte.

Ich bin nicht bereit, ihn zu verlieren.

Während sie diesen Gedanken formte, rannen ihr erste stumme Tränen über die Wangen.

Ich bin nicht bereit, auch nur einen meiner Freunde herzugeben. Und ich will auch nicht dabei umkommen.

»Kätzchen…« Adams sanfter Ton riss sie aus ihren finsteren Gedanken. Eilig wischte sie sich mit der Hand die nassen Spuren fort und drehte sich zu ihm um. In seinem Gesicht stand

Mitgefühl geschrieben, doch da war auch eine eiserne Entschlossenheit, die ihr neuen Mut schenkte.

»Wir müssen zurück«, sagte er und kam zu ihr, schloss sie in die Arme und schenkte ihr seine Körperwärme. »Sonst fangen unsere Freunde an, auf offener Straße nach uns zu suchen.«

»Ich weiß«, flüsterte sie. Noch einmal gewährte Johanna ihren Tränen, frei zu fließen. Sie senkte die Lider und atmete seinen Geruch ein, prägte sich das Gefühl seiner Umarmung ein. Der bittere Kloß in ihrem Hals wuchs und wuchs, bis sie einen Schluchzer nicht mehr zurückhalten konnte. Hastig vergrub sie ihr Gesicht in seinem Pullover und erstickte den Laut.

Verbitterung tropfte in ihr Bewusstsein und ihre Farbenwelt verblasste. Sie kippte in die andere, dunklere Sicht, in der Adam und sie als grellweiße Lichtsäulen aus der graugrünen Schattenwelt hervorstachen.

Heute ist nicht der Tag der letzten Vorbereitung… Es ist der Tag des Abschiednehmens. Und er wusste es. Deshalb hat er mich hergeführt: Damit ich eine unvergessliche Erinnerung mit ihm schaffe, falls einer von uns beiden überlebt …

16

»Okay, Leute!« Cainnen klatschte in die Hände und Schweigen trat ein. Adam, Johanna, Taima und Preston hatten sich im Wohnzimmer versammelt und starrten ihm mit grimmigen Mienen entgegen. Er versuchte sich an einem aufmunternden Lächeln, doch es scheiterte kläglich. Also räusperte er sich und fuhr mit seiner Ansprache fort. »Wir halten uns an den abgesprochenen Plan. Lasst uns diesen nochmal durchgehen…« Ein rascher Blick auf seine digitale Armbanduhr. »Bevor wir in zehn Minuten starten.« Er lockerte die Schultern. »Ich teleportiere euch in die Garage des Circle Tower, wo …?«

Preston übernahm. »Ich mich mit meinem Kumpel abgesprochen habe. Er wird uns in den Tower lotsen und sicherstellen, dass wir zu Ebene 43 gelangen.«

Nun führte Adam den Plan weiter aus. »Dort klinke ich mich aus. Ich werde den Virus, den ich programmiert habe, auf die Server spielen, um sämtliche Daten zu löschen. Dabei werden auch Cloud-Speicher gefunden.«

Taima nickte mit verschränkten Armen. »Derweil machen Rotschopf und ich uns mittels unserer Fähigkeiten auf die Suche nach Loverboy. Sobald wir ihn lokalisiert haben …«

»Werden wir zu dritt weitergehen«, fügte Preston hinzu. »Und ihn da raus holen.«

Adams Brauen zogen sich streng zusammen. »Nachdem ich das System gehackt habe, werde ich euch unterstützen, indem ich die einzelnen Abschnitte der Anlage lahmlege, damit der Feindkontakt so minimal wie möglich bleibt.«

»Und sobald ihr mir das Signal gebt, werde ich die Jäger reinschicken«, sagte Cainnen.

Daraufhin legte sich eine zermürbende Stille über sie. Johanna sah reihum ihre Freunde an. Kummer, Sorge, Zweifel schauten aus ihren Gesichtern zurück. Aber niemand gab ihnen Raum, indem er sie aussprach. Dafür war sie ihnen allen unendlich dankbar.

»Falls Toni zu stark verletzt sein sollte«, meldete sie sich schließlich zu Wort, »muss ich ihn an Ort und Stelle heilen.« Sie warf einen Blick in die Runde. »Das lässt mich bestimmt für eine Zeit lang schutzlos dastehen.«

Taima lächelte ihr aufmunternd entgegen. »Keine Sorge, Rotschopf. Wir werden dir in so einem Fall Rückendeckung bieten.«

Sie nickte dankbar, war jedoch in Gedanken schon wieder am Rücken von Puzzleteilchen. Mit einem Seufzen gab sie auf und entschloss sich dazu, es den anderen zu sagen. »Ich weiß, wir haben von Gelleroy die ganze Geschichte hinter *Projekt Darvin* vor den Latz geknallt bekommen und eigentlich sollte es auch keine offenen Fragen mehr zu beantworten geben«, äußerte sie. »Trotzdem habe ich ein ungutes Gefühl bei der Sache. Als hätten wir bei der ganzen Sache etwas Wichtiges übersehen.«

Adams Augenbraue kroch in die Höhe, Cainnen wirkte am Boden zerstört, doch Preston schnalzte mit der Zunge und erwiderte: »Selbst wenn: Jetzt ist es zu spät, uns darüber den Kopf zu zerbrechen. Unsere Mission startet in exakt zwei Minuten.«

Johanna ließ enttäuscht die Schultern hängen und senkte den Blick. Doch Cainnens »Okay, Leute – alle enger zusammenstellen!« schreckte sie auf und sie eilte an ihren zugewiesenen Platz, zwischen ihrem Beschützer und Taima.

Sie hatte so lange wie möglich an Adams Seite bleiben wollen, doch der Rest der Gruppe hatte sich quer gestellt. Er musste im Hintergrund bleiben, denn er war wortwörtlich derjenige, der ihnen Tür und Tor öffnen würde.

Cainnen ließ eine schwarze Kugel in seiner offenen Handfläche erscheinen, die rasch anschwoll. In dem Augenblick, in dem sie sie alle verschluckte, griff eine Hand nach der ihren und drückte sie liebevoll. Adam.

Die Welt verbog sich um sie herum, wurde erst länglicher, anschließend runder, dann senkte sich Schwärze über sie und Johanna schluckte ein paar Mal, um ihre Trommelfelle poppen zu lassen. Sie mochte die Kugelteleportation nicht, verstand aber deren Vorteile gegenüber Autos. Wären sie mit einem Auto in die Einfahrt der Garage des Circle Tower gebraust, hätten sie sich die Zielscheiben auch direkt selbst auf die Stirn malen und so laut brüllen können, wie gekonnt hätten.

Um sie herum formte sich die Umgebung neu. Eine großflächige, betonierte Halle kristallisierte sich aus der Sicht des verzogenen Inneren der Kugel. Einen Moment später war es vorbei und ihre kleine Gruppe stand, in voller Pinguin-Manier aneinandergekuschelt, in der Garage des Circle Tower.

Adam ließ ihre Hand los, ehe sich der Kreis lockerte, und Johannas Mut sank.

Preston signalisierte ihnen mit einem komplizierten Wedeln seiner linken Hand, dass sie alle sofort hinter einem breiten Jeep Schutz suchen sollten. Gleichzeitig sanken sie in die Knie und eilten in geduckter Kauerkrebs-Manier der Flanke des Wagens entlang.

Preston blickte unzufrieden um die Karosserie herum. »Er ist nicht hier«, stellte er so leise wie möglich fest.

Das Herz rutschte ihr in die Hose. Am liebsten wäre sie aufgescheucht aufgefahren und hätte panisch geschrien. Aber alles, was sie tun konnte, war hinter diesem Militärwagen zu kauern und darauf zu hoffen, dass von irgendwo eine Alternative aufploppte.

Irgendwo rechts von ihnen zischte das Öffnen einer Tür, und gleich darauf wiederholte sich das Geräusch. Schnelle Schritte folgten.

Kalter Angstschweiß brach ihr aus.

Wenn wir jetzt entdeckt werden, dann war alles umsonst. Wir haben doch noch gar nichts bewerkstelligt! Das ist doch ein schlechter Witz!

Preston entsicherte sein Gewehr mit einem kaum hörbaren Klicken. Taima umklammerte mit jeder Hand eine Pistole und Cainnen – Johanna stutzte. Auf Cainnens Handfläche schwebten fünf haselnussgroße schwarze Kügelchen im Kreis.

»Krümelchen?«

Stotternd kam ihr Herz zum Stehen und einen Moment später fiel ihr ein Stein vom Herzen. »Hier drüben!«, flüsterte sie und hob eine Hand über die Motorhaube des Jeeps.

Gelleroy trat in ihr Sichtfeld und musterte sie alle nacheinander, nachdem sie sich erhoben hatten. »Dein Kontaktmann wurde dabei entlarvt, wie er den Zugangsschlüssel zu Ebene 43 kopieren wollte«, informierte er Preston mit einem entschuldigenden Unterton. »Deswegen springe ich für ihn ein.«

Nein!

Alles in Johanna sperrte sich gegen diese Vorstellung. Wenn die Gruppe es zuließ, dass ihr Ziehvater sich ihnen anschloss, dann waren alle Menschen, die sie liebte, in diese Sache verstrickt. Die Chance, dass jeder vor ihnen lebend wieder rauskam, war verschwindend gering.

Adam schien ihren Schock zu spüren. »Bist du dir sicher, dass du das tun willst?«, fragte er Gelleroy eindringlich. »Es könnte sein, dass du dabei umkommst.«

Dieser nickte und schaute auf Johanna herab. »Ich bin lieber hier mit dir, als irgendwo da drin an der Seite eines Spinners, der die Menschheit neu erschaffen will.«

Taima klopfte ihm auf die Schulter und grinste. »Guter Mann!« Im Anschluss warf sie einen Blick in die Runde und meinte: »Dann los! Keine Zeit zum Rumhängen.«

Ihre Worte schienen den nötigen Antrieb gebracht zu haben, denn Preston wandte sich wirbelnd auf dem Absatz um, packte Cainnens Kragen und zog ihn stürmisch an sich heran, um ihm einen harten Kuss zu geben. Jener erstarrte, völlig überrumpelt, gab sich allerdings nach einem Wimpernschlag dem Kuss hin.

Erst als Taima sich lautstark räusperte, löste sich ihr Beschützer von Cainnen.

»Endlich«, stieß die Amerindian entzückt aus. »Johanna, siehst du das?«

Doch Johanna musterte statt der beiden Liebenden ihren Ziehvater, der ihr stoisch eine schwarze Panoramasonnenbrille entgegenstreckte.

»Die wirst du später brauchen«, sagte er schlicht.

»Okay«, erwiderte sie gedehnt und nahm die Brille an sich.

Preston schob sich zwischen sie und gab Gelleroy ein Zeichen, woraufhin jener sie zur Tür führte, durch die er eben gekommen war.

Der Plan der Jäger sah vor, dass Cainnen hier in der Garage zurückblieb und die Elitetruppe hineinteleportierte, sobald Preston ihm das vereinbarte Signal gegeben hatte.

Johanna wurde mulmig bei dem Gedanken, dass einer nach dem anderen sich von der Gruppe abspalten würde, um die ihnen zugewiesenen Aufgaben zu erledigen. Es gefiel ihr nicht. Aber sie konnte nichts daran ändern, denn auf diese Art handelten sie am effizientesten. Dieser Fakt hinterließ einen bitteren Geschmack in ihrem Mund.

Ihr Ziehvater trat durch die Tür und schaute sich aufmerksam um, lotste sie nach links und direkt auf einen von zwei Aufzügen zu, die erschreckend vertraut aussahen. Johannas ohnehin bereits rasender Puls schaltete noch einen Gang höher.

Jetzt nur nicht den Kopf verlieren, versuchte sie sich ruhig zuzureden. *Hier in diesem Moment auf den CEO zu treffen, wäre ein zu großer Zufall. Das wird nicht geschehen.*

»Diese Karte muss gleich eingesteckt werden, bevor ihr die 43 wählt«, erklärte Gelleroy und hielt Preston eine Chipkarte hin. Dieser nahm sie entgegen und ruckte einmal streng mit dem Kopf.

Eine gefühlte Ewigkeit verging, in der sie auf den Aufzug warteten. Alle außer Gelleroy waren an die Wand zurückgetreten, um möglichen Feinden im Überraschungsmoment voraus zu sein. Adam hatte sich neben ihr an die Wand gelehnt, eine Hand in der Fronttasche seines Hoodies vergraben, die andere griff soeben nach ihrer eigenen. Wortlos verschränkten sie die Finger und schauten sich in die Augen. *»Du schaffst das, Kätzchen«,* schien sein Blick zu sagen.

Die Schiebetüren des Aufzugs öffneten sich mit einem leisen Rasseln. Ihr Ziehvater steckte den Kopf in die Kabine, lehnte sich zurück und nickte, dann trat er ein. Die Gruppe hastete hinterher. Preston steckte die Chipkarte in den dafür vorgesehenen Schlitz unterhalb der Bedienfläche für die Stockwerke, dann presste er auf die Nummer 43 und zog sie wieder ab.

»Irgendwie schon seltsam, dass wir noch niemanden getroffen haben, oder?«, fragte Taima. »Als würden sie nicht mehr damit rechnen, dass wir kommen.«

Gelleroy schüttelte den Kopf. »Oh nein, normalerweise postieren an allen Türen Soldaten. Ich habe eine kleine … Ablenkung geschaffen, ehe ich zu euch stieß.« Er schmunzelte ihnen über die Schulter zu. »Momentan wird der Hauptteil der Leute damit beschäftigt sein, einen Großbrand zu verhindern.« Er deutete mit dem Zeigefinger nach oben.

»Der Circle Tower brennt?«, keuchte Johanna ungläubig.

Er zuckte mit der Schulter. »Nur ein kleiner Teil davon. Dabei ist unglücklicherweise das Überwachungssystem ausgefallen.«

Preston schnaubte. »Du lässt den Jägern nichts mehr zum Spielen übrig, Gelleroy.«

Ihr Ziehvater winkte ab. »Ach, Quatsch. Die werden schon noch ausreichend Zeug zum Kaputtschlagen finden.«

»Hoffen wir, dass Borthertorn deine List nicht allzu bald durchschaut«, murmelte sie skeptisch.

Taima schaltete sich ein. »Selbst wenn«, meinte sie, »es sind zum jetzigen Zeitpunkt nicht mehr so viele Knarrenträger hier wie noch vor ein paar Stunden. Jedes Bisschen hilft.« Sie legte Johanna die Hand auf die Schulter. »Es wird schon schiefgehen, Rotschopf.«

Das Licht um die Nummer 43 erlosch und der Aufzug kam mit einem letzten Ruck zum Stehen. Adams Finger drückten die ihren noch einmal, dann entzog er ihr seine Hand.

»Bereit oder nicht…«, stieß Taima murmelnd aus.

Die Türen öffneten sich.

»Los!«, zischte Preston. Er und Johannas Vater rissen die Gewehre an die Brust. Ihre Augen flitzten von links nach rechts, inspizierten jeden Winkel und jede Ecke der Halle, die sich vor ihnen auftat.

Gelleroy machte den Vorstoß, gefolgt von Adam. Taima stürmte an ihr vorbei nach draußen und sie rückte nach. Ihr Beschützer bildete die Nachhut. So leise wie möglich schlichen sie voran. Ihr Weg wurde zu beiden Seiten von gestapelten

Schiffstransportkisten aus Holz flankiert, durchtrennt vom ein oder anderen Pfad, der dahinter in die Weiten der Halle abbog.

Mit seiner Linken gestikulierte Gelleroy zweimal kurz hintereinander in dieselbe Richtung. Das war das Zeichen für Adam. Die Technikräume verbargen sich gut getarnt hinter diesen Holzbergen.

Ihr Mund war mit einem Mal staubtrocken. Er drehte sich um, nahm ihre Hand und presste einen letzten Kuss darauf. Seine grauen Augen glänzten, als er ihren Blick einfing. »Ich liebe dich«, formte er stumm mit den Lippen und ließ los. Im nächsten Atemzug war er hinter den Kisten verschwunden.

Johanna hätte sich am liebsten an Ort und Stelle hingekauert, geschluchzt und alles um sich herum vergessen. Das schreckliche Gefühl, in dieser ausweglosen Situation jemanden zurückzulassen, den sie liebte, riss sie in Stücke.

Prestons Hand legte sich zwischen ihre Schulterblätter und trieb sie voran. In diesem Augenblick hasste sie nichts auf der Welt so sehr wie ihren Beschützer. Sie wollte ihn abschütteln, ihn mit ihren Fähigkeiten verletzten, ihm das Herz herausreißen für seine Gnadenlosigkeit …

Aber er tut Recht daran, mich weiter zu schubsen, gestand sie sich im gleichen Atemzug ein. *Taima und ich haben gleich ebenfalls eine Aufgabe zu erfüllen.*

Gelleroy führte sie auf abweichende Pfade, steuerte sie durch das Labyrinth aus Kisten und hielt erst abrupt inne, als sie vor einer weiteren Tür angelangt waren. Er wechselte einen Blick mit Preston, dann stieß er sie auf und rannte voran. Taima war sofort hinter ihm – doch der kleine Raum war menschenleer.

Ihr Ziehvater stieß erleichtert einen Seufzer aus. Nachdem Preston die Tür geschlossen hatte, flüsterte dieser: »Jetzt solltet ihr nach Toni suchen.«

Sie runzelte irritiert die Stirn. »Jetzt schon?«

Er nickte bitterernst. »Das hier ist unsere letzte Chance vor dem Hochsicherheitstrakt, unbemerkt zu bleiben.«

»Das heißt, gleich wird's lustig?«, hakte Taima nach. In ihren Augen funkelte es kampflustig und Johanna konnte es der Amerindian nicht verübeln, dass sie auf Krawall gebürstet war, jetzt, wo sie wusste, wieso ihre Mutter sterben musste. In Johanna spiegelte sich die Wut, die sie in Taima identifizierte – auch ihre Eltern waren ermordet worden, weil Thorn Borthertorn einem Projekt nachjagte, das sich durch seine Vergangenheit zog.

»McGibbon?« Prestons Gesicht schob sich in ihr Sichtfeld. Seine Hand lag schwer auf ihrer Schulter und Johanna schüttelte die düsteren Gedanken ab. »Ja«, gab sie hastig zurück.

»Ihr solltet euch beeilen«, wiederholte er, was sie vorhin wohl nicht mitbekommen hatte. »Je eher wir ihn haben, desto schneller sind wir hier wieder raus.«

Sie nickte, schloss die Augen und atmete tief durch. Die Farbenwelt tauchte wie von selbst vor ihr auf. Sie konzentrierte sich auf die Emotionsraster um sich herum und schritt in Richtung Erkenntnis. Umgehend leuchteten die Menschen um sie herum in ihren einzigartigen Mustern auf.

Taima murmelte: »Gut, jetzt nimm meine Hand, Rotschopf.«

Johanna tat wie ihr geheißen.

»Und jetzt: gut festhalten!«

Ein harter Stoß ging vom Rücken aus durch ihren Körper. Er drohte, sie von den Füßen zu reißen. Um das Gleichgewicht zu halten, stolperte sie zwei Schritte vorwärts, schaute sich nach Taima um, von der sie annahm, dass sie diejenige gewesen war, die sie geschubst hatte – und erstarrte.

Ihr Körper stand nach wie vor fest auf beiden Füßen, die Augen geschlossen, und die Finger der rechten Hand fest mit Taimas verschränkt.

Ungläubig starrte sie auf ihre Gestalt zurück.

»Ziemlich cool, was?«, fragte Taimas Stimme neben ihr.

Johanna zuckte erschrocken zusammen und hätte beinahe die Hand ihrer Freundin losgelassen. Sie wirbelte herum und erkannte Taima, die entspannt neben ihr stand. Aber gleichzeitig auch dort drüben.

Einen Wimpernschlag später wurde ihr bewusst, dass die Umrisse der jungen Frau leicht schillerten, und sie schien auf eine seltsame Art und Weise durchscheinend zu sein.

»Sind wir …«

»Tot?«, fiel Taima ihr breit lächelnd ins Wort. »Nein.«

Johanna fiel ein Stein vom Herzen.

»Wir haben unsere Körper verlassen, damit wir unseren Geist auf die Suche nach Toni schicken können«, erklärte Taima. »Solange du meine Hand hältst, bin ich so etwas wie ein Leuchtfeuer, das du auf jeden Fall wiederfinden wirst – und bei mir ist es umgekehrt. So gehen wir auf keinen Fall verloren.«

Schon allein die Tatsache, dass wir verloren gehen könnten, ist gruselig genug …

Doch Johanna nickte bloß und fragte: »Und wie suchen wir nach ihm?«

Ihre Freundin grinste. »Das kommt jetzt. Einen Augenblick.« Nichts an ihr veränderte sich, weder ihr Gesichtsausdruck noch ihre Gestalt. Johanna zog verwirrt die Brauen zusammen.

»Okay, schau dich mal um«, bat Taima.

Johannas Irritation wuchs, doch sie vertraute ihr und ließ den Blick schweifen. Plötzlich stutzte sie. »Wie hast du …?« Das Schulterzucken ihrer Freundin fühlte sie mehr, als dass sie es sah.

»Ich sagte doch, dass ich nicht nur Magie sehen kann«, gab Taima frech zurück. »Ich kann sie bündeln und als Anker dienen, so wie du es eben erlebt hast. Aber ich bin noch dazu in der Lage, die Fähigkeiten anderer zu unterstützen, indem ich die gefundene Magie von mir abzapfe und sie der anderen Person weiterleite.«

»Krass!«, hauchte Johanna beeindruckt.

»Iwo«, schnaubte Taima. »Deine Kräfte sind tausendmal besser.« Bevor Johanna protestieren konnte, schnalzte sie mit der Zunge und sagte: »Und jetzt konzentriere dich und such nach Loverboy.«

Johanna machte sich umgehend daran, ebendas zu tun. Nebenbei informierte sie Taima darüber, wie die Suche funktionierte. »Das ist nicht so leicht, wie du denkst. Emotionsraster verändern sich mit der Zeit. Wenn etwas geschieht, das eine Seele bewegt, egal ob positiv oder negativ, dann verändert sich das Emotionsraster.«

»Aber der Großteil wird gleich sein, oder?«, hakte Taima nach. »Es wird nicht alles anders sein, sodass du ihn gar nicht mehr erkennst?«

Zum ersten Mal seit ihrem Aufbruch hörte Johanna eine Spur von Verunsicherung in Taimas Stimme. Sie beeilte sich, ihr die Sorge zu nehmen. »Ich denke nicht. Als ich bei Adam nachgesehen habe, hatte sich auch nicht alles verändert. Der Kern seines Rasters war immer noch derselbe.«

»Gut. Dann besteht Hoffnung.«

Langsam nickte Johanna, drehte gleichzeitig den Kopf von rechts nach links und starrte durch den Boden des Zimmers. Sie konnte mühelos über dreißig Emotionsraster ausmachen, aber keines davon glich dem von Toni. Mit winzigen Bewegungen drehte sie sich im Kreis, die Amerindian mit sich führend.

Was, wenn ich ihn nicht finde? Wenn er nicht da ist, weil er bereits tot –

»Da!« Das Wort entschlüpfte ihr in Form eines Schreis. »Ich hab ihn!«

»Okay«, sagte Taima, »dann finde jetzt heraus, wo genau er ist. Nimm dir ruhig die Magie, die du dazu brauchst.«

Und wie soll ich das anstellen?!

Heillos überfordert öffnete sie den Mund und schloss ihn wieder. »Ich…« Ihr Blick war weiterhin auf die Stelle gerichtet, wo sie Tonis Emotionsraster erkennen konnte. »Ich weiß nicht … wie«, stammelte sie.

»Oh.«

Ja. Oh.

Es war zum Haareraufen!

»Und wenn du dich einfach noch intensiver auf ihn konzentrierst?«, schlug Taima vor. »Vielleicht finden deine Fähigkeiten dann von selbst einen Weg.«

»Ich versuch's«, erwiderte Johanna mit einem hilflosen Achselzucken. Sie taxierte Tonis Emotionsraster, als hinge ihr Leben davon ab, ließ keine anderen Gedanken mehr zu. Jede Faser ihrer Seele sehnte sich nach ihm, wollte ihn bei sich wissen.

Und dann stand sie in einem nachtfinsteren Raum. Dank ihrer Sicht identifizierte sie eine Pritsche an der Wand rechts von ihr. Darauf lag ein Mensch, der ihr den Rücken zugewandt hatte. Sein Atem ging unregelmäßig und er schien zu beben.

Der Lichtstrahl einer Taschenlampe strahlte durch armdicke Metallstangen hindurch auf den abgekämpften Körper. Die breiten Schultern sackten nach vorn, um die Brust zu schützen.

Blonde Haare, schulterlang und stumpf.

Und doch … irgendwie vertraut.

Sie machte einen Schritt auf ihn zu. Ihre Kehle verengte sich und sie traute sich kaum, zu atmen.

Im Licht der Lampe funkelte einen Herzschlag lang der metallene Ring im Ohr des Mannes auf.

»Toni«, hauchte Johanna voller Entsetzen. »Was haben sie dir nur angetan …?«

Als hätte er ein Geräusch gehört, hob sich sein Kopf alarmiert von der schmuddeligen Pritsche. Er fuhr in einer abgehakten Bewegung herum. Eisblaue Augen irrten gehetzt durch die Finsternis, suchten nach etwas, das nicht da zu sein schien.

»Toni, was –«

In diesem Moment erklang Taimas Stimme: »Ich kann dich nicht viel länger halten! Egal, was du gerade tust, lass nicht meine Hand los, Rotschopf!«

Siedendheiß fiel es ihr wieder ein.

Mist! Ich bin ja gar nicht wirklich hier!

Sein verstörter Blick brach ihr das Herz. »Ich komme, Toni«, flüsterte sie an dem Kloß in ihrem Hals vorbei. »Hörst du? Wir holen dich hier raus. Sei bereit.«

Dann senkte sie den Blick. Sie ertrug es nicht länger, in seine panisch geweiteten Augen zu sehen, seine Hände zu betrachten, die wie Klauen geformt in sein dünnes T-Shirt gekrallt waren. Wenn sie erst in Fleisch und Blut hier stand, dann würde sie auf alles gefasst sein – aber nicht so. Nicht, indem sie ihn noch mehr verängstigte, als er es offenbar bereits war.

Hektisch fokussierte sie sich auf ihre Umgebung und machte sich auf den Rückweg, indem sie Taima an ihrer Hand ziehen ließ.

Das Zurückkehren in ihren Körper war das pure Gegenteil vom Herausfahren: Es war wie ein sanfter Lufthauch, wie ein Seufzen in ihr Gesicht, der sie sanft rückwärts gleiten ließ.

Johanna öffnete die Augen und sah Preston und ihren Ziehvater mit mehr Entschlossenheit an, als sie je zuvor verspürt hatte. »Wir haben ihn.«

17

Ein Knistern in ihrem Ohr lenkte Johannas Aufmerksamkeit weg von ihren Beschützern.

»Ich bin drin«, ertönte Adams Stimme. »Der Upload des Virus' läuft bereits. Sagt Bescheid, wenn ihr so weit seid.«

Ihr Herz begann fieberhaft zu hämmern. Die winzigen Funkgeräte in ihren Ohren sendeten auf einem eigenen, abgesicherten Kanal, den Adam in den vergangenen Tagen eingerichtet hatte. Sie aktivierten sich mithilfe eines kurzen Antippens und blieben so lange eingeschaltet, bis das Antippen wiederholt wurde – oder Adam es über sein Smartphone abschaltete.

»Wir haben ihn lokalisiert«, antwortete sie. Daraufhin schaute sie zu ihrem Ziehvater, Taima und Preston, und sagte: »Gehen wir.«

Die Männer griffen wieder zu ihren Waffen, entsicherten sie und Taima steckte ihre Pistolen in ihre Jacke. Dann ließen Johanna und sie sich die Handgelenke mit Kabelbindern zusammenbinden. Mit einem abschließenden Nicken traten sie hinaus in die Halle. In derselben Aufstellung wie vorhin folgten sie Gelleroy zu einer anderen Tür. Sie war schwarz und darauf prangten die Lettern H und D in grellem Gelb. Flankiert wurde sie von zwei Wachen.

Ohne zu zögern, marschierte Gelleroy offen auf sie zu, Taima und Johanna im Schlepptau. Preston bildete den Schluss. Er stieß Letztere grob gegen die Schulter und blaffte: »Nun mach schon!«

»Halt!«, befahl der kürzere der beiden Wachen. Der Längere entsicherte im selben Moment sein Gewehr und richtete es unbarmherzig auf Gelleroy.

»Was soll das?« Die argwöhnische Miene des Kurzen zeigte deutlich, dass er ihnen ihr im Voraus geplantes Schauspiel nicht abnahm.

Gelleroy blieb stehen und zeigte seinen Ausweis vor. Dann meinte er leicht gelangweilt: »Ich soll die beiden in eine Zelle werfen. Der Boss will mehr Proben haben.«

Johannas Puls raste. Sie starrte dem Kurzen böse entgegen, als er auf sie zukam.

Lass dir nichts anmerken! Lass dir bloß nichts anmerken!

Der Kurze kniff die Augen zusammen und musterte die beiden Frauen nacheinander eingehend, wandte sich wieder Gelleroy zu und schnauzte: »Sind das *Berührende*? Sind die fürs Experiment D.?«

Ihr Ziehvater nickte. »Hab ich doch gerade gesagt, oder?«

Einen Augenblick lang war sie sicher, dass sie aufgeflogen waren.

»Schon gut, schon gut«, gab sich der Soldat geschlagen. »Lass sie durch, Mo.«

Ihr Herz schien vor Erleichterung ins Stocken zu geraten.

Der Längere der beiden – Mo – nickte stumm und trat zur Seite, das Gewehr mit dem Lauf gen Boden gerichtet.

Gelleroy zerrte an Taimas Kabelbindern und sie stolperte ihm unbeholfen hinterher. Preston schlug Johanna mit dem Knauf seiner Waffe in den Rücken. »Beweg dich«, herrschte er sie an.

»Nehmt den rechten Gang«, erklang Adams Stimme in ihren Ohrstöpseln. »Da ist ein Aufzug, der euch innerhalb des Gefängnisses weiter nach unten bringt. Johanna, in welcher Etage ist Toni untergebracht?«

Sie hustete lautstark und murmelte gleichzeitig: »Der Dritten.«

»Halt's Maul!«, rief Preston. Ein weiterer Hieb traf sie zwischen die Schulterblätter und sie stolperte vorwärts.

Auch am Aufzug warteten zwei Wachen auf sie. Das Prozedere von vorhin wiederholte sich, Gelleroy zeigte ihnen seinen Ausweis und bat darum, ins dritte Untergeschoss des Gefängnisses fahren zu dürfen. Die Soldaten sahen nicht einmal in ihre Richtung, sondern winkten sie einfach nur durch.

Kaum standen sie in der Kabine, atmeten sie durch.

»In welcher Zelle ist er?«, fragte Adam.

»Weiß ich nicht«, gab Johanna gehetzt zurück. »Die Zelle befand sich mittig an einer Außenwand.«

»Okay, hab sie. Linker äußerer Gang, dritte Zelle von links. Sobald ihr an Zelle Nummer eins angekommen seid, werde ich ein Ablenkungsmanöver starten und Tonis Zelle öffnen. Wenn er draußen ist, schalte ich das Licht ein.«

Taima wirkte irritiert. »Das Licht *ein*schalten?«

Johanna nickte grimmig. »Da drin herrscht stockfinstere Nacht. Die Wachen blenden und verwirren die Insassen mit Taschenlampen.«

»Diese Penner«, presste sie zwischen zusammengebissenen Zähnen hervor.

Die Schiebetüren glitten auseinander. Vier Soldaten hatten die Gewehre auf sie angelegt. Gelleroy zog seufzend den Ausweis hervor und wiederholte den Grund ihres Aufenthalts. Aber diesmal ließen die Wachen sie nicht einfach so passieren. Zwei von ihnen stellten sich an ihren Flanken auf und eskortieren sie durch den lang gezogenen Gang, der sich vor ihnen erstreckte. Das Licht ihrer Taschenlampen war das einzig Helle hier unten.

Johanna schauderte. Sie vermochte sich kein Bild davon zu machen, wie das Gefängnis aussehen könnte. Außerhalb des Lichtscheins wurde alles von reinster Finsternis verschluckt.

Wie sollen wir den Weg zurück finden, wenn wir ihn schon jetzt kaum sehen können?

Vor ihr geriet Taima immer mehr ins Straucheln. Ihrer Freundin schien die Dunkelheit zuzusetzen. Sie konnte das Zittern der Schultern und Arme der Amerindian im Schein der Lampen erkennen.

»Es geht los«, drangen die geflüsterten Worte Adams an ihre Ohren.

Einen Herzschlag später bebten die Wände. Die beiden Wachen blieben abrupt stehen und die Lichtkegel bewegten sich dem Flur entlang hektisch vor und zurück.

»Was war das?«, wollte der Linke wissen.

»Ich habe keine Ahnung«, gab der Rechte zurück. »Aber wir sollten auf jeden Fall nachsehen.« Er wandte sich fahrig an Gelleroy. »Kommt Ihr allein zurecht?«

Dieser nickte überheblich. »Natürlich.«

»Hier.« Der Linke drückte Gelleroy die Taschenlampe in die Hand, salutierte und stürmte davon, den Weg zurück, den sie gekommen waren. Sein Partner folgte ihm auf dem Fuße.

»Jetzt oder nie«, murmelte Preston und drängte sich an ihnen vorbei. Kaum zwanzig Schritte weiter blieb er wie angegossen stehen und blickte unverwandt auf einen Punkt hinter den Metallstreben. Schock stand ihm ins Gesicht geschrieben.

Seine Reaktion veranlasste, dass Johanna sich einen Ruck gab. Sie stellte sich neben ihn, direkt vor die Gittertür und flüsterte: »Adam? Mach die Tür auf.«

Vor ihr klickte das Schloss aus dem Scharnier. Sofort riss sie die Tür auf und hastete hinein. Ja, das hier war die Zelle, die sie vorhin gesehen hatte. Und er sass immer noch auf der

Pritsche, die Beine eng an den Körper gezogen, das Gesicht daran gelehnt.

»Toni!« Ihre Stimme zitterte. Sie stürmte die kurze Distanz zu ihm. Als er nicht reagierte, legte sie sachte die linke Hand an sein Schienbein.

Tonis Kopf ruckte hoch, die eisblauen Augen waren vor Schreck geweitet. Und sein Gesicht –

Oh, sein hübsches Gesicht!

»Was haben sie dir nur angetan«, wiederholte sie flüsternd die Worte vom letzten Besuch. Mit bebenden Fingern strich sie über seine vor krassen Striemen strotzenden Züge. Viel konnte sie im Zwielicht der Taschenlampe nicht erkennen, doch es reichte, um den brodelnden Zorn in ihrem Innern so weit zu befeuern, dass sie beinahe in die düstere Sicht gekippt wäre.

»Bist du echt?«, fragte er mit gebrochener Stimme.

Ihr Herz setzte einen Schlag aus. Langsam umschloss sie seine Wangen mit beiden Händen und beugte sich zu ihm. »Ich bin so real wie ich nur sein, Toni«, hauchte sie.

Ein hoffnungsvoller Schimmer trat in seine Augen. Seine eigenen Finger umschlossen ihre Hände, tasteten sich daran entlang, bis er schließlich den Mut fand, ihr Gesicht zu berühren. »Du bist es wirklich.« Tränen sammelten sich in seinen Augenwinkeln und rannen ungehindert über seine Wangen, über Johannas Finger.

»Ich will ja nicht hetzen«, drang Taimas Stimme zu ihnen. »Aber wir sind nicht zum Kaffeekränzchen gekommen. Schnapp dir Loverboy und dann nichts wie raus hier.«

Tonis Augen zuckten für die Dauer eines Herzschlages in Richtung der Tür. Erst jetzt schien er zu realisieren, dass Johanna nicht allein gekommen war. Dann fixierte er sich wieder auf ihr Gesicht. »Du bist unglaublich«, flüsterte er voller Stolz.

Sie grinste, nahm seine Hände in ihre und fragte: »Kannst du aufstehen? Bist du irgendwo gröber verletzt?«

Er schüttelte zur Antwort den Kopf und klarifizierte: »Ich kann gehen.«

»Ausgezeichnet.« Erleichtert half sie ihm beim Aufstehen und zog ihn anschließend hinter sich aus der Zelle, deren Tür sie zurück ins Schloss schnappen ließ, sobald sie auf dem Gang standen.

Tonis Augen wurden erneut groß, als er begriff, wer alles zu seiner Rettung geeilt war. »Danke, Leute«, sagte er mit rauer Stimme.

Preston winkte ab. »Nichts zu danken.« Dann wandte er sich in die Richtung, aus der sie gekommen waren und tippte einmal auf sein Mikrofon. »Adam?«

»Ja.«

»Tür zur Zelle schließen. Wir haben deinen Bruder. Es kann losgehen.«

»Schließ die Augen und halte den Arm vors Gesicht«, flüsterte Johanna Toni zu, der ihr prompt gehorchte. Sie zückte die Panoramasonnenbrille, die ihr Gelleroy in der Garage überreicht hatte, und setzte sie ihm auf die Nase.

Gleißende Helligkeit brannte sich zwei Sekunden später schmerzhaft durch ihre Augenlider. Um sie herum brach Chaos aus. Sie verzog das Gesicht und blinzelte ein paar Mal, um sich an die Veränderung zu gewöhnen, während in die wenigen Zellen, die von Insassen belegt waren, mit einem Schlag Leben kam. Die Personen darin brüllten vor Schmerzen, warfen sich gegen die Gitter oder begannen nach den Wächtern oder um Hilfe zu schreien.

Johanna versicherte sich, dass es Toni gut ging, griff nach seiner Hand und lächelte ihm ermutigend zu.

Er muss ja nicht wissen, dass wir gleich noch ein Blind Date mit seinen und meinen Peinigern haben ...

Ihr Magen verkrampfte sich und bildete einen klammergriffartigen Knoten, der ihr leichte Übelkeit bereitete.

»Los!«, rief Preston durch die Rufe und Schreie der anderen. Seine Waffe schussbereit, gab er Gelleroy ein Zeichen, und dieser marschierte ihnen voraus, den Weg zurück, den sie gekommen waren.

Dass er sich merken kann, wo wir entlang gegangen sind ...

»Wohin gehen wir?«, wollte Toni schnaufend wissen. Bereits diese kurze Strecke hatte ihn völlig ausgelaugt – und sie waren noch nicht einmal am Aufzug angelangt.

Besorgt runzelte sie die Stirn, schüttelte jedoch den Kopf, um ihm zu signalisieren, dass sie jetzt keine Zeit für langatmige Erklärungen hatten.

Gelleroy erreichte die Abzweigung und linste vorsichtig um die Ecke, bevor er sie alle weiterwinkte. Vor dem Aufzug reichte er ihr sein Mikrofon. »Gib den Ohrstecker an Toni weiter. Adam kann ihm alles Nötige unterwegs erklären.«

Die Schiebetüren öffneten sich und alle wetzten hinein. Johanna ließ den kleinen Ohrhörer in Tonis offene Hand fallen, während ihr Ziehvater sie darüber instruierte, was gleich passieren würde. »Sobald diese Türen sich öffnen, sind wir offiziell aufgeflogen.« Er sah sie reihum mit eiserner Miene an. »Preston hat Cainnen das Go gegeben, und die Jäger werden jede Minute eintreffen – oder sind es bereits. Wenn wir also aus irgendeinem Grund getrennt werden, dann haltet euch an sie.«

»Und wie erkennen wir, wer die Jäger sind?«, fragte Toni.

»Sie haben sich auf eine Schlinge in Grün am rechten Arm geeinigt«, gab Preston zurück.

»Okidoki.«

»Wir biegen gleich nach rechts ab, egal, was die Soldaten euch einreden.«

Toni versteifte sich. »Nein.«

Gelleroys Gesichtsausdruck wurde sanfter, als er ihm einen Blick zuwarf. »Wir sind hier, um Borthertorn das Handwerk zu legen.«

Tonis Finger krallten sich regelrecht in ihre Hand, sodass es schmerzte. Sie verzog das Gesicht zu einer Grimasse, entzog sich ihm jedoch nicht.

»Das…«, stammelte er außer sich, »Das könnt ihr nicht!«

Taima lachte zynisch auf. »Und wie wir das können, Goldlöckchen.«

Er schnitt ihr das Wort mit einer fahrigen Geste ab und zischte: »So meinte ich das nicht.« Sein Blick zuckte zurück zu Johanna und er sagte: »Er ist nicht die treibende Kraft hinter *Projekt Darvin*.«

Erschrocken sog sie scharf die Luft ein. »Du weißt davon?«

Das erste schiefe Grinsen seit ihrer Wiedervereinigung trat auf seine Lippen. »Natürlich weiß ich davon – ich war schließlich eins ihrer Versuchskaninchen.«

Sie begriff nicht, warum er dann darauf bestand, dass sie nichts gegen den CEO des Kreises unternehmen sollten. Gerade er musste doch verstehen–!

»Thorn Borthertorn«, eröffnete Toni mit Grabesstimme, »trägt die Seele von Meghan McGibbon in sich.«

»Du willst mich doch verarschen!«, rief Taima.

»Dein Ernst?!«, kam es von Preston.

»Unmöglich!« Gelleroy.

Doch Toni sah nur Johanna an. In seinen Augen spiegelte sich eine neue Art der Pein. Eine, die er niemandem außer ihr und Adam jemals offenlegen würde. Es zerriss ihr das Herz vor Mitgefühl, vor Hass auf den *Kreis der Begnadeten*.

»Es ist wahr«, beharrte er. In seinen Blick mischte sich eine wirre Mischung aus Flehen und Kummer, als er flüsterte: »Und jetzt hat sie alles, was sie noch braucht – denn du bist ihr schlussendlich doch noch ins Netz gegangen.«

Verwirrt stutzte sie. »Aber ich bin geflohen. Bereits vor Monaten.«

Ein Lächeln zuckte um seine Mundwinkel, aber es war ein trauriges Lächeln. »Und ich sass beinahe drei Monate in der Zelle. Sie haben mich nicht mehr rausgelassen, nachdem Preston mich gefunden hatte. Und jetzt weiß ich endlich, warum.« Seine freie Hand glitt an ihre Wange und streichelte zärtlich über ihre Haut. »Weil sie dich unbedingt ködern mussten.«

Ihr wurde im selben Moment eiskalt, in dem sie verstand.

»Sie brauchen mich noch«, entfuhr es ihr.

Die Türen des Aufzugs schoben sich auf.

Schüsse knallten.

Gelleroy ging zu Boden, sein Gesicht qualvoll verzerrt, eine Hand an seinem linken Arm. »Lauft!«, schrie er. »Ich decke euch!«

Nein!

»Wir können dich nicht zurücklassen«, rief Preston zwischen zwei Salven, mit denen er das Feuer erwiderte. Mit fest zusammengebissenen Zähnen knirschte er: »Gib mir einfach einen Moment.«

Er drückte sich gegen die vordere rechte Ecke des Aufzugs, zielte und drückte ab – alles innerhalb weniger Millisekunden. Ein gurgelnder Laut ertönte.

Sämtliche Härchen auf Johannas Armen stellten sich bei dem Geräusch auf und sie fokussierte sich stattdessen auf ihren Vater. »Ich kann dich heilen.«

»Noch nicht.« Seine Worte kamen abgehackt. »Erst wenn wir sicher sind.« Dann warf er einen Blick auf Toni und fügte hinzu: »Und nur so viel, wie du entbehren kannst.«

Ein weiterer, einzelner Schuss. Jemand fiel auf den Flur. Johanna schluckte, doch die Übelkeit nahm überhand. Tonis Enthüllung, plus der Schock über Gelleroys Verletzung – ach quatsch, die ganze Situation, in der sie seit Wochen steckte –

alles wuchs ihr mit einem Mal über den Kopf hinaus, verstrickte sich sowohl in ihrem Verstand als auch in ihrem Magen zu brennend heißen Würmern, die sich unter ihrer Haut wanden und ihr das Gefühl vermittelten, nie wieder klar denken oder entspannt und frei von Übelkeit zu sein.

Meghan ...

Sie lebt. Und sie hat alles, um ... ja, um was genau anzustellen? Übermenschen herzustellen? Wie muss ich mir das eigentlich genau vorstellen? Diese Menschen... Was genau soll sie von anderen unterscheiden? Was will sie dann noch mit mir? Und was zur Hölle hat sie Toni bloß angetan, dass er derart gebrochen ist?

Zwei Schüsse in rascher Folge hallten im Aufzug nach, dann wurde es still um sie herum. Sie sah auf und traf auf Prestons Blick. »Areal gesichert«, bestätigte er mit unbewegter Miene.

Es rauschte in ihrem Ohrstöpsel. »Die Jäger sind da«, erklang Cainnens Stimme.

Der unbändige Drang, Borthertorn vor ihnen zu erreichen, ergriff von Johanna Besitz. Fahrig erhob sie sich und half ihrem Ziehvater auf die Beine. Dann schaute sie erneut zu Preston und meinte: »Führe du uns weiter.«

Doch Gelleroy drängte sich an ihr vorbei. »Dafür bin ich hier.«

Sie wollte protestieren, ihm erklären, dass er mit seiner Verletzung nicht weit kommen würde, wenn es hart auf hart käme, doch er erstickte jeglichen Kommentar, indem er sagte: »Ich bin immer noch Gretas Ersatz und damit im engsten Vertrautenkreis. Auf meine Treue verlässt sich der CEO – bis es zu spät dafür sein wird.«

Entnervt schüttelte sie den Kopf und stieß die Luft aus. Eine Hand schob sich in ihre und Johanna hob überrascht den Kopf. Toni hatte die Sonnenbrille abgenommen und seine eisblauen

Augen studierten jede ihrer Regungen. Jetzt, im Lichtschein der Deckenbeleuchtungen, sah er noch tausendmal schlimmer aus als im Zwielicht der Zelle. Die Haut in seinem Gesicht und auf seinen Unterarmen schien an allen möglichen Stellen zerschnitten worden zu sein. Diese Verletzungen waren bereits mit Schorf überwachsen – *zum Glück!* Aber das, was sie von seinen Armen und seinem Hals erkennen konnte, schillerte in grünen und blauen Tönen. Er war definitiv geschlagen worden.

Und wahrscheinlich sind das noch nicht einmal alle Verletzungen... Vieles davon wird höchstwahrscheinlich mental stattgefunden haben, da Meghan offenbar mit von der Partie ist.

Auf ein Neues wurde Johanna von einer Welle tiefer Verachtung gegenüber Thorn Borthertorn und ihrer eigenen Vorfahrin überrollt. Inzwischen wünschte sie sich regelrecht, dass er sie finden und sie sich dafür revanchieren konnte, was die beiden Toni und ihr angetan hatte.

Jener schüttelte in diesem Moment den Kopf. »Lass dich nicht von deinen negativen Emotionen übermannen, Leonessa.«

Seine Finger strichen über ihre Hand und wirkten sich besänftigend auf ihre Wut aus. Sie atmete tief durch, stellte sich auf die Zehenspitzen und gab ihm einen hauchzarten Kuss als Dankeschön.

Verstimmt schob er die Brauen in die Höhe. »Das war definitiv zu wenig, um als Kuss durchzugehen«, beschwerte er sich mit seinem üblichen Zynismus.

»Ihr sollt euch hier ja auch nicht abschlabbern«, warf Taima mit einem hörbaren Augenrollen ein.

Gelleroy räusperte sich und beachtete sie alle mit einem strafenden Blick, woraufhin Stille eintrat. Er nickte und verschwand rechts um die Ecke des Aufzugs. Taima folgte ihm leichtfüßig, grimmige Entschlossenheit in ihren Augen.

Johanna und Toni folgten den beiden, stets darauf bedacht, mit den anderen Schritt zu halten. Während sie auf leisen Sohlen den Flur entlang eilten, konzentrierte sie sich und webte ein heilendes Magie-Muster auf seinen Handrücken. Zufrieden besah sie das goldene Rankentattoo mit einem knappen Blick, sobald sie fertig war. Es würde ihn auch weiter heilen, wenn sie seine Hand loslassen musste – nicht, dass sie das in naher Zukunft vorhatte.

Gelleroy schob gerade seine Chipkarte in den Schlitz neben einer Tür, als Adams Stimme in ihrem Ohr erklang. »Der Virus ist durch. Sämtliche Daten, die der *Kreis der Begnadeten* digital gesichert hat, sind damit gelöscht. Ich bin gleich bei euch.«

Die Sicherheitstür vor ihnen schob sich in dem Moment auf, als Johannas Geist von einem Grauen geflutet wurde, das ihre Füße auf dem Fußboden festkettete.

Gelleroy!

»Nicht!«, schrie sie aus voller Kraft.

Ihre Hand löste sich von Tonis, streckte sich nach vorn. Ihr Ziehvater stand zu weit entfernt. Ihre Augen weiteten sich in reiner Panik. Ihr Verstand war immer noch dabei, die Einzelteile zusammenzusetzen, begriff nicht wirklich, warum sie dermaßen außer sich war.

Taima allerdings schien dasselbe Grauen gespürt zu haben wie sie. Und sie reagierte schneller als Johanna: Ihre linke Schulter rammte in dieser Sekunde die von Gelleroy. Jener taumelte überrumpelt zur Seite.

Jemand schrie.

Aus Taimas Waffe lösten sich drei Schüsse. Dann sackte sie in die Knie, als wäre sie eine Marionette, der die Drähte durchtrennt worden waren. Mit einem furchtbar lauten Klappern plumpsten die Pistolen auf den Boden – als wären sämtliche anderen Geräusche um Johanna herum verstummt. Ein unheimliches Gurgeln löste sich aus Taimas Kehle. Ungehindert fiel ihr Körper nach vorn und krachte auf den Boden. Rote Flüssigkeit breitete sich unter ihr aus.

Das Kreischen wurde lauter.

Weitere Schüsse krachten, diesmal aus Richtung der geöffneten Tür.

Unvermittelt wurde ihr am Arm zur Seite gerissen. Eine Hand legte sich über ihren Mund, und erst jetzt wurde ihr klar, dass sie es gewesen war, die ohne Unterbrechung gekreischt hatte.

Das Grauen wuchs mit jeder Sekunde, aber ihre Augen klebten an Taimas lebloser Gestalt.

Hinter ihr erklang das Getrampel vieler Stiefelpaare, und Rufe wurden laut. Männer und Frauen mit grünen Armbinden fluteten den Gang, stürmten an ihnen vorbei, über Taimas Körper hinweg.

Sie war sich sicher, dass sie träumte.

Ich muss aus irgendeinem Grund in Ohnmacht gefallen sein. Das hier kann nicht sein.

Taima ...

Das ist nicht real ...

Jemand flüsterte ihr Worte ins Ohr, hielt sie fest, als hinge sie mit den Fingerspitzen an einer Klippe und müsse gerettet werden. Die Arme um sie bebten.

Dann waren da zwei Hände, die sich auf ihre Wangen legten und ihr Gesicht anhoben, und Johanna blickte in graue Iriden. Verschwommen erinnerte sie sich daran, dass sie diese Augen kannte.

Aber es war egal.

Alles war egal.

Taima lag dort auf dem Boden, und sie rührte sich nicht, und da war Blut, so viel Blut!

»Johanna!« Adams Stimme war rau vor unterdrückten Emotionen.

Ein plötzlicher Schub durchzuckte ihren Körper und sie wollte sich losreißen, wollte zu ihrer Freundin stürmen, wollte sie aus der Gefahrenzone ziehen.

Ich muss ihr helfen! Ich muss sie heilen!

Ihr Körper setzte sich in Bewegung. Sie schlug nach den Händen, die sie hielten, trat nach der Gestalt, gegen die sie noch vor Sekunden gesunken war.

»Johanna!« Seine Stimme donnerte durch den Gang. Als sie sich weiterhin mit Händen und Füssen wehrte, küsste er sie unnachgiebig.

Der Sturm in ihrem Inneren flaute ab. Es kam ihr vor, als würde der Teil von ihr, der sich in jenem Moment von Taimas Sturz aus ihr herausgeschleudert hatte, zurück in ihren Körper gesogen. Ihr Verstand setzte wieder ein und Johanna stoppte den Widerstand gegen die beiden Cadeeshs. Stumme Tränen strömten über ihre Wangen.

Zögerlich löste Adam sich von ihr und sah auf sie herab. »Du hast Toni ganz schön zugesetzt«, murmelte er halb spöttisch, halb im Ernst.

Sofort drehte sie den Kopf und sah in dessen abgekämpftes Gesicht. Toni schnalzte zwar mit der Zunge, doch sie vermochte die Erschöpfung in seinen Zügen klar zu erkennen. Gerade wollte sie den Mund aufmachen und sich entschuldigen, als er die Arme noch enger um sie schlang und nahe an ihrem Ohr flüsterte: »So hart sich das jetzt anhören mag: Wir müssen weitergehen.«

Die Beine drohten ihr wegzusacken.

»Ich kann sie nicht einfach hierlassen«, schluchzte sie.

»Das musst du.«

Erst jetzt fiel ihr auf, dass sie die Worte laut ausgesprochen hatte. Und Toni hatte recht: Sie mussten weiter. Sie waren aus einem ganz bestimmten Grund hierhergekommen. Wenn sie jetzt aufgab, dann war Taima umsonst… Sie wäre …

Cainnens Stimme unterbrach die umherwirbelnden Gedanken in ihrem Kopf. »Ich werde sie zum Hauptquartier zurückbringen. Zusammen mit allen anderen Gefallenen.«

Seine Worte gaben ihr die nötige Dosis Realität, die sie brauchte, um endlich wieder im Hier und Jetzt anzukommen. Mit einem harten Schlucken wischte sie sich die Tränen aus dem Gesicht und suchte mit den Augen nach ihren anderen Freunden. Preston und Gelleroy waren bereits in den Raum hinter der Schiebetür geeilt, zusammen mit einem Großteil der Jäger. Dass das vorhin die Jäger gewesen waren, daran hegte sie keinen Zweifel; die grünen Armbinden sprachen für sich.

Cainnen kniete neben Taimas regloser Gestalt und strich ihr das Haar aus dem Gesicht. Er schien zu spüren, dass sie ihn beobachtete, denn er schaute zu ihr auf und sagte: »Ich teleportiere sie jetzt von hier weg.«

Sie nickte, machte jedoch keinerlei Anstalten, zu ihm zu gehen. Sie wusste, dass ihr die Beine wegsacken würden, sollte sie auch nur einen Schritt wagen. Sie konnte es einfach nicht. Diese Erkenntnis brachte neue Übelkeit mit sich, und sie vergrub hilflos ihre Finger in den Klamotten ihrer beiden Freunde.

Cainnen schien ihre Not zu verstehen. Er nickte ihr einmal zu, hob die rechte Hand und eine schnell wachsende Kugel erschien auf deren Fläche. Mit einem Handschwenken ließ er sie auf Taimas Körper fallen und die Amerindian verschwand. Zurück blieb eine Übelkeit erregende, große Blutlache.

»Areal gesichert!«, dröhnte Prestons atemlose Stimme durch das Ohrenmikrofon.

Sie alle versteiften sich. Johanna sah von Cainnen zu Toni, dann zu Adam.

18

Mithilfe der Jäger kamen sie eindeutig schneller voran. Und wie Gelleroy es vorausgesagt hatte, waren die meisten Soldaten damit beschäftigt, den Brand zu löschen – oder die Jäger in den Obergeschossen zu bekämpfen, die mittlerweile dort eingedrungen waren.

Die Flure von Ebene 43 waren, mit Ausnahme der Standardbesetzung von Wachen, wie leer gefegt. Doch je tiefer sie sich in das Labyrinth aus Laboren und Lagerräumen vorwagten, desto unruhiger wurde Johanna.

Etwas stimmte nicht. Es machte ganz den Eindruck, als würde Thorn auf ihr Eintreffen warten – wo auch immer er sich in diesem Irrgarten verkrochen hatte. Was im Umkehrschluss hieß, dass er weiterhin davon ausging, die Oberhand zu haben.

Um den endlosen Fragen, die bei jeder Gelegenheit auf sie einprasselten, ein Ende zu bereiten, fragte sie an Toni gewandt: »Gibt es sonst noch etwas, das wir wissen sollten, bevor wir den CEO treffen?«

Sein ratloses Achselzucken bescherte ihrer Hoffnung einen gehörigen Dämpfer, noch bevor er überhaupt zu sprechen begonnen hatte. »Dieser Bastard hat permanent davon geredet, dass er dich braucht. Er konnte mir nicht genug unter die Nase reiben, *wie sehr*.«

Verständnislos schüttelte sie den Kopf. »Thomas Kon hat mir den halben Körper gestohlen. Was wollen sie denn noch von mir?«

»Kann ich dir leider nicht sagen«, gab er entschuldigend zurück. Seine Stimme klang bereits kräftiger, was Johanna dazu verleitete, ihn eingehender zu mustern. Zufrieden stellte sie fest, dass ihre heilende Tätowierung gute Arbeit leistete: Die Schnitte auf Armen und Gesicht waren bereits deutlich dünner geworden, und seine Haut schillerte nicht mehr grün und blau, dort, wo er geschlagen worden war, sondern in sanftem Gelb.

Wie um ihr zu beweisen, dass es ihm bereits besser ging, legte er seinen Arm um ihre Schultern und ließ die Finger der Hand vor ihrem Gesicht zappeln, deren Rücken das Rankentattoo zierte. »Nettes Muster übrigens, Leonessa«, meinte er großspurig. »Wobei ich den Eindruck habe, dass es ein wenig *abgekupfert* aussieht.« Sie hätte schwören können, dass da ein spöttischer Unterton in seiner Stimme mitschwang.

Sie schnaubte und schob seine Hand aus ihrem Sichtfeld. »Es ist doch egal, wie es aussieht«, murmelte sie, »Hauptsache, es heilt dich.«

Seine Finger legten sich auf ihre Schulter, die andere Hand packte blitzschnell ihr Kinn und seine Lippen senkten sich auf die ihren.

»Danke«, raunte er im nächsten Moment. Dann waren seine Hände bereits wieder verschwunden.

Adam, der auf ihrer anderen Seite ging, lachte leise vor sich hin. »Es ist offensichtlich, dass es ihm besser geht.«

Er beugte sich zu ihr und gab ihr ein Küsschen auf die Wange. »Danke, dass du meinen Spinner-Bruder gerettet hast«, sagte er.

Johanna konnte spüren, wie sich ihre Wangen erhitzten. Um von ihrer peinlichen Berührtheit abzulenken, fragte sie die beiden: »Aber findet ihr nicht auch, dass irgendwas an der ganzen Situation nicht aufgeht?«

»Klaro«, erwiderte Toni locker.

Adam nickte und pflichtete ihm bei: »Aber es bringt nichts, sich darüber den Kopf zu zerbrechen, jetzt, da wir hier sind. Dafür ist es schlicht zu spät; es ist sozusagen fünf Minuten vor zwölf und wir tappen immer noch im Dunkeln.«

Toni winkte mit einer lässigen Geste ab. »So, wie ich den CEO kennengelernt habe, wird er es sich eh nicht nehmen lassen, alles brühwarm raus zu posaunen, sobald er uns in seinen Wichsgriffeln hat.«

Johannas Mundwinkel schoben sich herab. »Damit könntest du recht haben.«

Seine Augen blitzten auf, ob vor Belustigung oder Entrüstung, konnte sie nicht eruieren.

Adam zog sein Smartphone aus der Hosentasche und sie registrierte nach einem weiteren, intensiveren Blick, dass er einen Lageplan von Ebene 43 studierte.

»Toni?«, fragte er, zoomte eine Stelle heran und hielt schließlich inne. »Wo wurdest du hingebracht, wenn sie dich aus der Zelle geholt haben?«

Sein Bruder zuckte betont gelangweilt mit der Schulter, als ob ihn nichts an der Frage und der Tatsache selbst zu interessieren schien. »In einen ein echt abgefahrenen Raum mit hunderten von Regalen«, beschrieb er. »Da waren auch meterhohe Tanks mit einer grünlichen Flüssigkeit drin.«

»War in diesem Raum sonst noch etwas?«, bohrte Adam tiefer.

Toni mass ihn mit zusammengekniffenen Augen. »Jetzt, wo du es sagst… Da war etwas, das mich jedes Mal irritiert hat: Meile um Meile mit gläsernen Behältern.« Er hielt kurz inne und führte dann an: »Und darin waren eine Art Schatten eingesperrt. In jeder erdenklichen Farbe. Die sahen aus, wie die, die Jojo benutzt hatte, als sie mich angegriffen hat.«

»Hmm«, machte Adam und runzelte konzentriert die Stirn. Johanna beobachtete, wie er den Lageplan auf dem Smartphone schloss, eine andere App öffnete und darin zu tippen begann. Nach nur drei Herzschlägen wurde die Eingabe mit einer anderen Art von Karte überdeckt. Ein roter Punkt leuchtete an einer Stelle auf.

»Es könnte das Archiv gewesen sein«, erwiderte Adam.

Sie stutzte, sah zwischen den beiden hin und her und stellte die offensichtliche Frage: »Wozu braucht der *Kreis der Begnadeten* bitte ein Archiv? Wir wissen doch, dass sie sämtliche Akten über die *Berührenden* digitalisiert haben.«

Auch Toni legte fragend den Kopf schief und sah zu Adam hinüber. Dessen Blick hing noch für zwei Atemzüge am Bildschirm, dann ließ er es in die Tasche zurückgleiten, während er sagte: »Ich habe keine Ahnung, was da drin sein soll, aber der Raum, der den meisten Strom auf dieser Ebene anzapft, ist als *Archiv* beschriftet.«

»Es ist eine Art Fähigkeiten-Lagerungseinrichtung«, meldete sich Gelleroy von vorne zu Wort. Seine Stimme hatte einen seltsamen Ton angenommen, beinahe so, als würde es ihm widerstreben, dieses Thema überhaupt anzusprechen.

Fähigkeiten-Lagerung...? Das schreit förmlich nach geheimen Machenschaften.

»Was kann ich mir darunter vorstellen?«, wollte sie zögerlich wissen.

Gelleroy seufzte und seine Schultern sackten leicht nach vorn, während er weitermarschierte. »Manchen *Berührenden* wird ein Teil ihrer Fähigkeiten abgenommen, um diese einzulagern.«

»Wie bitte?!«, drang es aus mehreren Kehlen gleichzeitig.

Ihr Ziehvater deutete ein Kopfschütteln an. »Ich weiß nicht viel darüber, wenn ich ehrlich bin. Nur, dass die *Berührenden* die Prozedur nicht freiwillig über sich haben ergehen lassen.«

Neue Nervosität klammerte sich an Johannas Eingeweide.

War ja klar! Es kann ja nicht so einfach sein! Zur Hölle, was kommt denn noch alles ans Licht, bis wir auf Borthertorn treffen? Stellt sich heraus, dass er dieser anderen Rasse angehört? Schießt er etwa Blitze aus seinem Arsch und schlägt bloß gern wehrlose Frauen, weil es ihm einen gewissen Überlegenheitskick gibt?

Toni blies die Backen auf und pustete die Luft lautstark wieder aus. »Irgendwas sagt mir, dass mein Bruder hier den richtigen Riecher hat. Und das gefällt mir gar nicht.«

In ihrem Rücken ließ Preston ein Grummeln von sich hören, das sie nicht verstand. Toni wirbelte auf dem Absatz herum, seine Züge wutverzerrt, die Iriden neonblau leuchtend. »*Was* hast du gesagt?«, zischte er gefährlich leise.

Ihre Nasenspitzen berührten sich beinahe, doch ihr Beschützer gab sich unbeeindruckt und erwiderte seinen Blickkontakt. »Ich *sagte*«, giftete ihr Beschützer, »dass es mich echt wundert, dass du über nichts Bescheid weißt, Cadeesh.«

Adam drehte sich halb zu dem Soldaten herum. »Willst du andeuten, dass Toni während der Folter die Seiten gewechselt hat?« In seiner Stimme lag etwas dermaßen Eisiges, dass Johanna umgehend Gänsehaut bekam.

»Wer weiß schon, was passiert ist?«, brach es nun hitzig aus Preston heraus. »Wir ganz sicher nicht. Der Einzige, der es weiß, ist er!« Sein Finger hob sich anklagend vor Tonis Gesicht. »Und er wird es uns bestimmt nicht verraten.« Sein Blick zuckte von Adam zu ihr, dann zu Gelleroy. »Findet ihr es nicht auch seltsam, dass er sich an gar nichts während der Folter erinnert?« Seine Augen trafen auf Tonis und seine Stimme senkte sich zu einem Flüstern. »Wohingegen Johanna jede einzelne Sekunde davon in ihren Albträumen durchlebt. Wieder und wieder.«

Unwillentlich verengte sich ihre Kehle. Sie erinnerte sich an die Tage, während derer sie mit Preston auf der Flucht gewesen war und in denen sie Nacht für Nacht schreiend aus Folterträumen erwacht war. Jede Einzelne davon war er an ihrer Seite gewesen, hatte sie gehalten und ihr versichert, dass sie in Sicherheit war, dass Borthertorn ihr nichts mehr antun konnte.

»Preston«, warnte sie.

»Nein«, konterte er erhitzt. »Nein, McGibbon. Ich sass bei dir, jedes verfickte Mal, wenn du zitternd und schreiend und total aufgelöst aufgewacht bist. Also erzähl mir nicht, dass der da sich nicht erinnert, wenn du es kannst.«

Tonis Augen nahmen einen mörderischen Ausdruck an. »Schon mal dran gedacht, dass mein scheiß Gehirn einen auf Verdrängung macht, Arschloch?«, knurrte er. »Denkst du wirklich, ich will euch nicht helfen?« Er taumelte einen Schritt zurück, als hätte Preston ihn vor die Brust gestoßen, griff sich mit den Händen in die strähnigen Haare auf seinem Kopf und riss daran. »Glaubst du echt, ich würde diesem Wahnsinnigen helfen?« Seine Stimme war lauter geworden. »Ich würde mir das verdammte Herz herausreißen, wenn es euch helfen könnte, diesen Wichser zu finden und ihn unter die Erde zu befördern!« Seine Hände sackten herab und er stierte Preston aus leeren Augen an. »Ich weiß es nicht mehr, okay?«, sagte er heiser.

Das Neonblau wich aus seinen Iriden, als nackte Furcht sich in seinem Gesicht breitmachte und den Zorn ersetzte. »Diese Typen haben mich so mit Drogen vollgepumpt…« Er lachte trocken auf. »Ich habe selbst jetzt das Gefühl, das alles hier ist ein Fiebertraum, und in fünf Minuten weckt mich eine Wache, um mich mit einer verfickten Taschenlampe windelweich zu prügeln, weil ich zu laut gewimmert oder mich während einer gelähmten Phase bepisst habe.«

Fassungslos starrte Johanna ihn an. Sie hatte mit vielem gerechnet, aber nicht mit einem knallharten, ehrlichen Gefühlsausbruch. Toni war der Typ Mensch, der Emotionen mit Schalk und Sarkasmus überspielte, der eine eisenharte Schale um alles legte, was auch nur ansatzweise mit ehrlichen Gefühlsregungen zu tun hatte. Die Reaktion auf Prestons Anschuldigung war wie eine Hundertachtziggradwendung seines Charakters. Und das machte ihr eine Heidenangst.

Ihrem Beschützer anscheinend ebenfalls, denn er musterte sein Gegenüber, als sähe er ihn zum ersten Mal.

»Wir vertrödeln nur Zeit, wenn wir noch länger hier rumstehen«, meldete sich Adam zu Wort. Ohne abzuwarten, drehte er sich wieder um. »Lasst uns zum Archiv gehen.«

Er beugte sich zu ihr und flüsterte: »Bleib an seiner Seite. Er braucht dich momentan mehr als ich.«

Sie warf ihm einen Blick zu, dass sie verstanden hatte. Wenn Toni sich nicht sicher war, ob das, was sie gerade erlebten, Realität war… Wer konnte sagen, was er alles anstellen würde, falls er noch instabiler wurde?

19

Die Doppeltore zum Archiv standen bereits offen, als die Gruppe diese erreichten. Zwei Jäger lagen regungslos davor auf dem Flur.

In der gewohnten Formation drängten sie voran und nahmen ihre Umgebung in sich auf. Das Archiv war weitaus großflächiger als die Halle, die sie zu Beginn durchlaufen hatten. Und es war vollgestellt mit metallenen Regalen, auf denen unzählige Glasbehälter standen, jeder davon mit einem Schild darunter beschriftet. Der Gang, der sich zwischen den Regalen dahinzog, war vielleicht drei Mann breit.

In der Ferne konnte Johanna eine Art Verbreiterung ausmachen, als wäre mitten in den Reihen Platz für andere Dinge geschaffen worden. Je näher sie kamen, desto deutlicher vermochte sie, Details zu identifizieren. Wie den monströsen Tank auf der rechten Seite, der grünlich schimmerte …

Etwas regte sich in ihrer Magengegend und sie verlangsamte ihre Schritte. Verunsichert schärfte sie ihre Sinne, wechselte die Sicht und versuchte, dem seltsamen Gefühl auf die Schliche zu kommen, das von ihr Besitz ergriff. Dabei entdeckte sie die Monitore, die neben dem Tank aufgereiht angebracht waren …

Ein Kribbeln setzte in ihrem Nacken ein. Für die Dauer eines Herzschlages überkam sie reine Panik, doch es war nicht das kalte Kribbeln der Droge. Nein… Es fühlte sich an … als wäre da eine Präsenz, die sie im Klammergriff hielt.

Der Patientenstuhl stand im Zentrum, fest im Fußboden verankert. Lederne Arm- und Beinschnallen hingen seitlich davon herab. Ihre Augen folgten einer Spur bräunlicher Flecken, bemühten sich, sie zuzuordnen. Sie führten über die Schellen hinab zum metallischen Sockel, darüber hinweg und rundherum auf den Boden.

Blut.

Eisige Kälte griff nach ihren Knochen und ließ sie im Schritt erstarren, während ihre Haut von einer Hitzewelle nach der anderen überschwemmt wurde.

Das war eingetrocknetes Blut.

Aus Tonis Richtung kam ein würgender Laut.

Tonis Blut.

Die fremdartige Empfindung in Johannas Innerem wurde mächtiger und ihr wurde schwindelig.

»Was zur Hölle«, murmelte Adam zu ihrer Rechten.

»Ist das …?«, setzte Preston an, brachte es jedoch nicht fertig, die Frage zu stellen.

Gelleroy schwieg, sein Gewehr weiterhin aufmerksam im Anschlag.

Aus dem Gang rechts von ihnen trat eine einzelne Gestalt.

Als hätte jemand einen Pferch in ihrem Gehirn geöffnet, preschten Johannas Erinnerungen an ihre Folter mit einem Hammerschlag gegen in Bewusstsein. Aber das war nicht alles – mitsamt den jüngsten Erinnerungen brachen sämtliche Momente über sie herein, die sie in ihrer Vergangenheit vergessen hatte.

Auf der Stelle brach ihre Farbensicht in sich zusammen.

Es sind so viele! Wie konnte ich das alles vergessen?

Sie unterdrückte ein gepeinigtes Stöhnen und presste sich die Hände gegen die Schläfen. Sie hatte das Gefühl, als würde ihr Kopf im nächsten Augenblick platzen.

»Danke, dass ihr so zahlreich erschienen seid«, begrüßte sie Thorn Borthertorn mit seinem eklig glückseligen Dauergrinsen. Er trug einen maßgeschneiderten grauen Anzug, der ihm empörend gut stand. Was ihre Gedanken nur weiter durcheinanderbrachte. Alles drehte sich, in ihrem Kopf und vor ihren Augen.

Was geschieht hier? Ist das eine Traumarekation?

Borthertorn breitete willkommen heißend die Arme aus. »Ihr seid erfolgreich ins Herz des Kreises vorgedrungen«, gratulierte er. »Es ist wundervoll, was meint ihr?«

Niemand reagierte. Doch er schien sowieso nicht mit einer Reaktion zu rechnen, denn er ließ die Arme sinken und steckte sie in die Anzugtaschen seiner Hose, indes er vor ihnen auf und ab zu schreiten begann wie ein Lehrer in einem Klassenzimmer.

Johannas Zustand verschlimmerte sich mit jedem Schritt, den er näher kam. Ihre Knie zitterten, sie hatte Herzrasen und ein pelziger Geschmack breitete sich auf ihrer Zunge aus. Krampfhaft probierte sie sich daran, ihre Farbensicht zu rufen, doch es wollte ihr einfach nicht gelingen – die Anwesenheit ihres ehemaligen Peinigers sandte nackte Panik in jede ihrer Zellen.

»Nun werdet ihr euch sicher fragen, wieso wir uns ausgerechnet hier treffen mussten«, fuhr Borthertorn engagiert in seinem Monolog fort. »Das lässt sich leicht erklären.«

Er klatschte begeistert in die Hände. Bei dem Geräusch zuckte sie scharf zusammen. Sie hatte es zu hassen gelernt … und als böses Omen. Schwarze Ränder waberten am Rande ihres Sichtfeldes.

Der CEO trat noch ein wenig näher, hob dabei die Arme und inkludierte mit dieser Geste den gesamten Raum. »Das alles hier…« Er senkte den Blick und taxierte Johanna. »Hat auf dich gewartet, Johanna.«

Alles in ihr schrie.

Nein! Nein, nein, nein! Ich will das gar nicht hören! Ich will hier weg, ich ...!

Ihr war mittlerweile speiübel. Und langsam aber unaufhaltsam kroch etwas aus ihrem Bauch in ihre Kehle hinauf, zerbiss ihre Speiseröhre mit ätzenden Fingerchen. Es verhinderte, dass sie ihm Widerworte geben konnte. Voller Entsetzen stellte sie fest, dass sie kein Wort über die Lippen brachte. Alles, was passierte, war ein Zittern ihres Mundes.

Horror brach über sie herein, als sie dasselbe hilflose Gefühl überkam, mit dem sie in den letzten Monaten so vertraut geworden war.

Hat er mich irgendwie gelähmt? Habe ich etwas nicht mitbekommen?

Borthertorn lächelte immer noch, spazierte zum Tank herüber, als hätte er nichts vor ihnen zu befürchten, und strich ehrfürchtig mit einer Hand über das Glas.

Warum tut niemand etwas?!

»Deine letzte Gabe an unsere Organisation wird sicherstellen, dass meine Blutlinie endlich etwas bedeutet«, äußerte er entrückt, den Blick auf die grüne Flüssigkeit gerichtet.

Warum erschießt ihn denn niemand! Lasst ihn nicht so lange palavern, verdammt!

Johanna holte japsend Luft, um eine klare Sicht bemüht. Doch es war, als ob ihre Augäpfel ihr nicht länger gehorchten. Alles, was sie wahrnahm, war Thorn Borthertorn, der vor ihr und ihren Freunden herumstolzierte wie ein aufgeplusterter Pfau.

»*Wehre dich, Johanna!*« Das flehende Flüstern einer zarten, bekannten Stimme drängte sich in ihr Bewusstsein. »*Lass sie nicht deinen Verstand vernebeln!*«

Arissa!

Aber was meint sie damit?

Thorn nutzte den Moment, um sie weiter durcheinanderzubringen, indem er sagte: »Zu lange schon haben die Borthertorns im Schatten der *Berührenden* gestanden. Stets wurden wir als minderwertig betrachtet. Dieser Umstand wird sich heute ändern.« Er wandte sich wieder Johanna zu. »Alles dank dir. Es braucht nur noch diese eine, entscheidende Komponente.«

»Hör ihm nicht länger zu, er ist bloß ein Ablenkungsmanöver! Konzentriere dich auf deinen Geist!« Arissas Stimme war deutlicher geworden. Und drängender. *»Sie hat dich beinahe vollständig in ihrem Griff, begreifst du das denn nicht!«*

Ein zischender Laut wie der einer Schlange peitschte durch Johannas Kopf. Sie schrie erschrocken auf und sank in die Knie.

Ein gackerndes Lachen ertönte.

Zu spät, zu spät! Alles vorbei!

Bei diesen Worten erstarrte alles in ihr zu Eis. Sie kannte diese Stimme. Damals, als sie vor Toni und Preston geflohen war …

Elender Verräter! Bestraft haben wir ihn, wie er es verdient hat!

Gewürm! Verräter!

Gesocks! Ich hätte sie beide vor Jahrhunderten töten sollen!

Die einzelnen Stimmen legten sich übereinander, mutierten von einer zu vielen, wurden zum Schwarm und stachen sich in ihren Geist wie brennend heiße Nadeln.

»Johanna!«, erklang Arissas Flehen. *»Versuch, gegen ihren Griff anzukommen.«*

Wenn sie doch nur den Hauch einer Idee hätte, wie sie das anstellen sollte …

»Der erste Schritt ist immer die Erkenntnis«, informierte sie Arissa.

Sie hätte gern zurückgeschrien, dass sie verdammt nochmal nicht einmal ihre Farbensicht beschwören konnte bei dem ganzen Chaos, das sich in ihrem Körper und Geist abspielte. Sie fürchtete, sich in der nächsten Sekunde übergeben zu müssen, aber gleichzeitig drohten ihre Gedärme aus dem Bauch zu brennen und ihr Gehirn zu schmelzen wie ein Raclettekäse im Ofen.

Wo ist es?

Zeig es mir!

Gib es mir!

Lass es ihn dir nehmen!

Es war schlicht unmöglich, durch das Stimmengewirr in ihrem Kopf hindurch einen klaren Gedanken zu fassen. Die Kopfschmerzen wurden unerträglich. Johanna wusste nicht, ob sie tatsächlich schrie, aber alles in ihr schien nichts anderes mehr zu tun, seitdem die Stimme in sie eingedrungen war.

»Lass sie in Ruhe!«, donnerte Adams Stimme durch den Schmerz und das Chaos.

»Johanna, fokussier dich auf meine Stimme!« Toni.

Im gleichen Moment registrierte sie die Hände auf ihrem Rücken, spürte die Wärme, die sie ausstrahlten, die Liebe, die Geborgenheit und Sorge, die sie ihr mit ihrer Berührung schickten.

Der Schmerz ebbte minimal ab. Doch es reichte aus.

Johanna fokussierte sich auf ihre Farbenwelt, stolperte in Richtung des silbernen Horizonts …

Und fand sich in der anderen, düsteren Farbenwelt wieder. Aber diesmal war diese nicht verlassen.

Vor ihr stand eine Frau mittleren Alters. Ihre Haare waren rabenschwarz und kringelten sich um ihr herzförmiges Gesicht mit dem spitz zulaufenden Kinn und der etwas zu breiten Nase, was das Schönheitsbild etwas ins wanken brachte.

Ein graues Tuch war über ihren Scheitel hinweg gebunden und im Nacken verknotet. Sie trug ein altertümliches, rostrotes Kleid mit schwarzem Mieder und weißem Hemd darunter.

Ihre Augen waren vor Schreck geweitet – und starrten im selben Braun zu Johanna herüber, das sie jeden Morgen im Spiegel sah.

»Du beherrscht diese Seite deiner Fähigkeiten?«, fragte die Fremde.

Johanna bemühte sich krampfhaft um ein Pokerface und ignorierte die Frage. »Wer bist du?«, wollte sie stattdessen wissen.

Ihr Gegenüber gackerte feindselig. Johanna lief ein Schauer das Rückgrat hinab bei diesem Laut.

»Das weißt du doch.«

Ihr Magen zog sich zusammen. »Meghan.«

Die Lippen ihrer Vorfahrin verzogen sich zu einem hämischen Grinsen. »Genau die. Und jetzt zeig mir, wo du sie versteckt hältst.«

Irritiert trat Johanna einen Schritt zurück. »Ich weiß nicht, wovon du sprichst.«

Wut verzerrte Meghans Gesicht. »Die Schlüssel-Fähigkeit, dummes Kind! Gib sie mir!«

»Ich gebe dir gar nichts«, stellte Johanna fest. Gleichzeitig versuchte sie zu entziffern, was wohl mit Schlüssel-Fähigkeit gemeint war und ging fieberhaft jede ihrer bisher entdeckten Kräfte durch. Doch alles, was sie bislang gezeigt hatte, war dem *Kreis der Begnadeten* bereits bekannt.

»Du kannst sie nicht für immer vor mir verstecken«, zischte ihre Vorfahrin und kam einen drohenden Schritt näher. Sie streckte die linke Hand aus. Rauchige, schwarze Fäden lösten sich aus ihrer Haut, kringelten sich um ihre Finger und zuckten in Johannas Richtung.

Ihr wurde noch mulmiger zumute.

Sie wird mich angreifen! Kann sie mich wirklich in meinem eigenen Geist verletzen?

Aber das hier ist mein Kopf – *und* ich *beherrsche diese Farbenwelt. Wenn sie angreift, werde ich mich zur Wehr setzen.*

Wie auf Kommando schossen die Seelenfäden auf Johanna zu. Innerhalb eines Wimpernschlags zog sie einen Schild aus eigenen, grün wabernden Fäden hoch und ballte die Hand zur Faust. Eine Druckwelle löste sich daraus und riss Meghan von den Füssen.

»Ich habe keinen blassen Schimmer, was du von mir willst«, sagte Johanna verbissen. »Aber ich lasse mich nicht in meinem eigenen Kopf zur Sau machen.«

Mit flinken Bewegungen formte sie mit den Fingern einen kreisrunden Käfig. Ihre Vorfahrin stieß einen Schrei aus, als weitere, grün-graue Seelenfäden aus dem Boden unter ihnen schossen und sie in einem kugelrunden Kreis gefangen nahmen.

Der Blick, mit dem Meghan sie mass, triefte vor Hass. »Ich werde sie schon noch finden«, höhnte sie. »Es ist nur eine Frage der Zeit!«

Johanna verlor die Geduld. »*Was* suchst du denn überhaupt, du alte Hexe!«

»Den Fähigkeitenentzug – und seine Kehrfähigkeit!«, kreischte Meghan völlig außer sich vor Wut.

Den was bitte und den wie bitte?

Verständnislos gaffte sie ihr entgegen.

Ihr Gegenüber musste ihre Irritation bemerkt haben, denn sie brach in glockenhelles Gelächter aus. Erst, als sie sich ein Stück weit erholt hatte, brachte sie spöttisch hervor: »Der Fähigkeitenentzug kann Magie entziehen. Aber die eine Fähigkeit, die wir noch brauchen, ist das Gegenteil davon.«

Das Gegenteil von Magie entziehen …?

Sie kam einfach nicht darauf.

»Warum, denkst du, lagern im Archiv abertausende von Fähigkeiten?«, spie Meghan boshaft. »Wir können sie den

Menschen nicht wieder einsetzen, weil die entsprechende Fähigkeit bisher nicht entzogen wurde!«

Oh ...

Und mit einem Schlag ergab *Projekt Darvin* einen Sinn.

Prestons Mission, Juliette Forster zu rekrutieren. Der Grund, warum der Kreis Toni entführt hatte. Die Tatsache, dass sie Johannas Körper auseinandergenommen hatten... Einfach alles daran setzte sich zusammen wie ein fertiges Puzzle.

In *Projekt Darvin* ging es nicht darum, neue Menschen zu erschaffen, wie Gelleroy vermutet hatte, nein. Die Menschen sollten verändert werden. Sie sollten endlos leben wie Toni oder Adam, aber ohne die Nebeneffekte des Hyperfokus. Sie sollten Johannas Gene in sich tragen, damit die Grundvoraussetzungen da waren, um Fähigkeiten beider Farbenwelten aufzunehmen. Und dann sollte ihnen eine Auswahl an Fähigkeiten eingesetzt werden – oder gleich allesamt, wer wusste das schon.

Und meine Teilnahme an der Zeremonie der Befreiung hat das Ganze erst ausgelöst. Zu jenem Zeitpunkt erhielten sie Gewissheit darüber, was für Fähigkeiten in mir schlummern.

Verbitterung füllte ihre Mundhöhle wie Galle.

Hätte ich nur niemals daran teilgenommen! Dann wäre Toni niemals in ihre Fänge geraten – und ich wäre nicht gefoltert worden.

Aber tief in ihrem Inneren wusste sie, dass das nicht stimmte. Die Mitglieder des Kreises hätten sie auch so gefangen genommen. Genau so, wie sie es mit Taima versucht hatten. Der Gedanke an ihre Freundin versetzte Johanna einen Stich und sie wandte sich rasch von der Richtung ab, die ihre Überlegungen einschlugen. Stattdessen wandte sie sich ihrer Vorfahrin zu. »Was erhoffst du dir von diesem Plan?«, stellte sie die eine Frage, die sie seit der Erkenntnis über deren Vorhaben nicht losgelassen hatte.

Meghan lachte bitter auf. »Ich habe dem ersten Borthertorn damals versprochen, seine Blutlinie groß zu machen im Gegenzug dafür, dass er meine Seele am Leben lässt.«

Etwas Listiges lag in ihrer Stimme, doch Johanna vermochte nicht zu eruieren, was die Frau ihr verschwieg. Deshalb fokussierte sie sich auf das, was Meghan gesagt hatte, und sinnierte laut: »Also soll jemand in Borthertorns Blutlinie zu einem *Berührenden* werden. Aber wozu? Was ist der Sinn dahinter?«

Ihre Vorfahrin schwieg. Johanna schob herausfordernd die Augenbrauen in die Höhe. Als Meghan sie nur weiterhin aus böse funkelnden Augen ansah, ließ Johanna die Finger ihrer Hand langsam zusammenfahren. Die Kugel um ihre Vorfahrin schrumpfte und sie schrie erzürnt auf, als die Seelenfäden ihre Schulter trafen und einen schwarzen, rauchigen Fleck hinterließen.

»Du widerst mich an!«, giftete sie Johanna entgegen. »So etwas wie dich als meine Nachfahrin zu haben ist entwürdigend!«

»*Du musst sie aus deinem Geist vertreiben, Johanna*«, erklang Arissas Stimme schwach von irgendwoher.

Sie bemühte sich um einen gelangweilten Gesichtsausdruck und zuckte mit der Schulter. Sie ließ die Kugel weiter zusammenschrumpfen.

Meghans Schreie verwandelten sich von bösartig zu schmerzerfüllt. Immer mehr Stellen an ihrem Körper wurden von den Seelenfäden des Käfigs getroffen und nahmen übergangslos eine schwarze Färbung an.

»*Sie vergiftet deinen Geist mit ihrer bloßen Anwesenheit.*« Arissa gab nicht auf.

»Wir wollen die Welt revolutionieren!«, machte Johanna schließlich zwischen all dem Gekreische aus.

Sie hielt ihre Hand still und der Käfig tat es ihr nach. Mit verwirrt zusammengezogenen Brauen fragte sie: »Was hat die Welt davon? Wir *Berührenden* koexistieren seit Ewigkeiten ungesehen neben nicht magischen Menschen.«

»Und genau das werden wir ändern.« Meghan atmete schwerer als noch vor wenigen Minuten. Ihre Augen jedoch blieben hasserfüllt auf Johanna gerichtet. »Wir treten aus dem Schatten der Ignoranz dieser Würmer heraus und zertreten sie dabei unter unseren Sohlen, wie sie es verdienen!«

Schockiert hielt Johanna die Luft an. »Ihr wollt sie töten?«, krächzte sie.

»Es ist simple Evolutionstheorie: Wir verändern die Art, indem wir das Beste darin – die Fähigkeiten aller *Berührenden* und die Unsterblichkeit meiner Opfer – in dieser neuen Rasse vereinen, und machen sie somit stärker. Denn nur der Stärkere überlebt.«

»*Johanna...*« Arissa klang flehender als je zuvor. »*Deine Freunde leiden, weil du derart lange zögerst.*«

Was? Wieso? Was geschieht mit ihnen?

»*Sie werden in diesem Moment von Meghan seelisch gefoltert, während Thorn Borthertorn zusieht und sich an ihren Qualen weidet.*«

Johannas Gedanken rasten. Sie musste Meghan irgendwie aufhalten, wusste allerdings nicht, wie sie das anstellen sollte. Also tat sie das Einzige, was ihr in den Sinn kam: Sie spielte auf Zeit.

»Ihr seid doch beide krank«, stieß sie gepresst hervor. »Habt ihr auch nur einen Gedanken daran verschwendet, was passieren könnte, wenn ihr jedem eurer Kreationen sämtliche Fähigkeiten einflößt?«

Meghan lachte spöttisch auf. »Natürlich würde nicht jeder alles bekommen. Mit Ausnahme der Herrscherin.«

Und ich brauche keinen Fragebogen, um mir ausdenken zu können, wen du für den Posten vorgesehen hast.

Aber ...

»Und was ist mit dir?«, fragte sie rasch. »Du hast keinen Körper, du bist bloß der verabscheuenswerte Überrest einer lange verstorbenen Seele.«

Die braunen Augen, die den ihren so ähnlich waren, funkelten dämonisch, als Meghans Lippen sich zu einem ebenso fürchterlichen Lächeln verzogen. »Oh, ich habe einen Körper. Genau hier.«

Furcht durchzuckte Johannas Glieder. »Du willst ... *mich?*«

»Du bist die Spitze der Schöpfung, was unsere Art angeht. Du kannst jede erdenkliche Magie wirken, wenn du es dir wünscht und somit ewig leben.«

Okay, das reicht jetzt.

In rasendem Tempo überschlug sie die möglichen Wege, um ihre Vorfahrin aus ihrem Geist zu katapultieren... und fand keinen. Meghan war eine McGibbon. Sie gehörte auf diese Seite der Farbenwelt, so wie Arissa der anderen zugehörig war – sie war letzten Endes ihre Vorfahrin.

»*Es gibt immer einen Weg*«, stärkte ihre Mentorin ihr den Rücken. »*Schick sie zurück zu Borthertorn. Oder nutze diese Fähigkeit, die sie erwähnt hat.*«

Johannas Gedankenkarussell geriet ins Stocken.

Diese neue Fähigkeit... Fähigkeitenentzug ...

Einen Moment lang rollte sie die Idee, die sich zu formen begann, hin und her.

Fähigkeiten sind in ihrer reinen Form nichts anderes als Magie. Das heißt, wenn ich Fähigkeiten entziehen kann, dann ...

Ohne weiter darüber nachzudenken, hob Johanna die freie Hand, Handfläche nach oben. Sie hatte Cainnen viel zu oft dasselbe tun sehen. Konzentriert schloss sie die Augen.

Lass das hier bitte, bitte funktionieren!

»Was tust du da?«, schrie Meghan. Und zum ersten Mal lag eine Spur Verunsicherung in ihrer Stimme.

Ich prüfe nach, ob die Behauptung wahr ist, dass ich sämtliche Magie wirken kann, wenn ich will ...

Ein elektrisches Kribbeln auf ihrer Handfläche erzielte, dass sie die Augen aufriss. Ihr Herzklopfen beruhigte sich und sie lächelte erleichtert.

Aus dem viel zu kleinen Käfig stierte ihre Vorfahrin ihr bitterböse entgegen. Johanna ließ die Kugel von ihrer Hand gleiten, sandte sie auf den Weg und ließ sie dabei wachsen, bis sie die Größe des Käfigs angenommen hatte. Dann klatschte sie die Hände fest zusammen.

Meghan verschwand mitsamt Käfig. Johanna selbst wurde im gleichen Augenblick aus ihrer düsteren Sicht in die farbenfrohe katapultiert, wo ihre Mentorin bereits auf sie wartete.

»Schnell«, wies diese sie an. *»Du darfst nicht weiter zaudern!«*

Johanna verblieb es nur, im Einverständnis zu nicken und die Augen in der normalen Sicht zu öffnen.

20

Thorn Borthertorn stand wenige Schritte von ihr entfernt, die merkwürdig faszinierenden Augen, die er mit seiner Tochter teilte, ungläubig aufgerissen. »Was hast du…«, stammelte er. »Wie konntest du …«

Mit einem gehetzten Blick versicherte sie sich, dass ihre Freunde ebenfalls wieder Herr ihrer Sinne waren. Sie rappelten sich mühselig auf.

»Was ich jetzt tun werde, tut mir aufrichtig leid für Sie«, verkündete Johanna mit fester Stimme.

Der perplexe Ausdruck in dessen Gesicht vertiefte sich.

Doch die Zeit des Redens war vorbei. Die Zeit des Handelns war angebrochen.

Sie atmete ein letztes Mal tief durch, dann formte sie im Geiste den Wunsch, den CEO von seiner Besessenheit zu heilen. Währenddessen schritt sie in der Farbenwelt auf den goldenen Horizont zu. Sie akzeptierte die winzige Möglichkeit, dass er dabei sterben, dass sein Geist die Heilung ablehnen könnte.

Noch während des Fallens durch den Boden ihrer Farbenwelt begann sie damit, die Magiepartikel sichtbar zu machen. Einen Herzschlag später stand sie wieder fest auf dem Boden des Archivs, ihre Sicht eine Kombination aus Farbensicht und Magiepartikelerkennung.

Es war, als könnte sie Adam und Toni neben sich sehen, obwohl ihre Augäpfel auf den CEO vor ihr gerichtet waren.

Die beiden strömten dermaßen viel Magie aus, dass es sie geradezu blendete.

»Würdet ihr mich begleiten?«, bat sie die beiden sanft. Sie überwand die Distanz zu Borthertorn, der dem Trio wie erstarrt entgegenblickte. Sein ganzes Benehmen glich dem eines Rehs, das vor den Scheinwerfern eines herannahenden Autos in Schockstarre verfiel.

»Umklammert seine Arme«, bat sie Adam und Toni. Umgehend packten sie seine Ober- und Unterarme.

»Er wird gleich anfangen, sich zu wehren. Tut nichts, außer ihn zu fixieren.« Die beiden nickten zaghaft.

Sie berührte Borthertorns Schläfen mit den Fingerspitzen.

Und zog.

Er stieß einen ersten markerschütterten Schrei aus. Seine Arme zuckten unkontrolliert, doch die Cadeeshs fixierten ihn eisern.

Lange Fäden aus grünlich, gräulich, schwarz glitzernder Masse entsprangen Borthertorns Schläfen. Johanna wickelte die Fäden um ihre Finger, zog weiter und biss vor Anstrengung die Zähne zusammen.

Das Gesicht des CEOs veränderte sich. Seine Züge verschmolzen mit denen ihrer Vorfahrin, die Augen nahmen einen manisch braunen Glanz an.

»Du wirst mich niemals besiegen können!«, höhnte Borthertorns Stimme viele Oktave zu hoch.

»Scheiße«, keuchte Toni entsetzt. »Was passiert mit ihm?«

Thorn ignorierte ihn. »Selbst wenn ich seinen Geist verlassen muss, ich werde warten!«, keifte er weiter. »Und ich werde wieder zuschlagen!«

Adams Flüstern erklang links von ihr. »Das ist Meghan.« Auch sein Ton war voller Entsetzen, voller Trauma.

Johanna wagte es nicht, den Blick von ihrer Arbeit zu lösen. Unablässig zog sie an den Fäden, die sich immer heftiger zur

Wehr zu setzen schienen. Bald schon zierten winzige Dornen deren Oberfläche, schnitten in Johannas Haut, wo sie sie berührte, und Blut rann ihren Arm hinab.

»Leonessa«, murmelte Toni, als er es bemerkte.

Sie schüttelte stumm den Kopf, verbiss sich jeglichen Kommentar.

Die Fäden wanden sich um ihre Hände, begannen, sich enger zu ziehen und ihr damit den Blutkreislauf abzuschnüren. Die Dornen wuchsen, rissen ihre Haut auf.

Sie schrie gemeinsam mit Thorn Borthertorn. An seinen Schläfen zeigten sich inzwischen ebenfalls dünne Blutrinnsale, die in den Ausschnitt seines makellosen Hemdes verschwanden.

Borthertorns linkes Bein schlug spürbar gegen ihres. Schmerz durchzuckte sie an der getroffenen Stelle. Da es keinen Unterschied mehr machte, schrie sie auf.

»Toni«, bellte Adam. »Seine Beine!«

Die Magiepartikel um ihre beiden Liebhaber gewannen an Dichte, als sie in den Hyperfokus wechselten. Johanna wagte es nicht, ihre Aufmerksamkeit von Borthertorn zu lösen. Die goldenen Funken stachen sich in ihr Bewusstsein, zeigten ihr auch so, dass die Brüder ihre ganz eigene Magie nutzten, um an den Beinen des CEOs Ranken wachsen zu lassen, die ihn sowohl aufrecht als auch bewegungslos halten würden.

Die Dornen mutierten zu ausgewachsenen Haken. Immer größer wurden die Löcher an den Schläfen ihres Gegenübers und in Johannas Händen. Das Blut schien in rascherem Tempo zu fließen.

»Ich überlasse ihn dir nicht!«, gellte Meghans Stimme nun klar aus Borthertorns Mund. »Er wird zum Krüppel verkommen. Und das wird allein deine Schuld sein!«

»Preston«, keuchte Johanna atemlos. »Komm bitte her und halte mich aufrecht.«

Keine drei Herzschläge später legten die starken Arme des Soldaten sich um ihre Mitte. Ihr gesamter Rücken machte Kontakt mit seinem Oberkörper und sie spürte seinen Atem auf ihrem Scheitel, als er zu ihr herabschaute. »Ich hab dich, McGibbon. Lass dich einfach fallen.«

Mit einem qualvollen Seufzen tat sie exakt das.

Hätte ich Taimas Magiefokus... Das hier wäre leichter gewesen mit ihrer Unterstützung.

Trauer vermischte sich mit Entschlossenheit, gab Johanna neuen Antrieb. Sie zerrte an den Fäden, die nun verquirltem Garn glichen, gespickt mit winzigen Angelhaken, die sich in ihr Fleisch bissen.

Borthertorns gellende Schreie erreichten ein neues Level. Inzwischen warf er sich mit aller Kraft gegen die Cadeesh-Brüder. Aber sie realisierte ebenfalls, dass Meghans Züge aus denen des CEOs zu verschwinden begannen.

»Nicht mehr lange«, sprach sie allen, inklusive sich selbst, japsend neuen Mut zu. »Sie schwindet.«

Als hätte Meghan sie gehört, strafften sich die Fäden und Johanna musste all ihre Kraft aufwenden, um sie auch nur ein paar Millimeter weiter aus den Schläfen Borthertorns zu zerren. Die Fäden tropften schwarz-grünliche und gräuliche Flüssigkeit auf den Boden, die zischend im Beton versank.

»Was zur Hölle ist das?«, keuchte Toni.

»Egal, was es ist – berühre es auf keinen Fall«, erwiderte Adam ebenso ächzend.

»Ach, *no shit, Sherlock*«, konterte Toni.

Und inmitten des Gezänks der beiden Cadeeshs fand Johanna Frieden. Er füllte ihr Herz zum Anschlag, quoll über und verwandelte sich auf dem Weg in ihre Adern in reine Zuversicht.

Mit einem beherzten letzten Rupfen und einem ekelerregenden Ploppen lösten sich die Fäden aus den Schläfen des

CEOs. Die Schreie des Mannes stoppten augenblicklich und er sank bewusstlos zwischen Toni und Adam zusammen.

Johannas Arme sackten kraftlos hinunter. Für ein paar Sekunden war nichts zu hören außer das abgehakte Atemholen all ihrer Freunde, ihr eigenes inbegriffen.

Dann loderte höllischer Schmerz ihre Finger entlang und sie schrie auf, hob die bebenden Arme und starrte entgeistert auf das, was davon übrig war. Die Fäden gruben sich tiefer und tiefer in ihre Haut. Sie zischten, loderten und zuckten wie lebendige Wesen.

Der Geruch von verbranntem Fleisch erfüllte die Luft. Sie hörte Preston würgen, spürte, wie er den Kopf abwandte. Doch er hielt sie weiterhin fest in den Armen.

Ihre Finger brannten, als würden sie bei offener Flamme geröstet.

Ein unfassbar gemartertes Kreischen füllte das Archiv.

Agonie.

Ihre Hände waren reine Agonie. Johanna wünschte sich, jemand würde sie ihr abhacken. Ihre Sicht bekam schwarze Ränder und sie ahnte, dass sie bald in Ohnmacht fallen würde. Ihre Lider senkten sich ohne ihr Zutun, die Farbensicht verschwand und alles tauchte sich in das gewohnte, grellpinke Nichts ihrer geschlossenen Augen. In dem Moment, in dem sie dachte, sie würde sterben vor Schmerz, hörte es schlagartig auf.

Mehrere Münder sogen scharf die Luft ein.

Johanna befahl ihren Augen mühsam, sich zu öffnen.

Adams warme Hand griff unendlich sanft nach ihrer linken Hand, Tonis zittrige nach ihrer rechten.

Ihr Herz kam stolpernd zum Stehen.

Unzählige Narben zogen sich ihren Fingern entlang über Handfläche und -rücken, setzten sich übers Handgelenk hinfort ihren Unterarm entlang. Einige waren dick und wulstig, andere fein verästelt wie zarte Ranken.

»Der Preis für seine Rettung«, nuschelte sie. »Er wurde bezahlt.«

Die sanfte Berührung der Ohnmacht umfing sie.

21

Zum ersten Mal seit über fünf Monaten erwachte Johanna im Bett des Gästezimmers der Cadeesh-Villa.

Das sanfte Glühen der Nachttischlampe warf den umgehend vertrauten Anblick des Raumes in dämmriges Licht und sie driftete zwischen Wachen und Schlafen. Ihre Augen schienen sich an nichts festhalten zu können, und bald schon sank sie zurück in tröstende Dunkelheit.

Beim nächsten Mal, als sie erwachte, schimmerte ein Streifen Tageslicht durch die zugezogenen Vorhänge vor dem Fenster. Sie wusste nicht, wie viel Zeit vergangen war, und es war ihr in diesem Augenblick auch egal – sie verspürte unfassbaren Hunger.

Johanna hob die Arme, um die Bettdecke von sich zu stoßen und aufzustehen – und ließ sie in der nächsten Sekunde wieder sinken. Ein schmerzhaft zischender Laut entfuhr ihren Lippen.

Die Tür öffnete sich und Gelleroys besorgtes Gesicht schob sich durch den Spalt. Sobald er festgestellt hatte, dass sie wach war, trat er ganz ins Zimmer. An der Bettkante ließ er sich sinken. »Hallo, Krümelchen«, sagte er sanft.

»Hey«, gab sie mit ausgetrocknetem Mund zurück.

Sogleich griff er nach einer Karaffe und füllte das Glas, das daneben stand, mit Wasser. Er reichte es ihr.

»Du hast drei Tage durchgeschlafen«, informierte er sie leise, während sie an der Flüssigkeit nippte.

Stille legte sich über sie und Johanna trank Schluck für Schluck das Glas leer, bevor er meinte: »Adam und Toni konnten nicht länger warten – sie mussten sich zum Regenerieren zurückziehen.« Seine roten Augenbrauen zogen sich nachdenklich zusammen. »Meghans Qualen haben die Balance ihrer Seelen gestört oder so etwas in der Art.«

Tröpfelnd sickerte die Information in ihren Verstand. Sie begriff, was Gelleroy ihr da erzählt hatte, und doch scheute sie sich, weiter darüber nachzudenken. Es hieß, dass die Waagschale der Schattenseite ihrer Seelen in die Tiefe gesackt war. Die Seelenqualen waren zu viel gewesen.

»Preston ist mit Cainnen ins Hauptquartier der Jäger gereist, um das weitere Vorgehen zu besprechen und durchzuführen«, plapperte ihr Ziehvater weiter.

»Dann waren wir siegreich?«, murmelte sie.

»Oh ja«, bedeutete er mit stolzem Ausdruck in den Augen. Doch dann zögerte er. Johanna beobachtete den Kampf, den er mit sich selbst ausfocht, bevor er schlussendlich seufzte und eröffnete: »Thorn Borthertorn wurde ins Krankenhaus eingewiesen. Er reagiert auf keinerlei äußeren Reize mehr.«

Sie senkte den Blick reumütig auf die Bettdecke.

»Er ist mental zerrüttet«, beendete er den Bericht.

Und obwohl sie den CEO des *Kreises der Begnadeten* hassen sollte für das, was er ihr all die Monate über angetan hatte, obwohl sie kein Mitleid mit ihm haben sollte, weil er ebenfalls keines mit ihr gehabt hatte … tat sie es. Heiße Tränen stahlen sich aus ihren Augenwinkeln.

»Da ist noch etwas«, sagte Gelleroy leise.

Mit tränenverschleiertem Blick sah sie zu ihm auf.

»Sämtliche Gefallenen wurden vorgestern zeremoniell verbrannt.«

Mit einem Mal wurde ihre Brust eng.

Gelleroys mitleidiger Blick war zu viel – Johanna starrte erneut auf ihre Bettdecke, ohne wirklich etwas zu sehen.

»Sie konnten nicht länger warten«, versuchte er, sie zu trösten.

Sie nickte stumm.

Er seufzte, schob sich vom Bett und machte die ersten Schritte auf die Tür zu. Kurz davor blieb er nochmals stehen und sagte: »Ich habe dir Gyoza gekauft. Sag Bescheid, wenn ich dir welche kochen soll.«

Sie antwortete nicht und Gelleroy erwartete keine Reaktion. Kaum hörbar zog er die Tür hinter sich zu und ließ sie allein.

Johanna wartete, bis seine Schritte auf dem Flur verhallt waren, bis sie komplett in Tränen ausbrach.

Erst einen vollen Tag später brachte sie es über sich, das Gästezimmer zu verlassen. Beim ersten Zurückschlagen der Bettdecke hatte sie die weißen, dünnen Verbände bemerkt, die um ihre Arme und Hände gebunden worden waren.

Als ob das etwas am Ergebnis ändern würde, hatte sie verbittert gedacht und sie sich ein paar Minuten später im Badezimmer heruntergerissen. Je früher sie den geforderten Preis für ihre Aktion akzeptierte, desto besser.

Über der Villa lag eine Ruhe, die Johanna immer nur dann wahrnahm, wenn einer oder beide Cadeeshs in ihren Gruft-ähnlichen Zimmern lagen, um zu regenerieren. Automatisch bewegte sie sich vorsichtiger durch die Flure, um ja niemanden aufzuwecken.

Aus der Küche erklang die gedämpfte Stimme ihres Ziehvaters. Scheinbar schien er zu telefonieren.

»Nein, sie ist noch nicht rausgekommen… Preston…« Er seufzte schwer. »Was versprichst du dir davon?… Hmm… Na, ich verbiete es dir nicht, ich bin schließlich nicht dein Vater oder dein Vorgesetzter. Wenn du glaubst, es hilft, dann mach es. Gut… Ja, werde ich. Bis dann.«

Mit mehr Schwung als nötig gewesen wäre, warf Gelleroy das Smartphone vor sich auf die Kücheninsel. Er verdeckte den grimmigen Ausdruck im Gesicht, indem er mit den Händen darüber fuhr. Ein geplagtes Stöhnen entfuhr ihm, dann stemmte er die Hände in die Hüften und schüttelte den Kopf.

Sie wusste nicht, was ihn derart plagte, und es schmerzte sie, ihn so zu sehen.

Ich hoffe nur, dass ich nicht der dafür Grund bin.

»Hey«, sagte sie betont gelassen und betrat die Küche.

Gelleroy schaute auf. Ein Lächeln trat auf seine Miene, was seine wachsamen Augen jedoch nicht ganz erreichte. »Hallo mein Schatz.« Er stieß sich von der Kante ab und machte sich direkt daran, die Schublade mit den Pfannen aufzuziehen.

Johanna sah ihm gedankenverloren dabei zu, wie er ihr Gyoza aufwärmte, einen Dip vorbereitete und ihr im Anschluss alles auf einen Teller anrichtete. Sie dankte ihm stumm und nahm die Essstäbchen zur Hand. Gelleroy holte hörbar Luft und sie sah zu ihm auf. »Was? Was ist?«

Aber sie wusste die Antwort, sobald sie seinen starren Blick verfolgte. Sie seufzte gespielt theatralisch und murmelte: »Jetzt mach dir deswegen mal nicht ins Hemd, ja?«

»Wusstest du, dass das passieren würde?«, fragte er mühsam beherrscht.

Sie zuckte betont gelassen mit der Achsel und schob sich den ersten Gyoza in den Mund. Genüsslich kaute sie und schloss dabei die Augen. Als sie sie wieder öffnete, war der Blick ihres Ziehvaters stählern. »Hast du es gewusst?«

»Nicht wirklich«, gab sie gezwungenermaßen zurück. Der Gesichtsausdruck ihres Vaters verdüsterte sich, weshalb sie sich mit einer Erklärung beeilte. »Mentale Heilung erfolgt im Normalfall über eine längere Zeitspanne hinweg.«

Er nickte stumm und verschränkte die Arme vor der Brust.

»Die Forcierung einer schlagartigen Heilung ist demnach nicht … natürlich«, informierte sie ihn weiter. »Deshalb wird sie mit einem Preis bestraft. So wie der Einsatz meiner Fähigkeiten vor der Zeremonie mit Erinnerungsverlust bestraft wurde – oder mit dem Ausbruch meiner Kräfte.«

Seine Gesichtszüge entgleisten. »Wie bitte – was? Was soll das heißen: Bestrafung durch Erinnerungsverlust?«

Ups. Das wusste er ja noch gar nicht!

Peinlich berührt grinste Johanna. »Ähh… Ja, also… Wann immer ich vor der Zeremonie Magie gewirkt habe, wurde mir eine Erinnerung genommen.«

»Ich dachte, das wäre der Stress gewesen, als wir dir offenbart haben…« Gelleroy brach abrupt ab. Schuld stand ihm ins Gesicht geschrieben.

Johanna lächelte ihn an. »Nein, Dad. Ich habe versucht, Adams Seele mit einem Mal zu heilen. Das hat wiederum meine eigene Seele überfordert, weshalb meine Vorfahren mir geholfen haben, die Qualen zu ihm zurückzuschicken. Und dann habe ich als Preis dafür mit der Erinnerung an jenen Tag bezahlt.« Ihr Lächeln wurde zum frechen Grinsen. »Aber ich weiß schon seit beinahe zwei Jahren, dass ihr nicht meine wahren Eltern seid – und du hast dich selbst verplappert, als wir über *Projekt Darvin* gesprochen haben.«

Mehrmals versuchte er, Worte zu formen, doch nichts kam über seine Lippen.

Nun tat er Johanna doch ein wenig leid, weshalb sie auf ihn zuging und ihm die Arme um die Mitte schlang. An seine Brust gepresst murmelte sie: »Du bist trotzdem mein Dad.«

»Krümelchen, ich …«

»Schon okay«, unterbrach sie ihn und schaute zu ihm hoch. »Und ich weiß auch, dass Greta mich gehasst hat.« Die Muskeln in seinen Armen zuckten. Noch bevor er etwas sagen konnte, flüsterte sie: »Aber auch das ist okay. Denn jetzt ist es vorbei und wir blicken einer neuen Zukunft entgegen.«

Unglaube lag in seinem Blick, als er auf sie herabsah. Doch dann tätschelte ihr den Rücken und raunte: »Das tun wir.«

»Ich störe die traute Zweisamkeit nur ungern«, erklang eine Stimme hinter ihr, die ihr Herz sofort höherschlagen ließ. »Aber sind diese Dinger hier noch essbar? Ich sterbe vor Hunger.«

Johanna wirbelte in einer Mischung aus Lachen und Weinen herum. Toni stand an der Stelle, wo sie noch vor wenigen Minuten gegessen hatte. Er trug eine graue Jogginghose und ein rosa Shirt, und er hatte die von einer Dusche nassen Haare im Nacken zu einem Pferdeschwanz zusammengebunden. Seine eisblauen Augen sprühten vor neuer Energie.

»Bedien dich«, forderte sie ihn auf, trat an seine Seite und wollte nach der Hand greifen, die nicht gerade die Essstäbchen umfasste. Doch Toni machte ihr einen Strich durch die Rechnung, indem er sie um die Taille packte und eng an sich zog. Im nächsten Augenblick presste er ihr auch schon seine Lippen auf die Wange und sie spürte, wie sie knallrot anlief.

»Guten Morgen, Leonessa.« Seine Augen wanderten zum Küchenfenster und er zog die Brauen zusammen. »Oder ist es Abend?«

Gelleroys leises Lachen drang zu ihr durch und sie sah, wie er sich zum Herd umdrehte. »Ich mache lieber die ganze Packung Gyoza.«

Toni schmatzte: »Echt stark die Dinger.«

»Dann lass noch welche für mich übrig, Fresssack.« Adam betrat die Küche, sein übliches Outfit tragend.

Johanna streckte die Hand nach ihm aus und er kam zu ihr, drückte ihr einen Kuss auf den Scheitel und mopste einen Gyoza vom Teller, den er in einem Happs verschlang. »Mhh«, machte er überrascht. »Die sind echt gut.«

»Sag ich doch«, gab Toni zurück, nahm eine der Teigtaschen zwischen die Essstäbchen und führte sie an ihren Mund. »Sorry, Leonessa. Sind ja deine.«

Mit einem breiten Lächeln ließ Johanna sich von ihm füttern, während Gelleroy die restlichen Gyoza briet und Adam und er sich wie früher brüderlich stritten, unterbrochen von zärtlichen Liebkosungen, die sie ihr schenkten. Es fühlte sich gut an. Unvorstellbar gut. Beinahe zu gut.

»Gelleroy?«, fragte Adam in dieser Sekunde. »Willst du, dass wir dir mit dem Wiederaufbau deines Hauses helfen?«

Johannas Ziehvater wiegelte den Kopf hin und her. »Ehrlich gesagt bin ich mir nicht einmal sicher, ob ich dort länger wohnen will«, gestand er mit einem entschuldigenden Lächeln in ihre Richtung. »Meine Passion ist die Tierarztpraxis. Ich hatte eher daran gedacht, den Neubau dazu zu nutzen, diese zu vergrößern.« Er stapelte das Essen auf einen großen Teller. »Ich könnte mir eine kleine Wohnung hier in der Nähe mieten.«

Er leidet... Gretas Tod scheint ihn mehr mitzunehmen, als er offen zugeben würde.

Instinktiv reagierte Toni. »Oder wir bauen die Villa aus und du wohnst hier bei uns«, offerierte er mit einem fragenden Blick in Richtung Adam.

Dieser nickte, langte nach einem zweiten Paar Essstäbchen und griff seinerseits zu. »Wäre eine Möglichkeit.«

Gelleroy deutete ein Nein an. »Das ist wirklich lieb von euch, aber ich … muss tatsächlich auch etwas Abstand gewinnen – von allem, was passiert ist.« Seine Stimme bebte vor Emotionen, doch er räusperte sich rasch und ließ seinen Blick über die drei schweifen. Das gutmütige Lächeln kehrte in seine Züge zurück, als er sagte: »Und ich will das junge Glück nicht stören.«

Toni deutete mit den Stäbchen auf ihn und nickte bedächtig. »Wahre Worte. Einen Aufpasser brauchen wir hier nicht.«

Johanna stieß ihn empört vor die Brust. Die Männer brachen in Gelächter aus.

Etwas streifte ihr Bewusstsein. Augenblicklich versuchte sie, danach zu greifen – doch es war bereits wieder verschwunden. Sie wusste, dass es wichtig gewesen war. Verstimmt über ihre Unfähigkeit wandte sie sich von den dreien ab und machte sich auf den Weg in ihr Schlafzimmer.

Vielleicht kann Taima –

Mitten im Schritt blieb sie stehen. Heißkalte Wellen schlugen über ihr zusammen und sie schloss gepeinigt die Augen. Sie würde ihre beste Freundin nie wieder anrufen und um Rat fragen können. Taima würde ihr keinen neuerlichen Besuch abstatten.

Und das ist allein Meghans Schuld!

Etwas blitzte in ihrem Hinterkopf. Hastig griff sie nach dem Gedanken, aber er schlüpfte hinfort. Frustriert stampfte sie mit dem Fuß auf und ballte die Hände.

»Da ist aber jemand geladen«, erklang Adams Sarkasmus in ihrem Rücken. Sie wollte herumwirbeln, doch seine Hand legte sich blitzschnell auf ihre Schulter und hieß sie, innezuhalten. Sie hörte, wie er sich bewegte.

»Du musst ein wenig Frust ablassen, Kätzchen«, murmelte an ihrem Ohr. Gänsehaut breitete sich auf ihren Armen aus und ihr Puls beschleunigte sich.

»Benutz die Sauna.« Er gab ihr einen Kuss an die Stelle unter dem Ohr, die ihr stets Wonneschauer bereitete.

Im nächsten Moment war er zurück in der Küche und besprach etwas mit ihrem Ziehvater und Toni, was sie nicht verstand.

Er hat recht: Ich sollte diese negativen Emotionen loslassen. Wir wissen alle, was sonst passiert.

Mit entschlossenen Schritten machte sie sich auf in den Keller, wo sie zum ersten Mal die Sauna der Cadeesh-Villa benutzen würde.

22

Ein wohliger Seufzer entfuhr Johanna. Adams Idee, in der Sauna ein wenig auszuspannen, hatte sich als hervorragend herausgestellt. Sie sass, in ein Badetuch gewickelt, auf der unteren Bank und lehnte den Kopf gegen die höhergestellte Sitzreihe. Ihre Augen waren seit einiger Zeit geschlossen und die einzigen Geräusche um sie herum waren das Zischen des verdampfenden Wassers und ihre eigenen Atemzüge. Seit einer gefühlten Ewigkeit war sie nicht mehr derart entspannt gewesen. Träge schwammen ihre Gedanken dahin und sie ließ sich von deren spontanen Wirrungen davontragen.

Ein sanfter, kühler Luftzug wehte über ihre Füße und sie gab einen behaglichen Laut von sich. Eine weitere Ladung Wasser zischte über den heißen Steinen und die darauffolgende Hitzewelle breitete sich in dem kleinen Raum aus. Johanna spürte, wie sich unzählige Schweißtropfen auf ihrer Haut bildeten und daran hinab kullerten.

Ein Schatten legte sich über sie und ihre Lider schossen alarmiert hoch.

»Na, schon den Quallenzustand erreicht?«, fragte Adam schelmisch. Er ragte vor ihr auf, seinen muskulösen Körper an den Hüften in ein Tuch gewickelt. Seine Augen schienen ihren Anblick regelrecht zu verschlingen, was Johanna einen Schauer über den Rücken fahren ließ. Ihre ohnehin schon härter pumpendes Herz geriet erst ins Stocken, nur um direkt darauf richtig in Fahrt zu kommen.

»Noch bin ich in festem Zustand«, gab sie genauso verschmitzt zurück. Sie senkte die Lider und nahm ihre Unterlippe zwischen die Zähne, während sie ihren Blick über seine Gestalt wandern ließ. »Aber ich wüsste da eine Methode, wie du mich zu Pudding verwandeln könntest.«

Adams Mund verzog sich zu einem Schmunzeln. Er beugte sich vor, bis seine Hände neben ihrem Kopf Kontakt mit der Lehne herstellten. Seine Nase berührte beinahe die ihre und er flüsterte: »Wenn ich mit dir fertig bin, Kätzchen, wirst du Hilfe brauchen, um hier rauszukommen.«

Das vertraute Ziehen breitete sich in ihrem Körper aus. Sie lächelte. »Das klingt vielversprechend, Cadeesh.« Sie lehnte sich leicht nach vorn, sodass ihre Lippen nur Millimeter von seinen entfernt waren, und schaute ihm in die grauen Augen. »Dieses Versprechen setzt die Messlatte tatsächlich sehr hoch.« Bei jeder Bewegung ihres Mundes streifte sie seine Lippen. Kribbelndes Verlangen durchfuhr sie, schoss blitzartig durch ihre Adern und breitete sich in ihrem Innern aus. Lasziv befeuchtete sie die Unterlippe mit ihrer Zunge, wobei sie auch seine streifte. »Wehe du enttäuschst meine Erwartungen.«

Die Gier in seinen Augen nahm überhand. Seine linke Hand griff in ihren Nacken und presste ihren Mund auf seinen. Fordernd stieß seine Zungenspitze nach vorn, und Johanna ließ ihn ein. Sein Kuss war wie ein Ansturm, wie ein wilder Sturm im Herbst, der die Blätter nicht bloß tanzen, sondern sie durch die Straßen fegen ließ.

Als sie zum Luftholen innehielten, murmelte er: »Ich bin so verdammt erleichtert, dass du mich immer noch willst.«

Sie legte die rechte Hand an seine Wange, strich zärtlich über seine vom Hyperfokus verwandelte Haut. »Nur weil du anders aussiehst, ändert das nichts an meinen Gefühlen«, sagte sie leise.

Seine grauen Iriden begannen zu leuchten. »Ich liebe dich so sehr, Johanna McGibbon«, brachte er hervor. »Als du nicht mehr aufgewacht bist, hatte ich eine Scheißangst davor, dich zu verlieren – diesmal für immer.«

Johanna lächelte sanft. »Nun, das hast du nicht. Wir sind alle heil zurück, nicht wahr?«

»Und genau das will ich mit dir feiern«, raunte er, küsste ihr Kinn, ihren Hals, ihr Schlüsselbein und zog eine heiß brennende Spur mithilfe seiner Lippen bis zu ihrer rechten Brust. Sobald seine Zunge auf ihren bereits harten Nippel traf, durchzog sie das unbändige Verlangen nach seiner Nähe.

»Adam«, hauchte sie.

Ein amüsiertes leises Lachen kam aus seiner Brust und er erwiderte für einen Herzschlag ihren Blick. »Du bist ungeduldig geworden, Kätzchen.«

Seine Zunge flickte über ihren Nippel und sie legte den Kopf in den Nacken. »Bitte«, stieß sie grollend hervor.

Seine Finger umschlossen ihr Kinn und ruckten es hinab, sodass sie ihn anschauen musste. »Du willst, dass ich dich gleich jetzt ficke? Ohne Vorspiel?«, vergewisserte er sich. Irgendwie wirkte er verärgert über diese Vorstellung. Ein Muskel an seinem Kinn zuckte, und seine Iriden wurden dunkel, was ihn noch attraktiver machte. Sie leckte sich über die Lippen und flüsterte: »Ich muss dich spüren.«

Er wollte aufbrausen, doch sie schüttelte den Kopf. »Ich muss wissen, dass wir wirklich hier sind – dass wir heil davon gekommen sind. Bitte, lass es mich spüren, Adam.«

Er starrte sie an, um seinen Mund spielte ein harter Zug. »Gut«, gab er langsam nach. »Du willst, dass ich dich auf die Erde zurückhole? Dann hole ich dich eben verfickt nochmal zurück, und zwar so, dass keine Zweifel mehr bestehen.«

Er ließ ihr Kinn los und packte stattdessen ihr Badetuch. Unter einem einzigen, heftigen Ruck löste es sich und fiel um sie herum auf die Sitzfläche. Sein Eigenes segelte einen Moment später auf den Boden um seine Füße.

Johanna folgte mit den Augen seiner rechten Hand, die seinen bereits harten Penis umschloss. Das Sehnen nach ihm wurde größer, und sie konnte es kaum abwarten, dass Adam endlich zu ihr kam. Hastig erhob sie sich und drehte sich um die eigene Achse, stützte die Hände an die Holzwand, so wie er es vor wenigen Augenblicken getan hatte.

Das Gefühl seiner Finger an ihrer Scham zwang sie beinahe in die Knie. Die Hitze in ihr wurde unerträglich, Johanna fühlte sich, als ob ein gewaltiger Energieball in ihr drin entstanden war, der in sie hinein drückte. Jede Berührung seitens Adam sandte Signale aus, die den Ball weiterrollen ließen – weiter in Richtung ihres Kerns.

Sein Zeigefinger wanderte weiter nach unten und tippte in sie hinein. Sie stöhnte. Er zischte und murmelte etwas, das sie nicht verstand.

Seine Hand verschwand, nur um von der Spitze seines Geschlechts ersetzt zu werden, der sich gegen ihre Scham-lippen presste. Ihr war nicht bewusst gewesen, wie feucht sie für ihn gewesen war. Seine Länge drang heiß und hart in sie ein. Ihnen beiden entfuhr ein Seufzen, als wäre das hier ein lang ersehnter Moment; als wäre nichts auf der Welt mit dieser Art von Verbundenheit vergleichbar.

Er griff in ihre Haare und zog daran, bis Johanna sich mehr und mehr aufrichtete. Ihre Hände verloren den Kontakt zur Bank, sie hing frei in der Luft, der Zug an ihren Haaren wurde stärker und begann, ihrer Kopfhaut wehzutun. Reflexartig nach Halt suchend, griff sie blind hinter sich – und er packte ihre Handgelenke. Er überkreuzte sie auf ihrem Rücken und sicherte ihren Halt, indem er seine Finger darum schloss. Dann stieß er so hart zu, dass sie einen Schritt nach vorne taumelte. Sein fester Griff um ihre Haare und Handgelenke bewirkte jedoch, dass sie umgehend denselben Schritt zurückschreckte. Das leichte Ziepen ihrer Kopfhaut hinterließ ein Kribbeln, das sich mit ihrer Erregung vermischte.

Wieder stieß Adam unerbittlich zu und die Bewegung wiederholte sich. Diesmal brannte ihre Kopfhaut vor Schmerz.

»Spürst du es?«, grollte seine Stimme hinter ihr. »Fühlst du die irdische Limitation deines Körpers, Kätzchen?« Eine winzige Spur Sarkasmus lag in seiner Stimme.

Ein weiterer, unbarmherziger Stoß seiner Hüften sandte erneut prickelnde kleine Nadelstiche über ihre Haut. Seine Härte in ihr zuckte, und sie stöhnte unwillkürlich auf.

»Zur Hölle«, zischte er gepresst.

Die Hand in ihren Haaren löste sich, strich über ihren Rücken, ihren Oberarm, wanderte hinab zu ihrem Bauch und legte sich besitzergreifend auf ihre Scham.

»Halt dich fest.« Seine Stimme klang abgehakt, atemlos.

Johannas Finger klammerten sich an seine Hand auf ihrem Rücken, und er setzte einen rasenden Rhythmus an, der sie innerhalb weniger Sekunden vollständig einnahm. Das Klatschen von Haut auf Haut, seine steinerne Härte in ihr, die sie unerbittlich vorantrieb, ihre Brüste, die bei jedem Aufeinandertreffen ihrer Körper nach vorn schossen …

»Bitte«, keuchte sie flehend.

Seine Finger auf ihrer Scham begannen im Takt seiner Stöße zu kreisen. »Lass endlich los«, knurrte er, »und komm!«

Johanna schrie auf, ihr Körper beugte sich, sodass ihr Hinterteil sich ihm entgegenstreckte. Die Farben explodierten in ihrem Kopf, ein helles Klingeln dröhnte in ihren Ohren und ihr Atem stockte. Er trieb sie weiter und weiter auf ihrem Orgasmus voran und erst, als er selbst mit einem tiefen, animalischen Laut in der Kehle ein letztes Mal in sie stieß, flaute das überirdische Hoch in ihr langsam ab.

Er löste den Griff um ihre Handgelenke und die Hand über ihrer Scham verschwand. Beinahe in Zeitlupe zog er sich aus ihr zurück, und sie hörte, wie etwas zwischen ihnen auf den Boden tropfte.

Ihre Knie begannen zu zittern. Bevor sie ihr den Dienst versagen konnten, legte Adam einen Arm um ihre Mitte und hielt sie an Ort und Stelle. Mühsam richtete Johanna sich auf und lehnte sich gegen seine Brust. Sein Herz hämmerte in ihrem Rücken und er atmete immer noch schwer.

Sein Kinn ruhte auf ihrer rechten Schulter. »War das erdend genug?«, wollte er belustigt wissen.

Der Sex mit Adam hatte sie bis in alle Massen befriedigt zurückgelassen, was das Körperliche anging – und doch wollte sie mehr. Sie wollte das Gegenteil seiner wilden Unbarmherzigkeit, wollte auf Händen getragen und in weitere Orgasmen geweht werden wie ein Blatt im Wind.

»Ich glaube, ich bin eher weiter ins Universum katapultiert worden«, konterte sie deshalb, gefolgt von einem leisen Lachen.

»Hmm«, machte er und schnaubte. »Vielleicht sollte ich dich zu Toni bringen. Soll er doch sein Glück versuchen.«

Johannas Mund klappte auf. Überrumpelt starrte sie auf die hölzerne Sitzfläche vor ihnen und murmelte: »Ihr meint das wirklich ernst, oder?«

Sein Tonfall war feierlich, als er erwiderte: »Wenn du damit meinst, dass wir dich beide lieben und mit dir zusammen sein wollen, dann ja.«

Sie holte tief Luft. »Und das stört euch gar nicht? Dass ich mit euch beiden schlafe?«

Er bewegte den Kopf auf ihrer Schulter hin und her. »Nein. Er ist mein Bruder im Geiste, und dieselbe Frau zu lieben… Wie soll ich sagen…« Er stieß einen Seufzer aus. »Ich glaube, wir beide wussten, dass es so kommen würde.«

Johanna schwieg.

Sie lieben mich und ich liebe sie. Ich schlafe mit beiden, und sie haben sich deswegen keine Sekunde lang in den Haaren gelegen. Aber ...

»Werden wir jemals zu dritt Sex haben?«, stellte sie die Frage, die auf ihrer Zunge lag.

»Wenn du das willst«, antwortete er. In seiner Stimme schwang eine Spur Überraschung mit.

Sie nickte. »Das wäre schön.«

»Aber nicht jetzt«, bestimmte er.

In einer fließenden Bewegung zog er ihr die Beine unter den Füßen weg und trug sie auf seinen Armen den Keller hinauf in ihr Zimmer.

»Toni kann jetzt versuchen, *dich zu erden*«, witzelte Adam und ließ sie auf die Matratze fallen.

Sie schnaubte, beschämt über seinen Sarkasmus. »Warum musst du so darauf herumhacken?«, grummelte sie.

Er beugte sich zu ihr herab und küsste sie verlangend, bevor er sich endgültig löste, und murmelte: »Weil ich es nicht konnte, Kätzchen. Weil mein freakiges neues Ich es nicht packt, dich so sanft zu lieben, wie du es gerade verdienst. Ich hoffe nur, dass mein Bruder dir geben kann, was du brauchst.«

»Oh, das kann er«, hakte Tonis Stimme von der Tür aus ein. Er lehnte mit der Schulter am Rahmen, seine Arme fest vor der Brust verschränkt, während seine leuchtenden Augen an ihre gefesselt blieben. »Und das wird er.« Flink stieß er sich ab und kam auf sie zu. »Überlass das mir, Bruderherz«, frotzelte er mit einem Grinsen.

Adam nickte, drehte sich um und die beiden klatschten sich ab, als wäre ihre Befriedigung eine Art Stablauf. Toni gab ihm einen Klaps auf den Hintern und lachte, als Adam grummelte: »Finger weg!«

Die Zimmertür schloss sich. Tonis Augen wanderten ihren immer noch nackten Körper entlang und bescherten ihr eine Gänsehaut.

»Was brauchst du, Leonessa?«, fragte er leise und zog sich dabei das T-Shirt über den Kopf.

Sie schüttelte den Kopf, zog die Unterlippe zwischen die Zähne und blieb stumm. Irgendwann in den letzten fünf Minuten war sie sich der Situation bewusst geworden, in der sie sich seit der Rückkehr von Adam befand: Sie hatte ab sofort zwei Partner. Zwei unersättliche, überaus fähige Männer, die ihr jeden Wunsch von den Lippen ablesen und diesen wahr machen würden, koste es, was es wolle. Ob sexuell oder nicht, die beiden würden sie fordern, vergöttern und lieben wollen.

Peinlich berührt von dieser Erkenntnis spürte sie, wie ihre Wangen sich erhitzten. Toni grinste, als er sie so sah, überwand den letzten Rest Distanz zwischen ihnen und kletterte auf allen vieren zwischen ihre Schenkel. Er stützte die Hände neben ihr in die Matratze und beugte sich herab. Das Blau seiner Iriden brannte Johanna in den Augen, weshalb sie sie zusammenkniff.

»Wie wäre es dann damit?«, wollte er wissen, »ich mache, was mir gefällt, und du sagst mir, wenn du es nicht willst. Deal?«

»Okay«, hauchte sie.

Sein Grinsen reduzierte sich zu einem Schmunzeln. Er lehnte sich zurück auf die Zehen, während er seine Hände sanft über ihre nach wie vor empfindliche Haut gleiten ließ. Erregung schoss erneut in ihre Blutbahnen und sie seufzte genussvoll auf unter seiner Berührung.

Er ließ seine Hände über ihre Knie wandern, drehte um und ließ die Fingerspitzen über die Innenseiten ihrer Oberschenkel flattern wie Schmetterlingsflügel. Jede Berührung sandte neue Blitze aus, die sich in ihren Unterleib schoben und ihre Lust befeuerten. Aus halb gesenkten Lidern beobachtete sie ihn

244

dabei, wie er die linke Hand über ihrer Scham schweben ließ. Sein Blick suchte den ihren und er betrachtete sie, als wäre sie die schönste Frau auf der Welt. Gleichzeitig schob er Schritt für Schritt den Zeige- und Mittelfinger in sie hinein.

Johanna drückte den Rücken durch und seufzte lang gezogen. Sie presste die Hüften in Richtung seiner Finger und forderte ihn damit stumm dazu auf, einen Rhythmus aufzunehmen. Sein Daumen presste sich auf ihren Kitzler, und sie flehte innerlich, dass er endlich eine Kreisbewegung beginnen würde.

»So fordernd«, sagte er leise und nicht ohne Belustigung in der Stimme.

Sie wiederholte ihre Hüftbewegung und Toni lachte leise vor sich hin, bevor er den Kopf senkte. Seine Zunge traf auf ihre wild pochenden Schamlippen. Diesmal entriss sich ein kleiner Aufschrei ihrer Kehle, aber es war ihr egal. Von ihr aus konnte die ganze Straße hören, wie die Cadeeshs es ihr besorgten.

Seine Zungenspitze fuhr über ihren Kitzler. Im nächsten Moment saugte er sich daran fest, nuckelte daran, ließ davon ab und schleckte darüber, nur um den Prozess zu wiederholen. Ihr Verstand verabschiedete sich endgültig und sie ließ sich in die Empfindungen fallen, die seine Bemühungen in ihr auslösten.

Seine Finger kamen endlich in Bewegung: Mit unendlich langsamen Stößen begann er einen Takt zu finden, der mit seiner Zunge übereinstimmte. Innerhalb weniger Minuten brachte er sie zum Höhepunkt, ihre Finger in seinem blonden Haar vergraben und ihre Mitte unbeugsam an ihn gepresst.

Erst, als sich ihre Atmung ein stückweit normalisierte, löste er ihre Hände von seinem Kopf und tauchte zwischen ihren Schenkeln auf. Seine Augen leuchteten neonblau, und die Unterlippe glänzte von ihrer Feuchtigkeit.

Er hockte sich hin und zog den Rest seiner Klamotten aus, bevor er sich über sie lehnte, seine Hände neben ihren Schläfen. Unendlich zärtlich drückte sein Schwanz gegen ihre Mitte, fand seinen Weg und füllte sie restlos aus.

Sein Mund fand den ihren. Tonis Kuss war sanft, ein wiegender Tanz im Vergleich zu Adams vorheriger Eroberung. Seine Hüften wiegten sich in schmerzlicher Trägheit vor und zurück, füllten sie abwechselnd aus und ließen sie sehnsüchtig leer zurück, als hätte er alle Zeit der Welt, um sie auf den Höhepunkt zu bringen. Und, verdammt, Johanna musste zugeben, er hatte recht behalten: Er wusste genau, was sie brauchte – *wie* sie es wollte.

Mit einem Seufzen umschlang sie seine Mitte mit den Beinen und klammerte sich an seinen Rücken. Jede Faser ihres Körpers wollte ihm nahe sein. Wäre es ihr möglich gewesen, sie wäre am liebsten in ihn hineingekrochen.

Sie kam nicht heftig, verlor nicht das Bewusstsein oder fühlte sich ausgelaugt. Nein, Tonis beständiger Takt führte sie konstant auf den Orgasmus zu. Ein Schauer lief ihr der Wirbelsäule entlang hinab, ihre Haut kribbelte und ihr Innerstes zog sich zusammen, als der Rest an Energie versiegte, der noch zusammengeknüllt in ihr geruht hatte.

Toni stöhnte kaum vernehmbar auf, als sie sich um seinen Penis zusammenzog, und auch er zuckte, verkrampfte sich und hielt einen Moment lang den Atem an, bevor er erst den Kopf hängen und sich schließlich auf ihren Bauch sinken ließ.

»Lag ich mit meinen Annahmen richtig?«, fragte er Minuten später in die angenehme Stille hinein.

»Goldrichtig«, murmelte Johanna mit einem verzückten Lächeln.

Eine knochentiefe Zufriedenheit hatte sich ihrer bemächtigt und sie war nicht sicher, ob ihre Beine sie tragen würden, wenn sie gleich aufstehen und sich ins Bad zurückziehen wollte.

Gedankenverloren studierte sie Tonis Gesicht. Sein Kinn ruhte auf seinen Händen, um ihr nicht unnötig wehzutun. Er wirkte genauso tiefenentspannt, wie sie sich fühlte.

»Soll ich dir beim Aufstehen helfen oder möchtest du noch eine Runde dranhängen?«, hakte er mit funkelnden Augen nach.

Mist, er weiß Bescheid!

Sein Ausdruck war dermaßen selbstzufrieden, dass Johanna nicht anders konnte: Sie brach in Gelächter aus und stieß ihn spielerisch an der Schulter. Er grinste sie ungeniert an und schob sich zu ihr hin, um ihr ein paar schnelle Küsschen zu geben, dann stand er auf und bot ihr seine Hand als Stütze. Und obwohl sie eine Sekunde darüber nachdachte, das Angebot auszuschlagen, griff sie doch danach und ließ sich von ihm aufhelfen. Er stützte sie bis zur Tür und geleitete sie ins Bad, wo er sie auf dem Toilettensitz zurückließ, um heißes Badewasser einzulassen.

Dank ihrer gemeinsamen Zeit nach Adams Weggang wusste Toni bis ins Detail, wie Johanna ihre Bäder mochte und was für Schaum sie nach einer Sexeinlage für gewöhnlich wählte. Also schaute sie ihm dabei zu, wie er alles für sie arrangierte, nutzte kurz die Toilette und sank wenige Minuten später mit einem wohligen Stöhnen in die schaumige Hitze des Badewassers.

Toni selbst ließ sich auf die Badematte sinken und stützte den Hinterkopf gegen die Fliesen, ein Bein angewinkelt, das andere ausgestreckt. Sein Ellenbogen war auf dem Knie abgestützt und Johanna registrierte, dass er an den Fingernägeln knibbelte.

»Möchtest du…« Sie hielt inne, überlegte es sich noch einmal und begann dann mit mehr Überzeugung von Neuem. »Willst du darüber reden?«

Lange Zeit schwieg er einfach, und sie gelangte schon zu dem Schluss, dass er die Frage ignorieren würde. Aber dann murmelte er: »Von Wollen kann keine Rede sein, Leonessa. Allerdings hege ich den sicheren Verdacht, dass wenn ich es nicht tue, es eines Tages aus mir herausbricht – und ich einen von euch verletze. Auch wenn es nur verbal wäre …«

Beinahe wünschte sie sich, dass er es nicht tat. Dass er schwieg, dass sie einfach nur hier sitzen und die Zweisamkeit genießen könnten, die sie in der letzten Stunde wiedergefunden hatten. Gleichzeitig war sie sich bewusst, dass er recht hatte: Er musste darüber sprechen, je früher, desto besser. Je weniger er die Ereignisse in sich hineinfraß, desto weniger Schaden konnte ihm die Erfahrung langfristig anrichten. Sie hatte diese Erkenntnis nämlich am eigenen Leib erfahren, als sie nach der monatelangen Gefangennahme erst mit Preston, dann mit Adam und Taima darüber geredet hatte; jedes Mal war es weniger schmerzhaft geworden.

Deswegen überwand sie schweren Herzens ihre Zurückhaltung und sagte: »Ich bin für dich da. Erzähl mir alles, was du möchtest.«

Er drehte ganz leicht den Kopf, sodass sie das Profil seines Gesichts zu sehen bekam, und sie machte ein winziges Heben seines Mundwinkels aus.

»Vielleicht ein andermal, Leonessa«, erwiderte er verspätet. »Ich glaube, ich bin noch nicht so weit, die dunklen Stunden der erlittenen Folter auf einer Badematte vor meiner badenden Nixe von einer Freundin auszubreiten.«

Johanna schnaubte entrüstet, was ihm ein Grinsen ins Gesicht zauberte. »Weißt du…« Toni drehte sich so, dass er sie ansehen konnte. »Damals in der Nacht im Wald… Ich dachte tatsächlich, ich hätte dich für immer verloren.«

Sie lächelte sentimental. »Das dachte ich allerdings auch.« Sie schloss für einen Moment die Augen und rief sich jene Nacht in Erinnerung, in der sie vor ihm weggelaufen war. »Ich war stinkwütend, weil du mir verschwiegen hast, dass du wusstest, wo Adam sich versteckt hatte. Dass er wusste, wie dreckig es mir ging und du nicht *mehr* unternommen hattest, um ihn zurückzuholen.« Sie öffnete die Augen und sah ihm entgegen. »Aber als ich unter dem Baum stand, da…« Mit einem Kopfschütteln brach sie ab. Irgendetwas an dieser Aussage störte sie, und eine Sekunde lang versuchte sie, herauszufinden, was es war. Als sich kein Licht in ihrem Verstand auftat, fuhr sie stattdessen fort: »Da war eine Stimme. In meinem Kopf. Eine Stimme, die plötzlich viele Stimmen war, die mir bösartige Dinge zurief. Sie schien dich zu kennen. Ich glaube, es war Meghan …«

Wieder verlor sich Johanna in Gedanken. Was war es nur, was ihr andauernd vor der Nase herumtanzte, ihr jedoch sogleich wieder entschlüpfte, sobald sie den Finger daraufzulegen gedachte?

Es klopfte und sie wurde aus ihren Überlegungen gerissen. Adams Kopf schob sich herein und er lugte zu ihr herüber. »Thorn Borthertorn wurde aus dem Krankenhaus entlassen«, berichtete er. »Er ist zuhause.«

Aus irgendeinem ihr unerfindlichen Grund zog sich bei diesen Worten ihr Bauch zusammen. Keinen Wimpernschlag später ahnte sie den Anlass: Sie fühlte sich verantwortlich für seinen Zustand. *Sie* hatte ihm das angetan, indem sie Meghans Seele mit roher Gewalt aus der seinen entfernt hatte. *Sie* war es gewesen, die ihn gebrochen zurückgelassen hatte.

Seine Familie konnte ihm nicht mehr helfen. Alles, was blieb, war, ihm einen angemessenen Abschied in den eigenen vier Wänden zu bereiten, wenn er starb.

Eisige Kälte griff nach ihr und legte sich über ihre Haut, ihre Knochen.

Er wird sterben, wenn ich nichts tue! Es liegt an mir, ihn zu heilen!

Hektik breitete sich in ihr aus und sie hatte sich bereits halb aus der Wanne gestemmt, als sie innehielt.

Warte – will ich das überhaupt? Will ich diesen Mann heilen? Keiner weiß, wie sein Charakter ohne Meghans Seelenanteil aussieht; was ihn bewegt und was oder wer ihm wichtig ist. Möglicherweise wird er mich dafür verfluchen, ihn von ihr getrennt zu haben. Will ich dieses Risiko eingehen?

Johannas Gedanken schweiften zu Melanie, Thorn Borthertorns Tochter – und ihrer Erzfeindin, was Toni Cadeeshs Zuneigung betraf. Sie hegte seit Längerem die Vermutung, dass Melanies Hass auf sie daher rührte, dass in ihrem Zuhause in der Vergangenheit viel über sie, Johanna, und wenig über die Tochter selbst gesprochen worden war. So außen vor gelassen war es ein Leichtes, einen Groll auf jemanden zu entwickeln.

Wenn Johanna Melanie den Vater zurückbringen konnte, den sie so sehr liebte, dann würde diese eventuell damit aufhören, sie zu piesacken… Sie würden endgültig quitt sein.

Mit neuer Entschlossenheit hievte sie sich aus der Badewanne und griff nach dem Handtuch, das Toni ihr reichte. Sie sah von ihm zu Adam und verkündete: »Ich werde ihn heilen.«

23

Johanna stand mit bebenden Knien auf dem Treppenabsatz der Borthertorn'schen Villa. Den Rücken stärkten ihr Toni und Adam, und Gelleroy hatte versprochen, in der Nähe zu bleiben und ein Auge auf die Situation zu haben, falls diese eskalierte.

Mit einem tiefen Einatmen drückte sie die Klingel. Einen Atemzug später öffnete sich die Tür, und eine adrett gekleidete Dame im cremefarbenen Etuikleid und Perlenkette stand vor ihr. »Ja bitte?«, forderte sie mit distanziertem Blick auf das Trio.

»Wir, äh, würden gern mit Melanie sprechen«, haspelte Johanna eilig. »Wir sind Kommilitonen.«

Das Gesicht der Frau erhellte sich. »Ach, wunderbar. Ja, ich hole sie gleich. Wissen Sie, seitdem mein Mann diesen schrecklichen Unfall hatte, ist Melanie ihm nicht von der Seite gewichen.« Plötzliche Traurigkeit überzog ihre Züge. Dann schien sie sich bewusst zu werden, dass sie Fremden gegenüberstand, und ihr Gesicht verschloss sich erneut. »Ich rufe sie herunter. Einen Moment.«

Die Tür schloss sich und ein nervöses Kribbeln nahm von Johannas Fingern besitz. Es breitete sich in ihre Arme aus und sie schüttelte diese leicht, um das Gefühl abzuschütteln. Adam legte ihr tröstend die Hand auf die Schulter. Sie wandte den Kopf, um in seinen Augen zu lesen, doch er trug – wie immer, wenn er sich außerhalb der Villa bewegte – seinen Hoodie und die Gesichtsmaske. Seine Augen lagen im Dunkeln.

»Wird schon schiefgehen«, kommentierte Toni hoffnungs-
froh.

Adam lachte düster auf.

In dem Moment ging die Tür ein zweites Mal auf. Melanie
Borthertorn stand im Türrahmen, ihr Körper in dem eng anlie-
genden, knallpinken Kleid dürrer als je zuvor. Ihr Gesicht
erschien Johanna eingefallen und grau, die blonde Mähne
stumpf und ohne Volumen.

Johannas Herz schlug in ihrer Kehle, als sie den Augenblick
gewahrte, in dem Melanie erfasste, wer genau hier eigentlich
auf ihrem Treppabsatz stand.

»Was wollt ihr hier?«, keifte Melanie. »Verschwindet!«

Johanna ignorierte sie. »Melanie –«

»Nein!« Melanie schüttelte den Kopf, dass die Haare
flogen. Sie trat einen Schritt vor und streckte Arm und Zeigefinger in Richtung der Cadeesh-Villa aus. »Hau ab! Verkriech
dich zurück in dein Hurenhaus, wo du hingehörst, *Freak*!«

Toni seufzte theatralisch. »Autsch, Mels!«

Ihre Augen brannten vor Hass, als sie von Johanna zu Toni
schaute. »Halt den Rand, Toni! Nimm deine Schlampe und geh
mir aus den Augen!«

Adam räusperte sich, doch Melanie schien überhaupt nicht
wahrzunehmen, dass er ebenfalls hinter Johanna stand. Sie
keifte und beleidigte sie, bis er die Geduld verlor, sich den
Hoodie vom Kopf riss und die Maske löste. »Melanie Borthertorn!«, donnerte er.

Diese erstarrte augenblicklich zur Eissäule, sobald sie sie
ihn erkannte.

»Halt mal die Luft an und hör uns einen Augenblick zu.«

Völlig geplättet von seinem veränderten Aussehen und
seiner Ansage zuckte ihr Blick von ihm zu Johanna, zu Toni
und wieder zurück zu Johanna. Jene nutzte die Pause und ras-
selte so schnell wie möglich ihr Anliegen herunter: »Ich kann

deinem Vater helfen, wieder zu sich selbst zurückzufinden. Dafür muss ich allerdings regelmäßig Zeit mit ihm verbringen, so viel wie möglich. Also, wenn wir ihn besuchen dürfen – Toni und Adam würden mitkommen, damit du sicher sein kannst, dass nichts geschieht – dann könnte ich ihn retten.«

Angespannte Stille legte sich über die Anwesenden. Sie hielt die Luft an, presste ihre Handflächen gegeneinander und schickte ein Hoffnungsgebet gen nirgendwo.

Langsam schoben sich Melanies Augenbrauen zusammen. Ihr Blick wandelte sich von Hass zu … etwas anderem, was Johanna nicht zu deuten vermochte.

»Du?«, brachte sie schließlich gepresst hervor. »Ausgerechnet *du*?«

Als Johanna daraufhin stumm nickte, runzelte Melanie die Stirn. Misstrauen legte sich auf ihre Züge. »Und diesen Schwachsinn soll ich dir einfach so abkaufen?«

»Melanie…«, wollte Johanna argumentieren, doch diese schüttelte bereits aufs Neue ablehnend den Kopf.

»Du warst es doch, die ihn erst in diese Situation gebracht hat«, klagte sie. »Du hast meinem Daddy doch den Verstand geraubt!«

»Ich wollte ihn vor etwas viel Schlimmerem retten!«, rief Johanna verzweifelt.

Doch Melanie trat zurück, erneut stumm den Kopf schüttelnd und schloss die Tür.

»Tja, deutlicher kann das nonverbale *Fick dich* nicht sein«, meinte Toni trocken.

»Ja«, erwiderte Johanna gedehnt. Sie legte den Kopf in den Nacken und seufzte gemartert. »Ich hoffe nur, sie überlegen es sich noch anders.«

»Sie?«, hakte Adam nach. Seine Stimme klang gedämpft, und als sie sich ihm zuwandte, hatte er Maske und Hoodie wieder aufgesetzt.

»Melanies Mutter wird wohl oder übel jedes Wort mitangehört haben müssen, so wie ihre Tochter gekeift hat«, sagte sie mit einem Achselzucken. »Hoffen wir das Beste.«

Sie wandten sich ab und machten sich auf den Rückweg.

Am späten Nachmittag überraschte Preston sie alle mit einem spontanen Besuch. Niemand anderes als Cainnen begleitete ihn und als sie händchenhaltend durch die Eingangshalle der Villa schritten, hob sich Johannas Laune beträchtlich. Sie knuffte ihren Beschützer in die Seite und raunte zwinkernd: »Du schuldest mir was.«

Preston lief rot an und grinste. »Ich fahre mit dir ins Disneyland, versprochen.«

Sie stieß eine Faust in die Luft. »Yes!«

Er setzte sich auf das Zweisitzsofa im Wohnzimmer und zog Cainnen mit sich. Gelleroy platzierte einen Teller voll Kekse auf dem Tisch, drapierte Tee und Kaffee daneben und sank in einen der beiden Sessel. Adam ließ sich in den anderen fallen, zog Johanna auf seinen Schoss und schlang einen Arm um ihre Mitte, wie sie es immer getan hatten. Toni lehnte sich gegen die Rückenstütze und griff nach ihrer Hand, um ihre Finger ineinander zu verschränken.

»Also, wie ist das Leben?«, wollte Johanna voller Neugier von Preston wissen.

Er schnappte sich einen Keks und meinte: »Es läuft gut. Cainnen und ich sind mittlerweile dafür zuständig, die Reste des Kreises auszumachen und zu zerschlagen.«

Ein Schreck ging durch sie hindurch und sie hakte nach: »Mit zerschlagen meinst du aber nicht umbringen oder?«

Rasch schüttelte er den Kopf. »Natürlich nicht. Wir stellen sicher, dass sie sich nicht neu formen oder Rachepläne schmieden.«

»Wir haben bisher sieben Archive ausfindig machen können, die mit gedruckten Akten von *Berührenden* vollgepackt waren«, steuerte Cainnen bei. »Sie wurden allesamt vernichtet. Nichts wurde digitalisiert.«

»Ihr seid gründlich, hm?«, merkte Adam an.

Cainnen neigte zustimmend den Kopf. »Die Jäger waren seit jeher für den Schutz der *Berührenden* bekannt. Welch besseren Schutz als die Vernichtung ihrer Akten könnte es da draußen geben?«

Johanna zögerte, bevor sie dagegenhielt: »Na ja, einige würden sicher gern mehr über ihre Vorfahren erfahren.«

»Aber würde das Wissen darüber ihnen nicht eher mehr Fragen oder Schuld aufbürden?«, konterte Cainnen.

Sie seufzte lächelnd. »Ich merke schon, du hast diese Diskussion bereits geführt.«

»Unendliche Male«, pflichtete Preston mit einem Augenrollen bei. »Und er ist dabei immer superstur.«

Cainnens Ohren röteten sich, seine Miene jedoch blieb ausdruckslos.

»Was mich ebenfalls interessiert…«, kam Gelleroy ihm zu Hilfe. »Wehrt sich denn niemand gegen das, was ihr mit dem *Kreis der Begnadeten* tut?«

Eine perplexe Pause entstand, in der er sich umsah und eilig hinzufügte: »Na, ich kann mir nicht vorstellen, dass jedes Mitglied des Kreises jauchzend die Waffen niederlegt und einfach davon spaziert, um nie wieder ein Wort darüber zu verlieren.«

Prestons Züge verfinsterten sich. »Tatsächlich hat sich eine Splittergruppe gebildet«, gab er zu. »Sie verstecken sich in Safehouses und abgelegenen Immobilien, die der Organisation gehören. Und es werden wöchentlich mehr.«

Cainnen musterte Preston und fügte an: »Die Gruppe setzt sich aus den treusten Anhängern zusammen – Ultras sozusagen.« Er stieß lautstark die Luft aus. »Die meisten Mitglieder waren früher Soldaten oder Security-Angestellte. Aber bei Mitgliedern wie Preston, die im Kreis aufgezogen wurden …«

»Die Indoktrinierung war bei vielen von ihnen einfach zu gründlich«, spezifizierte Preston grimmig. »Es reicht manchmal nicht, vor ihnen zu stehen und als einer von ihnen zu erklären, dass wir alle einer Gehirnwäsche unterzogen wurden um uns gefügig zu machen.«

Gelleroy neigte den Kopf ein Stück zur Seite. »Und was ist euer Plan für diese Splittergruppen?«

Cainnen und Preston wechselten einen Blick und Johanna ahnte die Antwort bereits, bevor ihr Beschützer den Mund aufmachte. »Momentan lautet der Befehl, sie auszuschalten.«

Ihr Ziehvater nickte langsam und schwieg. Sein Ausdruck gab keinerlei Gefühle preis und er nippte bedächtig an seinem Tee, während das Gespräch von Adam in seichtere Gewässer gelenkt wurde.

Das Smartphone vibrierte in ihrer Hosentasche. Johanna zog es heraus und schaute auf den Bildschirm.

Das Biest (17:21): Okay, ich bin dabei. Heile meinen Vater – es ist das Mindeste, was du tun kannst.
Das Biest (17:22): Jeden Nachmittag, vier Stunden. Toni will ich hier nicht noch einmal sehen, also nimm Adam mit.

Ungläubig starrte sie auf die beiden Nachrichten. Ihr Herzschlag beschleunigte sich und ihre Hände zitterten.

Ich darf ihn heilen… Ich werde ihm helfen!

Erleichterung waberte in ihrer Magengegend herum und hinterließ ein Gefühl der Leichtigkeit. Hastig tippte sie eine Antwort an Melanie.

Ich (17:24): Ich werde gleich morgen damit anfangen.

24

»Aber ich muss ihn irgendwo halten, damit er heilen kann!«

»Dann halt ihn woanders«, giftete Melanie. »Jedenfalls klammerst du dich nicht an seiner Hand fest.«

Johanna verdrehte entnervt die Augen. »Und es macht ja so einen tollen Eindruck, wenn ich seinen Fuß halte, was?«

Melanie kniff die Augen zusammen. »Seine Hände sind für seine Familienmitglieder reserviert, Freak.«

Ein Stöhnen entfuhr Johannas Mund und sie griff sich mit Zeigefinger und Daumen an die Nasenwurzel. So langsam verlor sie die Nerven – und es waren gerade mal zehn Minuten verstrichen, in denen sie am Bett Thorn Borthertorns sassen und sich darüber stritten, wo sie den Patienten halten durfte.

»Nenn mich nicht immer Freak«, bat sie versöhnlich. »Ich bin eine *Berührende,* wie du sicher ganz genau weißt.«

Melanie hatte sich am anderen Längsende des Bettes in einen bequem aussehenden Lesesessel gesetzt und hielt die Hand ihres Vaters, während sie Johanna über dessen Oberkörper hinweg hasserfüllt anfunkelte. »Mir egal, was für eine Bezeichnung sie für Leute wie dich erfunden haben. Du bist ein Krebsgeschwür in der Gesellschaft der Menschen.«

Wow. Der Spruch sass.

In ihrem Rücken schnalzte Adam missbilligend mit der Zunge. Er hatte es sich auf einem Hocker bequem gemacht, den Melanie neben der Tür drapiert hatte. Sie hatte unmissverständlich klargemacht, dass *er* sich ihrem Vater auf keine zehn Schritte nähern durfte.

»Dieses *Krebsgeschwür,* wie du es nennst, hilft dir gerade dabei, deinen verdammten Vater vor dem Tod zu bewahren«, grollte er mit eindeutigem Zorn in der Stimme. »Also halt endlich den Rand und lass sie arbeiten oder ich trage sie eigenhändig aus diesem Haus und lasse ihn verrecken, so wie er es eigentlich verdient hätte.«

Melanies Augen blitzten angriffslustig, doch sie entschied sich dafür, ihn nicht herauszufordern, und hielt dankbarerweise endlich die Klappe.

Johanna entschied sich dazu, den CEO am nackten Knöchel zu berühren, versuchte, es sich auf dem alten Holzschemel, den sie als Sitzgelegenheit erhalten hatte, so bequem wie möglich zu machen und schloss die Augen.

Sie wusste, sie musste einfach nur Zeit mit Melanies Vater verbringen, damit sein Geist langsam aber sicher heilen konnte. Ihre Farbenwelt, in die sie seit dem Betreten des Borthertorn'schen Hauses gewechselt hatte, verriet ihr das Ausmaß seiner Krankheit – es stand äußerst schlecht um ihn. Nebst dieser Aussichten nagten leise Zweifel an ihr, die sie nicht abzuschütteln vermochte. Wenn sie ihn heilte und er direkt zu seinem alten Ich zurückfinden würde… Oder wenn er ohne Meghan ein noch fürchterlicher Charakter war als mit ihr …

Sie schüttelte kaum merklich den Kopf, um die negativen Gedanken zu vertreiben. Sie konnte sich noch so oft die Was-wäre-wenn-Fragen stellen – die Antworten darauf erhielt sie, nachdem er genesen war. So lange blieb ihr nichts anderes übrig, außer zu hoffen.

Johanna ließ ihre Gedanken schweifen und bald schon schwelgte sie in Erinnerungen an bessere Tage. Winzige Bruchstücke aus ihrer Vergangenheit brachen an die Oberfläche, von denen sie geglaubt hatte, sie für immer verloren zu haben. Adam und Toni, die ihr gezeigt hatten, wie man Fahrrad fährt. Tonis heimlicher Beschluss, mit dem Jogging anzufangen, um schneller zu werden als Adam, der sie jedes Mal einzuholen schien, wenn sie und Toni etwas ausgeheckt hatten. Adam, wie er im Pool der Cadeesh-Villa Runden schwamm, während sie auf dem Liegestuhl fläzte und ihn verträumt dabei beobachtete.

Sie ließ sich von den Erinnerungen davon tragen, genoss die Leichtigkeit und den Frohsinn, der unterschwellig von ihnen ausging.

Irgendwann räusperte sich Adam hinter ihr und verkündete: »Vier Stunden sind um. Zeit zu gehen.«

Überrascht ruckte Johannas Kopf nach oben und sie warf einen prüfenden Blick aus dem Fenster, das sich rechts von Melanies Lesesessel erstreckte. Tatsächlich, die Sonne war bereits untergegangen. Melanie selbst war in ihrem Sessel tief und fest eingeschlafen, ihre blonden Haare fielen ihr ins Gesicht. Aber ihre Hand umklammerte weiterhin die ihres Vaters.

Johanna konzentrierte sich einen Augenblick lang und die vertrauten goldenen Ranken breiteten sich auf der Haut des CEO aus. Sie wanderten um seinen Knöchel herum und das Bein hinauf, wo die Tätowierung unter seiner Pyjamahose verschwand. Vorsichtig bedeckte sie sein Bein mit der Bettdecke, dann stand sie auf und dehnte ihren Rücken mit einem Gähnen.

Schon im Umdrehen streckte sie die Hand nach Adam aus. Er griff danach und sie verließen schweigend das Zimmer.

In den nächsten Wochen wiederholte sich dieses Prozedere jeden Nachmittag, mal mit Melanie als Wächterin, mal mit deren Mutter – die weitaus freundlicher zu ihnen war. Nach dem Besuch bei Melanies Vater war sie stets ausgelaugt und wehrte sich nicht, wenn Adam oder Toni sie auf dem Sofa in den Schlaf streichelten. Spätestens zum Abendessen weckten sie sie und das Trio genoss die Abende vor dem Fernseher, mit Brettspielen oder mit dem ein oder anderen Kampftraining, welches Johanna nicht aufgeben wollte.

Gelleroy hatte mittlerweile den Neubau des Hauses in Auftrag gegeben und eine Wohnung drei Straßen weiter gefunden, in die er am Ende des Monats umziehen wollte.

So stellte sich langsam aber sicher eine neue, weitaus friedlichere Routine für sie alle ein und in ihr begann die hoffnungsfrohe Aussicht zu sprießen, dass sie für das kommende Semester gemeinsam mit Toni wieder in die Uni immatrikulieren könnte. Als sie ihn eines Abends darauf ansprach, warf er sich übertrieben schockiert in die Polster des Sofas zurück und flehte: »Alles, nur das nicht, Leonessa!«

Adam röhrte vor Lachen und sie konnte sich ein Schmunzeln nicht verkneifen. »Aber wir hatten doch so viel Spaß an der Uni«, argumentierte sie.

»*Du* hattest vielleicht Spaß, meine fleißige Biene«, gab er grummelig zurück. »Für mich war es der reinste Horror. Die Langeweile hat mich beinahe aufgefressen!«

Konsterniert schaute sie ihn an. »Dann… Dann würdest du nicht mit mir zurück wollen?«, hakte sie nach.

Er lehnte sich blitzartig vor und stupste mit dem Zeigefinger gegen ihre Nase. »Für dich gehe ich überall hin, Leonessa«, eröffnete er. »Selbst in diese widerwärtige Schule.«

»Ein wenig Bildung wird dir nicht schaden, Bruder«, steuerte Adam bei und klopfte ihm einmal kräftig auf den Rücken. Tonis Augen wurden schmal, doch er verkniff sich einen Kommentar und gab ihr stattdessen ein Küsschen, bevor er meinte: »Wenn die Heilung des CEOs komplett ist und die Splittergruppen des Kreises zerschlagen sind, dann kannst du uns wieder anmelden, einverstanden?«

Mit vor Freude hüpfendem Herzen und breitem Lächeln nickte sie und kuschelte sich enger an seine Brust.

25

Sie spürte den Moment ganz deutlich in ihrem Bewusstsein, in dem Thorn Borthertorn sich für das Leben entschied und über die Schwelle der Genesung trat. Johanna hielt den Atem an, jede Sehne und jeder Muskel bis zum Bersten gespannt.

Adam schien ihre Unruhe zu spüren, denn sie konnte hören, wie er sich auf seinem Hocker aufrichtete. Sein Blick bohrte sich regelrecht in ihren Rücken.

»Adam? Könntest du Melanies Mutter herholen?«, fragte sie leise. »So schnell wie möglich, bitte.«

Ohne ein Wort verschwand er aus dem Zimmer.

Sie öffnete die Lider und realisierte, dass Melanie sie misstrauisch beobachtete. Sie atmete einmal tief durch und meinte: »Melanie …«

Ihr Gegenüber verspannte sich. »Was?«, schnauzte sie abfällig.

Johanna war schon vor Wochen dazu übergangen, die Kaltschnäuzigkeit der snobistischen jungen Frau zu ignorieren, und meinte mitfühlend: »Er wacht gleich auf. Sei bitte das Erste, was er sieht, wenn er die Augen öffnet.«

Gleichzeitig rückte sie den Schemel so weit rückwärts wie möglich, sodass ausschließlich ihre Fingerspitzen den Kontakt zum Knöchel des CEOs aufrecht hielten.

Erwartungsvolle Stille senkte sich über den Raum, in der man eine Nadel hätte fallen hören. Melanie streichelte ihrem Vater mit hilflos zittrigen Fingern über die Haare, die Hände, und raunte ihm gut zu. Und als Borthertorn endlich die Augen aufschlug, schluchzte sie auf. Ihre wohlgepflegten, eisigen Mauern brachen in sich zusammen und Tränen strömten über ihre Wangen, indes sie seine Hand an ihre Stirn hielt und schluchzte.

Adam trat in diesem Augenblick ins Zimmer, gefolgt von Frau Borthertorn. Sie musterte erst ihre Tochter, dann fiel ihr Blick auf das Gesicht ihres Mannes und sie eilte an seine freie Seite, griff nach seiner Hand und fiel in die Schluchzer ihrer Tochter mit ein.

Johanna konzentrierte sich ein letztes Mal auf ein Heilungstattoo, speiste mehr Energie hinein als den Tagen zuvor und erhob sich still und leise wie immer.

Borthertorns Genesung würde eine weitaus längere Zeit benötigen, das war ihr klar. Doch ab hier waren andere Fachkräfte dazu in der Lage, ihm beizustehen. Seine Familie war an seiner Seite und gemeinsam würden sie es schaffen, ihn vollständig ins Leben zurückzuholen. Die Zerrüttung, die sie angerichtet hatte, war vollständig verheilt. Der Rest lag bei ihm.

Sie warf ihm einen letzten Blick zu. Die stechend grünen Augen, die er mit seiner Tochter teilte, lagen auf ihr, und er bewegte den Kiefer, als wolle er etwas sagen. Johanna schüttelte den Kopf. Nicht jetzt. Jetzt war nur die Zeit mit seiner Familie wichtig.

Verärgerung blitzte in seinen Augen auf und sie runzelte verwirrt die Stirn. Mit kleinen Schritten trat sie weiter und weiter zurück, bis sie neben Adam stehen blieb, der von ihr zu dem Mann auf dem Bett sah. »Du hast es geschafft«, raunte er. Stolz schwang in seiner Stimme mit, und er schnappte sich ihre Hand und presste einen Kuss auf den Handrücken.

»Lass uns gehen«, erwiderte Johanna leise. »Meine Arbeit hier ist getan.«

Sie schafften es bis auf die andere Straßenseite, bevor Melanie stampfend aus der Villa kam und sie mit einem Ruf zurückhielt. »Warte!«

Adam und Johanna hielten inne und blickten verwundert zurück. Melanie hielt erst an, als sie zwei Schritte von Johanna entfernt war. Sie atmete schwer und fiel direkt mit der Tür ins Haus. »Er will, dass ich euch etwas sage.«

Johannas Augenbrauen schossen irritiert in die Höhe. »Er kann bereits sprechen?«, fragte sie.

Melanie nickte und verschränkte die Arme vor der Brust. »Mein Vater lässt ausrichten, dass es noch nicht vorbei ist.« Sie zögerte, ihr Blick schweifte von ihnen zum Straßenpflaster und ihre Stirn runzelte sich. »Er sagt, *sie* ist noch am Leben. Und du sollst sie töten, sonst wird alles wie vorher.«

Eine Hand schien nach Johannas Herz zu greifen und es zu umschließen, um ihr das Blut abzuschnüren. Sie konnte spüren, wie sie erbleichte, und die Ränder ihrer Sicht bekamen schwarze Ränder. Die Härchen auf ihren Armen stellten sich auf, ihr Nacken kribbelte, als würde sie jemand beobachten und eisige Furcht siebte in ihre Poren.

Sie ist noch am Leben. Ich muss sie töten, sonst war alles umsonst.

Melanies Augen wanderten zu Johanna zurück und verengten sich zu Schlitzen. Unverständnis lag darin geschrieben. »Was meint er damit?«, wollte sie wissen.

Johanna zuckte mit der Schulter. »Keine Ahnung.« Sie hoffte, dass Melanie ihr nicht ansehen konnte, dass sie log. Natürlich wusste sie, was der CEO meinte. Ihre Ohren klingelten und ihr Puls rauschte durch ihre Adern.

Sie ist noch am Leben. Ich muss sie töten, sonst war alles umsonst.

Die beiden Sätze schienen sich in ihr Bewusstsein zu graben und sich in eine Endlosschleife zu formen, die sie nicht in Ruhe lassen würde. Verzweifelt überschlug Johanna die Aussage in ihrem Kopf.

Aber ich habe sie aus ihm herausgeholt. Ich habe ihren Seelenanteil von seinem gelöst und vernichtet. Meine Arme sind Zeugnis der Tat und Beweis dafür, dass es funktioniert hat.

Wie? Wie war das möglich?!

Melanies giftige Stimme riss sie zurück ins Hier und Jetzt. »Du weißt etwas!«

Johanna schüttelte vehement den Kopf. Sie war sich nicht sicher, ob ihre Stimme sie verraten würde, deswegen schwieg sie. Adams Arm legte sich um ihre Mitte, um ihr Halt zu geben, und sie sank dankbar gegen ihn.

»Egal, was es ist«, zischte Melanie, außer sich vor Wut, »du wirst dich gefälligst darum kümmern. Haben wir uns verstanden?«

Das war der Zeitpunkt, in dem Adam Johanna hinter sich zog und Melanie an der Schulter auf Abstand hielt. Seine Gestalt ragte zornig über ihr auf und Melanie schrumpfte in sich zusammen, ihre eigene Wut vergessen und verblasst im Angesicht seiner Rage.

»Du hältst dich von jetzt an von Johanna fern. Du wirst ihr dankbar sein, dass sie deinen lahmarschigen Vater vor dem Verrecken gerettet hat, aber ansonsten hältst du dein verdammtes Schandmaul, kapiert?« Seine Stimme war ein drohendes, tiefes Grollen.

Melanie war dermaßen eingeschüchtert, dass sie angstvoll nickte und das Heil in der Flucht suchte. Mit wehenden Haaren sprintete sie über die Straße davon, riss am Türgriff und ließ das Holz krachend ins Schloss fallen.

Johanna zitterte wie Espenlaub. Die Furcht hatte sie fest im Klammergriff. Mit piepsiger Stimme haspelte sie: »Sie ist noch am Leben? Aber wie? Wo?«

Er wirbelte zu ihr herum und zog sie in seine Arme. »Es wird alles gut, Kätzchen«, versicherte er ihr heiser und drückte sie noch enger an sich, sodass sie dachte, er würde sie zerquetschen.

»Wie soll denn bitte alles gut werden, wenn Meghan noch da draußen ist?«, entgegnete sie schwach.

»Wir werden sie finden«, versprach er. »Wir werden einen Weg finden, sie ein für alle Mal zu vernichten.«

Sanft aber bestimmt führte er Johanna zurück in die Villa, während er ihr zusicherte, dass sie das Problem lösen und einen Weg finden würden, Meghan McGibbon von dieser Welt zu tilgen.

Toni erwartete sie. Er hatte sich vom Sofa erhoben, auf dem er offenbar die letzten Stunden geflätzt hatte, und nahm sie ebenfalls in den Arm. »Was ist passiert?«, fragte er alarmiert.

Adam zerrte sich ungeduldig die Maske und den Hoodie vom Kopf und erwiderte grimmig: »Borthertorn ist aufgewacht. Er hat Johanna ausrichten lassen, dass Meghan noch lebt, und dass, wenn wir sie nicht töten, alles umsonst gewesen ist.«

Entsetzen spiegelte sich in Tonis Gesicht. »Aber… Johanna hat sie doch vertrieben! Die Narben auf ihren Armen —«

Adam schüttelte den Kopf. »Scheinbar war das nicht alles.«

Und während sie dort stand, eingekeilt zwischen ihren beiden liebsten Menschen, fiel es ihr wie Schuppen von den Augen. »Der Baum«, würgte sie zwischen dem Kloß in ihrem Hals hervor.

Die Cadeeshs erstarrten. Ihre Augen waren auf sie gerichtet, der Unglaube darin so greifbar wie ihre eigene Furcht. Aber sie war sich hundert Prozent sicher, dass sie richtig lag. »Der Baum«, wiederholte sie, diesmal mit stärkerer Stimme. »Wir wussten nie, was genau es damit auf sich hat.«

Als die Cadeeshs sie weiterhin verständnislos anstarrten, beeilte sie sich, weiterzusprechen. »In jener Nacht, als ich weggelaufen bin, da habe ich Stimmen gehört. Der Baum hat mit mir gesprochen.«

Jetzt, wo sie die beiden Ereignisse überlagerte – einmal die Nacht am Baum und den Kampf gegen Meghans Seelenanteil in Thorn Borthertorn – bestand kein Zweifel mehr: Es war dieselbe Stimme gewesen.

»Es war Meghans Stimme«, flüsterte sie angsterfüllt.

Adams Brauen schoben sich in die Höhe, während Tonis sich angestrengt nachdenkend zusammenzogen. Er tippte sich mit dem Zeigefinger ans Kinn und meinte letztlich: »Du glaubst also, dass dieser Baum – den übrigens nur du sehen kannst – die Reste von Meghans Seele darstellen?«

Johanna nickte eifrig.

»Der Baum zieht Magie an«, sinnierte Adam. »Er nimmt sie regelrecht auf.«

Tonis Augen wanderten zu seinem besten Freund. »Was heißen könnte, dass sie auf diese Art und Weise überhaupt in der Lage war, weiter zu bestehen.«

Adam holte tief Luft. »Danke, dass du mich von diesem lästigen Körper befreit hast.«

Sie blinzelte perplex. Doch bevor sie nachfragen konnte, hakte Toni ein. »Meghans letzte Worte, bevor sie getötet wurde.«

»Was, wenn das alles – der Baum, der Seelenteil, der in den ersten Borthertorn überging – im Voraus geplant war?«, fragte Adam zögerlich. »Was, wenn sie *wollte*, dass ihre menschliche Hülle zu dem Zeitpunkt stirbt, zu dem es passierte? Und was, wenn *wir* nicht der Grund dafür waren, dass sie immer schwächer geworden ist? Wenn sie stattdessen permanent den Zauber mit Magie gefüttert hat, um diesen seltsamen Seelenbaum zu erschaffen?«

»Heilige Scheiße«, entfuhr es Toni in Form eines Flüsterns.

Sämtliche Härchen standen wieder stramm auf Johannas Armen. Die Vorstellung, dass Adam mit seinen Vermutungen recht haben könnte… Es schauderte sie unwillkürlich.

Toni bemerkte ihre Reaktion auf Adams Worte und trat näher an sie heran. »Selbst wenn es so wäre«, gab er zu bedenken und bemühte sich um einen lässigen Ton. »Wir können im Moment nichts dagegen tun. Dafür ist das alles noch zu schwammig.« Er griff nach ihrer Hand und führte sie ins Wohnzimmer, wo er sie ins Polster schubste und sich neben ihr niederließ.

»Morgen werden wir uns eingehender damit befassen«, bestimmte er. »Heute bist du zu erschöpft. Und wow, die Neuigkeit schlägt sich echt auf den Magen nieder. Hab direkt meinen Bärenhunger vergessen – und du?«

Ihr war bewusst, was er tat: Er plapperte, damit sie sich entspannte und die negativen Emotionen gehen ließ, die ihr die Kehle zuzuschnüren und den Magen zu verknoten drohten. Johanna kuschelte sich enger an ihn.

In der Küche erklang kurze Zeit später das vertraute Klirren und Scheppern von Töpfen und Pfannen, von Schubladen und Büchsen. Adam kochte Abendessen.

Erst als Gelleroy zur Haustür hereinkam, die Arbeitsstiefel in die Ecke schmiss und auf dem Weg in Richtung Badezimmer innehielt, um mit Toni zu reden, wurde ihr bewusst, dass sie sich komplett von der Außenwelt abgekapselt hatte, um den Schock zu verarbeiten. Zurückhaltend streckte sie die Glieder und richtete sich auf.

»Hey, meine Schöne«, murmelte Toni und küsste ihren Scheitel. »Perfektes Timing – bald gibt es Abendessen.«

Sie grummelte etwas Unverständliches und verlangte mehr seiner Zuwendungen, bis Adams Stimme aus der Küche drang und sie zum Essen rief. Etwas in ihrem Verstand weigerte sich, über die nächsten paar Minuten hinauszublicken oder gar an den morgigen Tag zu denken.

Wahrscheinlich ein Schutzmechanismus. Wer weiß, vielleicht bin ich in einem Schockzustand.

Aber sie beschwerte sich nicht darüber. Sie genoss die ungeteilte Aufmerksamkeit, die sie von ihren beiden Partnern erhielt und ignorierte Gelleroys beunruhigte Seitenblicke, als Adam ihm von den heutigen Ereignissen erzählte.

Noch während Johanna sich in ihren Kokon aus Ignoranz und vorgegaukelter Sicherheit schmiegte, traf sie die Erkenntnis wie der Blitz: Das Damoklesschwert hing erneut über dem Haushalt der Cadeeshs. Und diesmal würde sie ihm nicht entfliehen können, indem sie nach London flog, Preston eine Höhle sprengen oder sich von Cainnen weg teleportieren ließ. Nein… Dieses Mal musste sie sich frontal und ohne Umwege dem stellen, was auf sie zukam. Weil sie die Einzige war, die den Baum im Wald sehen konnte, der mit hoher Wahrscheinlichkeit Meghans Seele enthielt. Weder Adam noch Toni waren dazu in der Lage, und auch Cainnen und die Jäger waren keine Ausnahme – nicht so wie sie. Es lag an ihr, Johanna McGibbon, ihre eigene Vorfahrin zur Strecke zu bringen.

Bleierne Müdigkeit überkam sie und sie hielt mitten in der Kaubewegung inne, schob den Teller voll Ragout von sich und legte die Stirn auf die Tischplatte.

Ich habe doch schon so viel getan. Wieso muss es immer noch mehr sein, noch weiter gehen? Irgendwann ist doch auch mal gut …

»Jojo?« Tonis besorgte Stimme erinnerte sie daran, dass sie sich in Gesellschaft befand. Müde machte sie eine wegwerfende Handbewegung. »Schon okay. Ich habe nur gerade keine Kraft mehr für diese ganze Die-Rettung-der-Welt-lastet-auf-meinen-Schultern-Geschichte.«

»Ah«, machte er lang gezogen. »Verstehe. Ist ja auch belastend, andauernd die Nummer eins zu sein.« Häme mischte sich in seinen Ton.

Gelleroys Schnauben durchbrach das Schweigen am Esstisch. »Danke Adam, für das Essen. Wenn ihr nichts dagegen habt, werde ich jetzt mit Preston telefonieren und mich in den Keller zurückziehen, um zu recherchieren.«

Johannas Kopf fuhr hoch und sie musterte ihren Ziehvater kritisch. »Du willst uns helfen?«

Er hielt auf dem Weg zur Spüle inne, seinen Teller in der Hand, das verwunderte Gesicht ihr zugewandt. »Natürlich will ich das. Du bist meine Tochter. Ich liebe dich über alles und werde dich nicht an diese Verrückte verlieren. Wir werden auch diesen Albtraum durchstehen – wir alle gemeinsam. Aber dafür muss jeder seinen Beitrag leisten, genau wie in allen Kämpfen zuvor.«

Adam stimmte mit einem Brummen zu und erhob sich ebenfalls. »Heute lassen wir Johanna ruhen. Sie hat großartige Arbeit geleistet und Borthertorn von der Schwelle des Todes bewahrt. Morgen früh ist noch weit entfernt.«

»Komm, Leonessa«, sagte Toni, »lass uns einen Film aussuchen. Etwas Heroisches, passend zum heutigen Erfolg.«

Unwillentlich musste sie schmunzeln und ließ sich von ihm aus dem Stuhl ziehen. Gelleroy blieb mit Adam zurück, um den Abwasch zu erledigen. Doch sobald sie das Sofa erreicht hatten, war ihr ganz und gar nicht danach, für ein paar Stunden sinnbefreit in die Glotze zu starren. Sie wollte das Leben um sich herum fühlen – sichergehen, dass sie nicht in einem grauenvollen Albtraum festsaß. Ihr Herz sollte zerspringen vor Liebe und Glück, ihr Verstand implodieren und ihr Körper vor Erregung eine permanente Gänsehaut entwickeln.

»Ich habe eine viel bessere Idee«, flüsterte sie Toni zu.

270

Er sah fragend auf sie herab, die eisblauen Augen funkelten wissend. Wortlos zog sie ihn gen Schlafzimmer und murmelte: »Sag Adam Bescheid, dass er nachkommen soll.«

»Oh, also *das* gefällt mir«, erwiderte er heiser. »Keine Sorge, Leonessa – Adam hört sowieso zu.«

Sie grinste übermütig und kaum hatten sie ihr Zimmer erreicht, forderte sie einen stürmischen Kuss von ihm ein, der sie die momentanen Sorgen vergessen ließ.

»Bist du sicher, dass du uns beide gleichzeitig haben willst?«, wollte er leise wissen.

»Ich kann es kaum erwarten«, versicherte sie ihm, zerrte an seinem Shirt und schmiss es in eine Ecke, sobald er es ausgezogen hatte. »In meinen Träumen sind wir seit Jahren zu dritt.«

»Meine Güte, was für versaute Träume du hast, Leonessa«, echauffierte er sich gespielt. Sein Grinsen wurde breiter.

In diesem Augenblick öffnete sich die Tür und Adam kam herein. Er studierte ihr Gesicht, zog eine Augenbraue hoch, wie er so gerne tat und fragte: »Sicher?«

Johanna stöhnte entnervt und nickte. »Aber sowas von.«

Die Mischung aus neonblauem Leuchten und grünschwarzem Wirbeln, die ihr entgegenblickte, brachte ihr Herz zum Singen.

26

Nach der gestrigen Nacht mit Adam und Toni war Johanna ausgeruhter und dynamischer denn je. Ihr Kopf war klar und sie hatte den Kokon abgelegt, den sie sich zum Schutz übergeworfen hatte, um die Wahrheit nicht zu akzeptieren.

Sie, ihr Ziehvater und die Cadeeshs sassen um den großen Versammlungstisch im Hauptquartier der Jäger, wohin Cainnen sie vor mehreren Stunden teleportiert hatte. Preston schritt vor der weißen Leinwand auf und ab, das Gesicht scharf nachdenkend dem Boden zugewandt. Cainnen selbst hatte sich in eine manifestierte Denkerpose geworfen: Das Gesicht auf eine Hand gestützt, dessen Ellenbogen auf dem anderen Arm auflag. Die Finger strichen in hypnotischem Rhythmus über die Stoppeln an seinem Kinn.

Gelleroy schwieg ebenfalls. Vor ihm türmten sich Akten und alte Bücher, die im Villen-Keller gelagert hatten und aus denen er die ein oder andere Referenz hervorgezogen hatte, wann immer eine neuerliche Diskussionsrunde entbrannte.

Die Cadeeshs waren die Einzigen, die entspannt in ihren Stühlen sassen. Toni fläzte wie üblich, ganz der versnobte Prinz, Adam hatte sich zurückgelehnt – seine Finger trommelten einen wilden Rhythmus auf den Oberschenkeln.

»Und du bist dir sicher, dass es niemanden bei den Jägern gibt, der diese Fähigkeit besitzt?«, wiederholte Gelleroy seine Frage zum gefühlt fünften Mal.

Cainnen besah ihn mit einem Blick, der ein deutliches Nein bedeutete.

»Und was ist mit–«, Toni brach ab, dachte nochmals kurz nach und fuhr dann fort: »Dem Archiv?«

Sämtliche Köpfe flogen zu ihm herum, Preston hielt in seiner Wanderung inne und Cainnens Nachdenkerpose fiel in sich zusammen, als seine Hand auf den Tisch prallte.

Toni deutete ein Achselzucken an. »Na ja, ihr wisst schon: Der Ort, an dem die Fähigkeiten aller bisherigen *Berührenden* aufbewahrt wurden und der Quatsch. Da könnte doch etwas dabei sein, das genau das tut, nach dem wir suchen.«

Gelleroy sah ihn an, als könne er nicht fassen, dass er selbst nicht auf diese Idee gekommen war. »Aber natürlich!«, rief er aus. »Dort *muss* es eine solche Fähigkeit geben.« Plötzlicher Eifer trat auf seine Züge und er wandte sich Cainnen zu. »Habt ihr die Fähigkeiten der *Berührenden* sichergestellt?«

Dieser nickte und griff nach dem Laptop, der bislang zuge-klappt neben ihm gelegen hatte. Nachdem er ein paar Dinge eingetippt hatte, leuchtete die Leinwand auf und sie alle konn-ten sehen, was auf seinem Bildschirm stand. Es war eine ellen-lange Liste mit Namen, Daten und Begriffen, die Johanna auf den ersten Blick nichtssagend erschienen. Auf den zweiten Blick jedoch erkannte sie, dass es die Fähigkeitensammlung sein musste, die das Archiv repräsentierte.

»Wir können nach Stichworten filtern«, schlug Cainnen vor und trug in eine Suchleiste ganz oben die Begriffe *Seelenanteil*, *Seele* und *aufdecken* ein.

Preston protestierte. »Das Letzte, lösch das wieder. Das ist zu ungenau.«

Cainnen gehorchte, drückte auf die *SUCHEN*-Schaltfläche rechts daneben und die Liste reduzierte sich auf fünf Einträge. Johanna überflog sie mit hämmerndem Herzen und blieb an einem spezifischen hängen. »Da, der Vierte. Der klingt vielversprechend.«

Cainnen klickte auf *MEHR DETAILS* und ein Fenster öffnete sich, in dem etliche Informationen zu der Probe standen, die die Fähigkeit enthielt.

»Hmm«, kam es von Gelleroy. »Scheinbar doch nicht.«

Sie seufzte. Seelenteile verbinden, Seelenteile finden, Seelenteile abtrennen oder abstoßen… Ja, das alles war nicht, was sie suchten.

Adam beugte sich vor und meinte: »Darf ich mal?«

Cainnen schob den Laptop in seine Richtung und Adam tippte neue Begriffe ein. Seine Art der Suche war logischer, analytischer und vor allem extrem schnell. Sie konnte den einzelnen Begriffen und Suchanfragen kaum folgen. Dann aber hielt er inne und sagte: »Das hier könnte helfen.« Er drückte auf einen einzelnen Eintrag und das Detailfenster öffnete sich.

»Macht Unsichtbares sichtbar«, las Toni vor. Seine Stirn runzelte sich skeptisch. »Aber der Baum ist ja nicht unsichtbar – nicht wirklich.«

Adam nickte, entgegnete jedoch: »Für uns ist er unsichtbar. Wenn einer von uns dreien…« Er deutete auf Cainnen, Toni und sich. »Diese Fähigkeit annimmt und auf den Baum anwendet, können ihn anschließend alle sehen. Johanna wird die Fähigkeit nichts nutzen, da sie ihn bereits sieht.«

»Das könnte durchaus funktionieren«, stimmte Cainnen zu. »Die Frage ist nur… Wer von uns sollte die Fähigkeit aufnehmen? Und wie bringen wir das zustande?«

Johanna hob die Hand. »Anscheinend kann ich da behilflich sein. Wird schon schiefgehen.«

»Wir haben exakt einen Versuch«, hielt er dagegen. »Da ist kein Platz für Rumprobieren.«

Sie knirschte mit den Zähnen und biss sich auf die Unterlippe. Es gab da durchaus eine Möglichkeit, wie sie ihre Fähigkeit schneller meistern könnte, aber… Sie hatte nicht vorgehabt, noch einmal mit ihrer Mentorin Kontakt aufzunehmen. Nicht, wenn es sich vermeiden ließ und nicht, nach allem, was diese ihr verschwiegen hatte.

Handkehrum hatte Arissa unter Erpressung gehandelt. Johannas Vorfahren-Seelenteile waren weggesperrt worden und nur ihr war es erlaubt worden, mit Johanna zu sprechen. Eventuell war nun der Zeitpunkt gekommen, ihrer Vorfahrin zu verzeihen.

»Ich werde es lernen«, hörte Johanna sich sagen.

Bevor ich noch weiter grüble, sollte ich die Vergangenheit hinter mir lassen und damit anfangen, zu verzeihen. Das Leben ist kurz genug, da wäre Taima ganz meiner Meinung.

Sie nickte bekräftigend. »Gebt mir ein wenig Zeit, damit ich mich mit meiner Mentorin treffen kann. Danach können wir die Fähigkeit an einen von euch übertragen.«

Toni zog die Augenbrauen hoch und spottete gutmütig: »Ich hätte auch gern, dass das so einfach geht. Was brauche ich dafür?«

Sie streckte ihm die Zunge raus und meinte: »*Berührende* Vorfahren.«

»Hach, ich wusste, da ist ein Haken bei der Sache.«

Preston erhob sich und bedeutete ihr, ihm zu folgen. Er führte sie einen Gang entlang und in ein geräumiges Zimmer mit Pritsche und Dreischubladen-Kommode. »Hier hast du deine Ruhe«, sagte er kurz angebunden. Er drehte sich halb um, hielt dann jedoch inne und sah zu ihr zurück. »Ich will, dass du das überlebst McGibbon. Also gib alles, ja?«

In seinen Augen stand jener Schmerz geschrieben, den er sich nicht öffentlich zu zeigen traute. Sie überwand die Distanz zu ihrem Beschützer und schloss ihn in eine feste Umarmung.

»Wir schaffen das«, murmelte sie ihm zu, bevor sie sich löste und ihn mit einem festen Nicken fortschickte.

So viele Menschen flehen mich an, diese Sache heil zu überstehen. Ich darf sie nicht enttäuschen.

Sie setzte sich auf die Pritsche, überkreuzte die Beine und atmete tief durch. Die Farbenwelt breitete sich in ihrem Geist aus und sie schritt über den seltsamen Boden, der aus Rauch oder Wolken zu bestehen schien. Ihre Finger glitten durch den regenbogenfarbenen Fluss aus Seelenfäden.

»Johanna.«

Sie drehte sich um. Arissa stand einige Meter entfernt, die Hände unsicher vor ihrem Körper verschränkt, die Züge von Gram gezeichnet.

Sie nickte ihrer Vorfahrin distanziert zu. »Arissa.«

»Es tut mir leid, dass ich dir etwas vorgespielt habe –«

»Schnee von gestern«, unterbrach Johanna sie mit einem Abwinken.

Die Augen ihrer Mentorin wurden groß und ihr Mund blieb für ein paar Wimpernschläge offen stehen. Dann fasste sie sich und trat näher. »Ich werde dich bei all deinen Taten unterstützen, so gut ich es vermag. Was genau brauchst du?«

»Ich muss jemandem dabei helfen, sich eine Fähigkeit anzueignen«, begann Johanna. »Und ich weiß nicht, in welche Sparte das fällt.« Sie warf einen verunsicherten Blick auf die Horizonte, die golden und silbern schimmerten. »Erkenntnis ist es nicht, denn es ist eine Form der Unterstützung. Aber Heilung ist es ebenfalls nicht, denn es ist etwas Neues, das hinzukommt.«

Mit einem nachdenklichen Stirnrunzeln wandte sie sich wieder Arissa zu. Diese schien selbst kurz zu überlegen, dann teilte sie ihre Gedanken mit Johanna. »Wir selbst haben noch nie mit einer solchen Fähigkeit zu tun gehabt. Doch wenn ich sie einschätzen müsste, dann würde ich sagen, sie gehört eher zur Erkenntnis. Du geleitest Magie auf ihrem Weg ans Ziel, weshalb du vorausschauend sein musst.«

Man kann sich aber auch alles irgendwie zurechtlegen, bis es in eine Schublade passt, was ...

Zu Arissa meinte sie: »Okay, dann werde ich mich einfach auf die Magie, die ich transferieren soll, konzentrieren und in Richtung Erkenntnis gehen. Mal schauen, was dabei rauskommt.«

»Das ist dann doch etwas spekulativ, denkst du nicht?«

Johanna winkte erneut ab und drehte sich bereits fort, um zu gehen. »Ich werde die anderen Seelenteile befreien, Arissa. Hab noch etwas Geduld.« Damit nickte sie ihrer Vorfahrin zu und öffnete die Augen in der Realität.

Zeit für Improvisation vom Feinsten. Die anderen dürfen nicht bemerken, dass ich unsicher bin, was den Prozess angeht.

Sie dehnte ihre Glieder, stand von der Pritsche auf und machte sich auf den Weg zurück zu den anderen. Sehr lange konnte sie nicht weggewesen sein, denn Cainnens Laptop stand immer noch auf dem Tisch. Adam stand daneben, seine Schultern wirkten angespannt.

»Hey«, machte sie auf sich aufmerksam, »wo sind denn alle hin?«

Er drehte sich ihr zu, indes er die Maske vom Gesicht zog. »Wir machen eine Pause, in der Cainnen unseren Plan den anderen Jäger-Hauptleuten unterbreitet.« Sein Arm schloss sich um ihre Mitte und er zog sie an sich. »Gelleroy und Preston sind unterwegs, um die Fähigkeitenprobe zu holen.«

Ein anderer Arm schob sich auf ihrer anderen Seite um sie. »Und ich war nur kurz was snacken«, steuerte Toni selbstgefällig bei. »Natürlich habe ich euch dabei nicht vergessen. Hier.« Ein Teller mit Schinken-Käse-Taschen, Karottenstreifen mit Dip und Salami-Käse-Häppchen tauchte vor ihren Gesichtern auf.

»Das ist die merkwürdigste Mischung aus Snacks, die ich jemals gesehen habe«, kommentierte Adam, schnappte sich eine Tasche und biss hinein. Johanna kicherte und wählte ein Häppchen.

»Ich musste doch Sachen nehmen, die wir alle essen«, beklagte sich Toni leicht gekränkt. »Deswegen ist dieser Teller zum Beispiel Cocktailtomaten-frei, Bruder. Für euch beide nur das Beste.«

Schnell schnappte sie sich eine Karottenstange und tauchte sie in den Dip, bevor sie sie ihm in den Mund schob. »Habt ihr euch darauf geeinigt, wer die Fähigkeit bekommen soll?«, fragte sie kauend.

Toni nickte und zeigte ihr sein bestes Grinsen. »Das wäre dann ich.« Er deutete mit dem Kinn auf den Teller und sie gab ihm einen weiteren Karottenstreifen.

»Adam will nicht«, erklärte er, nachdem er das Essen heruntergeschluckt hatte. »Weil er nicht weiß, wie es mit seiner Seele weitergeht. Und Cainnen meinte, bei einem von uns ist sie besser aufgehoben, weil wir länger davon profitieren könnten als jeder andere Sterbliche.«

»Hmm«, meinte sie und legte den Kopf ein wenig schief, um die beiden Brüder zu betrachten. »Ja, da könnte was dran sein.«

Ihre wurde eng um die Brust, aber sie ließ sich nicht anmerken, wie sehr sie Tonis Bemerkung aus der Bahn geworfen hatte. Das Hauptquartier der Jäger war kein geeigneter Ort, um in verzweifelte Tränen auszubrechen.

Aber irgendwann müssen wir darüber sprechen, ob ich sie heilen soll... Ich darf mir nicht anmaßen, dass sie am Leben bleiben wollen, nur weil ich *hier bin.*

In den letzten zwei Jahren hatte Johannas Selbstbewusstsein gehörigen Aufwind durch die Zuneigung der Brüder erfahren. Doch der Gedanke daran, dass einer der beiden sich dafür entscheiden könnte, vom Fluch befreit zu werden und somit zu sterben, ließ jegliche Sicherheit in ihrem Herzen verpuffen, wann immer sie daran dachte.

Schließlich sind sie schon verdammt lange auf der Erde – wer weiß, eventuell haben sie gehörig die Schnauze voll vom 21. Jahrhundert nach der ganzen Shitshow mit Meghan und dem Kreis der Begnadeten.

Tonis Finger zwickten sie leicht und ihr Gehirn sprang zurück in die Realität. »Was?«, fragte sie hastig.

»Ich sagte«, meinte Adam, »dass wir darüber sprechen sollten, wie wir diesen Baum vernichten. Ihn für alle sichtbar zu machen ist die eine Sache, aber wie können wir etwas aus der Welt schaffen, das einer mittlerweile toten Seele entsprungen ist?«

»Gute Frage«, stimmte sie zu und schob sich eine Schinken-Käse-Tasche in den Mund, um mehr Zeit zum Nachdenken zu haben. Aber ihr Kopf schien wie leer gefegt. Keine Idee zündete, kein Plan formte sich. Resigniert schlängelte sie sich aus der Umarmung der Cadeeshs, setzte sich stattdessen auf den Versammlungstisch und ließ die Beine baumeln.

Schwere Schritte ertönten und sie alle schauten in Richtung des Ganges, aus dem Johanna vorhin gekommen war. Ihr Ziehvater trat zu ihr, Preston im Schlepptau. Ihr Beschützer hatte einen Rucksack um die Schultern geschlungen, den er in diesem Augenblick auf der Tischplatte absetzte und die Hauptlasche zurückschlug. Zum Vorschein kam ein langer, gläserner Behälter mit metallenem Kopf, in dem eine pinkflüssige Substanz hin und her schwappte.

Mit skeptischem Blick studierte sie das Gefäß. »*Das* ist die Fähigkeit?«, wollte sie wissen.

Ein Grinsen huschte über Prestons Gesicht und er nickte. Er griff nach dem übergroßen Reagenzglas und stellte es für alle gut sichtbar auf den Tisch.

»Sieht aus wie ein echt fieser Cocktail«, bemerkte Toni.

»Wie ein *Mighty Gift?*«, schlug Adam trocken einen passenden Namen für ein mögliches Mixgetränk vor.

»Oder ein *Barbie's Power*«, fiel Preston mit ein.

Toni streckte die Hand nach dem Behälter aus, hielt jedoch inne, bevor er diesen berührte. »Ich hoffe wirklich, dass du weißt, was du tust, Leonessa«, sagte er mit leichter Unsicherheit in der Stimme. »Dieses Zeug sieht zwar aus wie Glitzerwasser, aber ich möchte meine Zukunft nicht damit verbringen, Glitzer zu pupsen, nur weil wir im entscheidenden Moment verkackt haben.«

Johanna schnaubte zynisch, während sich erstes Lampenfieber in ihrem Magen festsetzte. *Kein Druck!*

Eins war sicher: Auf keinen Fall durfte sie zeigen, dass sie in Wahrheit null Plan hatte. Also lächelte sie selbstsicher und legte ihm eine Hand auf den Arm, um ihm stillen Mut zuzusprechen.

Weitere Schritte erklangen. Sie drehte das Gesicht gen Gang, wo Cainnen auftauchte, seine Miene wie immer ernst und verschlossen. Nur seine Augen verrieten, was er fühlte: Sie funkelten vor Tatendrang. Noch bevor er den Mund aufmachte, wusste sie, wie das Urteil ausgefallen war.

»Uns steht die geballte Kraft der Jäger zur Verfügung.«

Das nervöse Gefühl in ihrem Bauch ballte sich zu einem Knoten, der immer tiefer und tiefer zu sacken schien.

»Alle Teilnehmenden haben zugestimmt, dass Anthony Cadeesh der neue Träger für die Fähigkeit werden soll«, verkündete er weiter.

Erleichtertes Aufseufzen erklang und Preston klopfte Toni auf den Rücken. Doch als Johanna ihn näher betrachtete, stellte sie fest, dass er ein wenig grünlich im Gesicht geworden war. »Stimmt etwas nicht?«, murmelte sie besorgt.

Er schüttelte den Kopf und startete den Versuch, sie mit einem Grinsen davon zu überzeugen, dass alles in Ordnung war. Er bemerkte sofort, dass sie es ihm nicht abkaufte, und verzog das Gesicht zu einer Grimasse. »Sei ehrlich, Leonessa: Wie stehen meine Chancen, diesen Transfer-Quatsch zu überleben?«

Johanna atmete tief ein, bevor sie mit einem Kloß im Hals antwortete: »Ich habe keinen blassen Schimmer.«

Seine vor Überraschung geweiteten Augen bestätigten ihr, dass er begriffen hatte, was sie eigentlich damit hatte sagen wollen – dass sie keine Ahnung hatte, wie es funktionierte.

Der Grünstich in seinem Gesicht würde stärker, und sie sah, wie sein Adamsapfel sich bewegte, als er schluckte. Eine Hand legte sich auf ihrer beider Rücken und Adams Kopf erschien in der Leere zwischen ihnen. »Kein Plan von nichts?«, fragte er geradeheraus.

»Äh«, brachte sie hervor.

»So ungefähr«, würgte Toni mühsam.

Adam lachte leise vor sich hin. »Toni«, flüsterte er, »du hast die begabteste *Berührende* an deiner Seite für diese Aufgabe. Alles, was du tun musst, ist hinhalten. Sie wird es schaffen, deinen Dickschädel weit genug aufzubrechen, um diesen Cocktail in dich reinzuträufeln, da bin ich mir sicher.«

»Ha ha«, gab sein bester Freund abfällig zurück, doch Adams Ansprache schien bereits Wirkung gezeigt zu haben, denn er war bereits gefasster als noch vor wenigen Sekunden.

»Okay.« Gelleroy klatschte hibbelig in die Hände. »Gibt es noch irgendetwas zu tun oder zu beachten, bevor Johanna weitermacht?«

»Lass mich nicht sterben, bitte«, witzelte Toni mit einem schwachen Grinsen.

Sie stimmte in das Lächeln mit ein. »Am besten du setzt dich hin«, meinte sie.

Ich habe eine ungefähre Vorstellung davon, was ich tun kann, um den Inhalt dieses Behälters in ihn hineinzukriegen. Die Frage ist: Wird es funktionieren?

Schnell rief sie sich in Erinnerung, was Arissa zu ihr gesagt hatte: »*Du wirkst* echte Magie, *Johanna. Wir alle sind der Meinung, dass das Ausmaß dieser Magie endlos sein könnte – wenn du denn lernst, wie man sie benutzt.*«

Habe ich ausreichend Kenntnisse, um meiner Magie in dieser Sache schlichtweg das Ruder zu überlassen und darauf zu vertrauen, dass sie mich leiten wird?

Ihre Finger zitterten bereits und sie spürte, wie ihre Handflächen zu schwitzen begannen. Deshalb bat sie Adam mit leiser Stimme: »Kannst du das für mich halten und auf mein Zeichen hin öffnen, bitte?«

Ohne zu zögern, griff er nach dem überdimensionalen Reagenzglas und umschloss sowohl das Glas als auch den Metalldeckel mit jeweils einer Hand.

Johanna sammelte sich, schloss die Augen und wechselte in die Farbensicht. Sie betrachtete die pinke Substanz – und gewahrte die feinen Schlieren, die in dem Behälter waberten.

»Es ist keine Flüssigkeit«, wisperte sie fasziniert und legte den Zeigefinger auf das Glas. Sie vollführte ein paar Kreisbewegungen und die Schwaden folgten der Geste, kringelten sich und formten einen winzigen Trichter gegen ihren Finger. Ein Lächeln formte sich auf ihren Lippen. »Es sind Schlieren.«

»Das scheint … *besser* zu sein?«, bohrte Cainnen verdutzt nach.

Adam lachte leise und erklärte: »Das ist tausendmal besser. Mit Schlieren kennen wir uns aus.« Er zwinkerte Johanna zu und sie langte selbstbewusst nach Tonis linker Hand. Blitzschnell drückte sie einen Kuss darauf, bevor sie erklärte: »Sei unbesorgt.«

Der Blick aus seinen eisblauen Augen zeugte von reiner Zuversicht. Stumm nickte er, überließ ihr seine Hand und schloss die Augen zum Zeichen, dass er bereit war. Sie sah rasch zu Adam hinüber und dann auf den Behälter. »Du kannst ihn jetzt aufmachen.«

Dann senkte auch sie die Lider und wartete. Das Schaben von Metall an Glas war das einzige Geräusch im Raum.

Blendende pinke Schlieren wirbelten zu ihrer Linken in einem lang gezogenen Knoten vor sich hin, streckten sich zögerlich, ziepten auseinander und fielen sogleich zurück.

Einer Eingebung folgend, dass sie rasch handeln musste, legte Johanna die Hand über die Öffnung des Reagenzglases und fokussierte sich darauf, die Schlieren in ihre Hand zu nehmen. Ein feines Stechen und Piksen verriet ihr, dass die Schlieren sich gegen das Gefängnis ihrer Handfläche stemmten, sich davon befreien wollten.

»Ihr werdet ein neues Zuhause bekommen«, dachte sie in Richtung der wirbelnden Masse. Als hätten die Schlieren sie verstanden, hielten sie damit inne, gegen ihre Hand zu drücken. Horchend, neugierig.

»Ich werde euch einen wunderbaren Menschen zur Seite stellen, der gut zu euch sein wird«, fuhr sie fort. Dabei schloss sie Stück für Stück die Hand, sodass Zeigefinger und Daumen sich berührten. Dann senkte sie diese in den Behälter.

»Dann seid ihr endlich frei und könnt uns in Zukunft behilflich sein, wenn ihr möchtet.«

Die pinke Masse wand sich um ihre Finger, schlängelte sich um ihre Hand und klammerte sich ans Handgelenk. Johanna fühlte die zittrige Unruhe der Magie, die Neugier auf das Neue und Unbekannte. In behutsamem Gleichmut hob sie die Hand aus dem Behältnis, schwenkte sie über Tonis und meinte: *»Da ist er: direkt hier. Ist er nicht wundervoll?«*

Zur Antwort erhielt sie einen Hauch von Zustimmung, Glück und Aufregung. Wie in Zeitlupe ließ sie die Hand mit der Masse darum auf seinen Handrücken sinken. *»Geht, lernt ihn kennen. Er erwartet euch.«*

Der erste Schlieren löste sich von ihrem Handgelenk, tastete einen Herzschlag lang über seine Haut und strich vorsichtig darüber hinweg. Dann klammerte er sich fest – und Toni versteifte sich.

Johannas Atem überschlug sich.

Er fühlt sie.

»Die Fähigkeit kommt jetzt zu dir«, informierte sie ihn deshalb für alle hörbar.

Ein weiterer Schlieren folgte dem Ersten nach kurzem Zögern, dann löste sich ein dritter von ihrer Hand. Nacheinander sanken sie in seine Haut ein und verschwanden. Tonis Anspannung wich und ein ungläubiger Laut entrang sich seiner Kehle. »Das… Das ist unglaublich«, raunte er. »Als wäre dieses Zeug *lebendig*.«

»Das ist es auch«, bestätigte Johanna flüsternd. »Die Schlieren, die diese Fähigkeit ausmachen, sind ein einziges lebendes, fühlendes Wesen.«

Sie wartete, bis das letzte Bisschen pinker Masse in seiner Hand versickert war, dann trat sie aus der Farbenwelt und öffnete die Augen.

Um Tonis Augen herum zeichnete sich das bekannte, bronzene Rankenmuster ab, gespickt mit Efeublättern. Doch nun gesellten sich pinke Punkte dazu – wie einzelne, schüchterne Blüten zwischen dem Blattwerk versteckt.

Auch Adam schien es zu bemerken. Er versteifte sich einen Herzschlag lang, dann stellte er spöttisch fest: »Hübsch. Wie ein Blumenmädchen.«

Tonis Grinsen war breit und unbeschwert, als auch er endlich die Augen öffnete und erwiderte: »Immerhin habe ich ein Upgrade erhalten. Ätsch.«

»Hat es funktioniert?«, informierte sich Gelleroy unsicher und trat näher an sie heran.

Die Ranken um Tonis Augen erloschen augenblicklich und er schnellte vom Stuhl hoch. »Japp. Alles bestens.«

Preston seufzte erleichtert aus. »Dann können wir uns nun endlich den Details des Plans widmen.«

Nachdem jeder sich mit Nahrung und Getränken eingedeckt hatte, setzten sie sich zu einer weiteren Runde des Pläneschmiedens an den großen Versammlungstisch.

Johanna hielt die ganze Zeit über Tonis Hand. Nur um sicherzugehen …

27

Die letzten Sonnenstrahlen kitzelten ihre Wangen, als sie auf der Lichtung stehenblieb. Zwei ganze Tage hatten sie gewartet. Die Jäger hatten dem Plan letztlich zugestimmt und die Elitetruppe zu ihnen geschickt, wo sie erst einmal im Hauptquartier festgesessen hatten, bis deren Ausrüstung vollständig war.

Nun, nach vollen zweiundfünfzig Stunden, standen sie auf der Lichtung vor der Höhle, in der vor über zweihundert Jahren Adam Cadeesh und sein bester Freund Anthony als Kinder von Meghan im Schlaf entführt und eingesperrt worden waren.

Johanna konnte es immer noch nicht ganz fassen – dass Gelleroy und Greta ausgerechnet an dem Ort ein neues Zuhause aufgeschlagen hatten, an dem die Geschichte um Johannas Vorfahrin ihren Anfang genommen hatte. Und dass sie, Johanna, jahrelang auf ebendieser Lichtung in ebendiesem Baum gesessen und mit den Magieflocken gespielt hatte. Inzwischen war sie davon überzeugt, dass während jener Besuche etwas von Meghans Seele auf sie übergegangen war. Nur so war sie in der Lage, sich ihre düstere Farbenwelt zu erklären. Dass sie seit ihrer Geburt über beide Sichten verfügte, erschien ihr doch ein wenig zu weit hergeholt.

Das warme Licht der Sonne wanderte fort von ihrem Gesicht und Johanna schreckte aus ihren Überlegungen hoch. Die zwölf Jäger standen in einigem Abstand zu ihr im Gehölz und warteten auf den Moment, in dem Toni den Baum sichtbar werden ließ. Adams Wärme strahlte neben ihr auf sie herüber.

Er hatte wie so oft die Arme vor der Brust verschränkt und seine Augenbraue arrogant nach oben gezogen.

Sie richtete den Blick nach vorn, wo Toni mit gesenktem Kopf vor dem Baum stand, darauf bedacht, die schwarz-grüne Masse, zu welcher der Boden um den Stamm herum mutiert war, nicht zu berühren.

»Bist du sicher, dass er das hinkriegt?«, fragte Adam zweifelnd.

»Natürlich«, erwiderte Johanna. »Er braucht eventuell nur etwas länger, um zu begreifen, was zu tun ist.«

Von vor ihnen war ein eindeutiges Schnauben zu hören. »Nicht jeder hat den Luxus, eine Vorfahrin im Kopf zu haben.« Tonis Stimme triefte vor Zynismus.

Sie verkniff sich eine bissige Antwort und sagte stattdessen in ruhigem Ton: »Fokussiere dich auf deine Fähigkeit und anschließend auf das, was du damit machen willst.«

»Und wie sieht dieser zweite Schritt bei dir normalerweise aus?«, forderte er bissig.

Sie stutzte. Blinzelte. Dann schlug sie sich mit der Handfläche an die Stirn und murmelte: »Natürlich.« Mit weitausgreifenden Schritten stieß sie zu ihm. »Entschuldige, daran habe ich gar nicht gedacht.«

Er hob den Kopf und sah sie mit zweifelndem Blick an. »Ich konzentriere mich, Leonessa«, versicherte er. »Und ich fühle die Fähigkeit. Sie ist da. Aber ich weiß nicht, wie ich das mit dem zweiten Schritt anstellen soll.«

Johanna streckte beruhigend die Hände aus und fragte: »Was siehst du, wenn du die Augen schließt und dich darauf konzentrierst?«

»Zwei Höhleneingänge«, antwortete er sofort. »Einen mit hellem Sonnenschein, einen mit Abendrot.«

Uff. Okay. Das ist ja mal nichtssagend.

Sie wählte eine andere Taktik und erklärte: »Wenn ich mich fokussiere, sehe ich zwei Horizonte, einer silbern, einer golden. Der Silberne ist die Erkenntnis, der Goldene die Heilung. Du musst die Erkenntnis für dich finden.« Hilflos schob sie die Schultern hoch. »Einer der beiden Höhleneingänge wird dasselbe für dich symbolisieren.«

Er neigte den Kopf leicht zur Seite und schwieg einen Moment, während er scharf nachdachte. »Mehr, als dass es nicht funktioniert, kann nicht passieren, oder?«

»Keine Ahnung«, sagte sie wahrheitsgemäß.

Seine Miene verfinsterte sich augenblicklich. »No pressure, Leonessa«, stieß er zwischen zusammengepressten Zähnen hervor.

Ein Grinsen breitete sich auf ihrem Gesicht aus. »Jetzt weißt du, wie das ist, wenn ich für euch etwas aus dem Hut zaubern soll, das ich noch nie zuvor gemacht habe.«

»Ja, ja.« Er wedelte ungestüm mit der Hand und bedeutete ihr damit, zurückzutreten. Johanna gehorchte und legte den Rückweg an Adams Seite im Eiltempo zurück.

»Hat er Muffensausen?«, erkundigte dieser sich erheitert.

Zur Antwort stieß sie ihn empört mit ihrer Schulter in die Seite. »Das hättest du auch, wenn das Überleben der Menschheit von dir abhinge.«

Sein Gesichtsausdruck war dermaßen arrogant, dass sie ihm kurzerhand die Zunge herausstreckte. Das schien Wirkung zu zeigen – er prustete los und sie stimmte mit ein. Ihr war klar, dass sie überdreht und aufgewühlt war und ihre Emotionen deshalb verrückt spielten. Die Aussicht auf einen Sieg über Meghan war ungewiss; Toni musste seine neu gewonnene Fähigkeit erfolgreich einsetzen, ja – aber das war bei Weitem nicht alles. Nach der Sichtbarmachung des Baumes mussten sie einen Weg finden, wie sie ihn zerstören konnten. Niemandem war eine entsprechend zündende Idee gekommen, als sie Stunden damit zugebracht hatten, sich über diese Phase des Plans zu beraten. Ergo hielten sie es wie mit allem, was Johannas Leben in letzter Zeit bestimmte: Sie würden improvisieren.

Jemand räusperte sich und sie riss sich am Riemen, vergegenwärtigte sich den Ernst der Lage.

»Man könnte meinen, *ihr* seid die Kindsköpfe in unserem Team«, hörte sie Toni frotzeln. »Ich muss mich langsam echt ranhalten.« Ein theatralisches Aufstöhnen folgte, bei dem er kurzzeitig in den dämmernden Himmel hinaufstierte. »Aber erst nach diesem Drama hier«, fügte er bestimmt hinzu und taxierte die Stelle, an der die Wurzeln des Baumes in den Stamm mündeten.

»Zeig mir endlich diesen scheiß Baum«, rief Adam über die Lichtung. »Und bitte noch bevor ich mir hier draußen die Eier abfriere.«

»Ja ja«, maulte Toni, reckte Arm und Mittelfinger für eine eindeutige Geste und ließ hinterher beides wieder sinken. Sein breiter Rücken spannte sich unter der gewohnten Collegejacke, er stellte sich hüftbreit auf und ließ die Schultern kreisen.

Sie griff unbewusst nach Adams Hand. »Diesmal schafft er es«, sagte sie. Und sie war sich dessen einhundert Prozent sicher. Irgendetwas hatte sich geändert – vielleicht war es die lockere Unterhaltung zwischen ihnen oder dass er endlich begriff, was sie ihm zu lehren versucht hatte.

Er taxierte sie für die Dauer eines Herzschlages, dann nickte er und sprach in seinen Ohrstöpsel. »Macht euch bereit.«

Währenddessen wechselte Johanna in ihre Farbensicht. Tonis Gestalt wurde von denselben pinken Schlieren umgeben, die in dem Behälter gesteckt hatten. Seine Fähigkeit war dementsprechend voll da – bereit, eingesetzt zu werden.

»Komm schon«, feuerte sie ihn flüsternd an. »Du schaffst es.«

Er hob die rechte Hand auf Hüfthöhe, die Handfläche nach vorne weg ausgestreckt. Die pinken Schlieren sammelten sich, pulsierten um seine Finger und verströmten ein immer greller werdendes Licht.

»Nur noch ein kleiner Schritt!« Johanna traute sich kaum mehr, zu atmen. Gebannt verfolgte sie Tonis Handeln, drückte Adams Finger mit ihren eigenen und nahm kaum mehr etwas anderes wahr als das Rauschen in ihren Ohren und die Schlieren, die in diesem Moment von Tonis Fingern stoben, als hätte eine Windbö sie ergriffen und fortgetragen. Sie zogen sich in die Länge, wurden breiter und flatterten um den gräulich-giftigen Stamm des Baumes herum. In diesem Zustand waren sie eher mit Seidentüchern vergleichbar, beinahe vollständig durchsichtig in dem Strudel, den sie formten.

Adams Atem stockte hörbar. Sie warf ihm einen Seitenblick zu und hielt inne. Seine grauen Augen waren vor Verblüffen geweitet. Sie identifizierte die Spiegelung darin und verknüpfte die Bedeutung dessen mit den Fakten.

»Du siehst ihn?«, hauchte sie zaghaft.

Sein stummes Zustimmen versetzte ihrem Herzen einen freudigen Stoß, und Adrenalin schoss unverzüglich durch ihre Adern und ließ sie ein kribbeliges »Endlich!« ausstoßen.

Stimmen begannen durcheinander zu bellen.

»Aufstellung!«

»Es ist so weit!«

»Lasst ihn nicht aus den Augen!«

Die Jäger waren nun offenbar ebenfalls in der Lage, Meghans letztes Vermächtnis zu betrachten.

»Er sollte zurücktreten«, grummelte Adam ungewohnt angespannt. »Es ist nicht sicher.«

In diesem Augenblick zogen sich die pinken Schlieren erst in Tonis Hand, dann in seinen Körper zurück. Erschöpft sackte sein Oberkörper nach vorn und er stützte sich heftig atmend mit den Händen auf den Oberschenkeln ab.

Aus Richtung des Baumes ertönte gleich darauf ein grollendes Geräusch.

Johanna war sich nicht sicher, aber sie hätte schwören können, dass der verdorrte, giftig grüne Kreis im Boden eben noch kleiner gewesen war. Als sie das nächste Mal blinzelte, erreichte der Rand des Kreises Tonis Schuhspitze. Er erstarrte augenblicklich, während winzige Ranken aus dem Erdreich schossen und sich um seinen Knöchel schlangen.

»Nein«, rief sie verzweifelt und ließ Adams Hand los. Doch sie war zu langsam – dieser schnellte regelrecht davon, die Finger seiner rechten Hand bereits nach seinem Bruder ausgestreckt. Sie folgte ihm auf dem Fuße.

Linkerhand stob Preston aus dem Dickicht heran, seinen Kopf gesenkt und den Oberkörper leicht nach vorn gebeugt wie ein Footballspieler, der einen Gegner zu rammen gedachte. Er erreichte Toni als erster, legte die muskelbepackten Arme um dessen Oberkörper und warf sich mit seiner Last zu Boden, weg vom Baum und dessen Machtgrenze.

Adam schlitterte über Laub und Erdreich, kam neben seinem besten Freund zum Stehen und kniete sich hin. »Alles okay?«, keuchte er.

»Alles picobello«, raunte Toni und machte bereits Anstalten, sich wieder auf die Beine zu stellen.

Johanna fiel ein regelrechter Fels vom Herzen. Sie atmete tief durch, um sich und ihr Herz zu beruhigen.

Ihm ist nichts passiert. Alles gut.

Mittlerweile waren auch die Jäger nähergekommen. Sie bildeten einen Kreis um den verrotteten Stamm und einer nach dem anderen feuerten sie ihre Fähigkeiten auf ihn ab. Feuerbälle folgten auf Sturmböen, Kugeln aus Gewehren und Pistolen prasselten darauf ein, Cainnens Kugel pralle auf die schwarze Rinde.

Nichts davon schien Wirkung zu zeigen.

Aber warum nicht? Was machen wir falsch? Sollte Meghans Baum nach all den Attacken nicht bereits verpufft sein?

Johanna runzelte die Stirn und erforschte die Szenerie, die sich vor ihr abspielte, mit rasenden Gedanken. Dabei fiel ihr ein Detail ins Auge, das sie bislang übersehen hatte: Jeder Angriff schien golden funkelnde Magiepartikel zurückzulassen. Und diese Funken legten sich um den Stamm, drangen in ihn ein – sie wurden regelrecht aufgesogen.

»Halt!«, schrie sie.

Die Jäger hielten inne. Jedes einzelne Gesicht fuhr zu ihr herum. Fragende Augenpaare lagen auf ihr, Hände und Finger waren weiterhin erhoben, bereit zum Angriff.

»Ihr füttert ihn mit Magie«, eröffnete sie. »Eure Attacken hinterlassen Partikel, die der Baum in sich aufnimmt. Ich glaube…« Unschlüssig trat sie an den Rand der Grenze und studierte das knorrige Gewächs vor sich. »Ich glaube, dass wir ihn damit stärken«, endete sie im Flüsterton.

Das einzige Geräusch bildete das leichte Rauschen der Blätter im Wind um sie herum.

Preston war der Erste, der – sichtlich schockiert – das Wort ergriff. »Aber wie sollen wir ihn dann zerstören, wenn sowohl normale Waffen als auch Magie keine Wirkung zeigen?«

Tja ... wenn ich das wüsste.

Jäh glühte die Rinde des Baumes in giftigem Grün auf. Allemann wich davor zurück, als dessen Umfang sprunghaft zunahm. Der dunkle, ungesund aussehende Kreis auf dem Boden knisterte und schien sich weiter und weiter auszudehnen.

»Ich fürchte, du hast recht«, kommentierte Gelleroy Johannas Einwand gestreng. »An alle Jäger: Rückzug zum Lagerplatz!«

Der *Lagerplatz* war nichts anderes als der Ort, an dem Johanna mit Arissa zu üben gepflegt hatte. Der umgekippte Baumstamm diente vier Jägern gleichzeitig als Sitzgelegenheit, während die anderen auf Decken oder Schlafsäcken Platz fanden. In ihrer Mitte hatten sie einen steinernen Kreis aufgeschichtet, in dem ein Feuer prasselte, das die Kälte aus den Gliedern vertreiben sollte. Der Holzvorrat war so aufgestellt worden, dass die Scheite automatisch ins Feuer rollten, sobald das vorderste herunterbrannte.

Natürlich hatte Gelleroy es sich nicht nehmen lassen, nach ihrer Ankunft ein Metallgitter über den Flammen zu drapieren. In einer roten, bauchigen Kanne kochte Wasser vor sich hin, an dem sich die Jäger redlich bedienten. Einige nutzten es als Teewasser, andere gossen es in Instantnudelbecher oder zogen sich mit einer Schüssel voll ins Gebüsch zurück – womöglich für eine minimalistische Katzenwäsche.

Johanna ließ sich neben Toni und Adam auf deren karierte Picknickdecke sinken, die sie von zuhause mitgebracht hatten. Sie kuschelte sich eng zwischen die beiden und spürte, wie ihr augenblicklich wärmer wurde. Sie gewährte sich einen Moment, in dem sie gedankenverloren die Gesichter der Menschen um sich herum betrachtete. Viele schienen verärgert zu sein, einige zeigten gar offen Verzweiflung. Doch als sie bei Gelleroy angekommen war, sah sie nichts außer Zuversicht. Preston, der neben ihm mit der Kanne hantierte, wirkte zwar angesäuert, doch auch er zeigte keine Spur von Niedergeschlagenheit. Und mit einem Schlag wurde ihr bewusst, dass diese Leute an sie glaubten – sie vertrauten auf Johannas Urteil, hörten auf Adams und Tonis Einwände ebenso wie darauf, dass sie drei eine Lösung finden würden, egal wie unüberwindbar das vorliegende Problem auch erscheinen mochte.

Diese Erkenntnis führte dazu, dass sie sich am liebsten aus dem Staub gemacht hätte. Niemand sollte so über das Schicksal anderer bestimmen, schon gar nicht sie selbst. Es war ihr zuwider, zu sehen, wie bereitwillig diese Menschen ihr Leben in ihre Hände legten, im Notfall sogar bereit, für die Sache zu sterben, von der sie glaubten, sie sei dieses Opfer durchaus wert.

Nein... Nein, das ist nicht richtig. Ich will nicht die Verantwortung über andere Menschenleben tragen müssen. Es ist hart genug zu wissen, dass Adam und Toni mich eines fernen Tages darum bitten werden, ihr Leben zu beenden ...

Ein harter Klumpen wanderte Johannas Kehle hinauf und setzte sich dort fest. Sie schluckte mehrmals, doch er verschwand nicht. Ihre Augen kribbelten verräterisch, und sie blinzelte ein paar Mal, um den drohenden Tränen keine Gelegenheit zu bieten, hervorzutreten.

Ich will einfach nur mein Leben zurück.

Umgehend schnaubte sie und rügte sich selbst.

Jetzt klinge ich schon wie ein weinerliches Kind.

Toni, der links von ihr sass, ließ den Kopf hängen. »Hat jemand eine Idee?«, fragte er leise.

Sie schüttelte den Kopf und spürte, wie Adam es ihr gleichtat.

»Tja«, stieß Toni mit einem Seufzen aus, »dann sind wir mal so richtig am Arsch, was?« Sein Kopf ruckte in Richtung der Jäger im Lager. »All diese Schäfchen verlassen sich auf uns, und wir haben einfach *gar nichts.*«

Adam grummelte: »Bisher war unser Erfolg stets das Resultat von Teamarbeit.« Er stupste sie leicht in die Rippen und murmelte: »Irgendwem wird schon etwas einfallen. Wir brauchen nur Zeit.«

Toni blickte durch das Gebüsch gen Lichtung. »Ich glaube, genau das könnte der Haken an der Sache sein.« Er deutete mit dem Daumen zum Baum, indes er sich an sie wandte. »Das Ding wächst fröhlich weiter, während wir uns hier die Hintern platt sitzen und an den Teetassen nuckeln.«

Johanna schnalzte mit der Zunge. »So pessimistisch heute, Anthony Cadeesh«, zog sie ihn auf. »Man könnte glatt meinen, dass du für uns alle schwarz siehst.«

Er lehnte sich näher zu ihr und spöttelte zwinkernd: »Nicht für *uns*, Leonessa. Nur für die anderen.«

»Wie überaus nett von dir«, mischte Preston sich ein. Er war zu ihnen gestoßen, eine Tasse Instantkaffee in der Hand. Sie zog tief den Geruch in sich hinein. Am liebsten hätte sie ihm das Getränk aus der Hand gerissen.

»Ich habe da eventuell etwas«, fuhr ihr Beschützer ungerührt fort. Er schlürfte lautstark am heißen Gebräu, stellte sicher, dass sie ihm zuhörten, und meinte dann: »Als wir die Fähigkeiten durchsucht haben, da war doch dieses erste Resultat …«

»Dieser Schwachsinn mit den Seelenteilen, ja«, erwiderte Toni unwirsch.

Prestons Augenbrauen wanderten nach oben. Er nahm einen weiteren Schluck Kaffee.

Und bei Johanna klickte es.

»Aber natürlich!«, rief sie aus und schoss hoch. Ungeniert fiel sie Preston um den Hals, der alle Mühe hatte, den brennend heißen Kaffee vor ihren Armen fernzuhalten. »Woah!«, gemahnte er. »Immer ruhig mit den jungen Pferden, ja?«

»Seelenteile!«, knüpfte sie aufgeregt an ihren Ausruf an und ignorierte seine Besorgnis. »Da hätte ich selbst früher drauf kommen sollen!« Sie schlug sich demonstrativ die Handfläche ihrer rechten Hand auf die Stirn und trat zurück. Grelle Hoffnung breitete sich in ihrem Innern aus und schob die trübseligen Gedanken hinfort.

Mit einem erfreuten Auflachen zog sie Adam und Toni auf die Beine. »Preston, hol doch mal Cainnen her«, bat sie und winkte Gelleroy zu sich.

Sie weigerte sich, weiterzusprechen, bis sie alle ihre Freunde um sie geschart hatte. Mit vor Aufregung hämmerndem Herzen meinte sie: »Preston hat natürlich recht mit der Vermutung, dass die Fähigkeit, die wir ganz am Anfang angeschaut haben, jetzt hilfreich sein könnte.«

»Inwiefern, Krümelchen?« Gelleroys Züge zeigten heillose Verwirrung, weshalb Johanna weiter ausholte. »Das hier vor uns ist der Baum von Meghan McGibbon, korrekt?«

Ihr Ziehvater nickte irritiert.

»Meghan McGibbon ist eine Vorfahrin von mir. Ihr allerletzter Seelenteil ruht in Form dieses Baumes auf jener Lichtung.« Sie hielt inne, um die Fakten sacken zu lassen. Doch als weiterhin niemand außer Preston zu verstehen schien, sagte sie schnell: »Dieser Seelenteil gehört zu mir, genau wie Arissa es tut. Sie gehört in meine düstere Farbenwelt, so wie Arissa in der anderen steckt.«

»Warte mal«, unterbrach Adam sie heftig, »du willst mir jetzt aber nicht sagen, dass du sie *in deinen Geist* aufnehmen willst?«

Sie grinste. »Genau das.«

Toni, Gelleroy und Adam überschlugen sich zeitgleich mit Ausrufen und Flüchen. Cainnen runzelte die Stirn, als würde er auf eine Pointe warten.

Preston bellte: »Ruhe! Sie ist doch noch gar nicht fertig, Männer!«

In die entstandene Stille hinein formulierte Johanna: »An diesem Punkt kommt die besagte Fähigkeit von vorhin zum

Zuge: Ich werde Meghan aus meiner eigenen Seele abstoßen –
und sie damit vernichten.«

28

»Ich halte das weiterhin für keine gute Idee«, merkte Gelleroy zum gefühlt siebten Mal an.

»Tja, Dad, du wirst leider nicht gefragt«, gab Johanna seelenruhig zurück.

Sie warteten auf das Okay der anderen Jäger-Hauptleute. Cainnen hatte sich direkt nach ihrem Vorschlag dorthin teleportiert, wo er Kontakt mit ihnen aufnehmen konnte und nun sassen sie alle hier und erwarteten aufgekratzt seine Rückkehr.

Zugegeben, sie war kein Fan von der Vorstellung, es allein mit diesem durch und durch bösartig aussehenden Baum aufnehmen zu müssen… Aber es war trotzdem die bessere Wahl, als all die Jäger in einen Kampf zu schicken, in dem sie eventuell ihr Leben lassen mussten. Und die Aussicht, dass weder Toni noch Adam dabei in Gefahr gerieten, verlieh dem Vorhaben aus Johannas Sicht ein paar unschlagbare Pluspunkte.

Was die beiden natürlich ganz anders sahen, denn sie hatten versucht, sie gänzlich von der Idee abzubringen. Als sie realisiert hatten, dass das nicht klappte, hatten sie sich vom Rest der Gruppe abgekapselt und eine ernste Unterhaltung geführt, nach welcher sie einträchtig zurückgekehrt waren – nur um sie seither ununterbrochen zu umarmen, und bei sich zu behalten.

Toni hatte seinen Arm um ihre Mitte geschlungen und Adam spielte mit einer Strähne ihrer Haare, als Cainnen plötzlich aus dem Unterholz stolperte. In seiner Hand hielt er einen gläsernen Behälter, in dem hellblauer Rauch waberte.

Johanna traute sich nicht zu atmen.

Er hat die Fähigkeit direkt mitgebracht!

»Sie haben zugestimmt«, informierte er sie unnötigerweise und hielt ihr das übergroße Reagenzglas hin.

Ohne zu zögern griff sie danach, doch Adams Hand schoss an ihrer eigenen vorbei und nahm den Gegenstand an ihrer statt entgegen. »Es ist besser, wenn ich das Ding für dich öffne, damit du dich voll und ganz auf deine Aufgabe konzentrieren kannst«, äußerte er entgegenkommend.

Preston gab ein ersticktes Lachen von sich, drehte sich weg und hustete zur gleichen Zeit »Lügner!« in seine Faust.

Sie hatte es satt. Die Cadeeshs hingen an ihr wie Kletten, sie hatte keine freie Sekunde gehabt, seitdem ihr Vorhaben beschlossene Sache geworden war.

Mit geblähten Backen funkelte sie ihn wütend an. Das Schnauben, mit dem sie die Luft entließ, war weithin zu hören, aber das war ihr egal. Ihre Stimme wart hart wie Stahl, als sie sagte: »Keiner von euch beiden wird mich davon abhalten, dieses Ding durchzuziehen.«

»Wissen wir«, meinte Toni.

Adam nickte. »Ist schon klar.«

Sie blinzelte perplex, sammelte sich jedoch gleich wieder und fuhr fort: »Dann hört auf damit, mich permanent zu über-wachen.«

Toni betrachtete seine Fingernägel. »Tun wir nicht.«

Adam stimmte zu. »Fiele uns nicht im Traum ein.«

»Was zur Hölle soll dann dieses dauernde Geglucke?« Ihre Stimme war lauter geworden.

Die Brüder blieben stumm.

Johanna warf entnervt die Hände in die Luft und erhob sich. Augenblicklich wollte Toni es ihr gleichtun, doch sie stieß ihn unsanft zurück und zischte: »Ich muss mal. Alleine.«

Natürlich musste sie nicht wirklich für Königskatzen, doch ein paar Minuten allein, um im Wald durchzuatmen, taten ihrem Gemüt unfassbar gut. So stapfte sie wenig später sichtlich erfrischt in den Kreis der Jäger zurück.

»Lasst uns direkt anfangen«, hob sie an, sobald sie Cainnen und Preston erreichte. »Wir haben das Ende weit genug herausgezögert. Ihr alle wollt sicher auch so sehr nachhause wie ich und ein brennendheißes Bad nehmen.«

Ihre aufgesetzte Fröhlichkeit vermochte sie nicht zu blenden. Preston schaute voller Sorge auf sie herab, und sogar der sonst unbewegte Cainnen wirkte unruhig.

»Bist du dir sicher, dass du es auf diese Art versuchen willst?«, fragte ihr Beschützer sie. Seine braunen Augen schienen ihr all die Dinge zuzurufen, die er nicht laut aussprechen wollte …

»Du bist meine Schutzbedürftige, McGibbon – das hier ist alles verkehrt herum, wenn du mich beschützen musst.«

»Lass uns nicht hängen, McGibbon.«

»Ich sorge mich um dich.«

»Bist du sicher, dass du nicht sterben wirst, McGibbon?«

»Versprich mir, dass du zu uns zurückkommst.«

Auf keine seiner unausgesprochenen Aussagen hatte sie eine Antwort parat. Stattdessen gab sie ihm eine auf die ausgesprochene Frage. »Ja, ich bin mir sicher.«

Seine Schultern spannten sich und er stieß einen grummeligen Laut aus, bohrte jedoch nicht weiter. Stattdessen breitete er die Arme aus und Johanna begab sich lächelnd in seine Umarmung. In diesem winzigen Moment, in dem es nur sie beide gab, wünschte sie sich, dass es anders gekommen wäre. Dass sie einfach nur Beschützer und *Berührende* waren, die ihre Missionen erfüllten, in kollegialer Eintracht zueinanderfanden und zu einer Art Familie zusammenwuchsen, wie sie

Jahrzehnte des Zusammenhalts schmiedeten. Harmonischer Einklang.

Aber dann war der Moment vorüber, und sie entzog sich ihm. Preston schenkte ihr ein Lächeln, das halb verzweifelt und halb froh darüber schien, dass er ab jetzt nichts mehr für sie tun konnte.

Es war richtig, die Last des letzten Kampfes auf mich zu nehmen. Niemand außer mir und meiner Vorfahrin wird davon betroffen sein. Keiner der hier Anwesenden muss weiter darunter leiden.

Sie wandte sich von ihrem Beschützer ab und machte sich mit neuer Entschlossenheit auf den Weg zu Adam und Toni.

Gelleroy kam ihr entgegen und hielt sie am Arm fest. »Krümelchen …«

Sie schaute zu ihm auf. Seine Miene war ein stummer Schrei der Trauer.

»Johanna«, begann er erneut. »Lass uns einen anderen Weg finden. Ich bin sicher, uns werden noch Dutzende Alternativen einfallen.«

»Das würde aber alles zu lange dauern«, sagte sie. Und sie wusste, dass sie damit recht hatte. Denn der Baum war seit ihrer Ankunft um beinahe das Dreifache gewachsen.

Seufzend legte sie ihre eigene Hand auf seine. »Dad«, flüsterte sie mitfühlend, »ich verspreche dir, dass das hier nicht das Ende sein wird.« Sie griff nach seinen Fingern und löste sie langsam von ihrem Arm. »Ich werde Meghan aus dieser Welt tilgen und dann gehen wir nachhause und schlafen erst mal drei Tage durch, okay?«

Seine Augen standen in Tränen. »Du bist so wundervoll, meine Kleine«, brachte er stockend hervor. »So stark und so außergewöhnlich.« Sanft strich er ihr mit der Hand über die Wange. »Deine Eltern wären unglaublich stolz auf dich.«

Er hätte nichts Schöneres, nichts Herzerweichenderes und nichts Klischeehafteres sagen können.

Johanna schniefte, lachte auf und tätschelte seine Schulter. »Okay, das hier ist eindeutig zu sehr Endzeitszenario, letzte Abschiedsszene. Ich gehe jetzt und hole mir diese Fähigkeit, und dann ist Schluss mit lustig.«

Unter seinem zustimmenden Lächeln nahm sie den Weg wieder auf. Adam und Toni hatten sich mittlerweile an den Rand der Lichtung begeben, von wo aus sie die Ausbreitung des Kreises beobachteten. Sie gesellte sich zwischen sie, indem sie jeweils einen Arm um ihre Taillen schlang. »Na, wie ist die Lage?«

Toni verzog die Mundwinkel nach unten. »Sieht ziemlich düster aus, wenn du mich fragst.«

»Ich denke, es wird Zeit für deinen Superheldinnenauftritt«, steuerte Adam bei und hielt das Behältnis in die Höhe.

Johanna grinste, dann wurde sie schlagartig ernst und sagte mit leiser Stimme: »Hey, ich weiß, ich habe das hier über eure Köpfe hinweg bestimmt...« Sie hielt inne, zögerte einen Moment lang, dann sprach sie weiter: »Aber ich wäre echt froh, wenn ihr bei mir bleiben würdet.«

»Immer«, sagte Toni schlicht.

»Wir weichen dir nicht von der Seite, Kätzchen«, pflichtete Adam bei.

»Gut. Dann...« Sie sah den Behälter an. »Bleibt nur noch, die Sache durchzuziehen.« Ihre Arme fielen seitlich hinab, und sie stellte sich breitbeiniger hin. Ihre Farbensicht stellte sich mit dem nächsten Wimpernschlag ein. Die hellblaue Fähigkeit leuchtete in ihrem Glas, und als Adam den Deckel löste, wusste sie, was sie tun musste. Sie bedeutete ihm, die Öffnung leicht zu neigen, setzte ihre Handfläche darunter an und sagte leise in ihrem Geist: *»Dürfte ich euch um eine Sache bitten?«*

Wie Fühler reckten und streckten sich einzelne Schlieren, wippten in ihre Richtung.

»Ich muss dieses Konstrukt da drüben dorthin schicken, wo es herkam. Und das kann ich nur mit eurer Hilfe.«

Die hellblaue Masse erbebte, als Johanna zum Baum zeigte. Sie spürte die Angst, die sie ergriff, und fuhr beschwichtigend fort: *»Bei mir seid ihr sicher. Diese Aufgabe wird seinen Tribut fordern, aber wir werden es schaffen.«*

Wenn du dir das noch länger einredest, glaubst du es vielleicht irgendwann auch, McGibbon ...

Den Gedanken an den Preis für ihre kommende Tat verkniff sich Johanna weiterhin hartnäckig. Sie wollte nicht jetzt schon vor möglichen Strafen in Furcht zerfließen. *Dass* sie einen hohen Preis bezahlen würde für die Vernichtung ihrer eigenen Vorfahrin war ihr durchaus bewusst.

Die Schlieren lenkten ihre Aufmerksamkeit wieder auf den Augenblick, denn sie schienen sich entschieden zu haben, ihr beizustehen. Geschmeidig glitten sie aus dem Glas und auf ihre Handfläche. Von dort aus breiteten sie sich aus, zogen sich in langen Linien über ihren Arm hinauf und versanken mit einem kribbeligen, leicht juckenden Gefühl in ihrer Haut.

»Ich danke euch.«

Sie wandte sich an ihre beiden Liebhaber, schaute in Tonis eisblaue Augen, dann in Adams graue. »Ich liebe euch mehr als alles andere auf der Welt. Das wisst ihr hoffentlich.«

»Und wir dich«, erwiderte Adam.

»Führe uns«, bat Toni.

Sie nickte entschieden, holte noch einmal tief Luft und trat hinter die magische Grenze des Baumes.

Gewürm!

Verräter!

Lass mich sie erwürgen!

Niemals hätte ich sie am Leben lassen sollen, diese elenden Wichte!

Das Geschrei und Gekeife aus tausend Stimmen war allumfassend und drohte ihr den Schädel zu spalten. Instinktiv wollte sie sich die Ohren zuhalten, rief sich jedoch den letzten unfreiwilligen Besuch auf der Lichtung ins Gedächtnis und widerstand dem Drang. Stattdessen griff sie nach Tonis und Adams Händen und verflocht ihre Finger ineinander. Sofort wurde das Geschrei erträglicher.

»Ich werde sie erst in meinen Geist aufnehmen«, tat sie den beiden ihren Plan kund. »Danach werde ich sie mithilfe der neuen Fähigkeit von mir abtrennen.«

»Wir sind da, falls du uns brauchen solltest.« Tonis warme, selbstsichere Stimme füllte ihr zaghaftes Herz mit neuem Mut.

Innerhalb des nächsten Lidschlags befand sie sich in der düsteren Farbenwelt und schritt entschlossen auf den grauen Horizont zu.

Wie sie es gewohnt war, sank sie auf Anhieb durch den Boden. Doch diesmal fand sie sich erneut in derselben Sicht wieder, anstatt in die Realität zurückzufallen. Mit dem Unterschied, dass der Baum ebenfalls hier war. Seine Umrisse waren allerdings unscharf und es war, als ob er ab und an flackerte, als wäre er ein Fernsehkanal mit schlechtem Empfang.

»Ihr… Ihr seht ihn noch, oder?«, fragte sie die Cadeeshs.

»Ja und nein«, antwortete Adam ohne Umschweife. »Es ist, als ob sich die Substanz des Baumes verändert hätte.«

Sie seufzte erleichtert auf. »Gut. Dann weiter im Text.«

Erneut konzentrierte sie sich auf ihr Bewusstsein.

Ich muss die Magiepartikel von der realen Welt in meinen Geist befördern. Dazu brauche ich die Magieerkennung.

Hastig wechselte sie die Farbenwelt. »Arissa!«

Ihre Mentorin ploppte regelrecht aus dem Nichts hervor. »Ich bin bereits hier.«

»Dann kennst du den Plan?«, hakte Johanna nach.

Die Dame nickte. »Ich werde die Magiepartikel mittels meines Tanzes in deinen Geist umleiten.«

»Danke«, stieß Johanna unendlich dankbar aus. »Ich werde sie auf der anderen Seite entgegennehmen.«

Arissa neigte den Kopf und verschwand aus ihrem Bewusstsein. Ein paar Sekunden später nahm sie vor dem Baum ihre transparente, regenbogenfarbene Gestalt an und begann zu tanzen.

Magiefunken stoben bei jeder ihrer Bewegungen aus der Rinde des Stammes auf. Johanna wechselte zurück in die düstere Farbenwelt. Sie ließ die Hände der Cadeeshs los, streckte die Arme aus und konzentrierte sich auf den Fluss der Partikel, zwang sie mittels ihrer Fähigkeit, Magie zu sehen und aufzunehmen, sich ihr zuzuwenden. Doch mit den Partikeln und ohne die Kraft der Brüder kehrte auch das Geschrei in ihrem Kopf mit voller Lautstärke zurück.

Du wirst mich nicht besiegen!

Deine Seele wird ebenso schwarz sein wie die meine, wenn ich mit dir fertig bin!

Pfui!

Die beiden sind tausendmal stärker als du!

Nach nur wenigen Augenblicken war ihre Gestalt vollständig von golden funkelnden Flocken umgeben, die irrwitzig um sie herum stoben und tanzten, bevor sie auf ihre Haut fielen und versickerten.

Das vertraute Gefühl von Abenteuerlust, Weltschmerz, bitteren Vergangenheiten und ungelebter Zukunft drang mit ihnen in sie ein und verschleierte ihren Verstand. Nur am Rande nahm sie wahr, wie mehrere Münder nach Luft schnappten und wie sich Gemurmel unter den Jägern ausbreitete.

Toni muss das hier für sie alle sichtbar gemacht haben.

Johanna vergaß die Zeit, erinnerte sich nicht länger daran, wann sie mit der Umleitung der Magie begonnen hatte, wo sie sich befand und mit wem sie hier war. Alles, worauf es ankam, waren die Funken. Sie musste sie alle in sich aufnehmen, auf ihre düstere Farbenwelt lenken, weil …

Weil…

Das Geschrei wurde schwächer, wurde zum Säuseln und vernebelte ihren Verstand.

Mit mir könntest du stark sein.

Die Farbenwelt …

Mit meiner Hilfe könntest du die Eine sein, die sie alle beherrscht.

Weil …

An meiner Seite wärst du die mächtigste Frau auf Erden.

Die Marter in ihrem Kopf und ihrem Inneren nahm mit jeder Aussage zu.

Dank meines Vorhabens könntest du jede Fähigkeit besitzen, die du dir nur vorstellen kannst.

Eine grausame Art von Gier reckte sich in Johanna. Sie war bereits ausreichend mächtig. Sie besaß die Art von Macht, von der sie wusste, dass sie sie bloß noch einsetzen musste. Aber etwas in ihr schrie nach mehr – mehr Macht, mehr Magie.

Gemeinsam mit mir könntest du so viel davon haben, wie du nur willst.

Bilder manifestierten sich vor ihrem inneren Auge: Sie auf einem Thron, während andere sich vor ihr verneigten. Sie, wie sie einen Verräter mithilfe von Kräften verhörte, die sie sich bis anhin nicht einmal auszumalen gedacht hatte.

Die Gier wurde stärker, zerrte an ihren Fesseln. Etwas in ihrem Inneren schien sich zu spannen, war kurz vor dem Zerbersten. Die Qualen nahmen zu.

Johanna fühlte, wie erste, nachtschwarze Schwaden aus ihrem Körper troffen.

Verräter müssen büßen. Und mit denen, die heute her-
gekommen sind, fangen wir an.

Sie ballte die Hände zu Fäusten, versank im berauschenden Gefühl der Machtgier und konnte bereits spüren, wie sie alle leidend und schreiend auf dem Boden krochen, sobald sie ihre Magie auf sie loslassen würde. Genau das wollte sie jetzt tun.

Sie hob die linke Hand. Die Magie darum herum sprühte Funken, und sie musste sich anstrengen, diese nicht zu früh loszulassen.

Dieses Gewürm hinter ihr würde als Erstes daran glauben.

Ein unbändiger Schub aus Hass kroch über sie hinweg.

Diese Verräter, die ihr das Ganze erst eingebrockt hatten –

»Lass sie nicht die Oberhand gewinnen, Kätzchen.«

Da waren andere Stimmen. Schmerz explodierte in ihrer Brust. Sie schüttelte den Kopf, um ihre Sinne wieder beisammen zu kriegen. Aber da war etwas Vertrautes an dieser Stimme …

Hör nicht auf sie! Sie versuchen, dich einzulullen!

»Gib nicht auf, Leonessa.«

»McGibbon, du hast es versprochen!«

Diese Stimmen, die etwas in ihrem Innern auslösten… Die eine Wärme verbreiteten, die sich wie eine Decke über sie und ihren Geist breitete …

Erinnerungen prasselten auf sie ein. Der Tag, an dem sie zum ersten Mal mit Adam geschlafen hatte. Toni, der in der Eingangshalle mit ihr getanzt und ihr offenbart hatte, dass sie unsterblich waren. Gelleroy, der sie liebevoll in den Arm nahm, obwohl seine eigene Welt zu Bruch ging. Preston, der ihr gegen Melanie beigestanden hatte. Sie alle waren hier und taten ihr Bestes, um Johanna beizustehen.

Der Schleier der Verwirrung und Machtgier wurde mit einem Ruck von ihrem Bewusstsein gerissen. Sie registrierte, dass sie mit ausgestreckter Hand vor Adam und Toni stand, bereit, sie beide mit ihren finsteren Fähigkeiten zu quälen. Ihr Atem ging abgehakt und sie weinte, obwohl sie keine Ahnung hatte, wieso. Voller Entsetzen senkte sie die Arme. Augenblicklich zog sich die finstere Macht daraus zurück. Irritiert verharrte sie auf der Stelle und kramte ihre Gedanken zusammen, versuchte verzweifelt, sich an den Grund zu erinnern, warum sie hier war – und wieso sie beinahe ihre Macht gegen ihre Liebsten gerichtet hätte.

Da fiel ihr Blick auf die nahezu durchsichtige Gestalt einer wunderschön anzusehenden Dame, die zusammengekrümmt am Boden lag.

»Rette dich, Johanna«, flüsterte die Frau. *»Lass Meghan nicht gewinnen.«*

Mit einem Mal war alles wieder da.

Ich muss Meghan aus meinem Geist vertreiben!

Johanna machte ein paar Schritte rückwärts und flickte zurück in die düstere Farbenwelt.

Der Baum erwartete sie bereits, die Äste troffen vor schwarz-grüner Flüssigkeit. Da, wo die Blätter hätten sein sollen, wuchsen deformierte Knollen, deren graue Farbe von giftgrünen Punkten durchsetzt war. Wie Blut lief Flüssigkeit den Stamm entlang nach unten, wo sie auf den nebligen Boden ihrer Farbenwelt traf und sich damit vereinte.

Eine dunkle Ahnung beschlich sie: Je länger dieses Gewächs hier stand und sich mit ihrem Geist vermischte, desto mehr würde ihr Verstand in Mitleidenschaft gezogen werden. Meghan wurde mit jedem Atemzug, den Johanna untätig verbrachte, stärker. Es war bloß noch eine Frage der Zeit, bis ihre Vorfahrin ihre Gedanken erneut übernehmen würde. Und dieses Mal würde es kein Entkommen mehr geben.

Sie musste handeln.

Rasch eilte sie dem Baum entgegen und rief sich dabei in Erinnerung, dass *sie* es war, die die Herrschaft über diesen

Kopf hatte. *Sie* war es, die Meghan an diesem Ort Befehle erteilen konnte, nicht umgekehrt.

»Du bist stärker als ich dachte«, erklang Meghans Stimme.

Johanna hielt inne. Ihre Augen nahmen jedes Detail auf, analysierten den Stamm, die Äste und Knollen. Wie konnte Meghan zu ihr sprechen? Johanna war davon ausgegangen, dass die Stimmen, die ständig durcheinander riefen, so etwas wie die verblassten Emotionen ihrer Vorfahrin waren. Komprimiert auf einen einzigen Verstand überlagerten sie sich und prasselten so auf sie ein. Anscheinend hatte sie sich geirrt.

»Oh, du liegst nicht ganz falsch damit«, ertönte erneut Meghans Stimme. Diesmal klang sie versöhnlicher. *»Die Entfaltung meines Denkens in dieser Form hier verdanke ich ausschließlich den Bemühungen deiner Freunde.«*

Also hatten sie ihr erst die Gelegenheit gegeben, sich zu einer ernst zu nehmenden Gegnerin zu formen. Johanna wollte sich am liebsten selbst in den Hintern treten für ihre Einfältigkeit.

Wir hätten es verhindern können! Wir hätten von Anfang an mehr darüber nachdenken sollen, wie wir diesen bescheuerten Baum vernichten.

»Du glaubst wirklich, dass du mich vernichten kannst?«, fragte Meghan spöttisch. *»Meine Liebe, lass mich dir eines ganz genau erklären: Meine Vorbereitungen waren fehlerfrei. Ich habe einen Teil meiner Seele abgesplittert, ihn mit Magie gefüttert und gewartet, bis er selbstständig bestehen konnte. Erst danach habe ich mich vom* Kreis der Begnadeten *fassen lassen.«* Sie kicherte leicht bei der Ordensbezeichnung. *»Mein Vorhaben war schon damals, die Organisation für meine eigenen Zwecke zu nutzen. Und es hat wunderbar funktioniert, nicht wahr?«* Ihre Stimme wurde zu einem selbstgefälligen Schnurren. *»Harry Borthertorn war der ideale Kandidat für den Rest meiner Seele: Geldgierig, machthungrig und noto-*

risch eifersüchtig auf all jene, die über mehr ebendieser Dinge verfügten als er selbst. Natürlich habe ich ihm das Blaue vom Himmel herab versprochen. Ich sagte, ich würde seine Familie reich machen und eine seiner Nachfahrinnen würde diejenige sein, die meine neue Weltherrschaft anführen würde.« Sie schnaubte abfällig. »Als ob diese Kratzbürste Melanie jemals für eine solche Aufgabe geeignet wäre. Na ja, Thorn hat mir die Lügen aus der Hand gefressen, nachdem ich in ihn übergegangen war.«

»Du bist tatsächlich von einem Borthertorn zum nächsten gewandelt? Seit Harry Borthertorn?«, hakte Johanna nach.

Meghan lachte leise auf. »Aber natürlich. Ich habe ihre Gedanken beherrscht und ihren Willen gebrochen, bis ich die vollständige Kontrolle über sie hatte. Und dann habe ich meine Ziele weiterverfolgt.«

Johanna ignorierte die Gänsehaut, die sich auf ihren Armen bildete. »Die Weltherrschaft?«, schnaubte sie abwertend. »Echt jetzt?«

Meghans Wut über Johannas Spott klang in ihrer Stimme mit, als sie antwortete: »Nichts anderes steht mir zu! Mein Leben lang wurde ich von den Menschen um mich herum gemieden oder gejagt, nur weil ich ihnen helfen wollte. Diese kümmerliche Rasse verdient es nicht, weiter die Vorherrschaft auf unserem Planeten zu halten.«

Johanna horchte erstaunt auf. »Du hast geheilt?«

»Selbstverständlich habe ich das. Aber statt mich zu feiern und mir zu danken, wie es sich gehört, haben sie mich fortgeprügelt und mich als Hexe beschimpft.«

»Dann bist du verbittert geworden«, steuerte Johanna bei.

»Oh, ich war nicht verbittert, Schätzchen«, korrigierte Meghan. »Ich war hasserfüllt. Ich schlich mich zurück zu den Menschen, die ich geheilt hatte, und brach ihnen die Knochen, die ich zuvor zusammengeflickt hatte. Ich schlug auf sie ein, wäh-

310

rend sie schliefen, um ihnen mein Leid zurückzugeben. Und dann…« Ein tiefes, sich ergötzendes Einatmen erklang. *»Dann fand ich heraus, dass ich zu weitaus mehr fähig war, als ich bisher angenommen hatte. Also stahl ich ihre Kinder, schloss sie fort, bis sie plem-plem geworden waren, nur um sie dann zurückzuschicken.«*

Johanna rümpfte reflexartig die Nase über die seltsame Art von Ekstase, die in Meghans Stimme mitschwang.

»Das ist wahre Macht, Johanna«, drängte Meghan. *»Die Macht, all das zu zerstören, was dich ausmachte, was du warst und was dir wichtig war. Einen Geist so zu formen, wie du es willst, ihn dir zu unterwerfen.«*

Voller Abscheu schüttelte Johanna den Kopf. »Das mag durchaus Macht sein«, sagte sie, »aber sie ist falsch. Du nimmst den Menschen ihre Vernunft, raubst ihren Verstand – und das nur, um dich daran zu ergötzen, wie sie leiden.«

Meghan schnalzte lautstark mit der Zunge. *»An dir ist leider ein Moralapostel verloren gegangen.«*

»Dank dir und deinen Gräueltaten an Adam und Toni«, gab sie bissig zurück.

»Ah«, machte ihre Vorfahrin. *»Ja, diese beiden. Ich hatte durchaus meinen Spaß mit ihnen. Erst dachte ich, es wäre ein Fehler gewesen, sie nicht zu töten, bevor ich mich meines körperlichen Käfigs entledigt habe. Aber dann erkannte ich die Chance, die sie mir boten – die Lösung auf eines der größten Probleme in meinem Vorhaben: Ewiges Leben.«*

»Das sie nur haben, weil sie jede Sekunde ihres Daseins unter Schmerzen zubringen, weil ihre Seelen zerreißen!«

»Und doch«, wandte Meghan ein, *»leben sie und fühlen. Sie sind sogar in der Lage, zu lieben. Dank dir.«*

Es hatte keinen Zweck. Sie würde nicht weiter mit ihrer Vorfahrin diskutieren. Meghan hatte sich in ihren Ansichten und Überzeugungen festgefahren. Sie war ihren Weg gegangen. Aber Johanna würde nicht zulassen, dass sie ihr denselben Weg aufzwang. Sie wollte ihr eigenes Leben, selbstbestimmt und im Vollbesitz ihrer geistigen Kapazitäten, danke schön.

Mit entschlossener Miene rief sie die kürzlich hinzugewonnene Fähigkeit in sich wach. Hellblaue Schlieren wanden sich um ihren Oberkörper, schlängelten sich nach oben zu ihrem Kopf hin.

»Glaubst du immer noch, dass du mich aus deinem Geist entfernen kannst?«, höhnte Meghan. *»Denkst du, das hier war nicht Teil meines Plans? Selbst wenn alle meine Seelenteile auf der Welt sterben – ich bin von deinem Blut. Ich werde immer ein Teil von dir sein, Johanna!«*

Sie presste die Lippen fest zusammen. Ihre Vorfahrin verstand sich darin, ihr Antworten zu entlocken, aber damit war jetzt Schluss!

»Es gibt kein Entkommen«, behauptete Meghan felsenfest. »Deine Seele wird bereits zerrissen, während wir hier miteinander reden. In wenigen Augenblicken wirst auch du den Status des ewigen Lebens erreicht haben, wie diese vermaledeiten Cadeeshs. Und dann…« Meghans Augen sprühten vor Gier. »Gehört dieser Körper mir!«

Mit jeder Sekunde, die ich zögere, greifen die Wurzeln tiefer in meinen Verstand ein. Jetzt oder nie!

Sie konzentrierte sich auf ihre andere Farbenwelt, darauf, Meghans Seelenteil abzustoßen, und machte den Schritt in Richtung des silbernen Horizonts.

Erneut lenkte der Boden sie zurück in die düstere Farbenwelt. Das Herz schlug ihr bis zum Hals. Nichts veränderte sich… Im Gegenteil, der Baum wuchs unaufhörlich weiter, seine Wurzeln gruben sich tiefer und tiefer in ihren Verstand ein. Johannas Mut löste sich in Luft auf. Ihre Beine sackten weg und sie ging unsanft zu Boden. Ihr wurde eng um die

Brust. Die frische Atemluft wollte einfach nicht kommen. Japsend lehnte sie sich vornüber, griff sich an den Hals und spürte die heißen Tränen, die ihr über die Wangen liefen.

»Mentale Gesundheit ist ein scharfkantiges, zweischneidiges Schwert, mein Kind«, bemerkte Meghan in beinahe mitfühlendem Ton. *»Die Form, die ich mir gegeben habe, ist weitaus mehr als einfach nur ein Seelenteil. Ich bin die Verkörperung des Hasses, des Elends und der Abscheu. Aber ich bin ebenso Depression. Ich bin die Selbstzerstörung.«* Sie seufzte, als täte Johanna ihr ein wenig leid. *»Mich in deinen Geist aufzunehmen war der größte Fehler, den du überhaupt hättest machen können. Du wirst daran zugrunde gehen.«*

Blind tastete Johanna in der realen Welt nach Adams und Tonis Händen. Starke Finger umfingen sie und Adams tiefer Bariton erklang: »Wir sind bei dir, Kätzchen.«

»Ich schaffe es nicht«, schluchzte sie atemlos.

»Sag uns, wie wir dir helfen können«, bat Toni auf ihrer anderen Seite halsstarrig.

»Ihr könnt mir nicht mehr helfen.« Ihre Stimme war bloß noch ein Flüstern. Er wollte widersprechen, das spürte sie an der Anspannung, die von seiner Hand ausging. Hastig würgte sie hervor: »Sie wird mich zu ihrer Marionette machen, Toni. Tötet mich jetzt, bevor es zu spät ist.«

»Niemals!«, widersprach Adam eisern. Seine Finger lösten sich von den ihren und er nahm ihr Gesicht zwischen seine Hände, zwang sie, ihn anzuschauen. Und auch wenn Johanna in der düsteren Farbenwelt gefangen war, so war sein Gesicht eines der schönsten, die sie jemals gesehen hatte. Die grauen Augen sprühten vor gold-grünen Funken, sein Gesicht leuchtete weißlich und die schwarzen Seelenfäden, die seine Figur umschlangen, strichen sanft über ihn hinweg.

»Du wirst *nicht* aufgeben, Johanna McGibbon! Hast du mich verstanden?«, knurrte er. »Wir sind direkt hier an deiner Seite, also sag uns gefälligst, was wir tun können!«

»Die Fähigkeit wirkt nicht«, murmelte sie zwischen zwei Schluchzern. »Ich weiß nicht, wie... Sie gräbt sich in mein Bewusstsein ...«

Tonis Gesicht erschien neben dem seines besten Freundes. »Johanna«, raunte er heiser. Seine eisblauen Augen standen voller Sorge. »Teile sie mit uns. Gib uns einen Teil dieser Fähigkeit.«

Adams Kopf ruckte zu ihm. »Was hast du –«

Sein bester Freund schüttelte stumm den Kopf und sah sie unverwandt an. »Hörst du mich, Johanna? Teile die Fähigkeit mit uns.«

Ihre Gedanken fühlten sich an wie ein Sumpf. Sie watete hindurch, versuchte, einen Sinn zu finden, die Worte zu verstehen.

Die Fähigkeit ... teilen?

»Kann nicht«, haspelte sie. Ein weiterer hysterischer Schluchzer brach aus ihr hervor.

Warum weine ich?

»Sie... hat mich ...«

Alles um sie herum versank in trübem Nebel. Ihre Gefühlswelt trennte sich von ihr ab, als hätte sie sich gehäutet und würde nicht länger damit synchronisieren. Ein lautes Reißen hallte durch ihr Bewusstsein.

Alles verloren ...

Was ist verloren?

Und wieso starren diese beiden Typen mich so an?

Der Linke von ihnen stieß einen Laut aus, der als animalisches Knurren hätte durchgehen können. »Dann mache ich es eben selbst.« Er griff fester nach ihrer Hand, sodass seine Finger ihr Handgelenk umfassten, und senkte die Lider.

Johanna fühlte, wie ihr etwas genommen wurde, doch es fühlte sich alles weit entfernt an, wie durch Watte.

»Bald ist es vorbei.«

Was ist bald vorbei? Was geschieht hier? Wer bist du? Und wer sind die?

Der, der vorhin gesprochen hatte, legte die freie Hand auf die Schulter des Anderen und sie observierte fasziniert, wie ein hellblaues Glitzern von ihrer Hand zuerst auf den Linken und dann den Rechten überging.

Können diese Typen etwa zaubern?

»Das spielt keine Rolle mehr, sobald wir eins sind.«

Etwas an dieser Aussage störte sie, doch sie konnte nicht den Finger darauf legen, was genau es war.

Was meinst du damit?

»Sie werden so oder so sterben. Sie sind nur Gewürm unter unseren Schuhsohlen.«

Verwirrt runzelte Johanna die Stirn. Die beiden Männer sahen wunderschön aus, und in ihren Gesichtern stand echte Sorge geschrieben. Wie könnte sie sie da töten wollen?

»Okay«, hauchte der mit den eisblauen Augen. »Wir stoßen jetzt zu dir, Leonessa. Warte auf uns.«

Der mit den Totenaugen zuckte zurück. »Und wie willst du das bitte anstellen?«, grollte er fuchsteufelswild.

Der andere zuckte mit der Achsel. »Lass das mal meine Sorge sein, Bruder.«

Ah, Brüder. Ich könnte ihren Streitereien den ganzen Tag lang zuhören.

Etwas in ihr regte sich, wurde allerdings sogleich von diesem seltsamen Wattegefühl niedergerungen. Also betrachtete sie die beiden dabei, wie sie sich zankten, ohne großartig zuzuhören. Die Worte verschwammen sofort.

Aber dann bildeten sich Ranken um die Augen des einen Typen, die eisblauen Iriden färbten sich noch heller, wie bei einem Toten, und er verstärkte den Griff um sie und seinen Bruder. Im nächsten Moment waren beide verschwunden.

Etwas in ihrer Brust schmerzte. Wie in Trance griff Johanna sich dorthin, wo ihr Herz schlug. Es tat so weh.

»Johanna!«

Ihr Kopf fuhr herum und sie starrte in die Gesichter der beiden Typen. Aber jetzt waren sie *hier* und –

»Wo bin ich?«, fragte sie.

»In deinem Geist«, antwortete der mit den Eisaugen und sah sich um. *»Ziemlich düster hier, wenn du mich fragst.«*

Ihr Herz schmerzte erneut, heftiger diesmal. »Wieso tut es weh?«, wollte sie zerstreut wissen.

Der andere Bruder eilte zu ihr und half ihr dabei, aufzustehen.

Wieso habe ich mich zusammengekauert?

»Wir helfen dir dabei, das da zu vernichten«, erwiderte der Blonde. Dass er blond war, erkannte sie erst jetzt, wo er mit ihr an diesem Ort festsaß. Sie runzelte überrascht die Stirn.

Ich sitze fest?

»Ihr könnt mich nicht vernichten!«

Diese bösartige Stimme bereitete ihr Unbehagen. Sie wollte sie nicht länger hören, fürchtete sich jedoch vor ihr.

»Ignorier sie einfach«, sagte der Blonde.

Der Weißhaarige nahm ihre Hand und nickte ihr ermutigend zu. Dabei entdeckte sie eine klaffende Wunde auf seiner Wange, die den Knochen freilegte. Und doch erbebte ihr Herz bei seinem Anblick.

»Wenn ich es sage«, sagte er mit dieser unfassbar tiefen, warmen Stimme, *»stellst du dir mit aller Macht vor, dass dieser Baum da vorne aus deinem Kopf verschwindet, okay?«*

Sie nickte stumm, und als sie den mit den Eisaugen erreichten, griff er nach ihrer freien Hand und lächelte das süsseste Lächeln, das sie je gesehen hatte.

Toni ...

Sie zuckte zusammen. Was war das?

Ein Bild zuckte vor ihren Augen auf. Der Blonde in einem blauen Anzug, seine Züge voller Spöttelei.

Toni!

Sie schüttelte den Kopf, denn die Bilder sandten stechende Dolche in ihr Gehirn. Dabei streifte ihr Blick den anderen Bruder. Auch hier blitzten Bilder auf – aber darin hatte er schwarze Haare, und seine Iriden waren grün gewesen.

Adam ...

Wieder zog sich ihre Brust qualvoll zusammen und sie stöhnte vor Schmerz.

»Alles wird gut«, murmelte Toni und sein Daumen streichelte ihren Handrücken. Seine Miene strafte seine Worte Lügen. *»Mach dich bereit, Leonessa.«*

Sie hatte keine Ahnung, an wen er seine Worte gerichtet hatte, doch sie fasste sich nichtsdestotrotz.

Ein widerlicher, uralter, knorriger Stamm kam in ihr Sichtfeld. Instinktiv war sie sich zu hundert Prozent sicher, dass das da die Wurzel allen Übels war, das sie befallen hatte. Sie kniff die Augen zusammen und holte tief Luft.

»Jetzt, Johanna – denk an nichts anderes mehr, als daran, deinen Kopf wieder für dich zu haben«, befahl Adam.

Das mussten sie ihr nicht zweimal sagen. Sie strengte sich an, wie sie sich noch nie zuvor angestrengt hatte. Das blaue Glitzern trat aus den Brüdern hervor, schoss in die Höhe – und gesellte sich zu dem, das bereits um ihren Kopf schwirrte.

»Verstoße sie, Johanna«, bellte Adam. *»Sperre sie aus deiner Seele aus, wünsche sie hinfort!«*

Sie wünschte mit all ihrer Kraft. Sie wünschte sich nichts sehnlicher, als wieder Herrin ihres eigenen Geistes sein zu können. Mit Toni und Adam zusammenbleiben zu können. Gelleroy und Preston in die Arme zu schließen – und Cainnen.

Ihre Persönlichkeit war mit einem Schlag zurück. Johanna stöhnte auf, hielt jedoch nicht mit dem Wünschen inne, nein: Sie holte tief Luft, taxierte den Baum ... und überlagerte die Farbenwelten ineinander. Der bunte Regenbogen, der von einer Sichtgrenze zur anderen floss, erschien rechts von Adam, die Horizonte überlagerten sich mit denen der düsteren Farbenwelt.

»Lasst mich nicht los«, warnte sie. Dann trat sie den nötigen Schritt vorwärts.

Und anstatt wie zuvor wieder an derselben Stelle aufzutreten, landeten sie in der Realität. Goldene Magiepartikel stoben von ihrer Haut gen Himmel auf, wo sie verpufften.

Johanna, Toni und Adam blieben einfach so stehen, bis die letzten Funken verschwunden waren. Erst dann wandten sie sich einander zu und umarmten sich.

»Mach mir nie wieder so eine Scheißangst«, flüsterte Toni.

»Und mir erst«, pflichtete Adam bei.

Sie verzog entschuldigend das Gesicht. »Ich habe von einer Sekunde auf die andere einfach alles vergessen«, erklärte sie. »Meghans Macht über meinen Verstand war bereits zu stark.«

»Jetzt ist sie ja weg«, sagte Adam, und Toni nickte zustimmend.

Sie ließ von den beiden ab und schaute sich um. Die Lichtung vor ihnen lag in der Dunkelheit der Nacht vor ihnen, völlig unberührt von den Ereignissen der letzten Stunden. Kein magischer Sog, kein hässlicher Baumstamm weit und breit.

»Das ist sie wirklich«, bestätigte sie mit einem hörbaren, erleichterten Ausatmen. »Aber wie hast du das angestellt?«, wandte sie sich an Toni.

Er grinste schelmisch und zwinkerte ihr zu. »Ich habe bloß meine Fähigkeiten kombiniert. Transport und Unsichtbares sichtbar machen haben dazu geführt, dass ich mich in das Unsichtbare deines Geistes transportieren konnte – zusammen mit ihm hier natürlich.« Er stieß Adam mit dem Ellenbogen in die Rippen.

Jener verzog das Gesicht und warf seinem besten Freund einen grimmigen Seitenblick zu. »Oller Prahlhans.«

Tonis Grinsen wurde noch breiter, doch er schwieg.

Schwere Stiefelschritte erklangen auf dem Laub hinter ihnen und sie alle drei drehten sich um. Preston und Gelleroy traten aus dem Unterholz, die Augen ungläubig auf den Boden gerichtet.

»Ist es vorbei?«, fragte Preston unsicher.

»Ja«, antwortete Johanna und stürmte auf ihn zu, um ihm um den Hals zu fallen. »Danke«, flüsterte sie, »dass du ein so toller Beschützer warst.«

Gelleroy räusperte sich vernehmlich, und sie umarmte auch ihn. »Du natürlich auch, Dad.«

29

Die Stunden, die auf ihren letzten Kampf gegen Meghan folgten, verschwammen zu einem undeutlichen Klumpen aus Schlafmangel, Erschöpfung und schlichter Unlust.

Erst Wochen später, als Johanna wieder einem geregelten Tagesablauf folgte, war sie in der Lage zu begreifen, dass sie sich an diese Stunden wahrscheinlich nie wirklich erinnern können würde.

Zwar war das Siegel in ihrem Inneren gebrochen, als sie unter Meghans Einfluss den reißenden Laut vernommen hatte, doch die Verbindung zu ihren Vorfahren blieb durchtrennt. Und Arissa war nicht mehr erschienen, ganz egal, wie oft Johanna in der Farbenwelt gestanden und nach ihr gerufen hatte. Sie war von jetzt an auf sich allein gestellt.

Erst, als Melanie an die Haustür der Villa klopfte und Johanna darum bat, mit ihr am Bett ihres Vaters zu sitzen, verstand sie die Folgen jenes Tages auf der Lichtung. Der Preis, den sie für ihre ruchlosen Taten würde bezahlen müssen, war unter anderem, Frieden mit Melanie und Thorn Borthertorn zu schließen.

Es gibt eindeutig Schlimmeres. Erinnerungen verlieren, zum Beispiel. Oder Narben auf Armen und Händen davonzutragen.

Aber dann besann sie sich, dass sie sehr wohl weitere Narben erlitten hatte – diesmal jedoch unsichtbarer Natur. Zudem spielte ihr Verstand ihr häufiger des Nachts vor, wieder in der düsteren Farbenwelt festzustecken, mit Meghans Säuselstimme in ihrem Kopf. Nur dass sie diesmal den Verführungen ihrer Vorfahrin nachgab.

Zum Glück weckten sie in diesen Nächten ihre beiden liebsten Menschen aus ihren Albträumen. Gemeinsam bemühten sie sich, ihr ihre Furcht mit anderweitigen Beschäftigungen zu nehmen. Und sie würde lügen, wenn sie behauptete, dass sie damit keinen Erfolg hatten.

Mit einem warmen Gefühl im Bauch kehrte Johanna ins Hier und Jetzt zurück. Sie sass am Küchentisch, die Immatrikulationspapiere für ihre Rückkehr an die Uni lagen darauf ausgebreitet. Toni hatte sich am Vorabend endlich breitschlagen lassen und sie wollte keine Zeit verlieren. Sie vermisste die Uni – genauer gesagt vermisste sie ihr altes Leben. Wenn sie auch nur ein Stück davon zurückbekommen konnte, so würde sie es ergreifen.

Zu ihrer Überraschung hatte auch Adam vermeldet, wieder an die Uni zurückzukehren, nämlich für einen Master-Abschluss. Zwar brauchte er diesen nicht wirklich, doch er meinte, ein wenig *Freizeitausgleich* könne nicht schaden.

Sie lachte leise in sich hinein.

Ich wette, er will bloß in unserer Nähe sein. Ich kann es ihm nicht verübeln... Auch ich will die beiden so oft wie möglich sehen und berühren.

»Was gibt's zu lachen, meine Schöne?« Toni ließ sich schwungvoll in den Stuhl links von ihr nieder. Seine Augen funkelten freudig, und er beugte sich vor, um ihr einen Kuss auf die Wange zu geben.

»Ich freue mich nur auf die Uni«, antwortete sie.

Sofort zog er eine Grimasse und stöhnte gespielt gequält auf. »Ach, die Marter der modernen Gesellschaft!«, rief er leidend aus.

Sie gab ihm einen Klaps auf den Oberarm und grinste.

In diesem Moment trat Adam herein und meinte tonlos: »Deine Intelligenz wird nicht darunter leiden, ein wenig mehr zu büffeln, Bruder.«

Toni zog eine Schnute und verschränkte bockig die Arme vor der Brust, während Adam zu ihr kam und ihr ebenfalls einen Kuss gab.

»Die Umbauarbeiten werden heute abgeschlossen«, wechselte er das Thema.

Sofort horchte Johanna auf. Eine freudige Wärme kribbelte in ihrer Magengegend und sie konnte ein strahlendes Lächeln nicht zurückhalten. »Super!«, stieß sie in Form eines Quietschens aus.

Die Cadeeshs hatten sich dazu entschieden, Adams Arbeitszimmer mit ihrem Gästezimmer zu verbinden und es zu einem einzigen, großen Schlafzimmer umzubauen. Ihre Regenrationszimmer im oberen Stockwerk blieben weiterhin bestehen, dienten ab sofort allerdings nur noch diesem einen Zweck.

Sie hatten ein Bett nach Mass anfertigen lassen, das ausreichend Platz für drei Personen bot. Dazu drei einzelne Doppeltür-Kleiderschränke und ein paar andere Dinge, die innerhalb der nächsten Wochen geliefert werden sollten.

»Mhm«, meinte Toni, von ihrer Freude angesteckt. »Dann müssen wir uns endlich nicht länger abwechseln, um bei dir zu schlafen.«

»War ja klar, dass du nur *daran* denkst«, gab Adam mit hochgeschobener Augenbraue zurück.

Toni zuckte mit der Schulter und grinste frech. »Ich denke noch an Dutzende andere Dinge, aber die sind weitaus eintöniger, als Johannas Gesicht dabei zuzusehen, wie es errötet.«

»Auch wieder wahr«, gab Adam zu und sie beide richteten ihre Augen auf ihr Gesicht, das prompt heiß wurde.

»Haltet die Klappe«, murmelte sie peinlich berührt.

Adam lachte und Toni versteckte sein Grinsen hinter seiner Hand, die er in einem Versuch hob, sich das Kinn zu reiben.

»Okay, wie wäre es dann damit, Kätzchen«, meinte Adam. »Toni und ich, wir haben eine Entscheidung getroffen.«

»Was für eine Entscheidung?«, fragte Johanna verwirrt.

»Die Entscheidung, dass du uns nicht heilen sollst«, antwortete Toni. »Bis dass der Tod uns scheidet und all der Kram.«

Skeptisch blickte sie von ihm zu seinem besten Freund. »Ihr wollt unsterblich bleiben?«

Adam wiegelte den Kopf hin und her. »Nicht ganz. Wir wollen nur so lange hierbleiben, wie du es bist.«

»Wer weiß, wie lange das sein wird«, bemerkte Toni mit einem Zwinkern. »Da du eine *Berührende* bist, ist deine Lebensspanne länger als die einer Normalsterblichen.«

»Und eventuell«, fügte Adam an, »kannst auch du dein eigenes Leben verlängern, ganz wie Meghan.«

Johanna wusste, dass sie das gar nicht zu versuchen brauchte. Der finale Preis für die Austreibung ihrer Vorfahrin war bereits bezahlt: Ihre Seele befand sich im Zustand der permanenten Agonie. Die Balance zwischen Wahnsinn und Normalität hing an einem seidenen Faden und ihre Seele litt darunter. Sie war genau so erstarrt wie die beiden Seelen der Cadeeshs.

Aber diese Information konnte warten.

Sie hatten schließlich alle Zeit der Welt.

ENDE

Ein paar letzte Worte

Damit kommt »Colour & Bones« zu seinem offiziellen Abschluss. Puh, meine allererste Trilogie! An manchen Tagen habe ich Stein und Bein geschworen, sie niemals zu Ende zu schreiben, weil es unfassbar schwierig ist, an einem Mehrteiler dranzubleiben, der in dieser verzwickten dritte-Person-Erzähler-erste-Person-Gedanken-Form geschrieben wird.

Nun wird es still werden um die Welt von Johanna, Toni, Preston und Adam. Es folgen andere, fantastisch-romantische Projekte, die mir seit Monaten in den Fingern jucken.

Für das Cover des letzten Bandes möchte ich Sabine Pöstinger danken. Tatsächlich war dieses Cover der erste Kauf bei ihr, weil ich nach nur einem Blick wusste: Das wird das Finale. Damit ein letztes Mal: Danke für diese wunderschöne Reihe!

Ein weiterer, großer Dank geht raus an Anna Lavellan. Mit ihren Illustrationen hat sie dem Trio Johanna, Toni und Adam Leben eingehaucht, was mir persönlich die Welt bedeutet. Vielen, vielen Dank!

Der wertvollste Dank jedoch gilt dir. Dafür, dass du diese Trilogie gelesen und mich damit bereits großartig gefördert hast. Teile deine Begeisterung gerne auf den gängigen Social Media oder den Bewertungsportalen deiner Lieblingsbuchhandlungen. Diese Form der Unterstützung hilft kleinen Autorinnen und Autoren wie mir, ihre Werke bekannter zu machen und weitere leidenschaftliche Leserinnen und Leser wie dich zu finden.

Bis zum nächsten Abenteuer!

Mehr von Luna Cathedras

Website
https://www.lunacathedras.online

Social Media
TikTok: @luna.author
Instagram: @lunacathedras
Facebook: Luna Cathedras

Unterstütze meine Arbeit via Ko-Fi:
https://ko-fi.com/lunacathedras

Ich freue mich über jede Rezension auf Goodreads, Lovelybooks, Reado, Amazon, readfy, kobo und allen anderen Kanälen. Gern reposte ich auch deine Blog-Review oder dein TikTok, wenn du mich verlinkst.
Sollte die Rezension Kritik enthalten, bitte denk daran: Durch konstruktive Kritik wachsen wir, durch destruktive Kritik jedoch entsteht nichts, was blühen kann.

Ebenfalls von Luna Cathedras

Mit Augen wie Silber
Erotischer Liebesroman

Taschenbuch, 358 Seiten
€15,99 [D], SFr. 24,90 [CH],
€16,95 [AT]*

ISBN 978-3-75680-847-2

E-Book, 323 Seiten
€6,99 [D], SFr. 6,90 [CH], €6,99
[AT]*

ISBN 978-3-75787-120-8

* Cover- und Preisänderungen vorbehalten.

Gwen hat ihr Ziel erreicht: Sie ist an ihrer Wunsch-Uni und kann studieren, was sie möchte; sehr zum Missfallen ihrer Mutter. Schnell stellt sich Drittsemestler Tristan als unwiderstehlich für Gwen heraus. Doch sie hat mit ihren Eltern eine Abmachung, die sie nicht brechen darf …

Tristan hat sich selbst versprochen, seinen Ruf und das Leben als Frauenheld aufzugeben. Er will für seine Familie studieren und Geld verdienen. Doch Gwen stellt ihn auf eine harte Probe, der er noch nicht gewachsen ist.

Leseproben, Tropes und mehr auf www.lunacathedras.online.

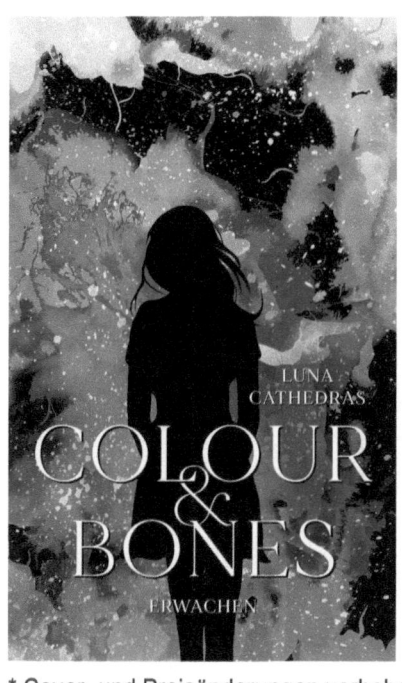

Colour & Bones

Teil 1: Erwachen

Spicy Romantasy

Taschenbuch, 324 Seiten
€14,99 [D], SFr. 22,90 [CH],
€15,95 [AT]*

ISBN 978-3-732-29570-8

E-Book, 318 Seiten
€6,99 [D], SFr. 6,90 [CH],
€6,99 [AT]*

ISBN 978-3-757-84206-2

* Cover- und Preisänderungen vorbehalten.

Die 21-jährige Studienanfängerin Johanna stolpert mit großen Erinnerungslücken durchs Leben, die sie sich nicht erklären kann. Sie lebt zusammen mit ihren Tierarzt-Eltern in einer Kleinstadt. Ihre Eltern verbieten ihr strikt den Kontakt zu den beiden Brüdern Adam und Toni Cadeesh von nebenan, obwohl sie einst Sandkastenfreunde waren – doch das Warum bleibt bei jedem Gespräch unbeantwortet. Schade, denn in einen der beiden ist Johanna verknallt, seit sie sich im Alter von sechs Jahren zum ersten Mal begegnet sind.

Nachdem Johanna durch einen Unfall vorübergehend an den Rollstuhl gefesselt ist, fallen mithilfe der beiden Brüder allmählich die Mauern ihrer behüteten Erinnerung, und sie beginnt zu erkennen, was hinter all den verlorenen Erinnerungen steckt – und wer sie wirklich sein soll.

Leseproben, Tropes und mehr auf www.lunacathedras.online.

**Colour & Bones
Teil 3: Einklang**
Spicy Romantasy

Taschenbuch, 316 Seiten
€15,00 [D], SFr. 23,90 [CH],
€15,95 [AT]*

ISBN 978-3-7583-7163-9

E-Book
€6,99 [D], SFr. 6,90 [CH],
€6,99 [AT]*

ISBN 978-3-7597-9126-9

* Cover- und Preisänderungen vorbehalten.

Nachdem Toni entführt wurde und der *Kreis der Begnadeten* endlich sein wahres Gesicht offenbarte, wird Johanna in ihrem alten Zuhause von Greta festgehalten. Ausgerechnet ihr Beschützer Preston ermöglicht ihr die Flucht.

Gemeinsam mit ihm taucht Johanna unter und sucht nach einer Möglichkeit, ihren besten Freund zu befreien. Schnell wird klar: Sie braucht Adams Hilfe, um in den gesicherten Trakt einzudringen, in welchem Toni gefangen gehalten wird.

Doch wenn sie die Hilfe des anonymen Erpressers annimmt, um Adams Adresse zu erbitten, wird sie von der Organisation für vogelfrei erklärt...

Leseproben, Tropes und mehr auf www.lunacathedras.online.

Hüter der Grenzen
Ankhsharas Fluch
Fantasy

Taschenbuch, 606 Seiten
€20,00 [D], SFr. 29,90
[CH], €20,95 [AT]*

ISBN 978-3-756-87921-2

E-Book, 625 Seiten
€9,99 [D], SFr. 9,90 [CH],
€9,99 [AT]*

ISBN 978-3-758-38951-1

* Cover- und Preisänderungen vorbehalten.

Wir sitzen knietief in der Scheiße. Karma könnte man sagen. War ja klar, dass mein Zwillingsbruder Seth und ich nicht ohne Folgen mit acht Jahren in einer abgelegenen Höhle gesegnetes Wasser zu trinken bekommen und keinen blassen Schimmer haben, was eigentlich dahintersteckt.

Aber dass wir jetzt, geschlagene zehn Jahre später, von einer bislang unbekannten Göttin gezwungen werden, ihr verborgenes Land vor einem Fluch zu retten, weil wir ansonsten sterben – das ist einfach zu viel. Da hilft es auch nichts, dass uns der kryptische Schönling Artys und seine Assistentin Liandra zur Seite gestellt werden – er lenkt mich eher ab mit seinen türkisfarbenen Augen, die mir so viel mehr versprechen, als er ausspricht, und sie ist eine wahre Schönheit, der mein Bruder Seth nicht lange widerstehen können wird …

Leseproben, Tropes und mehr auf www.lunacathedras.online.

HOME
The Place Where I Belong
Erotischer Liebesroman

Taschenbuch, 432 Seiten
€18,00 [D], SFr. 27,90 [CH],
€18,95 [AT]*
ISBN 978-3-7583-7181-3

E-Book
€8,99 [D], SFr. 8,90 [CH], €8,99
[AT]*
ISBN 978-3-7597-6292-4

* Cover- und Preisänderungen vorbehalten.

Paige hat alles verloren: Ihren Verlobten, den Job und ihre Freunde. Und das alles nur, weil sie Mut gefasst und den sexuellen Missbrauch angezeigt hat, dem sie jahrelang ausgesetzt war.

Zu allem Übel wird ihr nach alledem auch noch die Aufenthaltsgenehmigung entzogen. Als sie am Vorabend ihres Abflugs in London ihr Smartphone verliert, scheint der Horror komplett.

Aus dem Gedächtnis kann Paige sich bloß an eine einzige Nummer erinnern – doch diese hat sie in den letzten zwölf Jahren nie gewählt: Die ihrer Studiums-Liebe Zayne.

Leseproben, Tropes und mehr auf www.lunacathedras.online.

Übersetzt ins Englische von Luna Cathedras

With Eyes Like Silver
Erotic Romance
Die Übersetzung des
beliebten Debüt-Romans
ins Englische

* Cover and price changes subject to change.

Gwen achieved her dream: she's at the college of her own choice with the major she hoped for since ten years—much to the disapproval of her mother. Junior year student Tristan quickly turns out to be irresistible to Gwen. But she's made a deal with her parents that she mustn't break…

Tristan has promised himself to give up his reputation and life as a womanizer. He wants to get a stable college degree and earn money for his mother and brother. But Gwen presents him with a tough challenge that he thinks he's not yet ready to face.

Reading sample, tropes and more on www.lunacathedras.online.

2025 Releaseplan

❖   Im Frühling

Erwartet dich eine Romance mit ü25 Charakteren, die sich gegenseitig nach ihrem ausgelebten Happy End so gar nichts mehr zu sagen haben – aber irgendwie dann doch…?

Im abgelegenen Ort Snow Falls geht's drunter und drüber, als ein Ex-Star-Eishockeyspieler auftaucht und vermeintliche Rache an seiner langjährigen Ex-Freundin nehmen will.

❖   Im Sommer

Tauche ab in eine Welt voller Magie! Hexen, Wandler, Schatten und Vampire, die gemeinsam Jagd nach Unruhestiftern machen und bei einer mächtigen Gilde angestellt sind. Eine phantastisch-romantische Geschichte rund um ein missglücktes – und verbotenes – Wochenende zwischen zwei Liebenden, gespickt mit einem wahren shadow daddy.

❖   Im Herbst

Auftakt einer Engel und Dämonen Dilogie! Begleite eine himmlische Detektivin in ein Abenteuer, das sie so nicht kommen sah. Wird das etwa ein Engel auf Abwegen? Lasst euch jedenfalls gesagt sein: Nicht nur die Hölle ist hier heiß!

❖   Im Winter

Der zweite Teil der Engel und Dämonen Dilogie! Aus Spoilergründen folgt hier bloß sinnfreies Blabla, weil alles andere schlicht unfair wäre. Eine Sache ist jedoch sicher: Auch hier wird's steamy!